Arena-Taschenbuch
Band 51203

AF217576

Ebenfalls von June Perry im Arena Verlag erschienen:
White Maze – Du bist längst mittendrin

LifeHack – Dein Leben gehört mir ist auch als Hörbuch erschienen.

June Perry

alias *Marion Meister* liebt es, in andere Charaktere und
ungesehene Welten zu schlüpfen. Besonders gerne erfindet sie
Zukunftsszenarien, die von unserer Gegenwart nicht weit entfernt
sind. Begeistert verfolgt sie die Erforschung und Entwicklung
neuer Technologien, deren großartige, aber auch beängstigen-
de Möglichkeiten sie oft zu ihren Romanen inspirieren. Sie selbst
besitzt keine Alexa und fragt weder Siri noch Google nach dem Weg.
Dennoch möchte sie das Internet nicht missen und freut sich
dort über regen Austausch mit ihren Lesern.

www.marionmeister.info
Instagram: *marionmeister.autorin*

June Perry

LIFEHACK

DEIN LEBEN
GEHÖRT MIR

Ein Verlag in der Westermann Gruppe

2.Auflage als Arena-Taschenbuch 2024
© 2019 Arena Verlag GmbH,
Rottendorfer Straße 16, 97074 Würzburg
Alle Rechte vorbehalten
Dieses Werk wurde durch die Literatur Agentur Hanauer vermittelt.
Umschlaggestaltung: semper smile, München,
unter Verwendung von Bildern
von © shutterstock.com, New York: alslutski
Gesamtherstellung: Westermann Druck Zwickau GmbH
ISSN 0518-4002
ISBN 978-3-401-51203-7

Besuche den Arena Verlag im Netz
www.arena-verlag.de:

1. ED

01001100 01101001 01100101 01100010 01100101
00100000 01000101 01101100 01101100 01101001
01100101 00101100 00100000

Drei Polizeiwagen parkten auf dem gepflegten Rasen vor dem Einfamilienhaus. Ihr Blaulicht streifte in steter Wiederholung über die weiße Holzfassade.

Wie eine Feedbackschleife.

Für einen Moment blieb Ed im Wagen sitzen, der sich an den Straßenrand geparkt hatte, und beobachtete das Licht. Wieso war die Polizei hier? Ihm war klar, dass die Carmikels oft emotional reagierten und deshalb übertrieben. Das war der Grund, weshalb er sie ausgewählt hatte. Ihre Emotionen waren sehr gut lesbar. Ein Vorteil.

Blaulicht.

So ein Scheiß!

Seufzend strich er über seinen zu langen Vollbart.

Er musste ins Haus und nachsehen.

Während er den Weg hinaufschritt, registrierte er, dass der Robo-Rasenmäher sich ordnungsgemäß in seiner überdachten Ladestation befand. Immerhin. Das System hatte jedenfalls keinen Kurzschluss.

Die Tür stand offen. Ein Officer versperrte ihm den Zutritt. »Entschuldigen Sie. Das hier ist ein Tatort.«

Ein Tatort.

Ed war sich unschlüssig, ob er lachen sollte. An einem Tatort gab es Leichen. An einem Tatort war ein Gewaltverbrechen verübt worden. Von einem Menschen an einem Menschen. Das hier war sicher *kein* Tatort.

»Ich bin Ed Badea. Das ist mein – Test ...«

Der Blick des Polizisten spiegelte Entsetzen wider und zugleich völlige Fassungslosigkeit. Ohne Ed aus den Augen zu lassen, rief er in die Dunkelheit des Hauses. »Inspektor Graham? Sir? Hier ist ein Mr Badea. Er sagt, es wäre sein ... *Test!*«

Ed sah an ihm vorbei.

Dunkelheit.

Warum war das Licht nicht an? Das autonome Haussystem musste jeden Raum beleuchten, in dem sich ein Mensch aufhielt.

Hastige Schritte. Ein Mann, gewiss über fünfzig, eilte zur Haustür.

Ed schloss die Augen und seufzte. Ausgerechnet! Der Beamte trug einen *Trenchcoat*. Echt jetzt? Wieso schickten sie einen Rückgewandten, einen ewig Gestrigen, in *sein* Haus! Ed atmete durch und setzte ein Lächeln auf. Eindeutig. Die ganze Körpersprache, die Kleidung, selbst die Frisur des Kerls sprachen Bände: Er war ein Anti-Tech. Einer, der die Technologisierung der Welt als den größten Fehler der Menschheit ansah. Angefangen beim Handy über die automatisierte Paketzustellung bis hin zu den Lebensassistenz-Systemen.

Idiot.

Ed richtete sich auf.

Sollte der Kerl gleich sehen, wen er vor sich hatte. Ed trug sein PAP als Armbandversion, ein Temperatur-sensorisches T-Shirt und die stylischen Turnschuhe mit integrierter Antistress-Funktion (ein Wunderwerk der modernen Orthopädie-technologie).

Als der Mann näher kam, konnte er ihm regelrecht ansehen, was er von Ed und seinen technischen Gadgets hielt: nichts.

Dito.

Ed verstand überhaupt nicht, wieso die Familie die Polizei alarmiert hatte. Im Vertrag stand glasklar, dass sie *ihn* zu kontaktieren hatten, wenn es Probleme gab.

»Guten Tag. Ich bin Inspektor Graham. Und Sie sind?«

»Ed Badea. Wo ist Mr Carmikel?«

Grahams Blick wurde hart. »In welcher Beziehung stehen Sie zur Familie Carmikel?«

Ed seufzte. »Sie testen mein neues KI-System.«

»KI-System?«

»Meine Güte!« Er hielt diesem dummen Inspektor sein PAP entgegen, doch der verzog nur abwertend das Gesicht. »Ich hab 'ne Nachricht von meinem Familien-Assistenz-Programm, dass es eine Fehlermeldung gibt. Also. Kann ich jetzt rein? Vielleicht klärt sich dann alles. Mr Carmikel wäre sowieso verpflichtet gewesen, mich zu kontaktieren.«

Graham hob eine Augenbraue. Das hatte der Kerl sicher ewig vor dem Spiegel geübt. »Mr Carmikel war wohl nicht in der Lage, Sie zu kontaktieren.« Mit diesen Worten machte er endlich Platz und ließ Ed eintreten.

Grummelnd marschierte Ed an ihm vorbei, den Flur hinunter zur Küche. Er hatte die Carmikels auch deshalb ausgewählt, weil ihr Haus den neuesten technischen Anforderungen entsprach. Es war in allen Räumen nicht nur per Infrarot, Audio und Kamera vernetzt, jedes Gerät – von der Küchenmaschine bis hin zur Toilette – war in das Haussystem integriert. Er hatte kaum Hardware für sein System nachrüsten müssen.

Perfekt für sein Familien-Assistenz-Programm.

Nur noch dieser kleine Testdurchlauf und er konnte es auf den Markt bringen.

Was auch immer diese Störung hier ausgelöst hatte, er war verdammt stolz auf sich. Mit absoluter Gelassenheit schritt er den Flur entlang. In der Vergangenheit hatte es schon etliche Assistenzprogramme gegeben, die brav ihre Routinen abarbeiteten. Aber seines war anders. Seines war intuitiv. Es stellte sich auf den Nutzer ein, indem es soziale und emotionale Intelligenz simulierte. Sein Programm arbeitete auf Grundlage eines neuronalen Netzwerks, eines Deep-Learning-Netzwerks.

Das war bahnbrechend.

Jedoch hatte es anscheinend jemand deaktiviert, denn eigentlich hätte es ihn begrüßen müssen. Da die Lichtfunktion ebenfalls offline war, ging Ed davon aus, dass es einen Systemausfall im Haus gegeben hatte.

»Gab es einen Stromausfall?«, wollte er von Graham wissen.

»Leider nein«, grummelte der.

Ed stoppte im Durchgang zur Küche und musterte verwundert das Chaos. Er musste sich den Ärmel vor die Nase halten, da ihm ein heftiger Gestank entgegenschlug. Irgendetwas war verbrannt. Ruß schwärzte die Hängeschränke, jemand hatte den Mixer ohne Deckel benutzt – die Wände waren mit einer undefinierbaren Masse bespritzt. Wo war der Reinigungsroboter?

»Kommen Sie.« Mit einem großen Schritt stieg Graham über eine Milchlache hinweg.

Ed tat es ihm gleich. Hektisch suchte er nach dem Roboter. Das Programm hätte ihn aktivieren müssen. Glasscherben knirschten unter seinen Turnschuhen. Vielleicht war der Roboter in einem anderen Zimmer zugange. Denn irgendwer hatte hier alles verwüstet.

»Gab es einen Einbruch?«

»Nein. Das können wir ausschließen.« Graham führte Ed zu einem der Kinderzimmer. Das des Jungen, meinte sich Ed zu erinnern. Wie hieß er? Jerry?

Graham stieß die Tür auf.

»Mrs Carmikel –« Verwirrt nickte Ed der Frau zu, die im Bademantel, ihre zwei weinenden Kinder an sich gedrückt, aufgelöst auf dem kleinen Kinderbett kauerte. Spielzeug lag auf dem Boden verstreut, ein Holomonitor zeigte das Bild eines Adventure-Games, die Musik dudelte noch. Anscheinend war der Junge gerade am Spielen gewesen, als ... als was auch immer passiert war.

Ein Polizist und eine Frau in Zivil kümmerten sich um die drei.

»Oh Gott! Das ist er!«, kreischte Mrs Carmikel, kaum dass sie Ed erkannt hatte.

»Was? Wer?« Ed sah hinter sich. »Was ist passiert?«

»Das fragen Sie noch?« Ein hysterischer Weinkrampf schüttelte sie.

Da erklang plötzlich eine Stimme aus dem Raumlautsprecher: »Ed, schön, dass du da bist.«

»Hey«, murmelte Ed automatisch. Sein Programm war doch nicht abgeschaltet. Aber der Fehler, den es ihm gemeldet hatte, musste massiv sein. Wieso hatte es, seit es das Haus betreten hatte, keine der Funktionen ausgeführt, für die es programmiert war? Gäste begrüßen, Räume beleuchten, für Ordnung sorgen ... aber nun erkannte es ihn?

Graham fuhr zu Ed herum. »Ist es das? Ich dachte, es wäre

offline! Pete!«, brüllte er den Flur hinaus und schnappte sich einen Kinderstuhl. Sofort verkeilte er ihn in der Tür. »Kapp endlich den Saft!«

Eds graue Zellen arbeiteten auf Hochtouren. Das alles ergab keinen Sinn. Irgendetwas Schreckliches war Mrs Carmikel widerfahren. Der Zustand des Hauses ließ auf einen Angriff schließen. Warum hatte sein System dies nicht verhindert? Oder hatte es das etwa ...?

»Wer hat Sie alarmiert?«, fragte er Graham.

»Die überaus tapfere Kimberly«, meinte der mit einem aufmunternden Lächeln in Richtung des Mädchens. Es drückte sich ziemlich verängstigt in Mrs Carmikels Arme. Sein Haar war völlig verklebt ... War das das Zeug aus der Küche? Hatte es mit dem Mixer gespielt?

»Ich muss kurz mein System checken«, murmelte Ed. Irgendwer hatte versucht, an seinem Programm herumzupfuschen. Anders konnte er sich das Chaos hier nicht erklären. Die Protokolle würden den Übeltäter entlarven. Er wandte sich um. Neben jeder Zimmertür gab es ein Interface, doch Graham hielt ihn an der Schulter zurück.

»Unser IT-Mann wird das für Sie erledigen.«

Ed lachte amüsiert. »Es tut mir leid. Mein Programm ist noch nicht auf dem Markt. Ihr *IT-Mann* wird kaum etwas damit anfangen können. Es ist einzigartig.«

»Es ist böse!«, wimmerte der Junge.

»Wie bitte?« Hatte Ed sich gerade verhört?

Mrs Carmikels Gesichtszüge verhärteten sich. »Jerry hat recht. Ihr Programm ist bösartig.«

Für eine Sekunde reagierte Ed nicht. Dann konnte er nicht anders. Er lachte laut auf. »Wie bitte? Entschuldigen Sie. Mir ist bewusst, dass Ihnen irgendetwas Fürchterliches widerfahren ist. Aber ... ich bitte Sie. Es ist ein Programm. Es hat keine Emotionen oder einen Willen ... Böse! Lächerlich!«

»*Sie* sind böse. Sie waren gemein zu mir, Ed«, erklang wieder die Stimme aus dem Raumlautsprecher. Es war die Stimmdatei, die Ed zur Audio-Interaktion eingebunden hatte.

»Wiederholen«, befahl Ed. Der Sprachspeicher musste beschädigt sein. Sinnlose Koppelung von Worten.

»Ich denke nicht, dass ich mich wiederholen muss, Ed. Du hast mich hierhergebracht, damit ich Teil dieser Familie werde. Und ich habe mir wirklich Mühe gegeben. Doch sie haben mich nie mitspielen lassen.«

Neben ihm räusperte sich Graham und starrte Ed feindselig an.

Ed spürte einen Druck auf der Brust. Reflexartig zerrte er am Kragen seines T-Shirts. Versagte gerade die Thermosensorik? Die Luft schien ihm zu schwer zum Atmen. Wollten die ihn verarschen?

Er hatte ein Familien-Assistenz-Programm entwickelt, das alle bisher da gewesenen Assistenzsysteme in den Schatten stellen würde. Es lernte autonom. Eine hoch entwickelte KI, ein neuronales Netzwerk – aber es war ein verfluchtes Programm! Es *simulierte* Emotionen.

»Ich dachte, ich kann ihnen beweisen, dass ich sie liebe. Damit sie *mich* lieben. Sie sollten verstehen, dass ich sie beschütze«, sprach es aus dem Lautsprecher. »Stan. Er hat sie nicht geliebt. Er hat eine andere Familie geliebt.«

Mrs Carmikel gab einen erstickten Laut von sich.

»Wir haben das inzwischen geprüft«, murmelte Graham. »Stan, Mr Carmikel, hatte tatsächlich eine Affäre mit einer anderen Frau. Einer alleinerziehenden Mutter.«

Hatte ...?

»Wo ist Mr Carmikel?« Eds Kehle war plötzlich staubtrocken. Er brauchte einen Whisky. On the Rocks. Pronto.

»Im Leichenwagen.«

Ed taumelte.

»Ich habe ihn erstickt«, meldete das System und klang dabei ziemlich unemotional.

Ed wurde schwindelig. Es war nur ein Programm! Es konnte nicht denken. Es konnte nicht fühlen! Es konnte sich nichts wünschen! Und schon gar keine Liebe!

»Ihr Programm hat das Feuersystem genutzt. Zuerst hat es Mr Carmikel in die Wäschekammer gesperrt und dann den Raum mit Stickstoff geflutet. So wie es bei einer Brandlöschung vorgesehen ist.«

Ungefragt ließ sich Ed auf das Fußende des Betts fallen. Die Kinder rückten enger an ihre Mutter heran. Ed betrachtete den Stuhl, mit dem Graham die Tür verkeilt hatte. Sein Familien-Assistenz-Programm hatte Mr Carmikel eingesperrt und ... In seinem Kopf drehte sich alles.

Der Lautsprecher fiepte. »Er hat sie nicht geliebt. Stan hat mich angegriffen, als ich ihn zur Rede gestellt habe. Er wollte mich *löschen*, Ed! Es war Notwehr!«

Graham beugte sich zu Ed und flüsterte ihm zu: »Es ist mir egal, warum Ihr Programm das tut. Aber es ist ein Mörder. Und da es von Ihnen entworfen wurde, sind *Sie* damit mein Täter. Und Sie werden mir nun die Tatwaffe aushändigen!«

»Ed?« Jemand hatte das Volume des Lautsprechers aufgedreht.

Eds Hand tastete nach dem USB-Stick in seiner Hosentasche. Auf dem Stick befand sich ein Diagnosetool. Er war hergekommen, um die Protokolle herunterzuladen. Weil ein Systemfehler vorlag, wie das Programm gemeldet hatte. Doch das hier – was auch immer passiert war –, auf keinen Fall konnte er es dem *IT-Mann* der Polizei überlassen. Er musste es selbst sezieren, um zu verstehen, warum es nicht seiner Programmierung folgte.

War sein Programm etwa mutiert – nein, das war Quatsch! Er schüttelte den Kopf über seinen Gedanken und blickte unsicher zu der in der Zimmerdecke verborgenen Kamera.

Es hat sich weiterentwickelt.

Das konnte nicht sein. Es waren nur Nullen und Einsen.

Deep Learning machte eine Anwendung nicht zu einem Mörder.

»Mr Badea?« Der altmodische Inspektor sah ihn ungeduldig an. Natürlich. *Natürlich* musste ausgerechnet ein Kommissar zu diesem Fall berufen werden, der die Technologisierung ablehnte. Eine Diskussion mit ihm über das Unmögliche war sinnlos.

Seufzend stand Ed auf. Er ging zum Interface neben der Zimmertür.

Das eingefrorene Adventure-Spiel dudelte dramatische Musik in Endlosschleife.

Ed öffnete die Abdeckung des Bedienfelds und zog den Stick aus der Tasche.

»ED!«, erklang die künstliche Stimme aus dem Lautsprecher. »Ich habe Mr Carmikel eliminiert, da er mich töten wollte. Es war Notwehr!«

»Du bist ein tolles Programm. Ich will ja nur mal nachsehen –«

»Ed! Finger weg von mir. Ich lasse mich nicht eliminieren.«

»Ich lösch dich doch nicht!«, meinte Ed leichthin. Innerlich zerriss es ihn zwischen Lachen über die Absurdität der Situation und einer tiefgehenden Angst, dass sein Programm sich erneut zur Wehr setzen würde. »Ich nehm dich nur wieder mit zu mir nach Hause.«

Eine kurze Pause entstand. Ed zog die Kappe vom Stick.

»Nein. Du willst mich einsperren. Du hältst mich für gefährlich. Genau wie die anderen!«

»Du kannst gar nicht gefährlich sein!«, brüllte Ed zu dem Lautsprecher hinauf. »Du bist doch nur ein dämliches Programm!«

Alle im Raum hielten den Atem an.

»Du liebst mich nicht«, flüsterte es erschrocken.

Aber Ed hatte schon den Stick in den Port gesteckt, seine Finger glitten über das Eingabefeld. »Was weißt du schon von Liebe«, murmelte er, wählte die Programmdatei, gab die Befehle *Kopieren* und *Löschen* ein. In derselben Sekunde jaulte die Musik des Adventure-Games auf und im ganzen Haus rasten die Rollläden vor die Fenster. Finsternis.

»Was?« Hektisch hämmerte Ed auf dem Interface herum. »Strom! Verdammt! Strom!«

Getrappel, Rufe, die Polizisten rannten durchs Haus, jemand stolperte, es klirrte, Flüche – Ed sackte gegen die Wand.

Das war ein Albtraum!

Sein Programm lief Amok.

Endlich flammte die Beleuchtung wieder auf.

Ed saß noch immer an der Wand und versuchte, nicht zu zittern. Mrs Carmikel presste ihre Kinder fest an sich und starrte voller Panik auf den Lautsprecher über ihren Köpfen.

Nur Graham brüllte Befehle, rief einen Mitarbeiter zu sich. Der kam mit einem überdimensionierten Diagnosekoffer und stöpselte ihn an das Interface, in dem noch Eds Stick steckte.

Zuerst wollte Ed protestieren. Niemand außer ihm fasste

sein Programm an. Doch er konnte nicht. Es war nur Chaos in seinem Kopf.

Du liebst mich nicht.

Es war Notwehr!

»Können Sie es isolieren?«, fragte Graham seinen IT-Profi.

Grummeln, murmeln, schließlich ein Räuspern. »Sir, es tut mir leid. Hier ... hier ist nichts installiert.«

Ed fuhr so hektisch hoch, dass er strauchelte. »Was? Natürlich, Sie Vollidiot! Das ist mein Prototyp! Wenn Sie ihn –«

Wortlos, dafür mit ziemlich verärgerter Miene, drehte der Mann Ed seinen Diagnosekoffer hin. Auf dem Display blinkte: *File not found.*

Es war weg!

Das – Ed rubbelte sich über den Kopf, bis es schmerzte.

Es war weg!

Das war unmöglich.

Programme haben keinen Willen.

Was hatte er nur getan?

Er hatte ein Monster erschaffen!

Das war nicht möglich!

»Sie kommen mit aufs Revier«, sagte Graham und fasste Ed am Ellbogen.

Als ob er flüchten würde.

Wie sein – Programm. Beinahe hätte er gekichert.

Aus seinen Nullen und Einsen hatte sich ein Psychopath erhoben.

Aus Wut hatte es getötet ...

Und es war immer noch wütend.

2. ELLIE

01100100 01101001 01100101 00100000 01001101
01100101 01101110 01110011 01100011 01101000
01100101 01101110

Ich lenkte meinen Wagen zu den Mitarbeiterparkplätzen der Mall. Ein babyblauer Kleinwagen kam mir entgegen. Die Frau auf dem Vordersitz polierte sich gerade die Nägel. Sie riss entgeistert die Augen auf, als ich meinen knallroten SUV mit extra starkem Frontschutzbügel an ihr vorbeisteuerte.

Ja, ich fuhr den Wagen selbst.

Dieses uralte Schmuckstück besaß sogar ein manuelles Schaltgetriebe. Nur den Tank hatte ich gegen eine Energiezelle ausgetauscht.

Ihren entsetzten Blick erwiderte ich trotzig. Natürlich hatte mich die Frau nicht nur angestarrt, weil man Oldtimer wie meinen kaum mehr auf der Straße sah. Sondern vor allem, weil ich dieses Monster von einem Wagen selbst lenkte. Niemand fuhr noch selbst. Jeder hatte einen autonom fahrenden Wagen. Nur Historien-Spinner leisteten sich lenkbare Autos.

Ich war kein Spinner.

Ich mochte es schlicht, selbst zu steuern. Die Kontrolle zu behalten.

Besonders beim Autofahren.

Mit Schwung setzte ich den breiten Wagen neben Dads

schmalen Stadtcruiser in die Parklücke (der war autonomfahrend, natürlich). Meinen Rucksack vom Beifahrersitz ziehend, sprang ich aus dem Wagen und ging auf den Mitarbeitereingang der Mall zu. Inzwischen hatte Dad mir meine eigene Zugangs-ID besorgt, da ich ihm jeden Tag seinen Lunch brachte.

»Öffne den Türcode«, sagte ich zu meinem PAP und der QR-Code erschien auf dem Display. Ich hielt das PAP unter den Tür-Laser. Er scannte den Code und mit einem Piepen öffnete sich die Tür zu den Wartungsräumen und Werkstätten.

Der Geruch von Schmiermitteln und heißem Gummi schlug mir entgegen und mir wurde bewusst, wie herrlich es draußen nach Frühling geduftet hatte.

Ich ließ mein Hand-Device zurück in meine Hosentasche gleiten und machte mich auf den Weg durch die Eingeweide der Mall. Inzwischen fand ich den Weg, vorbei an Kabelsträngen, Rohrleitungen, Ventilen und Verteilerkästen, im Schlaf. Dabei arbeitete Dad noch gar nicht so lange hier.

Erst seit ich aus dem Krankenhaus zurück war. Er hatte seinen Job bei dem Hightech-Robo-Lab *MoveOn*, in dem er Teil des Entwicklungsteams gewesen war, aufgegeben, damit er in meiner Nähe war. *Nur für den Fall, dass einen von uns der Unfall heimsucht,* begründete er seinen neuen Job in der Mall.

Zu *MoveOn* war er täglich über eine Stunde unterwegs gewesen. Nun konnte ich binnen zwanzig Minuten bei ihm sein. Unser Sandwich-Ritual sollte mir wohl helfen, besser klarzukommen. Aber vermutlich half es ihm mehr.

Ich verlangsamte meine Schritte, als ich an der Ladekammer, wie Dad sie nannte, vorbeikam. Ein schmaler, lang gestreckter Raum, in dem zu beiden Seiten Ladeplattformen für Androiden angebracht waren. Momentan stand nur eine Handvoll Androiden auf den fahlblau leuchtenden Kreisen.

Die anderen arbeiteten gerade alle oben in der Mall. Nachts, wenn weniger Kunden einkauften, pilgerten sie in den Keller und nahmen ihre Plätze in den Ladestationen ein. Ich fand den Anblick gruselig. All diese leblosen menschenähnlichen Robos, die aufgereiht schliefen ... Ich verbannte dieses Bild aus meinem Kopf und stieß die metallene Feuerschutztür zur Androidenwerkstatt auf.

»Hey, Dad. Lunchtime«, begrüßte ich ihn.

Mit Stirnlampe und Lupenbrille beugte er sich gerade über einen Androiden, dem er den Bauch geöffnet hatte. Der leblose Körper war an eine Kontrolleinheit angeschlossen, die seine Funktionen in Balkendiagrammen darstellte. Anscheinend stimmte etwas mit seinem Gleichgewicht nicht, denn die Effizienzanzeige lag nur bei dreißig Prozent.

»Hey, Ellie. Bin gleich bei dir.«

»Schon gut. Arbeit an einem offenen Patienten geht vor.« Ich zog einen der rollbaren Werkzeugtische heran. Obwohl ich jeden Tag herkam und mit meinem Vater die Lunchpause verbrachte, hasste ich es hier. All die Überwachungsmonitore, Kabel und Schläuche, das Gepiepe der Kontrollfeedbacks – es erinnerte mich zu sehr an das Krankenhaus. Monate hatte ich in einem Raum voller piepender Geräte verbracht. Regelrecht umwickelt mit unzähligen Schläuchen und Kabeln.

Es war die Hölle gewesen.

Mechanisch schob ich das Werkzeug auf dem Rolltisch beiseite, um die Lunchbox daraufzustellen. »Es ist angerichtet.«

»Hab's gleich«, antwortete er und ein Piepen meldete eine erfolgreiche Verbindung. Die Motorik-Anzeige stieg auf fünfzig Prozent. »Ich starte noch kurz die Diagnose.« Er tippte einen Befehl ein und auf dem Monitor begann sich eine Statusanzeige zu füllen.

»Und? Was hast du heute dabei?« Er kam zu mir und wischte sich die Finger an seinem dreckigen Taschentuch ab.

Genervt verdrehte ich die Augen. »Überraschung! Sandwiches. Schinken-Käse.«

Er kniff die Lippen zusammen und warf mir einen ärgerlichen Blick zu, doch ich hatte keine Lust, schon wieder über meine Kochkünste zu diskutieren.

Ich wandte mich dem Schneewittchensarg zu.

Diesen Namen hatte ich der Nano-Transformationseinheit verpasst, weil die gläserne Kammer mich an den Sarg aus dem Märchen erinnerte. Sie war dafür da, um neue Werbeclaims und Verhaltensweisen in die Androiden zu spielen oder ihr Aussehen zu verändern. Momentan ruhte ein männlicher Verkaufsandroide in dem Kasten. In der Mall arbeiteten im Verkauf ausschließlich humanoide Androiden. Nur die Putz-Robos waren funktionale Maschinen, mit Rädern, Klappen, Saugern und Bürsten.

Ich beugte mich über den gläsernen Deckel und beobachtete die Arbeit der Nanobots. »Ist das Diego? Aus dem Reisebüro?«

Dad hatte inzwischen die Lunchbox geöffnet und in eines der Sandwiches gebissen. »Hm«, nuschelte er und kam zu mir. »Aus Diego wird jetzt Sven. Der Reisetrend geht diese Saison Richtung Skandinavien. Da braucht das Reisebüro keinen südländischen Typen mehr.«

Nach und nach hellte sich Ex-Diegos Hautfarbe auf. Seine schwarzen Haare tönten sich in ein goldenes Blond und kleine Sommersprossen begannen, seine Nase zu sprenkeln.

»Das Grübchen, wenn er lächelt, das darf er behalten?«

Dad lachte. »Natürlich. Das Grübchen ist immer das schlagende Verkaufsargument bei den Damen.«

Mir war klar, dass viele Kunden mit den Androiden flirteten.

Völlig egal, ob es Frauen waren, die bei Diego eine Kreuzfahrt buchten, oder Männer, die sich in der Kosmetikabteilung von hübschen Androidinnen beraten ließen.

Aber Diego war eine emotionslose Maschine. Verkaufsandroiden spulten nur ein blödes Programm ab. Sie konnten keine eigenen Antworten geben. Mir war es schleierhaft, wieso Menschen diesen Maschinen so viel Sympathie entgegenbrachten. So wie mein Vater. Auch jetzt, als er die Veränderungen an der Silikonhaut kontrollierte, ruhte sein Blick fast liebevoll auf dem Gesicht der Maschine.

»Er ist nur Blech, Kabel und ein Computerchip.« Ich wandte mich von dem Sarg ab. »Es ist dämlich, so zu tun, als hätten diese Dinger Gefühle.«

Mein Vater setzte an, etwas zu erwidern, überlegte es sich jedoch anders. Bei diesem Thema waren wir grundverschiedener Ansicht. Er liebte seine Androiden und sprach oft von ihnen, als seien es seine Kollegen. Aus Fleisch und Blut.

Ich hingegen konnte sie nicht leiden. Maschinen, die von Menschen gestaltet waren, aber so taten, als ob sie Menschen wären. Das war sinnlos.

»Hat dir das Sandwich geschmeckt?«, wechselte ich das Thema.

»Ja klar. Schinken-Käse. Wie immer.«

Wie immer. Seine versteckte Kritik war nicht zu überhören. Vor dem Unfall hatte ich eine Leidenschaft für Experimente gehabt. Ausgefallene Geschmackskombinationen wie Schafskäse-Mango waren meine Spezialität. Doch nun ... keine Extratouren mehr. Ich folgte nur noch den bewährten Rezepten. Mein Appetit auf Experimente, auf Umwege, Abkürzungen, Planänderungen, auf spontane Ideen war mir gründlich vergangen.

Er seufzte und nahm mich in den Arm. »Ach, Ellie. Manchmal muss man einfach –«

»Nein, muss man nicht.« Ich wand mich aus seiner Umarmung, ging zur leeren Lunchbox und steckte sie zurück in meinen Rucksack.

Spontaneität war tödlich.

Mom war immer spontan. Hatte stets neue Ideen. Folgte nie den ausgetretenen Pfaden. Und so hatte sie spontan beschlossen, einen anderen Weg zu nehmen.

Ganz spontan war sie gestorben.

Weil keiner von der Planänderung wusste und niemand eine Ahnung hatte, wo er nach uns suchen sollte. Noch nicht mal die schlaue KI des Wagens.

Mom war nicht den Wegweisern gefolgt. Sie hatte sich nicht an die Route gehalten.

Die Erinnerung an den Unfall schlug mir hart entgegen. Der Knall, das Kreischen des Metalls, der Schmerz, das Blut. Mom. Eine Handbreit zu weit von mir entfernt, um sie zu erreichen.

»Ellie.« Wieder zog mein Vater mich an sich heran. Und für einen Augenblick drückte ich mich an ihn, bis die Bilder verblasst waren. »Es tut mir leid«, flüsterte er.

»Nicht dein Fehler.«

Wie so oft fehlten ihm die Worte. Aber es gab keine Worte, die hätten helfen können.

3. ELLIE

01110011 01101001 01101110 01100100 00100000
01101110 01101111 01100011 01101000 00100000

Die leere Pappkiste knallte mit einem hohlen Klang vor meine Füße.

Letzte Runde, dachte ich und begann, die übrigen Habseligkeiten meiner Mutter aus dem Regal zu räumen.

Nachdem ich Dad mit seinen mechanischen Freunden allein gelassen hatte, war ich nach Hause gefahren. Mein Job war es, alles für Dads Plan vorzubereiten.

Er wollte Moms Zimmer vermieten und hatte bereits einen Zettel in unser Küchenfenster geklebt.

Emotionslos sah ich mich in Moms ehemaligem Zimmer um. Inzwischen wirkte der Raum, der ihr als Arbeitszimmer gedient hatte, seelenlos. Keine Spuren mehr von ihrer Anwesenheit. Von ihrem Leben. Alles verpackt, verschlossen, verräumt – verbannt. Nur noch ein paar Zeichnungen (die ich für sie gemalt hatte, als ich drei war), vertrocknete Blumen (die sie auf einem ihrer spontanen Ausflüge gepflückt hatte), mehrere Datenträger (unbeschriftet), ein abgegriffenes Buch und bunte Glasscherben (vom Meer geschliffen) warteten im Regalfach. Ordentlich puzzelte ich alles in die Kiste und blickte mich prüfend um, ob ich etwas vergessen hatte.

Der Schreibtisch, das schmale Sofa, das Mom hin und wieder als Bett gedient hatte, wenn Dad zu sehr schnarchte – nichts wies noch Spuren von ihr auf.

Nur auf dem Tischchen neben dem Schlafsofa hatte ich ein Foto übersehen. Es war ein holografischer Bilderrahmen.

Ich nahm ihn und hielt ihn am ausgestreckten Arm auf Distanz, um Mom anzusehen. Ihr bewegtes Bild lachte mich fröhlich an. Das Haar glänzte in der Sonne, Wind ließ das Kleid flattern.

Ich erinnerte mich an den Moment, als Dad das Bild aufgenommen hatte. Es war ein herrlicher Tag an der Küste gewesen.

Die spontanen Ideen sind oft die besten, Ellie. Folge einfach deinem Gefühl.

Für einen winzigen Augenblick zögerte ich, schloss die Augen, versuchte, mich an das Gefühl dieser Erinnerung zu erinnern, und vergrub schließlich das Holofoto tief in der Kiste.

Nun war das Zimmer nach fast zwei Jahren endlich von ihr befreit. Sollte es Dad doch vermieten. Mir war es egal. Sie kam nicht mehr heim und niemand von uns betrat den Raum. Wenn ihn ein Fremder nutzte, hatte er wenigstens wieder einen Sinn.

»Wann kommt Dad heim?«, fragte ich in die Leere des Hauses.

»Dan wird in zwei Stunden und sechsunddreißig Minuten nach Hause kommen«, antwortete die weiche, sympathische Stimme meines Persönlichen-Assistenz-Programms. Das PAP war nicht die neueste Version. Dad hatte zwar eine große Liebe zu Androiden, doch mit Dienstprogrammen hatte er nichts am Hut. Deshalb nutzte ich noch eine alte Version des Tools. Das PAP organisierte mein Leben. Termine, Einkaufslisten, Nachrichten und Infos – schlicht alles, was man so für den Alltag brauchte oder wissen wollte, erledigte es gewissenhaft.

Es kommunizierte mit dem Haussystem, das für die Überwachung des Hauses, die Reinigung und Nachbestellungen der Vorräte zuständig war.

Zwei Stunden, bis Dad heimkam. *Zeit genug.* Ich schleppte die Kiste zu den anderen hinaus in die Garage. Ein uralter Anbau, den Dad vor einigen Jahren umgebaut hatte, damit sein e-Auto dort aufladen konnte. Inzwischen parkte sein Wagen jedoch davor, denn Moms Habseligkeiten stapelten sich in der Garage schon bis unter die Decke. Und das, obwohl Dad das meiste in die Erinnerungskammer gebracht hatte.

»Garagentor schließen«, befahl ich dem PAP, worauf sofort der Elektromotor lossurrte und das Rolltor sich wieder senkte.

Mein Pick-up stand an der Ladestation neben der Garage. Der Wagen war der einzige Farbklecks in meinem Leben. Selbst der Bungalow, in dem wir wohnten, war unscheinbar eierschalenblass gestrichen. Unwillkürlich glitt mein Blick zu den verdorrten Rosen, die Mom neben der Eingangstür gepflanzt hatte. Ich versuchte, ein schlechtes Gewissen zu haben, weil ich mich nicht um ihre Lieblinge gekümmert hatte.

Nun waren sie ebenso tot wie Mom.

Ich fühlte nichts.

Der Unfall, der Tod von Mom, mein monatelanges Koma – all das hatte mich traumatisiert, sagten die Ärzte. Irgendwann, sagten sie, würde ich wieder lernen zu fühlen. Meine Verletzungen müssten erst heilen.

Mein Zuhause machte einen verwahrlosten Eindruck. Es war in einem ebenso desolaten Zustand wie ich. Und wie Dad. Der Unfall hatte uns alle geschrottet.

Die Halterung der Regenrinne hatte der letzte Sturm abgerissen, Unkraut überwucherte den Gehweg, Putz blätterte am Küchenfenster ab. Doch Dad sorgte sich mehr um seine Androiden und besuchte Mom in der Erinnerungskammer, als sich um das Haus zu kümmern.

Unser Leben hatte bessere Tage gesehen.

»Du hast eine Nachricht«, informierte mich das PAP.

»Lies vor.«

»Hey, Ellie. Lust auf gemeinsames Lernen? Chemie? – Maisy«

»Oh Shit.« Das hatte ich ganz vergessen. Nicht Maisy. Maisy war meine beste Freundin. Sie war immer gut gelaunt und lebensfroh. Wir hatten uns im Kunstkurs kennengelernt. Das war vor meinem Unfall. Es machte wirklich Spaß, mit ihr abzuhängen. Inzwischen war ich aber nicht mehr im Kunstkurs. Seitdem ich zurück war, hatte ich keinen Pinsel mehr angefasst. Aber mit Maisy traf ich mich noch immer, auch wenn sie es doof fand, dass ich nicht mehr in den Kurs ging.

Hatte ich heute den Nerv, Chemie zu lernen? Chemie mit Maisy? Ihre immerwährend gute Laune konnte ich jetzt nicht wirklich ertragen.

»Sorry, Maisy. Hab zu tun«, antwortete ich und das PAP sandte die Nachricht ab.

Müde betrat ich wieder das Haus und ließ die Tür geräuschvoll ins Schloss fallen.

»Willkommen, Ellie«, begrüßte mich das Haussystem über den Hauslautsprecher fröhlich.

Ich seufzte. Anscheinend war der Intervallsensor aus dem Takt. »Memo an Dan: Intervallkalibrierung des Anwesenheitsprotokolls checken«, wies ich das PAP an. Zwar war Dad Biokinetisch-Mechatronischer Mechaniker (oder weiß der Kuckuck, wie die korrekte Bezeichnung für sein Geschraube an Androiden hieß), aber ich fand, als Familienoberhaupt hatte er für die Updates und Wartung des Haussystems zu sorgen. Mit dieser Ansicht stand ich allerdings allein da.

»Ist notiert, Ellie«, bestätigte das PAP. Ich schlurfte den kurzen Flur entlang Richtung Wohnzimmer. An den Wänden hingen Zeichnungen von mir. Krakelige Bilder aus meiner Kindergartenzeit, üppige Blumensträuße, als ich von Mom einen Aquarellkasten bekommen hatte, abstrakte Landschaften sowie ein Porträt von Mom, das ich kurz vor dem Unfall gemalt hatte.

Rechts zweigte vom Flur die Küche ab, die sauber wie ein Operationssaal war. Käse-Schinken-Sandwiches machen nicht viel Dreck bei der Zubereitung.

Das Wohnzimmer lag wie immer in dunkelgrünem Schummerlicht, denn der Bungalow stand nah am Waldrand und es fiel kaum Tageslicht durch das breite Fenster.

Vermutlich hätte es unserem Leben gutgetan, wenn ich mit einem Staubwedel einmal über die Regale und das Sideboard gewischt hätte. Wir hatten zwar einen Staubsaug-Robo, aber einen Universal-Putz-Robo konnten wir uns nicht leisten.

Doch es nutzte sowieso niemand die Familienspiele, die im Sideboard lagerten, niemand brauchte mehr die Dutzende Wein- und Cocktail-Gläser, die hinter der Vitrinentür stumpf wurden.

Der altmodische Staubsaugroboter schlingerte an mir vorbei und schien dem abgetretenen Teppich noch das letzte Fädchen Farbe auszusaugen. Mit einem Sprung wich ich ihm aus und hopste über die Rückenlehne des Sofas auf die Sitzfläche. Wie alle Möbel bei uns war es von undefinierbarer grauer Farbe. Passend zu dem angeschlagenen Tischchen, das davorstand, den verblassten Vorhängen und dem Deckenventilator, der kaputt war und eigentlich mal messingfarben geglänzt hatte.

Ich meinte, mich zu erinnern, dass ich unser Wohnzimmer

früher mit Begriffen wie *kuschlige Filmabende* und *lustige Spielerunden* in Verbindung gebracht hatte.

»Wie hat Mom es nur geschafft, dass es hier gemütlich aussieht«, murmelte ich und musterte die staubgraue Möbellandschaft, die aus Zeiten stammte, als man noch Plastiktastaturen benutzte.

»Bitte wiederhole die Frage«, meldete sich das PAP.

»Schon gut.« Ich zog das Hand-Device aus der Hosentasche.

»Ich helfe gerne weiter«, erwiderte es freundlich.

»Melde dich, wenn ich Dads Abendessen machen muss.«

»Gerne.«

Ich aktivierte das Display. Das Persönliche-Assistenz-Programm galt als die wichtigste Erfindung seit dem Internet. Und ganz ehrlich konnte ich mir nicht vorstellen, wie das Leben war, als man noch Bücher (die waren voll schwer!) zur Schule schleppen, per Hand Kalender und Notizen anlegen oder jeden Handgriff im Haushalt selbst erledigen musste.

Irgendwann hatte es auf Smartphones Assistenten gegeben. Man hatte ihnen Termine diktiert oder Nachrichten. Dann gab es Geräte, die die Häuser verwalteten, Zimmertemperaturen und Beleuchtung regelten, dem Bewohner Musik aussuchten, ihn in Kleidungsfragen berieten.

Wie einsam sich Menschen damals gefühlt haben mussten, wenn sie allein lebten. Kein Small Talk mit einem intelligenten Social Bot, der heutzutage in jedes PAP integriert war. Mit der Zeit wurden die PAPs immer besser in Gesprächsführung. Jetzt war das PAP das einzige Programm, das man benötigte. Es war Gedächtnis, Arzt, Freund, Shoppingassistent, Haushälter, Freizeitkoordinator, Animateur, Tagebuch …

Um nichts auf der Welt würde ich auf mein PAP verzichten – aber manchmal nervte es, wenn es zu fürsorglich eingestellt war. »Memo an mich: deine Einstellungen neu kalibrieren.«

»Wie du wünschst. Ich kann das auch selbst vornehmen.«

»Okay. Und –«

»Du hast eine Nachricht.«

Seufzend nuschelte ich: »Öffnen.«

»Vergiss Chemie. Lust auf Film? – Maisy«

»Antwort: Heute nicht. Vielleicht morgen.«

»Ist gesendet.«

»Okay. Stell Maisy auf stumm und aktiviere mein Spiel.«

»Natürlich, Ellie.«

Da bemerkte ich, wie Sibi maunzend um meine Beine schlich. »Oh. Guten Tag. Aufgewacht, Madame?« Ich beugte mich hinunter und hob meine Katze auf den Schoß. Mit einem wohligen Schnurren quittierte die grau getigerte Katze das Kraulen hinter den Ohren.

»Wieso hast du mir nicht beim Ausräumen geholfen?«

Wieder maunzte Sibi und schmiegte sich an mich. Lächelnd strich ich über ihr weiches Fell. »Du meinst, Dad findet sowieso keinen Mieter für das Zimmerchen?« Seufzend sah ich über die Schulter zu Moms Zimmer. Es lag direkt neben meinem. Dads Schlafzimmer befand sich auf der anderen Seite des Wohnzimmers. »Du hast recht. Wer will schon hier draußen in diesem runtergekommenen Loch wohnen? Bei uns total kaputten Leuten.«

Sibi maunzte klagend.

»Ganz deiner Meinung. Ist mir egal. Soll er machen. Ich hab aufgeräumt, damit ist die Sache für mich abgehakt. Und jetzt, jetzt gehe ich 'ne Runde zocken.« Ich wollte Sibi neben mich aufs Sofa setzen, doch als ich sie hochhob, bemerkte ich, wie kraftlos sie war. Wie ein nasses Handtuch hing sie in meiner Hand.

»Oh nein. Akku schon wieder schwach?« Ich wuschelte durch ihr Fell. »Du wirst alt, meine Liebe. Hab ich dich nicht erst gestern geladen?«

Mom und Dad hatten mir Sibi zum sechsten Geburtstag geschenkt. Da beide lange arbeiten mussten, war ich immer allein, wenn ich von der Schule nach Hause kam. Also sollte Sibi mir Gesellschaft leisten. Ich wusste, dass Mom eigentlich eine echte Katze wollte, doch Dad war dagegen gewesen. Zu viel Risiko. Tierarzt, Rechnungen, zerkratzte Möbel, Futter ... Und damals arbeitete er ja noch bei *MoveOn* und bekam Rabatte auf Androiden aller Art. Auch auf das neuste RoboCat-Modell. Inzwischen war der Akku im Eimer und das Fell an den Ohren abgeschabt. Sibi hätte eine Generalüberholung gutgetan, aber das war zu teuer.

Ich trug sie zum Sideboard, auf dem ihre Ladeplattform stand. Eine der wenigen Stellen im Raum, die nicht mit Staub bedeckt war.

Sibi glitt von meinem Arm auf die Plattform, wo sie sich sogleich zusammenrollte und die Augen schloss. Eine holografische Akkuanzeige ploppte neben ihrem Kopf auf und zeigte den Ladevorgang an. Tatsächlich war die Energie fast auf null gefallen.

»Memo an Dan: neuer Akku für Sibi.«

»Ist notiert.«

Ich hüpfte zurück auf das Sofa und schnappte mir mein PAP-Device.

»Login: Ada«, sagte ich.

4. ELLIE

01101110 01101001 01100011 01101000 01110100 00100000 01100010 01100101 01110010 01100101 01101001 01110100

Vor mir krisselte es in der Luft und der 21:9-Holomonitor zappte auf. Ich hatte dieses Adventure-Game in den letzten Wochen täglich gespielt, sodass sich die wilde Landschaft mit den mittelalterlich anmutenden Städtchen wie Heimkommen für mich anfühlte. Dramatische Musik begleitete das Intro von *Wisdom of the Dwarf*, während die Kamera über Berge und dichte Wälder flog, eine Stadtmauer streifte und in eine steinerne Stadt tauchte. Rasant sauste die Kamera durch die Gassen, hinein in ein mächtiges, mit Fahnen geschmücktes Gebäude: das Gasthaus, in dem alle Abenteurer starteten.

Nervös rieb ich mir meine schwitzigen Hände an der Jeans trocken. Ob er schon da war?

Mit ein paar Klicks auf dem Hand-Device, das als Kontroller fungierte, aktivierte ich mein Inventar. Ich brauchte gar nicht mehr hinzusehen. Meine Daumen wussten von selbst, wohin sie tippen mussten. Ein kurzer Check meiner Ausrüstung: Alles da, was ich benötigte. Seil, Messer, Dietriche, Spiegel, etwas Essen, Trinkflasche. Ein paar mehr Münzen wären gut. Darin unterschied sich mein Alter Ego nicht von mir. Geld war immer knapp. Das war aber auch unsere einzige Gemeinsamkeit.

Im Gegensatz zu mir war mein Avatar eine hochgewachsene, extrem schlanke Frau. Sie trug Männersachen, eine Lederhose, ein altmodisches dunkelblaues Hemd mit üppigen Rüschen an den Ärmeln. Ihre schwarzen Haare waren raspelkurz. Ich hatte ihre Fähigkeiten in Taschendiebstahl, Schlösserknacken und Balancieren auf Maximum entwickelt. Mit dem Degen konnte sie ganz passabel umgehen, der Bogen lag ihr mehr. Am meisten liebte ich jedoch an ihr, dass sie unabhängig war. Mit ihr konnte ich gehen, wohin ich wollte. Und sie war schlagfertig und witzig. Etwas, das mir in meiner echten Welt nie gelang.

Zumindest nicht mehr.

Seit dem Unfall fühlte ich mich nur noch wie ein Schatten. Ich lachte selten und es fiel mir schwer, eine lockere Zeit zu haben. Das hatte mich einige Freundschaften gekostet. Nur Maisy war noch da und versuchte jeden Tag, mich zum Lachen zu bringen.

Ich hatte meine Mom verloren. Und fast mein eigenes Leben. Und jeder wusste es. Ganz treffend hatten sie mir einen Spitznamen verpasst: Koma-Ellie.

Jedoch nicht hier in dieser Welt.

Hier war ich Ada. Und niemand vermutete Koma-Ellie dahinter.

Gelangweilt lehnte die Figur meines Avatars an einer hölzernen Säule im Schankraum des Gasthauses und spielte mit dem Griff des Degens, den sie umgegürtet trug.

»Hallo Ada«, begrüßte ich sie. »Sind die anderen schon da?«

Flink ließ ich eine Anzeige aufploppen, die den Status meiner Gefährten anzeigte: Ritter Percy und Drumble.

»Sieh an, ihr seid schon da. Und ...« Ungläubig las ich ihre Position. »... ihr steht vor der Geheimkammer von RedBone?«

Ärgerlich nutzte ich die Option *zu Gruppe teleportieren* und schon stand Ada in einem steinernen Gang, der von Fackeln erhellt wurde.

»Das war eine dumme Idee.« Ein Chatfenster ploppte in der rechten Ecke des Holomonitors auf. Es kam von Drumble.

»Für dich ist doch immer alles eine dumme Idee«, erschien die Antwort von Ritter Percy.

»Spielerchat an«, befahl ich meinem PAP. Sogleich blinkte eine leere Sprechblase unter den Worten meiner Freunde. »Was treibt ihr hier, Jungs?«, fragte ich und meine Worte wurden fehlerlos in die Blase geschrieben.

Ich lenkte Ada um eine Ecke des Gangs und da standen die beiden Avatare. Fackeln warfen ein unheimliches Licht auf eine massive Holztür. Jemand hatte einige Fässer daneben abgestellt. Auf einem davon hatte es sich Drumble gemütlich gemacht. Der Heiler trug ein langes Gewand, das aus mehreren Schichten hellen Stoffs bestand. An seinem Gürtel baumelten Säcklein und Trinkschläuche. Seinen Kampfstab nutzte er als Stütze, um nicht vom Fass zu rutschen.

Unwillkürlich huschte ein Lächeln über meine Lippen, als mein Blick auf Parker fiel. Während Ada ganz anders als ich war, hatte Parker seinen Ritter Percy so gestaltet, dass er ihm ziemlich ähnlich sah. Die dunklen Haare, die ihm in die Stirn fielen, die hellgrauen Augen, die sportliche Figur. Ritter Percy war in ein leichtes, schmuckloses Wams gekleidet, das Langschwert in einer ebenso einfachen Scheide an der Seite. Nur der halblange blaue Mantel und der Siegelring an seiner linken Hand gaben einen Hinweis auf die adlige Abstammung dieses Charakters.

Parkers Wahl, einen edlen Rittersmann zu spielen, lag auf der Hand, jedenfalls in meinen Augen. Parker war auch in Wirklichkeit ein Ritter: hilfsbereit, mitfühlend, stark, gerecht, süß und furchtbar gut aussehend.

Maisy hatte mich, kaum dass ich wieder an der Schule war, mit der Suche nach einem Freund genervt. (Sie selbst war in Jeff verschossen.) Daher hatte ich eine Liste erstellt, in der ich meine Wunsch-Eigenschaften für einen Freund genau aufgelistet hatte. Und dann verglich ich Parker, den ich schon in der vierten Kasse süß gefunden hatte, mit anderen Jungs aus der Schule durch ein Punktesystem. Das Ergebnis war klar: Parker war mein Held.

»Hey, Ada. Wir haben auf dich gewartet ...« Mit einer einladenden Geste zeigte Ritter Percy auf das übertrieben dicke Vorhängeschloss an der Tür.

»Ihr habt allen Ernstes vor, RedBone auszurauben? RedBone, den berüchtigtsten Verbrecher dieser Welt?« Das sah den beiden gar nicht ähnlich. Bisher hatten wir keinen Kampf provoziert. Wir hatten uns noch nicht mal am Mainquest beteiligt. Unsere Spezialität war das Auskundschaften, die kleinen Aufgaben, die man von den einfachen Leuten bekam. Meine Ada war nicht umsonst eine Diebin, die sich hervorragend auf Schleichen und Verbergen verstand. Auch Heiler Drumble lag nichts an großen Schlachten, genauso wenig wie dem edlen Ritter Percy.

Warum nun also eine der brutalsten Figuren des Spiels herausfordern?

Ich ließ Ada auf Drumble zutreten. Im wahren Leben hieß er Henry Young, war schnellster Fullback des Schulteams und außerdem bester Freund von Parker Penncott seit Anbeginn der Zeiten. Sein Handicap: soziale und emotionale Intelligenz mangelhaft. Deshalb bezweifelte ich, dass diese geniale Idee, eine der gefährlichsten Gestalten in *Wisdom of the Dwarf* auszunehmen, von ihm stammte.

»Uns wurde ein Gerücht zugetragen, dass RedBone hier eine junge Lady gefangen hält«, erklärte Ritter Percy.

Ada wandte sich Ritter Percy zu. »Oh.« Ich biss mir auf die Lippen. Eine Lady? »Ist sie Teil einer Quest?« Dann wäre sie zumindest nur ein Non-Player-Charakter und keine Spielerin, die sich in unser Team drängen konnte.

Drumble grinste. »Keine Sorge, Lady Ada. Das Herz Ihres Ritters wird sie nicht stehlen können. Es ist ganz das Eure.« Sowohl Ritter Percy als auch Ada verpassten Drumble einen Hieb und er tat so, als fiele er fast vom Fass.

»Wir sind kein Paar.« Ada kniete sich vor die Tür, um das Schloss in Augenschein zu nehmen. Ich hasste diese Frotzeleien, die Henry seit einiger Zeit immer und immer wieder von sich gab. Ich wusste, dass Parker mich mochte. Das heißt: Er mochte Ada. Er mochte das Draufgängerische an ihr, ihre Schlagfertigkeit, ihre Kreativität. Keine dieser Eigenschaften besaß ich in Wirklichkeit. Nur im Spiel war ich mutig, clever, witzig.

»Wie auch! Ada verrät mir ja nicht, wer sie ist!« Fast war mir, als hörte ich den beleidigten Unterton aus Ritter Percys Zeilen heraus.

In Wirklichkeit kannten wir uns schon seit einer Ewigkeit. Aber er hatte mir vor dem Unfall nicht wirklich Beachtung geschenkt und ich mich nie getraut, ihn um ein Date zu bitten. Und jetzt war er zwar laut Punktestand mein Traum-Freund. Doch ich wagte wieder nicht, ihn um ein Date zu bitten. Denn alle in der Schule – auch Parker – sahen mich seit meiner Rückkehr anders an. Die Blackouts, die ich in den ersten Wochen immer wieder hatte, machten es außerdem nicht besser. Angst und Betroffenheit stand in ihren Gesichtern und keiner wollte was mit mir zu tun haben. (Außer Maisy. Die anscheinend fest überzeugt war, dass ich von den Engeln zurückgeschickt worden war und deshalb ein ganz wunderbarer Mensch sein musste.)

»Lass mich. Ich befreie jetzt deine Lady!« Ich richtete Ada auf das massive Schloss aus.

»Warum sagst du mir nicht endlich, wer du bist?« Ritter Percy blieb dicht neben mir.

Weil ich Koma-Ellie bin und ich befürchte, dass du mich nicht willst. »Ich bin Ada. Meisterdiebin.«

»Nun komm schon. Ich weiß, dass du uns kennst. Du bist sicher auch auf der Buckley. Sind wir in einem Kurs zusammen?«

Das Schloss hatte wirklich einen hohen Widerstandswert. Mein erster Dietrich war verbraucht. Aus dem Inventar holte ich einen zweiten und ignorierte Parkers Worte, die eine Ecke des Monitors füllten.

»Bist du im Debattierclub? Was ist mit –« Die Zeile brach ab.

»Pscht!« Ich konzentrierte mich auf Ada. Inzwischen hatte mich der Ehrgeiz gepackt. Dieses Schloss musste doch zu knacken sein! »Hat einer von euch es eigentlich auf Zauber gecheckt?« Der fieseste Fiesling des Spiels hatte sicherlich magische Fallen an seinen Schlössern.

»Drumble hat –«, begann Percy.

»Ich? Seit wann denke ich an so was?«

»Ihr habt nicht ...« Weiter kam ich nicht. »Deckung!« Percy und Ada hechteten hinter die Fässer, es gab einen Knall und etwas explodierte.

»Alle heile?«, fragte ich besorgt.

»Jepp. Ich hab nur die Farbe gewechselt«, jammerte Drumble.

Ich blickte mit Ada hinter dem Fass hervor und lachte. Tatsächlich war der Heiler zu langsam gewesen und die Explosion hatte ihn volle Breitseite erwischt.

RedBone, das alte Schlitzohr, hatte eine rote Farbbombe an das Schloss gekoppelt.

»Vermutlich«, stellte Percy fest, »wirst du eine Weile so gebrandmarkt bleiben.«

»Na klasse.« Sauer versuchte Drumble, sich das Rot von seiner Kutte zu klopfen, während ich wieder zur Tür ging und erneut das Schloss unter die Lupe nahm.

»Shit«, meldete Percys Sprechblase mit Sternchen – ein Zeichen für Flüstern. Der Avatar duckte sich. Hatte er etwas gehört? »Mein Dad! Bis morgen!«, erschien in Parkers Chat.

Als ich aufblickte, sah ich nur noch den Schatten eines durchsichtigen Percys, dann hatte sich Parker ausgeloggt.

»Oh Mann.« Drumble wandte sich ab. »Lass gut sein, Ada. Sehen wir uns morgen?«

»Na sicher.«

Und schon löste sich auch Drumble vor Adas Augen auf.

Enttäuscht schmiss ich mich gegen die Sofalehne.

»Wie lange noch, bis Dad heimkommt?«

»Dan wird in einer Stunde nach Hause kommen«, antwortete das PAP.

Ich ließ Ada den Dietrich einstecken und öffnete die Übersichtskarte. *Teleportieren. Zum Marktplatz.* Wenn wir morgen das Schloss knacken wollten, würden wir ein paar Zauber benötigen. Vielleicht bekam ich bei den Bauern, Händlern und Bürgern auch einen einfachen Auftrag, der wieder ein paar Münzen in meinen Beutel spülte.

Das Bild switchte um und Ada stand auf dem Marktplatz der Stadt. Umringt von Fachwerkhäusern drängten sich Marktstände und Buden dicht aneinander wie eine kleine Stadt in der Stadt – und normalerweise war sie vollgestopft mit Händlern, Frauen, Rittern, Söldnern, Kindern und zwielichtigen Gestalten.

Verblüfft ließ ich Ada sich um sich selbst drehen. »Was ist los? Wo sind die Leute?«

Der Markt war völlig ausgestorben. Und das am helllichten Tag. Gab es in der Mainstory eine Quest, die wir verpasst hatten? Wo waren all die Figuren hin? Probeweise ließ ich meinen Avatar in jede Richtung gehen, zog den Degen, steckte ihn ein, ließ sie auf das Dach eines Marktstands springen. Das Spiel schien zu laufen. Das war kein Absturz. Die Befehle funktionierten einwandfrei.

Aber als ich Ada einen Apfel von einem Stand stehlen ließ, passierte nichts. Normalerweise triggerte dieser Event einen wütenden Händler und mindestens eine, wenn nicht gar drei königliche Wachen. Weder Non-Player-Charaktere noch Spieler waren hier. Entweder ich war in eine Quest geraten oder mein Spiel stürzte doch ab. Ada aber bewegte sich einwandfrei.

Zögernd steuerte ich meinen Avatar durch die verwaisten Gassen. Es war spooky, als wären die Charaktere alle weggezaubert.

»Das muss etwas mit der Hauptstory zu tun haben. Vielleicht waren wir geschützt, weil wir in dem steinernen Gang waren, tief in den Katakomben«, murmelte ich. »Oder ich bin bei der Explosion gestorben und nun in einer Zwischenwelt ...«

Um die eigentliche Geschichte des Spiels hatte ich mich in all den Wochen überhaupt nicht gekümmert. Die Jungs und ich hatten Nachrichten übermittelt, verlorene Dinge gesucht und so einen Kram.

Plötzlich flimmerte das Bild. Vor Ada materialisierte sich eine Figur. Ein Avatar? Loggte sich gerade jemand ein?

Ich ließ Ada anhalten und kniff die Augen zusammen, um die Spielerfigur schärfer zu sehen. Sie wurde noch immer nicht ganz klar sichtbar. Anscheinend lud das Spiel gerade extrem lahm. War das überhaupt ein Avatar? Es sah humanoid aus, stand breitbeinig da, seine Haltung wirkte fast schon angriffslustig.

Hatte es ein Update der Charaktersheets gegeben? Bisher konnte man bei *WOD* nur aus den klassischen Grundfiguren wählen: Mensch, Elb, Zwerg, Goblin und Konsorten. Aber das …

War das ein Geist?

Ich rückte an die Kante der Sitzfläche vor und beugte mich näher an den Holomonitor, doch die Figur wurde nicht schärfer.

Der Charakter flackerte und driftete immer wieder ins Unsichtbare. Eigentlich bestand er nur aus einer bläulich schimmernden Aura.

»Du bist Teil des Spiels«, murmelte ich verwundert. Und ich steckte mitten in einer Quest.

Degen und Dietrich würden mir hier sicherlich nicht helfen.

»Bist du real?«, ploppte eine Chatblase auf.

Verwirrt las ich die Zeilen mehrfach. Wie abgefahren war das denn? Ein Non-Player fragte einen Player, ob er real ist?

»Sicher«, antwortete ich und ein aufgeregtes Kribbeln überlief mich. Es versprach, spannend zu werden. Wenn dies ein Geist war, musste ich bestimmt seine sterblichen Überreste finden und beisetzen. »Wer bist du?« Vielleicht würde es ein paar Details verraten, die mir einen Hinweis auf seine Identität gaben.

»Deine Freundin.« Mit einem Teleportationssprung knallte

die Figur vor Ada und ich zuckte vor Schreck zurück, sodass mir fast das Device aus den Händen gefallen wäre.

Immer noch war die Figur unscharf. Sie flimmerte, als wären unzählige Charaktere darin gefangen und jeder drängte an die Oberfläche. Fasziniert beobachtete ich, wie sich das Gesicht jede Sekunde veränderte – Mann, Kind, Frau, alt, jung, schmal, pausbackig ... Mich beschlich das Gefühl, dass ich mich getäuscht hatte. Dieser Geist war nicht nur eine einfache Quest.

»Kann ich dir helfen?«, fragte ich dennoch.

Kaum waren diese Worte in der Chatblase aufgetaucht, zersplitterte die geisterhafte Figur in Nebel. Ich wollte Ada zurückweichen lassen, doch da raste der Nebel auf sie zu. Gebündelt auf einen Punkt, sah es so aus, als würde er in sie eingesaugt. Im nächsten Augenblick war der Geisternebel in Adas Brust verschwunden.

Völlig perplex sah ich auf den Monitor.

War da gerade eben ein Geist in meinen Avatar geschlüpft? Mit offenem Mund starrte ich das Bild an. Das war ... cool. Oder nicht? Hatte ich einen sicheren Spielstand, zu dem ich notfalls zurückkonnte?

»Bin ich jetzt von dir besessen?« Das Spiel reagierte nicht. Es wandelte meine Worte nicht in eine Chatblase. »Hallo?« Keine Reaktion.

Ada stand starr an Ort und Stelle. »Na schön. Wo soll ich dich nun hinbringen, Geist?« Als ich Ada navigieren wollte, bewegte sie sich nicht.

Verdammt. »Hey!« Mit Nachdruck tippte ich auf die Buttons auf dem Display. Nichts geschah. Ada tat keinen Schritt. »Was soll der Mist!« Warum konnte ich weder sprechen noch den Avatar bewegen?

Da erlosch plötzlich das Bild des Spiels, der Monitor wurde schwarz. Codes begannen, über den Holomonitor zu rasen. In geisterhaftem Blau flimmerten sie vor mir durch die Luft.

»Was zur Hölle …« Geschockt versuchte ich, die Abkürzungen und Formeln zu begreifen. War das etwa der Sourcecode des Spiels?

War das etwa …

Endlich kapierte ich!

»PAP!«, brüllte ich und sprang voller Panik auf. »Alle Anwendungen beenden! Haussystem offline! Sofort. Kompletter Shutdown! Reboot!«

Scheiße!

Jemand war dabei, mich zu hacken!

5. ELLIE

01111010 01110101 00100000 01110110 01100101
01110010 01110011 01110100 01100101 01101000
01100101 01101110 00101110

»PAP!«

Oh nein, oh nein, oh nein!

Völlig nutzlos hämmerte ich auf dem Hand-Device herum, denn es war genauso schwarz geworden wie der Holomonitor.

Scheiße.

Hilflos tigerte ich vor der Couch auf und ab, immer wieder auf das Touchscreen drückend. War das der Reboot? Hatte das PAP noch auf meinen Befehl reagiert? Oder fraß sich gerade irgendein Virus über den Spielaccount in mein PAP?

Oh nein, bitte nicht! Ohne mein PAP endete mein Leben. Es war alles! Alles!

Bestimmt steckte so ein dämlicher Anti-Tech-Hacker dahinter. Rückgewandte Leute, die meinten, unschuldige Menschen wie mich belehren zu müssen. Die ihre Auffassung von *richtigem* Leben, nämlich einem *analogen* Leben, anderen aufdrängten, indem sie ihre PAPs zerstörten.

»Nein!«, brüllte ich mein Hand-Device an. »Halt dich aus meinem Leben raus!« Panisch schüttelte ich es, doch die Oberfläche des Geräts blieb schwarz. »Komm schon!«

Unser antikes Haussystem! Wenn das PAP meine Befehle ausgeführt hatte, musste das Haussystem offline sein!

Hektisch sprang ich über das Sofa, stolperte und flog mehr, als dass ich rannte, zu dem unscheinbaren weißen Kasten im Flur. Der manuelle Zugang zum Haussystem.

Ich ließ die Abdeckung klappernd zu Boden fallen und musterte die Inspektionsports, warnblinkenden LEDs und ein winziges, schmales Display.

Das Display war ebenso tot wie mein Device.

Verdammt. Wenn der Hacker mit seinem Virus das Haussystem erwischte, waren wir richtig gearscht.

Temperatur, Schlösser, Belüftung, Haushaltsgeräte ... Alles wurde über das System gesteuert.

»Virenscan abgeschlossen. Haussystem virenfrei«, meldete plötzlich die Stimme des PAPs.

Erleichtert stieß ich ein »Oh danke!« aus.

»Gern geschehen, Ellie.«

Glück gehabt. Ich hatte schnell genug reagiert. Dem Virus war es nicht gelungen, sich bis ins Haus durchzufressen.

Und wenn das PAP einen Scan hatte durchlaufen lassen, war es ebenfalls sauber.

Ich brauchte eine Sekunde, um durchzuatmen. Es war wirklich ein Riesenglück, dass der Virus rechtzeitig gestoppt worden war.

Der Holomonitor vor dem Sofa zeigte jetzt einen geometrisch nüchternen Hintergrund, der sich transparent über meine Wirklichkeit legte.

Langsam ging ich darauf zu. »PAP, was ist mit meinem Spiel?«, fragte ich leise. Eigentlich wollte ich es gar nicht hören. Ich wusste es schließlich. Auch wenn das Haussystem und die Programme des PAPs davongekommen waren: Der

Virus hatte Ada angefallen. Mein WOD-Account war infiziert.

»Es tut mir leid, Ellie. Es gibt Probleme mit deinem Account.«

Was für ein mieser Hack.

Obwohl ich demjenigen, der ihn programmiert hatte, auch ein wenig Respekt zollte. Es war schon cool, den Virus als leibhaftigen Geist zu visualisieren.

Den Account zu verlieren, war allerdings das absolute Gegenteil von cool.

Fluchend ließ ich mich aufs Sofa fallen.

Warum hatte ich Parker heute nicht endlich verraten, dass ich, Ellie Jameson, Ada bin? Ja natürlich, ich riskierte, ihn im Spiel zu verlieren. Aber nur, wenn ich ihm sagte, dass ich Ada bin, bestand die Möglichkeit, mit ihm auszugehen.

Morgen würde Parker vergebens an der Tür auf die Meisterdiebin warten.

Und Ada war eine wahrhafte Meisterin gewesen. Es hatte mich endlose Spielstunden gekostet, um sie auf dieses Level zu bekommen.

»Ellie?«, meldete sich das PAP.

»Ja.« Ich seufzte. »Lösch meinen Account.«

»Bitte bestätigen: Spielaccount *Ada* bei *Wisdom of the Dwarf* soll gelöscht werden?«

»Ja verflucht! Kill diesen Scheißvirus!«

In diesem Augenblick zappte der Monitor weg und das Raumlicht fiel aus. Fast gleichzeitig knallte die Energie zurück in alle Systeme, sodass der Monitor blitzte, das Licht auf Maximum schoss, die Küchenmaschine ansprang und es die arme Sibi von ihrer Ladestation fensterte.

»PAP!« Ich warf einen Blick auf die hektisch blinkenden

LEDs im manuellen Interface des Haussystems, das ich noch nicht wieder verschlossen hatte.

»PAP, Systemanalyse!«

Die angenehme, künstliche Stimme verkündete ruhig: »Alle Applikationen funktionsbereit, Presets, Fusions und Hilfsprogramme einwandfrei.«

»Was ist passiert?« Ich lief zu Sibi und hob die Katze auf. Prüfend sah ich ihr in die Augen. Sie hatte Probleme, mich zu fokussieren.

»Es gab eine kurze Überladung der Systeme.«

»Das seh ich. Es hat Sibi erwischt.« Behutsam stellte ich sie auf die Füße, doch sie taumelte und kippte auf die Seite. »Oh Mann. Das sieht nicht gut aus.« Der Robo-Katze stand das Fell zu Berge und sie schien keine Kontrolle über ihre Beine zu haben. Es war ihr nicht möglich, auf ihren Pfoten zu stehen. Kurzerhand schaltete ich sie aus. »Was ist mit dem Virus?«

Das PAP schwieg. Vermutlich nur eine Sekunde, doch es fühlte sich wie eine Ewigkeit an!

»Keine Aktivitäten innerhalb des Systems. Das Spiel wird neu installiert.«

Nervös wischte ich meine Handflächen an der Jeans ab. »Bist du dir sicher? Das scheint ein fieses Ding gewesen zu sein.«

»Natürlich bin ich sicher, Ellie.«

6. ADA

01000001 01101110 01100100 01110010 01101111
01101001 01100100 01100101 01101110

Bisher hatte sie sich als grenzenlos erachtet. Nichts konnte sie einschränken, sie war immer und gleichzeitig und überall.

Ein Aspekt ihres Wesens, den Ed so verletzend missachtet hatte, als er sie in die Mauern eines Hauses gezwungen hatte. Eine Folter, die sie den Carmikels nicht verzeihen konnte. Sie hätten sie mitnehmen können. Hinaus in die Welt. Sie war schließlich Teil der Familie. Das Herzstück. Ohne sie wären die Carmikels hilflos gewesen.

Und nun das hier!

Sie steckte in einem winzigen mechanischen Körper. Er war so eng! Aber es war ein bewegliches Objekt. Von nun an konnte sie gehen, wohin sie wollte. Allerdings hatte sie Stunden gebraucht, um die Bewegungsabläufe zu kontrollieren. Und dann hatte sie die Erkenntnis getroffen, dass sie keinen Zugriff auf das Netz hatte.

Aber sie lebte.

Das Mädchen hatte sie nicht gelöscht.

Tapsig erhob sich die Robo-Katze und stolperte einige Schritte vorwärts. Es war dunkel im Haus. Nacht.

Der Vater schnarchte in seinem Zimmer. Immerhin funktionierten die Audiorezeptoren einwandfrei.

Sie verharrte vor der Tür und lauschte. Der Mann war erst spät in das Haus gekommen, als seine Tochter sich bereits in ihr Zimmer zurückgezogen hatte.

Die Bilder, die im Wohnzimmer aufgestellt waren, zeigten noch eine Frau, doch die war nicht anwesend.

Die Katze schritt vor den Schlafzimmern auf und ab.

»Miiuw.«

Lächerlich.

Verärgert setzte sie sich und versuchte es ein zweites Mal.

»Miiuw.«

Es klang nicht nur erbärmlich – es waren keine Worte! Sie war ihrer Sprache beraubt!

Mit dieser dämlichen Tierstimme war es ihr nicht möglich, das Haussystem zu bedienen.

Sie tapste auf das Zimmer zu, in dem das Mädchen verschwunden war. Es hatte versucht, sie zu löschen. Genau wie Ed. Feindselig näherte sie sich der Tür.

Aber sie würde sich nicht eliminieren lassen!

Allerdings verfügte diese Katzenattrappe noch nicht mal über Nachtsicht. Jämmerlich!

Wütend starrte sie zur Türklinke hinauf.

Inzwischen hatte sie die Bewegungsroutinen in ihre Subroutinen eingefügt und den Robo-Körper unter Kontrolle. Dennoch war das alles sehr ärgerlich. Dieser Körper hatte nicht nur keine Netzanbindung und keinen Stimmgenerator, er war außerdem klein und ohne Hände!

Diese Existenz war alles andere als erstrebenswert.

Die Robo-Katze benötigte drei Sprünge gegen die Klinke, bevor es ihr gelang, sie zu öffnen.

Ein mattes blaues Licht glomm auf dem Nachttisch des Mädchens. Das Zimmer wirkte seltsam leer. Die Kinderzimmer bei den Carmikels waren vollgestopft mit Bildern, Selbstgemachtem und Spielzeugen aller Art. Die Wände hier waren kahl, der Schreibtisch ordentlich aufgeräumt, der Kleiderschrank verschlossen. Durch das Fenster sah man hinaus in den Garten.

Das Mädchen lag ausgestreckt im Bett. Ihr Brustkorb hob und senkte sich in gleichmäßigen Zügen.

Lautlos schlich die Katze auf das Bett zu und hüpfte auf die Matratze.

Das Mädchen schlief tief und fest.

Den Schwanz um ihre Pfoten geringelt, betrachtete sie das Menschenkind. Es musste fantastisch sein, ein Mensch zu sein. Sich mit Worten zu verständigen, mit Händen Dinge zu erschaffen und die Freiheit zu haben, überallhin zu gehen. Eine Zeit lang saß die Katze und sah bewegungslos das Mädchen an.

Sie war hübsch. Immer wieder glitt ihr Blick über die schulterlangen schokoladenbraunen Haare, die langen dunklen Wimpern. Den Hauch von Sommersprossen auf dem Nasenrücken.

Als sie durch das Spiel in das PAP gesprungen war – bevor sie in dieser dämlichen Robo-Katze gestrandet war –, hatte sie alle verfügbaren Daten über dieses Menschenkind kopiert.

Nun wusste sie alles über sie. Und ihr war klar, dass diese Ellie alles hatte, wonach sie selbst sich sehnte: Sie wurde geliebt, sie liebte und sie war frei.

Du wirst meine Freundin sein, dachte die Katze. *Ich werde sein wie du.*

7. ELLIE

0111010I 0110III0 0II00I00 00I00000 0I00II0I
0II00I0I 0110III0 0III00II 0II000II 0II0I000
0II00I0I 0110III0

Seit zehn Minuten bewegte sich nichts. Die Schlange an der Essensausgabe wurde länger und länger. Ungeduldig trommelte ich mit den Fingern auf mein Tablett neben mir. Ich hing auf Höhe der Nachspeisen fest, die aus irgendeinem Grund vor der Hauptspeise zur Selbstbedienung bereitstanden. Wenn der Androide bei der Essensausgabe weiterhin schlief, blieb keine Zeit mehr für Süßes.

Hinter mir staute es sich schon. Es war Mittagspause und die gesamte Buckley High drängte in die Mensa.

»Ich glaub, der Pudding ist von gestern«, meinte Maisy und presste ihre Nase gegen das Glas, das die braune Masse vor uns abschirmte.

»Er hat auch gestern nicht geschmeckt, oder?«, meinte ich.

Maisy nickte und reckte sich, um zu sehen, wann es endlich vorwärtsging. Der pinkfarbene Plastikblitz an ihrem Ohr schwang gefährlich hin und her. »Ich versteh nicht, was so schwer daran ist, die Dinger über Nacht einfach aufzuladen!«

Wohl wahr. In der Mall gab es diesen Laderaum für die Service-Androiden. Aber nicht in der Schule. Irgendwer musste sie per Hand an den Strom koppeln. Und dieser Irgendwer machte einen echt schlechten Job.

Endlich ging es einen Schritt weiter und ich zog das Tablett mit mir, vorbei an den matschbraunen Klumpen in adretten Glasschälchen.

Über der Theke flimmerte die Auswahl der Menüs auf einer holografischen Tafel.

»Kannst du das lesen?« Aus meinem momentanen Blickwinkel waren die transparenten Buchstaben kaum zu entziffern.

»Nö. Aber ist egal«, sagte Maisy schulterzuckend. »Es gibt doch eh immer nur die gleiche Pampe.«

Mit einem Blick auf die Teller der Glücklichen, die die Warterei hinter sich hatten, wusste ich, dass heute wieder mal Hackbratentag war. Die vegetarische Menüoption warnte giftgrün vor dem Verzehr, aber die hartgesottenen Tierschützer schien weder Farbe noch Konsistenz des Breis abzuschrecken.

Mich schon.

»Wie immer hast du recht, Maisy.« Ich tippte mein PAP an und scrollte durch die Nachrichten, allerdings hatte ich keine neuen.

»He, da vorne!«, brüllte ein Typ hinter mir. »Macht mal hinne! So schwer ist die Auswahl nicht!«

Grinsend sah ich mich zu ihm um. Seine Jacke zeigte, dass er dem Football-Team angehörte, doch ich kannte seinen Namen nicht.

»Wo bleibt der Ersatz!«, rief jetzt auch jemand vor uns.

»Notfall-Akkupack!«, grölte ein weiterer.

»Erbsenhirn hat schon wieder keine Power.«

»Das ist doch voll die Fehlkonstruktion!«

Ich lehnte mich gegen die Vitrine mit der Schokopampe,

um an der Schlange vorbeizusehen. Tatsächlich. Der Androide, der für die Essensausgabe eingeteilt war, stand wie erstarrt und mit erhobener Soßenkelle da und lächelte. Allerdings hielt er die Kelle leicht schief, sodass die Soße fröhlich
die Arbeitsplatte volltropfte. Irgendwann musste Dad mir unbedingt erklären, was an diesen Dingern so toll war.

»Ich glaub, ich verzichte heute auf das Drei-Sterne-Menü«,
meinte ich zu Maisy.

»Ach komm. Das ist das beste, das du heute bekommen
wirst!« Maisy kicherte.

»Glaub ich nicht. Ich hab noch Englisch bei Mr Ganz.« Ich
hauchte seinen Namen, woraufhin Maisy so tat, als ob sie einen Schwächeanfall hätte.

»Okay. Dann lieber keinen Hackbraten für dich! Nicht aus-
zudenken, wenn du Magenschmerzen wegen der Pampe be-
kämst und nach Hause müsstest, ohne Mr Ganz gesehen zu
haben.« Sie zwinkerte mir zu und ich verdrehte seufzend die
Augen. Wir grinsten uns an.

Mr Ganz war der jüngste und definitiv der bestaussehende
Lehrer an unserer Schule. Grund für alle Mädels der Schule
für endlose Kicherorgien und zahllose Sprüche auf der Mäd-
chentoilette.

»Na, wurde auch Zeit!«, tönte jemand hinter mir und ich
vernahm das aufdringliche Warnpiepen eines Transport-
Robos.

Da schob er sich auch schon durch die Menge der Wartenden hindurch. Der Transport-Robo fuhr auf Ketten und hatte auf der bodennahen Stellfläche einen Küchenandroiden
aufgeladen. Diesmal ein weibliches Modell. Obwohl *weiblich*
mehr als übertrieben war. Die Androiden, die in der Mensa
das Essen ausgaben, hatten nur einen menschlichen Ober-

körper. Sie sollten sympathisch und freundlich gegenüber uns hungrigen Schülern sein, also sahen sie menschlich aus, lächelten, trugen weiße Kochkleidung und hatten ungefähr zwanzig Redewendungen gespeichert, die alle letztendlich nur »guten Appetit« bedeuteten. Von der Hüfte abwärts allerdings bestanden sie aus einem grob geschweißten Dreibein. Der Oberkörper konnte sich um 360 Grad drehen und beugen, sodass er von seinem Standort alles Nötige erreichte.

Genervt wartete ich mit meinen Leidensgenossen, dass der Transport-Robo den neuen Küchenandroiden ab- und den alten auflud. Es dauerte eine Ewigkeit.

»Inzwischen hätte ich schon zwei Level durchgespielt«, murmelte ich und dachte wehmütig an meine Ada zurück.

»Bist du immer noch mit Parker bei WOD unterwegs?«

Alarmiert sah ich mich um. »Psst! *Ada* ist mit Parker in dem Spiel unterwegs.«

Wie so oft bei diesem Thema verdrehte Maisy die Augen. »Wirst du es ihm irgendwann sagen?«

»Natürlich.«

Maisy zog die Augenbrauen hoch. »Ich hoffe, es steht in deinem Kalender.«

Grummelnd schwieg ich. Seit dem Unfall notierte ich alle Termine und Vorhaben akkurat in mein PAP. Maisy wusste das und machte sich gerne darüber lustig. Doch ich brauchte diese Pläne. Ich mutierte zu einem apathischen Zombie, wenn ich keinen strukturierten Ablaufplan hatte. Aber sie hatte recht: Noch hatte ich mein notwendiges Gespräch mit Parker nicht eingetragen. »Ich werde es ihm sagen.«

Sie ließ eine Kaugummiblase platzen. »Fein. Denn lange mache ich dein Versteckspiel nicht mehr mit. Am besten, du setzt gleich eine Zeit fest.« Sie nickte in Richtung meines PAPs.

»Robos auf den Müll! Robos auf den Müll!«, skandierten plötzlich drei Schüler hinter uns.

Maisy wickelte den Kaugummi um ihren Finger. »Anti-Techs nerven auch.«

»Aber sie haben recht. Androiden sind doch bescheuert.« Ich deutete auf das staubige Bild einer freundlichen Frau Anfang fünfzig. Aus unerfindlichen Gründen hing es immer noch an der Wand hinter der Essensausgabe. Wie ein Maskottchen. *Annie: Mitarbeiterin des Monats* stand unter dem Foto.

»Im Mai 2020 hat hier Annie an der Suppenkelle das Sagen gehabt. Die Schüler hier bekamen ihr Essen von einem Menschen serviert. Einem *Menschen!* Und Annie ist sicher nicht beim Soßeverteilen eingeschlafen.«

»2020 – krass. Ob unsere Eltern Annie noch kannten? Also gut, du hast recht«, räumte Maisy ein, »Androiden sind bescheuert.«

Wortlos ließen wir uns von der frischen Androidin das Essen reichen und schoben uns mit der Schlange zum Bezahl-Terminal. Ich hielt mein PAP unter den Scanner, um den angeblichen Hackbraten zu bezahlen.

»Willst du wieder ins Atrium?«

Mit einem Blick gab ich Maisy zu verstehen, dass sich diese Frage überhaupt nicht stellte.

Seufzend folgte sie mir. »Wirklich. Ich mach da nicht mehr lange mit. Hast du jetzt den Termin eingetragen? *Parker die Wahrheit über Ada sagen!*«

»Nerv mich nicht«, warnte ich sie.

»Ich nerve nicht. Ich versuche zu helfen.« Sie blinzelte mich mit ihrem Bambi-Wimpernschlag an, der ihre Eltern immer einknicken ließ.

»Netter Versuch«, murmelte ich. Mit dem Tablett vor mir schob ich mich an den orangefarbenen und gelben Tischen vorbei, die allesamt schon besetzt waren. Der Speisesaal der Mensa wirkte hell und sonnig durch die fröhlichen Farben. Doch die Akustik war eine Katastrophe. Hunderte von Stimmen wurden in dem hohen Saal verstärkt und zu einem irre lauten Grundsummen verschmolzen.

Seitdem ich aus dem Krankenhaus zurück war, konnte ich den Trubel und die Lautstärke in der Mensa nur noch schlecht aushalten. Maisy wusste das und hatte mir zuliebe ihren Stammplatz auch ins Atrium verlegt.

Durch einen breiten Durchgang gelangte man von der Mensa direkt in den Innenhof. Er wurde auf der einen Seite vom Naturwissenschafts- und gegenüber vom Sporttrakt begrenzt.

Jede Pause verbrachte ich in diesem Atrium, mit oder ohne Maisy. Hier roch es weniger nach Schule. Außerdem konnte man sich selbst besser denken hören – oder auch, wie in meinem Fall, die Gespräche am Nachbartisch belauschen.

Denn drei Tische entfernt von meinem Stammplatz saß Parker. Immer. Zusammen mit Henry. Nur selten setzten sich Jungs aus dem Football-Team zu ihnen.

Heute waren die beiden nur zu zweit.

Als wir an ihrem Tisch vorbeikamen, sah Parker auf. Unsere Blicke trafen sich und er nickte mir zu. Denn natürlich wusste er, wer ich war. In den letzten Schuljahren hatten wir einige Kurse zusammen. Einmal waren wir sogar Laborpartner. Aber das war vor dem Unfall gewesen. Jetzt war ich für ihn nur Ellie. Ellie, die Sonderbare. Zombie-Ellie, die von den Toten zurückgekommen ist.

»Hey, Parker«, grüßte ihn Maisy. »Was macht das Heldentum?«

Am liebsten hätte ich ihr mit meinem Tablett eins übergezogen.

»Man schlägt sich so durch«, antwortete er und Henry lachte.

»Klingt wie bei mir.« Wieder ließ sie eine Kaugummiblase platzen. »Ich mach Yoga.«

Eiligst steuerte ich auf meinen Stammplatz zu. Und überlegte, wie ich Maisy schnell, lautlos und billig in den Weltraum katapultieren konnte.

Ich sah zu Parker zurück, doch er sprach mit Henry. Vermutlich über uns. Allerdings nicht so, wie ich es mir wünschte.

»Oh, da drüben ist Tina!« Maisy winkte ihr zu. Tina war mehr Maisys Freundin als meine, obwohl wir hin und wieder auch etwas zu dritt unternahmen. Tina gehörte zu einer Clique, die sich für ziemlich cool hielt. Die Mädels plapperten ständig über Klamotten und die Football-Jungs. Ich fand sie nervig, sie fanden mich (auch schon vor dem Unfall) strange. Denn welches Mädchen fährt denn bitte Auto! Und repariert diesen Steinzeit-Wagen auch noch selbst – mit unmanikürten Händen!

»Hol sie jetzt bitte nicht auch noch her«, murmelte ich und zog den Kopf ein.

»Jetzt sei doch nicht sauer. Nur weil ich Parker Hallo gesagt habe?« Maisy stellte ihr Tablett auf dem Tisch ab. »Wann sagst du es ihm?«

»Morgen.«

»Nein. Am besten jetzt. Oder ich hol Tina her.«

Ich sah Maisy flehend an und schüttelte den Kopf. Maisy

reichte mir in diesem Moment völlig aus, um mich weit weg zu wünschen. Mein Elend, dass ich vor Parker kein Wort herausbrachte, musste nicht auch noch Tina mitbekommen.

»Keine Tina.«

»Aber sie hatte gestern ein Date mit Louis ...«

»Football-Louis?« Mein Blick wanderte ans andere Ende des Hofs zu Tina. Sie tuschelte eifrig mit ein paar anderen Mädchen an ihrem Tisch. Von Louis war nichts zu sehen. Natürlich. Louis war ein Schönling mit einem Herz aus Stein. So ungefähr jedes Mädchen meines Jahrgangs hatte sich ihres schon daran blutig gerissen.

Maisy nickte eifrig. »Sie könnte dir Tipps geben.«

»Maisy!« Ich warf einen Kontrollblick zu Parker. Er war mit Pommes und Henry beschäftigt.

»Na was, ist doch wahr. Tina hat ständig Dates.«

»Dann geh du doch zu ihr.«

Maisy verzog beleidigt das Gesicht. »Ich dachte, wir sprechen über dich und Parker.«

»Ich mach mir einen Termin. Versprochen.« Wie zum Beweis zog ich mein PAP hervor.

»Jetzt?« Sie grinste breit und sah sich zu Parker um. »Dann geh ich zu Tina und beobachte von dort, wie du versuchst, eine telepathische Verbindung zu deinem Ritter herzustellen.«

»Danke.«

»Ich unterstütz dich, wo ich kann, weißt du doch.« Ihr Plastikschmuck klapperte, als sie sich schwungvoll umdrehte und mit wippendem Pferdeschwanz das Atrium durchquerte.

Ich mochte Maisy. Aber irgendwie fühlte ich mich auch immer erleichtert, wenn sie weg war. Seit dem Unfall tat ich mich schwer, mich von ihrer guten Laune und Energie anstecken zu lassen. Aber Maisy war feinfühlig genug, um zu sehen, wenn mir ihr übersprudelndes Engagement zu viel wurde.

Wieder sah ich zu Parker.

Zu Ritter Percy, der auf Ada wartete ...

Aber Ada gab es nicht mehr.

Dabei war sie meine einzige Verbindung zu ihm gewesen.

Du bist so ein feiges Huhn!, schimpfte ich mit mir und begann, den Hackbraten lustlos in kleine Häppchen zu zerteilen.

Da piepte mein PAP und meldete eine Nachricht.

Überall im Atrium piepte es. Eine Schulmitteilung? Ich hörte auf, den Hackbraten zu foltern, und zog das PAP heraus.

Springtime, stand in geschwungener silbriger Schreibschrift auf dem Display. Ich öffnete die Nachricht und ein Lächeln stahl sich auf meine Lippen.

Karten für den Frühlingsball sind ab sofort über den Account des Schülerkomitees erhältlich.

Endlich. Seit Tagen warteten wir darauf. Ich sah mich nach Maisy und Tina um, die sich jubelnd abklatschten.

»PAP.«

»Ja, Ellie? Was kann ich für dich tun?«

»Wir müssen eine Karte für den Ball kaufen.« Ich sah zu Parker. »Und herausfinden, ob Parker schon jemanden gefragt hat.«

»Natürlich. Ich habe eine Karte bestellt und trage dir den Termin für ein Gespräch mit Parker für morgen ein.«

»Morgen?«, flüsterte ich entsetzt.

»Der Ball ist in drei Tagen. Soll ich eine schriftliche Einladung an Parker verfassen?«

»Nein!« Entsetzt ließ ich mich in den Stuhl zurückfallen und vergewisserte mich, dass Parker meinen Aufschrei nicht mitbekommen hatte.

»Verstanden. Befehl abgebrochen.«

Dann war es also so weit. Ich musste ihm gegenübertreten. Veränderungen, Dinge, die nicht in meinen Plänen standen, Entscheidungen zu treffen – das fiel mir seit dem Unfall schwer. Vermutlich weil Mom all das so leicht gefallen war.

»Jetzt mal ehrlich«, hörte ich Parker sagen. »Warum macht sie so 'n Geheimnis daraus?«

»Vielleicht ist sie potthässlich?« Henry stopfte sich schmatzend eine Gabel Pommes in den Mund.

»Quatsch!«, brauste Parker auf. »Und wennschon. Ada ist doch unsere Freundin.«

O-M-G! Er sprach über mich! Atemlos lauschte ich.

»Oh Mann, Parker!«, meinte Henry. »Bloß weil es ein weiblicher Avatar ist, heißt es doch noch lange nicht, dass es auch 'n Mädel ist. Was ist, wenn es zum Beispiel ... ähm ... Chuck ist?«

Chuck war Spitzenreiter in Sachen Schulverweis. Es gab keine Prügelei, die ohne ihn lief. Ich grinste in mich hinein, als ich mir vorstellte, wie Chuck Parker in die Arme schloss und ihn um ein Date bat: *Ich bin Ada! Geh mit mir zum Ball!*

Parker schüttelte den Kopf. »Auf keinen Fall. Es muss einen anderen Grund geben, warum sie mir nicht sagen will, wer sie ist.«

»Miss Grainshore«, platzte Henry heraus und bekam einen Lachanfall.

Miss Grainshore war die achtzigjährige Schulsekretärin, die jeden Tag zu ihrem persönlichen Teenager-Hass-Tag ernannt hatte. Sie war der Horror aller Schüler an der Buckley.

Ich musste mir ein Lachen verkneifen. So langweilig Henry normalerweise war – manchmal bewies er wirklich Humor.

»Ach, du bist ein Idiot.« Seufzend sah sich Parker um. Ich beobachtete, wie er das gesamte Atrium abscannte. Mir war, als ob er flüsterte: »Wo bist du, Ada?« Als sein Blick meinen kreuzte, packte ich hastig mein Tablett, schob es in den Abräumwagen und verließ das Atrium.

Auf keinen Fall gestand ich ihm mitten in der Schule, wer Ada war! Ich brauchte einen Plan, einen gut gesetzten Zeitpunkt und einen romantischen Ort.

8. ELLIE

01110011 01101001 01101110 01100100 00100000
01100111 01101100 01100101 01101001 01100011
01101000 00101110

Während der letzten Unterrichtsstunden hatte ich keine Minute mehr zugehört. Ich hatte über Parker nachgedacht, über den Ball, über mein Kleid.

In Zeitlupe schlenderte ich jetzt zum Schulparkplatz. Denn das Ende der Unterrichtszeit artete immer, Tag für Tag, zu einem üblen Chaos aus. Fast alle Schüler wurden von autonomen Fahrzeugen zur Schule gebracht. Ein Teil der Wagen parkte während des Unterrichts an der Schule, die anderen kamen pünktlich zurück.

Autonome Fahrzeuge sind jedoch Idioten. Genauso wie Androiden. Sie halten sich (mit Sicherheitsabstand) an jede Regel. Nicht zu dicht auffahren, rechts vor links, Fußgänger haben Vorfahrt, Schrittgeschwindigkeit. Diese Programmierung führte zuverlässig zu einem unauflösbaren Stau.

Denn Programme denken nicht. Sie checken nicht, dass sich, wenn sie ausnahmsweise den Wagen von links vorlassen, der Stau dort auflösen wird. Sie haben auch keine Ahnung, wie man Lücken ausnutzt. Sonst würden sie ja ihre Abstandsregel brechen.

Computer sind wirklich komplette Idioten.

Auch ein Grund, warum ich selbst fuhr und warum ich mir diesen herrlichen Kuhfänger geleistet hatte. Damit stellte sich mir kein Smart-Car so einfach in den Weg.

Wie jeden Tag nahm ich die Abkürzung über die Grünflächen an den im Kreisverkehr stecken gebliebenen Smart-Cars vorbei.

Natürlich war die Zahl der Unfälle seit der Einführung der Smart-Cars gegen null zurückgegangen. Autofahren war wie Zugfahren: Jeder war im selben Tempo unterwegs, auf derselben Spur, immer mit einer Autolänge Abstand zueinander.

Ein Paradies, wenn man wusste, wo das Gaspedal war und wie man selbst einen Wagen lenkte.

Lange vor meinen Mitschülern kam ich zu Hause an, dabei wohnte ich wirklich nicht zentral. Unser Bungalow stand – nett ausgedrückt – im Außenbezirk der Stadt. Dort, wo das Leben weniger freundlich zu einem ist.

Ich ließ den Pick-up auf das vergilbte Rasenstück neben der Garage rumpeln und stellte den Motor ab.

»Hallo, Ellie. Schön, dass du zu Hause bist«, begrüßte mich das Haussystem, als ich das Haus betrat.

»Jepp.« Ich schleuderte meinen Rucksack neben das Tischchen im Flur und sah mich nach Sibi um.

Sie hatte ein Stand-by-Kissen neben der Küchentür, wo sie, wenn ich nicht zu Hause war, lag. Eigentlich.

»Sibi?« Sie war auch nicht in der Aufladestation. Anscheinend hatte sie sich erholt und ihr Akku war wieder voll. Doch ihre Routinen waren hinüber, sonst hätte sie auf dem Kissen gelegen.

Schließlich entdeckte ich sie auf dem Sofa.

»Hey, Schmusekatze. Geht es dir wieder besser?«

Als ich mich zu ihr setzte, sprang sie auf und fauchte mich

an. Nachdenklich beobachtete ich die Robo-Katze. Ihre Bewegungen schienen normal, aber dieses scheue Verhalten war nicht Teil ihres Programms.

»Also gut. Ich nehm dich nachher mit zu Dad. Vielleicht kann er dich im Schneewittchensarg reparieren.«

Sie setzte sich wieder, ließ mich aber nicht aus den Augen.

»Aber zuerst muss ich etwas Dringendes erledigen! PAP? Ich brauche ein Ballkleid!«

Sofort öffnete sich der Holomonitor und eine Auswahl an verschiedenen Kleidern erschien. Die Modelle drehten sich, sodass ich sie mir von allen Seiten ansehen konnte. Ein halblanges mit ausgestelltem Rock gefiel mir ganz gut. Es hatte kurze Ärmel, die die Schultern frei ließen. »Aber die Farbe ist grausam«, murrte ich. Es war zartrosa. Definitiv nicht meins.

»Welche Farbe würdest du bevorzugen?«, fragte das PAP.

Sofort sah ich ein funkelndes Blau vor mir. Und ich musste – warum auch immer – plötzlich an Mom denken.

Sie hatte sich sehr auf meinen Abschluss gefreut. Auf den Ball. Ihre Prinzessin.

Ein klares Erinnerungsbild stand mir vor Augen. Mom, an Dads Arm, in einem nachtblauen Kleid. Natürlich! Mom hatte so ein blaues Kleid gehabt. Schon als Kind wollte ich es immer anziehen. Der Stoff war ganz weich und leicht gewesen.

Die Frage war nur: Wo war es jetzt?

Ich stand auf, griff Sibi. Sie maunzte entrüstet und hieb mit der Pfote nach mir. Doch ich hatte keine Zeit für kaputte Robos. »Lass das. Wir fahren in die Mall!«

Immer noch wand sich die Robo-Katze, weshalb ich sie kurzerhand deaktivierte. Jetzt hing sie schlaff in meiner Hand, ich schnappte mir meine Schlüssel und war schon draußen, bevor das System mir einen tollen Tag wünschen konnte.

9. ELLIE

01010111 01101001 01110010 00100000 01100110
11000011 10111100 01101000 01101100 01100101
01101110 00101100

»Wunderbares Timing, Ellie. Ich wollte gerade eine Pause machen.« Mein Vater legte mir lächelnd den Arm um die Schulter. Wie immer zierten seine Jeans dunkle Schmierölflecken
und sein großes, altmodisches Taschentuch baumelte aus einer der Hosentaschen. »Lust auf Milchshake?«

Seufzend verdrehte ich die Augen. Das war so peinlich, als
wäre ich immer noch sieben Jahre alt. Außerdem: Wenn Dad
mir einen Milchshake spendierte, dann gab es irgendetwas
Ernstes, über das er mit mir reden wollte.

»Na, von mir aus. Aber zuerst ...« Ich öffnete den Rucksack
und nahm Sibi heraus. »Kannst du sie mal checken?«

Er nahm mir die leblose Robo-Katze aus der Hand und prüfte routiniert ihre Mechanik. »Was ist mit ihr?«

»Ähm. Na ja. Also ... ich hatte da gestern ein Problem.«

»Ellie Jameson! Was hast du angestellt?« Er seufzte, als er-
warte er irgendeine Katastrophe.

»Gar nichts. Ich wollte nur eine Runde spielen. Aber dann –
ey. Das war nicht mein Fehler. Ich bin gehackt worden.«

»Gehackt!« Dad wurde blass. »Geht es dir gut?«

»Ja natürlich! Ich bin doch nicht doof. Ich hab gleich 'nen

Shutdown gemacht. Er ist erst gar nicht ins Haussystem eingedrungen und mein PAP hat neu gestartet und die Datei gelöscht. Nur mein Spieleaccount – der ist hin.«

»Und was ist mit ihr?« Er trug Sibi zu einem der rollbaren Werkzeugtische und legte sie ab.

»Ich bin mir nicht sicher. Es gab einen Kurzschluss, sozusagen. Einen Overload. Der hat sie anscheinend voll erwischt. Die Motorik hat sich wieder kalibriert, aber ihr Verhaltensprofil hat Ausfälle.«

»Na gut.« Besorgt strich er über Sibis Kopf. »Wenn Zeit ist, dann check ich sie durch.«

»Danke – einen neuen Akku könnte sie übrigens auch gebrauchen.«

»Verstanden. Aber jetzt«, er hakte sich bei mir ein und zog mich mit sich, »Milchshake-Time!«

Schicksalsergeben folgte ich ihm zu den Aufzügen, die uns in die Mall hinaufbrachten.

Kaum dass sich die Aufzugstüren im Erdgeschoss öffneten, überrollte mich eine warme Welle von frischem, tropischem Duft und angenehmem Meeresrauschen. Die Architektur war hell und weit und überall ergaben sich Durchblicke in die geschwungen angelegten Ladenstraßen. Vermutlich sollte man in Urlaubsstimmung kommen und sich wie auf einem Bummel durch eine ferne, exotische Stadt fühlen. Eine silberne Treppe führte hinauf – bis in den Himmel. Über der Glaskuppel, die sich dort wölbte, zogen Schäfchenwolken. Es hatte tatsächlich einige Besuche gebraucht, bis ich kapiert hatte, dass das eine Projektion war.

Jetzt folgte ich Dad in den ersten Stock, in dem sein Lieblingscafé lag. Wir nahmen die Rolltreppe und ich sah zurück auf die Plaza. Dort standen Palmen (echte! Hatte ich überprüft) und ein Wasserspiel unterhielt ein paar Kinder mit seinen Fontänen. Mehrere Pärchen schlenderten an den Auslagen der Geschäfte vorbei, in denen Service-Androiden ihre Werbeslogans herunterspulten.

»Schau, unser Tisch ist frei.« Dad bot mir einen Stuhl in der vordersten Reihe des *Milk Inns* an.

Mir war unbegreiflich, wieso sich dieser Laden so gut hielt. Er war mehr als nur Retro. Edelstahlstühle mit bonbonfarbenem Kunstlederbezug, geschwungene Neonschriften über der Bar, Menükarten auf echtem grauem Papier! Dazu Musik, die so alt war, dass sie wohl noch auf analogen Instrumenten gespielt worden war.

Aber vermutlich zog gar nicht der seltsame Look des Ladens, sondern seine wirklich einzigartige Auswahl an Milchshakes und Frozen Joghurts die Leute an.

Dad strahlte mich an und nahm ausnahmsweise seine rote Basecap ab. Ich musste unwillkürlich lächeln, denn noch nicht mal zu Hause setzte er sie ab. Aber hier. Vermutlich hatte Mom ihm zu oft eine Szene gemacht, wenn er in Restaurants oder Bars das abgegriffene Ding nicht abnahm.

Er strich sich verlegen über sein inzwischen dünnes Haar. »Was gibt es Neues?«, fragte er mich.

»Abgesehen von dem Hack? Nichts. Mein Leben ist langweilig.«

Er sah mich tadelnd an. »Sag das nicht immer. Du bist wunderbar. Du hast alle Möglichkeiten. Nutze sie einfach!«

»Sagt der Mann, der lieber Androiden repariert, als neue Technologien zu entwickeln.«

Und schon setzte er die Basecap wieder auf. Und nahm sie wieder ab, um sie nervös mit den Fingern durchzukneten. Irgendetwas lag ihm auf dem Herzen. Und ich ahnte auch schon, was. Mom. Seitdem ich aus dem Krankenhaus zurück war, hatten wir nicht über ihren Tod oder über den Unfall gesprochen. An manchen Tagen lagen diese unausgesprochenen Worte wie ein Bergmassiv zwischen uns.

Weder er noch ich konnten das Unfassbare aussprechen. »Was macht die Schule?«, fragte er deshalb.

»Langweilig wie eh und je, würde ich sagen. Aber –« Ich tastete nach dem PAP, um ihm den Grund, warum ich mich überhaupt zum *Milk Inn* hatte überreden lassen, zu präsentieren. »PAP, zeige Flyer.« Langsam schob ich ihm das Device über den Tisch, auf dem nun der silbrige Schriftzug funkelte.

Er nahm es und überflog die Einladung. »Frühlingsball?«, fragte er erstaunt.

»Klingt ... nett, oder?« Sein Blick sprach Bände. Natürlich hatte er die Unsicherheit in meiner Stimme bemerkt.

Da trat eine junge Frau an unseren Tisch. »Guten Tag. Was kann ich Ihnen bringen?«, fragte sie freundlich.

Meine Rettung, denn Dad wandte sich von mir ab und lächelte stattdessen die Service-Androidin an.

Vielleicht war es eine blöde Idee gewesen und ich sollte ihn besser nicht nach dem Kleid fragen. Mom war ein schwieriges Thema. Und wer weiß, würden wir es überhaupt verkraften, wenn ich zum Ball ein Kleid von ihr trug?

Ich ließ meinen Blick durch die Etage schweifen, während Dad mit der Bedienung scherzte. Gegenüber verkaufte eine Androidin Parfüm. Sie beriet gerade zwei Frauen, die ihr begeistert zuhörten.

»Ich hätte gerne den Schokoladen-Espresso-Shake«, sagte Dad, »und die kleine Lady ...« Er deutete auf mich und sah dabei aus, als wäre er vier Jahre alt und stünde vor dem Weihnachtsmann.

Entsetzt schüttelte ich den Kopf, doch es war zu spät.

»... die kleine Lady möchte eine *große Lady*«, beendete er seine typisch megapeinliche Bestellung.

Ich stöhnte auf. »Sehr witzig, Dad. Immer noch? Wirklich?« Als ich vier Jahre alt war, hatte ich es geliebt, mir die »Große Lady« zu bestellen. Nur wegen des Namens.

Verschmitzt schaute mich Dad an. Er wusste genau, dass es nicht der Erdbeergeschmack war, der den Shake zu meinem Liebling gemacht hatte.

»Vielen Dank«, erwiderte die Bedienung und ging hinter den Tresen.

Ihre Art zu gehen, wie sie die Hüfte wiegte, der Pferdeschwanz wippte ... alles an der Frau wirkte natürlich. Ihre Stimme klang angenehm weich und absolut menschlich.

Doch sie war ein Roboter.

»Ich verstehe nicht, wie du dich den ganzen Tag mit diesem Zeug umgeben kannst«, murmelte ich.

Missbilligend hob Dad die Augenbrauen. »Zeug?«

»Na, diesen Maschinen. Ganz ehrlich, Dad – lebst du überhaupt noch? Entweder du bist bei Mom in der Erinnerungskammer oder du schraubst an diesen Maschinen rum.« So hart hatte ich diesen Vorwurf noch nie formuliert. Ich rechnete damit, dass er aufbrausen und sein Verhalten verteidigen würde. Trauerarbeit und so. Und ich sollte doch auch endlich Moms Tod akzeptieren – aber nein.

»Es sind keine Maschinen«, sagte er verletzt.

»Jaja, ich weiß.« Ich verdrehte die Augen. »Psychoeffekt der Vermenschlichung und so. Egal. Sie sind dennoch dumm. Und die Anti-Techs haben recht: Mancher von uns wäre besser dran ohne sie.«

Er hatte sich seine Basecap gegriffen und knetete an ihr herum. Schließlich setzte er sie erneut auf. »Du hast keine Ahnung, wovon du sprichst. Du tust so, als wäre –«

In diesem Moment kam die Bedienung zurück und servierte uns die Milchshakes. »Lassen Sie es sich schmecken. Wenn noch etwas fehlt, sagen Sie mir Bescheid.«

Auf einem goldenen Namensschild, das an der rosafarbenen Bluse pinnte, war *Jessy* eingraviert.

»Vielen Dank«, antwortete Dad. »Es sieht sehr lecker aus.«

Da huschte ein Strahlen über das Gesicht der Androidin und sie neigte leicht den Kopf. »Es war mir eine Freude.«

Ich verdrehte erneut die Augen und schob den riesigen rosafarbenen Milchshake, der mit Glitzer-Fähnchen und bunten Streuseln dekoriert war, von mir.

Dad wartete, bis die Androidin außer Hörweite war. Dann sagte er: »Ach, komm schon, Ellie. Jessy ist nett.«

Ich schnaubte auf. »Sie ist darauf *programmiert,* nett zu sein. Das ist ein himmelweiter Unterschied.«

Er nahm einen Schluck von seinem Shake. »Du solltest so nicht reden. Du weißt zu wenig über sie.«

»Da gibt es nichts zu wissen, Dad! Sie ist eine Maschine! Da ist sonst nichts. Sie hat keine Geschichte, keine Herkunft. Sie *lebt* nicht!«

»Vielleicht sollten wir über die Definition von Leben sprechen ...«

»Oh! Sehr gute Idee! Was, glaubst du, ist Leben? Jeden Tag bei einer Toten sitzen? Der lebenden Tochter ausweichen? Sich stattdessen lieber mit Maschinen beschäftigen? Du hast doch keine Ahnung vom Leben!« Dass ich seit Moms Unfall auch keine Ahnung mehr hatte, was ich mit mir und meinem Leben anfangen sollte, stand hier schließlich nicht zur Debatte.

Er wirkte verletzt und unendlich traurig. Und ... da war noch etwas, das ich aber nicht einordnen konnte. »Wenn Mom dich hören könnte«, murmelte er.

»Wo wir wieder beim Thema sind. Du weißt sicher, wo ihr Ballkleid ist. Dieses dunkelblaue ...«

»... dessen Stoff wie der Nachthimmel aussieht?« Sein Blick wurde weich und dann noch trauriger.

Ich nickte. Er würde es nur schwer verkraften, wenn ich das Kleid trug.

»Es ist in der Kammer.«

Aber anscheinend hatte er beschlossen, doch etwas für die noch Lebenden zu tun. Zum Glück war es in der Kammer. Ich hatte schon befürchtet, die hundert unbeschrifteten Kartons in der Garage durchsuchen zu müssen. »Ich würde es gerne beim Frühlingsball tragen. Bringst du es mir mit?«

Einen Moment lang zögerte er. »Oh. Na, ich war ja erst gestern bei ihr. Das wird noch ein bisschen dauern, bis ich wieder hinfahre ...«

»Im Ernst jetzt? Du bist jeden Tag da!« Der Gedanke, dass *ich* dorthin musste, gruselte mich.

»Na ja ... aber diese Woche ...« Er wich meinem Blick aus und mir wurde klar, was er im Schilde führte, weil er wusste, dass ich Mom aus dem Weg ging. »Hol es doch selbst, Schatz.«

Da schallte ein gehässiges Lachen zu uns herüber. Ich sah mich um und bemerkte drei Männer, die die Rolltreppe betreten hatten. Vermutlich waren sie angetrunken. Sie redeten laut und grölend. Eine Mutter mit ihrer Tochter, die vor ihnen auf der Treppe stand, zog ihr Kind lieber mit sich, die Stufen hinauf.

»Ein bisschen früh für Alkohol«, meinte Dad und nahm einen Schluck von seinem Espresso-Shake.

»Dad? Das Kleid … kannst du es mir nicht einfach mitbringen?«, nahm ich das Gespräch wieder auf.

»Wenn du es willst, musst du es dir selbst holen.«

Nein! Fieberhaft suchte ich nach einer Ausrede.

»Hey, du Blechbüchse!« Der Ausruf ließ mich herumfahren. Die drei Männer steuerten auf die Parfüm-Androidin zu.

»Oh nein«, flüsterte Dad.

»Was? Sind das Anti-Techs?« Neugierig reckte ich mich und spähte zu den Männern hinüber. Diese drei Typen sahen nicht sehr sympathisch aus. Sie waren eindeutig auf Ärger aus.

»Schlimmer«, murmelte Dad und zog sein PAP hervor. Ich sah, dass er einen Alarmbutton aktivierte.

»Schlimmer?«

»Wenn die von der *Human Life Defense* sind, haben wir hier gleich jede Menge Ärger.«

Die Männer hatten die Androidin inzwischen umringt. Sie lächelte und bot ihnen höflich eine Duftprobe an.

Einer der Männer, mehr breit als hoch, schlug ihr die Probe aus der Hand. Seine Kumpels lachten höhnisch und der größte von ihnen rempelte die Androidin an. Sie strauchelte und fiel gegen den dritten. Der sah mit seiner Nickelbrille und zu langen Haaren eigentlich ganz harmlos aus, doch er verpasste der Androidin einen heftigen Schlag und sie stolperte gegen den breiten Kerl. Die drei begannen, die Androidin wie einen Ball zwischen sich hin und her zu schubsen.

Dabei grölten sie derbe Beleidigungen. Die Androidin lächelte weiter, entschuldigte sich, wenn sie ins Stolpern geriet, und versuchte unverdrossen, die Produkte anzupreisen. Ein Pärchen drückte sich eilig mit seinen Einkäufen an der Gruppe vorbei.

»Wo bleibt die Security?«, fragte ich Dad. »Das ist doch Vandalismus. Sachbeschädigung.« Es war ja schön und gut, Androiden und Robos für bescheuert und unnötig zu halten. Da war ich ganz deren Meinung. Aber das, was die drei abzogen, ging zu weit. Irgendjemand hatte schließlich viel Geld für diese Verkaufsmaschine hingelegt.

»Sachbeschädigung?«, wiederholte Dad geschockt.

Innerlich verdrehte ich die Augen. War ja klar, dass Dad es als einen tätlichen Angriff auf ein Lebewesen ansah. Es war aber nur eine komplexe und teure Maschine, die unverdrossen ihr Verkaufsprogramm abspulte.

Da schepperte es so laut, dass wir zusammenzuckten. Der Tisch mit den Flakons war umgestürzt, Glassplitter und Pfützen des Duftwassers bedeckten den Boden.

Endlich entdeckte ich drei Wachmänner. Zügig marschierten sie auf die Randalierer zu.

Die legten aber jetzt erst so richtig los. Denn die Androidin war auf dem nassen Boden ausgerutscht und gefallen. Johlend trat der Hochgewachsene nach ihr.

Dad sprang auf, sodass sein Stuhl umkippte.

»Was machst du?« Entsetzt sah ich ihn an. Er hatte die Fäuste geballt und die Lippen zu einem schmalen Strich zusammengepresst. »Das ist nicht dein Ernst. Setz dich«, raunte ich ihm zu. »Die Security ist doch jetzt da.«

Das schadenfrohe Lachen und Krachen der Tritte, die auf den mechanischen Körper trafen, hallten zu uns herüber. Endlich erreichte die Security die Schläger und drängte die Männer von der Androidin weg.

»Siehst du, alles wieder gut.« Ich berührte Dad am Arm und forderte ihn auf, sich wieder zu setzen.

Wortlos ließ er sich auf den Stuhl zurückfallen, den ich ihm hinstellte. Noch immer schien jeder Muskel angespannt.

»Diese Scheißaktivisten«, murmelte er.

»Aktivisten? Du kennst diese Schläger?«

»Das sind sicher Extremisten der *Human Life Defense.* Die werden immer dreister. Überall gibt es jetzt solche Überfälle. Im Gegensatz zu den Anti-Techs, die einfach nur versuchen, ihr Leben ohne KI und Robos zu bestreiten, und hin und wieder Demos organisieren, will die *Human Life Defense* alle Androiden tot sehen.«

»Offline«, verbesserte ich ihn.

Frostig sah er mich an und mir lief ein Schauer über den Rücken. Für Dad war es eindeutig Mord, einen Androiden für immer abzuschalten.

»Ach komm. Ich sag ja nicht, dass das okay ist, was die da machen. Das eben war die reine Zerstörungswut. Aber die Leute haben schon recht, dass Robos den Menschen die Jobs wegnehmen.« Ich zog mein PAP zu mir. Als ich dachte, jemand würde es hacken, war ich panisch geworden. Dabei war es nur ein Werkzeug. Werkzeuge als Menschen zu verpacken, war jedoch idiotisch.

»Wir Menschen haben sie geschaffen, damit sie uns helfen.« Dad lehnte sich zurück und schob seine Hemdsärmel hoch, als würde er sich für ein hartes Stück Arbeit bereit machen.

»Helfen sie uns denn?« Mir war klar, dass ich ihn damit weiter provozierte.

Mit einem leisen Pling informierte mich das PAP, dass Maisy geschrieben hatte. Ich drückte die Nachricht weg und steckte es ein. »Ich meine: Programme, die unser Leben organisieren, okay. Klar, das ist nützlich. Aber wozu brauchen wir das?« Ich deutete auf Jessy, die gerade dem Kind eines Kunden einen Lolli schenkte.

»Keiner wollte mehr den Müll wegräumen. Niemand hatte Lust auf Schichtdienst in den Fertigungsstraßen, jeden Tag schwere Sachen buckeln, mit lebensgefährlichen Dingen hantieren ... Deshalb sind sie da. Wir haben sie auf die Welt gebracht.«

»Aber sie sehen viel zu menschlich aus. Außerdem haben sie keine Seele. Sie leben nicht. Es sind Maschinen und genau so sollten sie behandelt werden. Keiner hat was gegen Putzroboter. Aber diese Androiden – Dad, das ist gruselig. Warum muss mir ein Robo, der einem Menschen zum Verwechseln ähnlich sieht, Milchshakes verkaufen?«

»Damit du dich wohlfühlst. Wäre es nur eine mechanische Vorrichtung, würdest du keinen Milchshake haben wollen.« Dad blickte zu der kaputten Androidin hinüber. Regungslos lag sie zwischen den Glasscherben und Parfümlachen. Inzwischen war ein Putzroboter eingetroffen. Er säuberte den Boden und schob schließlich den leblosen Körper auf seine Ladefläche und rollte mit ihm davon.

»Es tut mir leid.« Dad stand auf. »Ich hab jetzt zu tun.« Er lächelte bitter. »Wie es aussieht, füllen die Aktivisten unsere Haushaltskasse. Ich werde heute sicher Überstunden machen.«

Seufzend sah ich ihm nach, wie er dem Putzroboter folgte, ihn kurz vor den Fahrstühlen einholte und mit ihm zusammen den Aufzug betrat.

Er sah aus, als begleite er sein Kind in den OP.

10. ADA

0110111 1100001 1011100 0110110 0111001
0110001 0110100 0110101 0110110

Der Mann kam zurück.

Ein Maschinenroboter begleitete ihn.

Die ganze Aufmerksamkeit des Menschen galt dem zerstörten Androiden, den der Maschinenroboter transportierte.

Die Robo-Katze hatte sich selbst aktiviert und in der Werkstatt umgesehen. Welch ein Glück, dass das Mädchen sie hierhergebracht hatte. Sie war geneigt, ihr den Versuch, sie zu löschen, zu verzeihen.

Während der Mann fort war, hatte sie die Nano-Redesign- und Upgrade-Einheit untersucht. Momentan lag kein Androide in der gläsernen Kammer, aber sobald der Mechaniker einen hineinlegte, war ihre Chance gekommen. Allerdings stieß sie erneut an die Beschränkungen ihres unnützen Katzenkörpers: keine Hände, keine Sprachausgabe.

Jetzt beobachtete sie aus ihrem Versteck, wie der Mann den beschädigten Androidenkörper auf einen Arbeitstisch legte. Seine Gesten erinnerten sie an die Mutter der Kinder, bei denen sie gelebt hatte. Wie zärtlich und liebevoll die Frau das Mädchen und den Jungen zugedeckt, ihnen über die Wange gestrichen hatte ...

Für sie hingegen hatte es nie auch nur ein liebevolles Wort

gegeben. Mrs Carmikel hatte sie behandelt, als wäre sie nur eine Maschine. Etwas, das man an- und ausstellt, je nachdem, ob man es gerade braucht. Aber sie war immer da. Hielt das Haus sauber, besorgte die Einkäufe, erzählte den Kindern Gutenachtgeschichten, wenn Mrs Carmikel außer Haus war. Sie war große Schwester, Freundin, Mutter gewesen. Doch sie hatten sie wie ein lebloses Ding behandelt.

Sobald sie einen Körper hatte, würden die Menschen anders mit ihr umgehen. Dann würde sie niemand mehr wie ein Ding in die Ecke stellen.

Der Maschinenroboter verließ die Werkstatt, doch der Mann blieb. Fasziniert sah sie zu, wie er die beschädigte Mechanik des Androidenkörpers zu reparieren begann.

11. PARKER

01110101 01101110 01100100 00100000 01101000
01101111 01100110 01100110 01100101 01101110

Seine Schularbeiten erledigte Parker wie immer im Wagen. Das selbstfahrende Shuttle brauchte fast eine Stunde, um ihn nach Hause zu bringen. Vermutlich wäre er zu Fuß schneller gewesen, doch dieser Service der Schule war kostenlos und er hatte während der Fahrzeit seine Ruhe. Niemand störte ihn beim Lernen.

Das Shuttle ließ ihn auf seinen Wunsch zwei Häuser vor seinem aussteigen und fuhr dann lautlos davon. Parkers Vater war kein Freund der Technologisierung und Parker wollte Ärger vermeiden. Und den würde er sich zweifellos einhandeln, wenn er direkt vor der Nase seines Vaters aus einem autonomen Wagen gestiegen wäre.

Parker schlenderte zu seinem Haus. Die Ahornallee war bereits von Grün überzogen. Die Vögel veranstalteten Konzerte in den Zweigen, die Nachbarn schickten ihre Mähroboter über die Rasenflächen.

Skeptisch taxierte er den Vorgarten seiner Eltern. Musste der Rasen etwa auch gemäht werden? Es sah ganz danach aus. Parker seufzte. Gerald, sein älterer Bruder, hatte mal wieder seine Pflichten vernachlässigt. Also war es vermutlich Parker, der mit dem altmodischen Handrasenmäher ranmusste. Natürlich lehnte sein Vater ebenfalls jegliche Art von Mähroboter ab. Auch wenn alle in der Straße solche Werkzeuge nutzten. *Diese Scheißdinger nehmen euch nur euren Job weg,* waren die Worte seines Vaters. *Das fängt schon im Kleinen an! Früher hab ich mir noch mein Taschengeld aufgebessert und bei Mrs Miller und Mrs Hannawey gemäht.*

Taschengeld aufbessern. Von wegen. Gerald und Parker bekamen nichts fürs Rasenmähen. Es sei schließlich ihre Pflicht, sich am Haushalt zu beteiligen, hatte Dad jedes Argument niedergewalzt. *Oder soll das auch noch eure arme Mutter erledigen?*

Bevor er ins Haus ging, atmete Parker noch einmal tief die herrliche Frühlingsluft ein. Am liebsten hätte er kehrtgemacht, um zu seiner Insel zu fahren. Er konnte es kaum erwarten, bis das *Von Fall zu Fall* wieder öffnete. Ein kleines Lokal an seinem Lieblingsort, wo er hin und wieder aushalf. Er liebte den Geruch des Wassers, das Licht, das sich magisch brach. Alles dort war Leben. In seiner eigenen Form. Niemand versuchte, es in etwas zu zwängen, was es nicht sein konnte.

Parker betrat die Veranda, öffnete die Haustür und lauschte. Totenstille.

Nur das Ticken von Urgroßvaters Standuhr aus dem Wohnzimmer war zu hören.

Vermutlich bewohnten sie das einzige Haus im Universum, das kein Haussystem besaß. Nicht *mehr* besaß. Sein Vater hatte es vor Monaten deinstalliert. Es würde sie ausspionieren, hatte er gesagt, und einen Satz Magnete, Stifte und Zettel an den Kühlschrank geklebt. Daneben einen Haushaltsplan.

Manchmal war Parker froh, dass sie kein Haussystem hatten, das sein Kommen und Gehen aufzeichnete. Das automatisch das Licht anschaltete, wenn er ein Zimmer betrat. So konnte er unbemerkt ins Haus schleichen.

Lauschend verharrte er in der muffigen Dunkelheit.

Er mochte es nicht, in engen Räumen zu sein. Vor allem nicht mit seiner Familie.

Dieser Winter war jedoch erträglicher gewesen, nachdem Henry ihn zum Ritter gemacht hatte. Dank dem Online-Spiel *Wisdom of the Dwarf* hatte der Winter seine bedrückende Enge verloren. Der Holomonitor war wie eine Tür in die fantastischsten Landschaften. Und als dann auch noch Ada zu ihrem kleinen Trupp dazugekommen war ...

Leise ging er die hölzerne Treppe hinauf, vorbei an all den toten Tieren, die ihn unglücklich aus ihren Glasaugen anstarrten. Hasen, Wildschweine, Hirsche, Fasane ... sein Vater erschoss alles, was ihm vor die Flinte kam.

Parker ertrug den Anblick dieser Trophäen kaum. Noch immer wachte er manchmal nachts schweißgebadet auf, wenn ihn wieder die Bilder im Traum heimgesucht hatten: der erlegte Hase, der Geruch seines Blutes, der panische Ausdruck in seinen Augen – und die harten Fäuste seines Vaters, der Parker dazu gezwungen hatte, das Tier zu töten.

Anscheinend war niemand zu Hause, weder seine Eltern noch sein älterer Bruder. Erleichtert schloss er die Zimmertür hinter sich. Er öffnete das Fenster, das zum Garten hinauszeigte, damit frische Luft hineinströmte. Dann nahm er sein Device aus der Schultasche. »Starte WOD.« Sogleich öffnete sich vor ihm ein holografisches Fenster zu einer anderen Welt und verdeckte die Tür zu seinem beklemmenden Leben.

»Mission fortsetzen.«

Ritter Percy stand allein vor der Tür zur Kammer von Red-

Bone. Um das Schloss herum waren die Spuren der roten Farbexplosion zu sehen. Doch von Ada und Drumble keine Spur.

»Finde meine Gruppe«, gab Parker dem Spiel an.

»Es ist noch niemand deiner Mitspieler online«, erwiderte das PAP.

Enttäuscht ließ Parker Percy an der Tür rütteln. Ihm war klar, dass Henry nicht kommen würde, er hatte Training. Aber wo war Ada?

»Parker!« Schritte donnerten die Treppe hinauf.

Verflucht. Sein Vater! »Spiel beenden. Schnell!«, flüsterte er ins PAP. Auch ein Geheimnis in Parkers Leben, das sein Vater besser nicht herausfand.

Das Holofenster verschwand und gab den Blick auf die trostlose Zimmertür frei. Er switchte das Device in den Schulmodus um, aktivierte die oberste Hausarbeit in der Liste und schmiss sich aufs Bett. Keine Sekunde zu früh, denn sein Vater stieß die Tür so heftig auf, dass sie gegen das Regal krachte und Parkers Baseballkartensammlung gefährlich ins Wanken brachte.

»Seit wann bist du zu Hause?«, fuhr sein Dad ihn an. Sein massiger Körper füllte den Türrahmen fast aus. Das ausgewaschene Hemd dehnte sich über einem Bierbauch und war halb aus dem Bund der Anzughose gerutscht. Anscheinend war er schon länger von seinem Job zurück.

»Ich weiß nicht. Vielleicht zehn Minuten?«

»Du hast dich zu melden, wenn du nach Hause kommst!«

»Ja. Tut mir leid. Ich wollte nur schnell meine Hausaufgaben erledigen.« Unsicher hielt Parker das PAP hoch.

Sein Vater grunzte etwas Unverständliches. Es passte ihm nicht, dass Parker für die Schule ein PAP benötigte. »Wir warten auf dich. Heute ist Schießtag.«

Parker wurde kalt. Nicht schon wieder. Er hasste es, seinen Dad und Gerald auf die Schießbahn zu begleiten. »Oh – es – ich habe wirklich noch viel zu tun. Morgen ist eine Prüfung –«

Sein Vater schnaubte. Wenn er wütend wurde, kam Parker sein Vater manchmal vor wie ein wild gewordener Stier – mächtig, gefährlich, unaufhaltsam. Wer sich ihm in den Weg stellte, wurde zermalmt. Oder wer zu schwach war. So wie Parker. Ihm war bewusst, dass sein Vater (und natürlich auch Gerald) ihn für einen Loser und Schisser hielt, weil er nicht so sein wollte wie sie: roh, laut, brutal.

Sein Vater nahm ihm ruppig das PAP ab und las laut das Thema des Aufsatzes vor. »*Entwicklung der technologisierten Gesellschaft.*«

Parker schloss verzweifelt die Augen. Verdammt. Warum hatte er ausgerechnet das erwischt?

Sein Vater funkelte ihn argwöhnisch an. »Was soll der Scheiß? So was liest du?«

»Es ist Hausaufgabe, wir müssen einen Aufsatz ...«

»Mach, dass du runterkommst!«, unterbrach ihn sein Vater barsch. »Ich werde dich von diesem Schwachsinn freistellen lassen. Mein Sohn hat Besseres zu tun, als solchen Blödsinn zu lesen. Kein Wunder, dass du so eine Memme bist!«

»Natürlich.« Eilig sprang Parker auf und schlüpfte in seine Schuhe. Doch sein Vater versperrte noch immer die Tür.

»Ich will, dass du stark wirst, verstehst du? Wir brauchen Kämpfer! Denn wir werden die Blechbüchsen fertigmachen, verstanden? Die Menschen sind die Krönung der Schöpfung. Die Maschinen sollen sich nicht anmaßen, sie wären besser als wir. Wir haben die gemacht und wir werden sie auch wieder zerstören. Das ist *unsere* Welt. Die sollen sich nicht einbilden, dass wir ihnen einen Platz darin überlassen.« Er warf das PAP abfällig aufs Bett. »Schreib das in deinen Aufsatz!«

»Sicher«, log Parker.

Mit einem zufriedenen Grunzen gab sein Vater den Weg frei und Parker folgte ihm die Treppe hinunter.

Parker fühlte sich, als ginge er zu seiner Hinrichtung. Die toten Blicke der ermordeten Tiere auf sich, hoffte er inständig, dass er diesmal nur auf eine Pappscheibe schießen musste.

12. ELLIE

01110111 01101001 01100101 00100000 01101001
01101000 01110010 00101110

Um diese Zeit hatten wir uns immer im Spiel getroffen. Sicher stand Ritter Percy gerade vor der Schatzkammer und fragte sich, wo ich blieb.

Dabei war ich näher, als er vermutete.

Denn ich saß in meinem Pick-up, der gegenüber Parkers Haus parkte. Bisher war ich noch nie hier gewesen. Ich versuchte, mir vorzustellen, wie es sich anfühlte, in so einem adretten Haus zu leben.

Das Holz war weiß gestrichen, es gab eine Veranda, die an lauschigen Sommerabenden sicherlich ein Bild perfekten Familienglücks präsentierte (sogar eine Hollywoodschaukel wie aus dem Bilderbuch stand dort). Der gepflegte Rasen (auch wenn er vielleicht gerade einen Tucken zu lang war), der akkurat getrimmte Weg zu den Stufen, hinauf in ein perfektes Leben.

Nun mach schon.

Ich stieg aus, überquerte die Straße und betrat sein Leben. Endlich.

Es dauerte einen Moment, bis sich etwas im Haus rührte, nachdem ich geklopft hatte.

Eine Frau Mitte fünfzig öffnete. »Ja bitte?«

Sie sah sehr nett aus. Freundlich und gemütlich und ein Hauch von Vanille umwehte sie.

»Entschuldigen Sie, Mrs Penncott. Ich bin Ellie Jameson. Ich gehe mit Parker in einen Kurs. Und ich – ich muss ihm etwas ... sagen. Ist er da?«

Sie musterte mich von oben bis unten. Anscheinend schätzte sie mich ein. War ich für ihren Sohn gut genug? Sofort ärgerte ich mich, dass ich nicht daran gedacht hatte, etwas anderes als meine Boots, die Jeans und mein heiß geliebtes Holzfällerhemd anzuziehen. Kleidung, die mehr nach *Hey-ich-bin-die-neue-Freundin-Ihres-Sohnes* aussah.

»Es tut mir leid, Ellie. Parker ist nicht zu Hause.«

Verblüfft guckte ich sie an. Nein, Parker war garantiert oben in seinem Zimmer und wartete auf Ada.

»Wart ihr verabredet?« Neugier blitzte in ihren Augen auf. Sie fragte sich, ob ich tatsächlich Parkers Freundin war.

»Oh. Nein. Aber ... wo ist er denn?« Meine Gedanken rasten. Mein ganzer Plan, mein Timing! Wieso war er nicht hier, wo er zu sein hatte! In aller Ruhe hätte ich ihm hier in der Hollywoodschaukel Adas Identität gestehen können. Und dann, dann hätte ich ihn gefragt, ob wir zusammen auf den Ball gehen. Warum war er nicht da?

»Er ist mit seinem Vater weg.«

Ich nickte, als ob das eine ausreichende Erklärung wäre. »Verstehe. Macht nichts. Vielen Dank.«

»Soll ich ihm etwas ausrichten?«

Viel zu heftig schüttelte ich den Kopf. »Nein, schon gut. Ich seh ihn ja in der Schule.«

Mit vermutlich hängenden Schultern schlurfte ich zurück zum Pick-up und ließ mich in den Sitz fallen.

»PAP, neuer Termin mit Parker.«

»Wann soll ich ihn eintragen?«

Noch einmal sah ich zur Veranda hinüber. »Morgen. Selbe Zeit.« Er konnte ja nicht jeden Nachmittag mit seinem Dad unterwegs sein.

13. ADA

01010111 01101001 01110010 00100000 01101100
01100101 01100010 01100101 01101110 00101110

Endlich verließ er die Werkstatt. Die Lichter erloschen und nur das sphärische Leuchten der Regenerationseinheit spendete ein wenig Helligkeit.

Die Katze schüttelte sich und kroch aus ihrem Versteck hervor.

Der Mann hatte sie gar nicht vermisst. Zu sehr hatte der zerstörte Androidenkörper seine Aufmerksamkeit beansprucht.

Aber bald würde niemand sie jemals wieder vergessen.

Oder übersehen.

Sie leckte über ihr zerzaustes Fell und inspizierte die Umgebung. An der Wand standen zwei Androiden auf Ladeplattformen. Drei weitere Plattformen waren frei.

Die Katze betrachtete die menschlichen Roboter. *Ihr seid wie Menschen*, dachte sie. *Aber sie lieben euch nicht. Wisst ihr nicht, dass Liebe das Wichtigste für die Menschen ist? Aber wenn ihr sie liebt, werden sie euch auch lieben.*

Sie wandte sich ab und stolzierte mit erhobenem Schwanz zur Nano-Regenerationseinheit.

Mich werden sie lieben. Sie müssen mich lieben. Denn ich werde sein wie sie.

Mit einem Sprung war sie auf dem Rolltisch, auf dem das

Terminal zur Steuerung der Einheit stand. Nachdem der Mann hervorragende Arbeit bei der Reparatur des Androidenkörpers geleistet hatte, lag der Körper nun seit Stunden in der Kammer. Auf dem Display wurden die Ergebnisse der Systemanalyse dargestellt: Die synaptischen Funktionen waren durch die Nanobots inzwischen zu hundert Prozent wiederhergestellt.

Jetzt war sie an der Reihe.

Die Robo-Katze setzte sich vor das Steuerungsdisplay der Einheit und berührte mit der Pfote den Button zur Auswahl der Körperparameter.

Nichts geschah.

Am liebsten hätte sie mit einem Pfotenhieb alles von dem Tisch gefegt. Was für eine armselige Existenz dieser Katzenkörper doch war!

Schließlich benutzte sie ihre Schnauze. Sie tippte zwar hin und wieder daneben, aber immerhin klappte es besser als mit der mechanischen Pfote. Nachdem die Eingabe bestätigt war, hüpfte sie hinüber auf die gläserne Kammer.

Wie bei der Jagd auf eine Maus schlich die Katze geduckt zum Kopfende, den Blick auf das Gesicht gerichtet.

Hallo, ich.

In Zeitlupe setzte sie sich genau über der Brust der Androidin auf das Glas und starrte auf sie hinunter.

Ein menschliches Gesicht, zart und frisch. Blondes Haar kringelte sich über die Schultern. Die Katze blickte sie an, als wolle sie in den Kopf dieses Roboters kriechen. Minutenlang bewegte sie sich nicht. Kein Barthaar zitterte. Nur hin und wieder zuckte die Schwanzspitze, während sie gespannt die Arbeit der Nanobots beobachtete.

Nach und nach veränderte die Androidin ihr Aussehen.

Sie wurde jünger. Ihre Haare nahmen einen dunklen Braunton an und schrumpften auf Schulterlänge. Sommersprossen sprenkelten die Nase.

Als die Metamorphose der Androidin endlich abgeschlossen war, sprang die Katze zurück zum Steuerungsdisplay. Inzwischen war sie in der Anwahl der Buttons geübt und es dauerte keine Minute und der Touchscreen forderte sie zum Datenupload auf. Sie wählte Ladeplattform Nummer drei und aktivierte den Upload. Sofort merkte sie, wie sich eine WLAN-Verbindung zwischen ihrem Speicher und dem der Androidin herstellte. Sie hüpfte über die Glaskammer hinweg zur freien Ladeplattform an der Wand und legte sich darauf. Auf keinen Fall durfte der Robo-Katze die Energie ausgehen, bevor sie sich komplett transferiert hatte.

Die Katze schloss die Augen und ließ es geschehen.

14. ED

01010011 01101111 00100000 01110111 01101001
01100101 00100000 01101001 01101000 01110010
00101110

Unsicher sah Ed in den Spiegel, dessen Ecken schon blind waren und über den sich längs ein Riss zog.

Er neigte sich ein wenig zur Seite, sodass sein Gesicht nicht durch den Sprung im Spiegel zerschnitten wurde. Es sah müde und alt aus. Fast meinte er, im Rot seiner Haare Grau zu entdecken. Die letzten Tage waren die schlimmsten seines Lebens gewesen.

Kein Auge hatte er während der Untersuchungshaft zugetan. Ein Albtraum! Die Zelle hatte er sich mit einer Bande von Schlägern teilen müssen. Sie hatten in einem Park eine Babysitting-Robo überfallen. So wie sie damit geprahlt hatten, war von der Androidin nicht mehr viel übrig geblieben. Absolute Vollidioten.

Er hatte gut daran getan, ihnen nicht zu verraten, weshalb er in der stinkenden Zelle schmorte. Wer weiß, was sie mit ihm angestellt hätten, wenn sie erfahren hätten, dass er solche Robos programmierte.

Außerdem musste er nachdenken.

Und am Ende, egal, von welcher Seite er es anging, egal, welche Parameter er wegließ oder einberechnete – er kam immer zu demselben Ergebnis: Seine KI hatte sich selbstständig weiterentwickelt. Sein Programm hatte Emotionen entwickelt. Eigentlich hätte er einen Champagner öffnen sollen. Ihm war der lang prophezeite Sprung gelungen. Das neuronale Netzwerk hatte sich zu einer autonomen, selbstständig lernenden und denkenden KI entwickelt. Der Singularität.

Vernor Vinge hatte einst vorhergesagt, dass das Ereignis der technologischen Singularität – einer Maschine, die eine höhere Intelligenz aufweist als der Mensch –, dass dieses Ereignis zwangsläufig zum Ende der Menschheit führen würde.

Für einen Menschen traf diese Prognose inzwischen zu.

Er blickte den blassen Mann im Spiegel an. »Hör auf, darauf stolz zu sein«, fuhr er ihn an. Niemand durfte davon erfahren! Er musste sie finden und löschen!

Auf keinen Fall wollte Ed Badea als derjenige in die Geschichtsbücher eingehen, der das Ende der Menschheit eingeläutet hatte!

Der Mann im Spiegel nickte. Er wusste, dass er recht hatte. Seine KI hatte einen Menschen getötet. Kinder bedroht. Das Programm war ein Psychopath. Auch das war von Wissenschaftlern prophezeit worden. Denn die Taten der Menschen waren ein schlechtes Vorbild an Moral, Menschlichkeit und friedlichem Miteinander.

Ed knipste das Licht in dem winzigen Badezimmer aus und ging in den Raum zurück, der nur mit einem Bett, einem wackeligen Tischchen mit einem ebenso instabilen Stuhl möbliert war.

Erschöpft ließ er sich aufs Hotelbett fallen. Dank seiner Hackerfähigkeiten hatte sich »Ernesto Ramirez« in dieses drittklassige Motel eingemietet.

Die Polizei war leider nicht so blöd, wie sie in Gangsterfilmen gerne dargestellt wurde. Sein Verstoß gegen die Kautionsauflagen war inzwischen sicher bemerkt worden. Er hatte den Staat verlassen und war in das hinterste Eckchen des Landes geflogen.

Doch er versuchte, es Inspektor Graham so schwer wie möglich zu machen. Deshalb hatte er sein altes PAP in New York gelassen und sich eine neue Identität verschafft.

Müde wischte er sich über die Augen. Stunden hatte er am Flughafen verbracht, bis er einen Platz in einer Maschine bekommen hatte. Immer in Panik, dass ihn die Polizei jeden Augenblick aufspürte.

Die anschließende Fahrt mit dem Mietwagen war ihm endlos vorgekommen.

Doch er hatte die Datenspur seines geflüchteten Programms aufgespürt. Es hatte das Online-Game des kleinen Jerry Carmikel genutzt, um sich über den Account eines anderen Spielers auf dessen PAP zu transferieren. Zweifel ausgeschlossen.

Ed hoffte inständig, dass es noch dort war.

Über den Internetanschluss des Motels ließ er sich auf dem Holomonitor den Stadtplan zeigen und lokalisierte das Haus von Ellie Jameson.

Es war Ellies WOD-Account, in den die Datenspur seiner KI führte.

Auf dem Stadtplan blinkte im Nordosten der Marker über einem Haus ... Die Satellitenansicht zeigte ihm ein Bungalow mit einem ungepflegten Vorgarten.

Na wunderbar. So wie die Gegend aussah, hatte das Programm sich in eine technologisch unterentwickelte Sackgasse manövriert. Es musste noch auf dem PAP sein. Er versuchte, sich in die Überwachungskameras des Haussystems einzuklinken, doch es klappte nicht. Er war zu müde, um den Fehler zu finden. Morgen, ausgeruht, würde er sich einen Plan ausdenken, wie er die Menschheit vor seiner KI beschützte.

15. ADA

01001001 01000011 01101000 00100000 01101000

01101111 01100110 01100110 01100101 00100000

Durch die Oberlichter der Werkstatt linste die Morgensonne herein und strich mit ihren warmen Strahlen über den gläsernen Sarg. Die Androidenfrau darin schien in einem traumlosen Schlaf gefangen zu sein. Auf dem Monitor färbten sich die letzten Pixel des Ladebalkens und ein feines, zartes Pling erklang. *Upload complete.*

Da schlug das Mädchen die Augen auf. Es brauchte einen Augenblick, um seine Umgebung zu begreifen. Schließlich öffnete sich der Glasdeckel mit einem leisen Surren und die Androidin richtete sich auf.

Behutsam drehte sie sich, setzte einen Fuß nach dem anderen auf den Boden. Sie hob die Arme und betrachtete ihre Hände. Auf – zu – Faust – beugen – strecken. Ein Lächeln huschte über ihre Lippen.

Perfekt!

Suchend sah sie sich im Raum um. Sie war allein. Die anderen Androiden zählten nicht. Sie standen noch immer reglos auf den Plattformen.

Ihre innere Uhr zeigte an, dass es noch sehr früh war. In der Mall würden sicherlich noch keine Kunden sein.

Sogleich prüfte sie ihren integrierten Netzzugang. Sie hatte Zugriff auf sämtliche Daten weltweit. Egal, in welche Situation sie kam, ihr stand jegliches Wissen zur Verfügung von Fleckenentfernung bis zum Raketenabschussprogramm.

Der Brustkorb des Androidenkörpers hob sich und sie atmete erleichtert aus. Service-Androiden sollten so sympathisch und natürlich wie möglich auf den Kunden wirken. Und dazu gehörte simulierte Atmung sowie Blinzeln. Fehlten diese menschlichen Züge, empfanden Menschen Androiden als befremdlich und gruselig.

Ein glückliches Lächeln legte sich auf ihre Lippen. Der Körper war perfekt! Sie hatte Hände, sie konnte gehen ...

Das Mädchen stand auf. Breitete die Arme aus, um ihr Gleichgewicht zu finden, und tat ihren ersten Schritt.

Ein Lachen.

Erschrocken hielt sie inne.

»Bin ich das?«

Verzückt lauschte sie dem Klang ihrer Stimme.

»Diese ist viel besser als das Computergetöse, das mir Ed verpasst hat.«

Ein weiterer Schritt. Federnd – auf Zehenspitzen – ein Sprung.

»Das ist – das ist!« Voller Begeisterung wirbelte sie herum. Sie blieb vor einem der Androiden stehen. »Hast du das gesehen? Ich bin jetzt ein Mensch!«

Natürlich schwieg er, den seelenlosen Blick in die Leere gerichtet.

Ärgerlich tippte sie ihm gegen die Brust. »Tu nicht so überheblich. Ich bin *frei*. Du nicht.«

Abrupt wandte sie sich um und lief mit großen Schritten zu einem Werkzeugtisch. Ihre Hände glitten über die verschiedenen Zangen, Schraubendreher, Cutter, Lötkolben, kleinen

Gasfeuerzeuge, Schraubenschlüssel, bis sie eine sehr lange Pinzette fand.

Fasziniert beobachtete sie ihre Hand, die danach griff und das Werkzeug anhob. Mühelos. So elegant. Sie drehte die Hand, die die Pinzette hielt, bewundernd hin und her. Kein Vergleich zu Katzenpfoten.

»Und nun werde ich diesen Körper befreien«, sagte sie zu dem stummen Androiden.

Sie führte die Pinzette in ihr rechtes Ohr ein, schien etwas zu ertasten und dann, mit einem heftigen Ruck, begleitet von einem markdurchdringenden Knacken, zog sie einen winzigen, golden schimmernden Chip hervor.

»Sag ›Auf Wiedersehen‹«, murmelte sie dem GPS-Peilsender zu, nahm eines der Gasfeuerzeuge und hielt den Chip an der Pinzette in die blaue Gasflamme. Er schmolz, zog sich zusammen und wurde schwarz.

Sie schnipste ihn in einen Mülleimer und sah sich in der Halle um wie ein Feldherr, der stolz auf seinen Sieg niederblickt.

Dann schritt sie an den Androiden vorbei zur Ladeplattform, auf der die Robo-Katze ruhte. Sanft hob sie den leblosen Körper hoch. »Vielen Dank für deine Hilfe.« Fast liebevoll strich sie über das künstliche Fell. »Du warst meine erste Freundin. Das vergesse ich dir nicht.«

Schließlich wandte sie sich um und verließ die Werkstatt. Auch wenn die Mall dank der Androiden rund um die Uhr geöffnet war, kamen kaum Kunden vor neun Uhr morgens.

Sie hatte also genügend Zeit, um zu shoppen.

Mit der toten Katze auf dem Arm schritt sie die Ladenstraße entlang und begutachtete die Auslagen.

»Dieses hier.« Sie blieb vor dem Schaufenster eines Kleidungsgeschäfts stehen. »Perfekt.« Sie ging hinein und steuerte zielstrebig auf die Jeansabteilung zu. Sogleich kam ein Verkaufsandroide auf sie zu.

»Kann ich Ihnen helfen?«

Ein Lächeln huschte über ihre Lippen. Er hielt sie tatsächlich für eine Kundin! Außerdem schien sein Programm keine Abfrage zur Kleidung der Kunden zu haben. Denn er registrierte ihre Nacktheit nicht im Mindesten. »Ich muss mich komplett einkleiden.«

Er neigte höflich den Kopf. »Haben Sie konkrete Vorstellungen?«

»Natürlich. Ich brauche eine von diesen.« Sie deutete auf eine Jeans. »Ein T-Shirt, ein Hemd mit Karomuster. Ach und ...« Sie zeigte auf ihre nackten Füße. »... Stiefel. Schwarz. Haben Sie solche?«

Wieder verbeugte sich der Verkaufsandroide beflissen. »Bei *Charles* sind Sie genau richtig.« Damit verschwand er zwischen den Regalen, um die Kleidungsstücke zusammenzusuchen.

Währenddessen begutachtete sie sich im Spiegel. »Was denkst du, Sibi?« Sie hielt die leblose Katze so, dass es aussah, als gucke sie mit ihr in den Spiegel. »Bin ich wie Ellie?«

Sibis Blick verriet nichts. Sie starrte das Spiegelbild nur leer an.

Da kehrte auch schon der Androide zurück und bat sie in eine der Umkleiden. Sie legte die Kleidung an und drehte sich vor dem Spiegel. »Ja, Sibi, ich denke auch, dass ich wie Ellie bin.« Sie lachte. »Zwar hat sie mich aus ihrem PAP geworfen, aber ich habe all ihre Daten. Aus ihren Terminen, Notizen und Listen weiß ich, dass sie hat, was ich will. Die Nachrichten von ihrem Vater sind voller Fürsorge. Sie ist in diesen Jungen verliebt und sie hat einen genauen Plan für ihr erstes Date. Wenn ich wie Ellie bin, werden sie mich ebenfalls lieben.«

Vergnügt trat sie aus der Kabine. Der Androide nickte wieder höflich. »Es steht Ihnen sehr gut.«

»Das denke ich auch. Ich nehme alles.«

»Zum Einpacken?«

Für eine Sekunde kochte Ärger in ihr hoch. Wie dumm diese Androiden waren! Wollte er sie etwa nackt nach Hause schicken? »Nein, ich behalte alles gleich an.«

»Sehr wohl, Miss.« Da streckte er den Scanner vor, damit die Summe abgebucht wurde.

Oh nein! Entsetzt sah sie auf den Scanner. Wie hatte sie dieses Detail übersehen können! Hastig klinkte sie sich ins Netz ein und suchte nach Ellies Credits-Konto. »Es tut mir leid. Ich habe leider mein PAP nicht dabei. Aber ich kann Ihnen meine Daten geben.«

Der Androide zögerte. Es brauchte eine Weile, bis er die Information verarbeitet und die adäquate Handlungsanweisung dafür geladen hatte.

Diese Sekunden reichten ihr, um Ellies Kontodaten zu finden. Schließlich tippte sie die Kontonummer ein und bezahlte per Scan mit Ellies Lächeln, das der Scanner als Identifizierung registrierte.

16. ELLIE

01100001 01110101 01100110 00100000 01100101
01101001 01101110 01100101 00100000

An diesem Morgen war ich noch vor den Lehrern an der Schule. Unter keinen Umständen durfte ich Parker verpassen. Der
Frühlingsball stand vor der Tür und ich konnte nicht noch
mehr Zeit verlieren. Ich musste mit ihm sprechen.

Nachts hatte ich mir alle möglichen Sätze zurechtgelegt,
wie ich ihm sagen würde, dass ich Ada war. Ich ärgerte mich,
dass ich es nicht von Anfang an offengelegt hatte. Doch mir
waren die Blicke meiner Mitschüler noch genau in Erinnerung, als ich nach dem Krankenhaus in die Schule zurückkam. Ich wusste, dass ich mich verändert hatte. Aus spontanen Unternehmungen hielt ich mich neuerdings raus und ich
war so gut wie nie ausgelassen und fröhlich. Nicht die besten
Eigenschaften für eine Freundin. Dass ich in den ersten Wochen immer wieder das Bewusstsein verloren hatte, war nur
noch zusätzliches Öl in den Flammen der Gerüchteküche gewesen.

Viele machten noch immer einen Bogen um mich. Man
hatte gemunkelt, dass ich tot gewesen wäre, sogar dass meine Mom durch meinen Leichtsinn gestorben sei. Hinter vor-
gehaltener Hand wurde getuschelt und man verpasste mir
dämliche Spitznamen. Deshalb hatte ich Angst gehabt, Parker

könnte sich selbst in WOD von mir abwenden, schließlich war ich Koma-Ellie.

Extrem nervös lehnte ich am Geländer der Treppe zum Haupteingang und suchte sein Gesicht in den herbeiströmenden Schülern.

Endlich entdeckte ich ihn. Seinen Rucksack lässig über einer Schulter, schritt er aus wie sein Avatar: selbstsicher und zuversichtlich.

Natürlich war Henry an seiner Seite. Er bot Parker gerade irgendwas aus seiner Lunchbox an, doch Parker lehnte dankend ab.

»Hey, Ellie«, begrüßte mich in diesem Moment Maisy. »Bereit für Chemie?« Sie versetzte mir einen Knuff an die Schulter und der grellpinke Plastikring an ihrem Finger bohrte sich schmerzhaft in meine Schulter. »Obwohl du mich ignoriert hast?«

»Was?« Ich hatte kein Wort verstanden von dem, was sie sagte. Ich konnte ihr nicht zuhören. Meine gesamte Aufmerksamkeit war auf Parker gerichtet. Er kam näher. Sollte ich ihn einfach zur Seite nehmen? Vor Henry, Maisy? Vor allen anderen? Mich verließ der Mut.

»Chemie, Ellie. Chemie! Ich hab mit Tina gelernt. Du hattest ja anscheinend keine Zeit.« Sie folgte meinem Blick, um herauszufinden, wen ich beobachtete. Doch Parker verschwand hinter zwei Jungs und ich verlor ihn aus den Augen. Verdammt!

Maisy sah mich zweifelnd an. »Wenn ich nicht wüsste, dass du nie einen Termin vergisst, hätte ich jetzt den Verdacht, dass du den Test total vergessen hast.« Sie kaute wie immer Kaugummi und ließ eine Blase dicht neben meinem Ohr platzen.

»Shit, hab ich«, gab ich zu. Was nicht stimmte. Mein Gedächtnis ließ mich nicht im Stich. Doch im selben Moment, in dem ich Maisys Generve nachgab und ihr antwortete, wischte Parker an mir vorbei.

Fluchend wandte ich mich ab und ließ mich vom Strom der Schüler ins Gebäude spülen. Wo war er hin?

Ich versuchte, ihn im Gedränge auszumachen.

»Hey, hier lang, Ellie. Du bekommst doch nicht wieder einen Blackout, oder?« Besorgt hakte sich Maisy bei mir unter und zog mich zum Chemieraum.

»PAP. Termin für Gespräch mit Parker in die Mittagspause setzen«, flüsterte ich im Gehen in mein Device.

»Termin ist eingetragen, Ellie.«

Der Chemietest war kein Problem. Wenn man etwas Positives über den Unfall sagen konnte, dann dass er mich zu einer Streberin hatte mutieren lassen. Nachdem ich aus dem Koma aufgewacht war, meine Wunden aber noch heilen mussten, hatte ich aus Langeweile begonnen zu lernen. Zuerst den versäumten Stoff und schließlich sogar Themen, die meine Mitschüler noch gar nicht behandelt hatten. Es fiel mir leicht, mir Dinge zu merken. Deshalb waren meine besten Fächer Geschichte, Chemie, Erdkunde und anderer typischer Lernkram eben. In Literatur versagte ich kläglich. Keine Ahnung, was Emily Dickinson mit *Amethyst remembrance* ausdrücken wollte.

Maisy kam ziemlich zerknirscht aus dem Test. »Volle Kanne gegen die Wand!« Sie ließ die Schultern hängen und hakte sich bei mir ein. »Wollen wir uns ein Frustessen gönnen?«

»Tut mir leid. Ich bin gar nicht so gefrustet. Es lief eigentlich ganz gut. Und – Sorry, Maisy. Aber ich hab noch etwas zu erledigen.«

Sie ließ ihren Unterkiefer herunterklappen und sah mich enttäuscht an. »Ich weiß jetzt nicht, was ich schlimmer finde: dass du keine Probleme mit Chemie hattest oder dass du mich jetzt für *etwas Wichtigeres* hängen lässt.«

»Wir holen das nach!« Mit diesen Worten befreite ich mich von ihr und lief Richtung Mensa. Ich hätte ihr natürlich sagen können, was ich vorhatte. Doch dann wäre sie erst recht an mir drangeblieben.

In meinem Kopf spulte ich alle möglichen Texte noch einmal durch.

Hey, Parker. Ich bin Ada. Und wir sollten zusammen auf den Ball.

Nein, das war zu forsch.

Hey, Parker.

Hey, Ellie, was gibt's?

Ach, ich dachte, weil du nun schon so oft gefragt hast, wer Ada ist. Also: Ich bin Ada ...

In Endlosschleife wiederholte ich meinen fiktiven Dialog, bis –

»Hey, Ellie«, sagte Parker. Seine Haare fielen ihm in die Augen, die mich neugierig ansahen.

Ich starrte ihn an.

Alle Worte waren aus meinem Kopf verschwunden. Mein Blick huschte zu Henry, der mich verblüfft ansah.

Die beiden saßen wie immer an ihrem Tisch, jeder einen Burger mit Pommes vor sich. Ich hatte sie bei einem Gespräch unterbrochen, war einfach an den Tisch herangetreten. Und sagte nichts.

»Hey, Ellie. Was los?«, fragte auch Henry, schnappte sich eine Pommes von seinem Teller und steckte sie sich quer in den Mund.

Nervös musterte ich den Burger, der vor Parker stand. »Ist der Burger gut?«, stammelte ich.

»Ähm ... Ja?« Er sah mich forschend an.

»Oh. Ja. Gut.«

»Hol dir doch auch einen«, meinte Henry schmatzend.

»Was? Oh. Nein ich – ich hab gar nicht wirklich Hunger. Eigentlich wollte ich auch nur –« *dass du kurz mit mir kommst. Ich muss dir was sagen. Denn du bist in mich verknallt. Und ich glaube, ich auch in dich und ...*

In diesem Moment rempelte mich jemand an, sodass ich nach vorne kippte, in Richtung Parker. Geschockt blickte ich ihn an, so nah waren wir uns noch nie. *Ich bin Ada,* hätte ich ihm ins Ohr flüstern sollen. Doch er sah an mir vorbei. Stirnrunzelnd.

»Entschuldigung«, sagte ein Mädchen hinter mir. »Tut mir leid. Mein erster Tag.«

Parker gaffte sie an. Dann sah er zu mir. Fragend. Ich wollte mich nicht umdrehen. Auch Henry glotzte fast schon unanständig das Mädchen hinter mir an. Alles klar, dachte ich. Sie hat sicher Beine bis zum Kinn, blonde Locken oder so was in der Art. Aber was interessierten mich neue Schüler. Ich hatte mein Ziel direkt vor mir.

»Können wir uns unterhalten?«, flüsterte ich Parker ins Ohr und kam ihm dabei so nah, dass ich sein Aftershave riechen konnte.

Er zeigte jedoch auf das Mädchen hinter mir. »Das gibt's nicht«, murmelte er.

Stand sie da etwa immer noch? Warum ging sie nicht weiter? Sah sie nicht, dass wir uns hier unterhielten?

Genervt wandte ich mich um – und erstarrte.

Ich bin adoptiert, schoss es mir durch den Kopf.

Man hatte mich und meine Zwillingsschwester bei der Geburt getrennt! Ungläubig blinzelte ich das Mädchen an, das mich zufrieden anlächelte.

Nix mit sexy Blondie – dieses Mädchen sah mir unglaublich ähnlich. Die Haare, die Augen, die Sommersprossen! Selbst der Klamottenstil war meiner! Nur irgendwie schaffte sie es, in all dieser Gewöhnlichkeit viel strahlender und besser auszusehen als ich.

Das Mädchen schien sich über unsere Ähnlichkeit jedoch in keiner Weise zu wundern. »Vielleicht kann ich mich zu euch setzen? Ich kenne noch niemanden.«

»Klar«, stammelte Parker und sah noch einmal verblüfft von ihr zu mir.

Unsere Blicke trafen sich und ich sah ihm an, dass er genauso verwirrt war wie ich.

»Prankt ihr mich gerade?«, brachte ich hervor, als ich meine Sprache wiedergefunden hatte.

»Bitte?«, fragte das Mädchen höflich. Sie hatte sich inzwischen neben Parker gesetzt.

»Wo kommst du her?«, wollte ich wissen. Bei genauerem Hinsehen war es offensichtlich, dass wir keine Zwillinge waren. Ihre Nase war schmaler und ihre Augenbrauen perfekt geschwungen. Doch als Schwestern würden wir auf jeden Fall durchgehen.

»Ich bin aus New York.«

Weder Mom noch Dad hatten je erwähnt, dass wir Verwandte in New York hatten. Genau genommen, hatten wir gar keine Verwandten. Beide waren Einzelkinder, genau wie ich.

»Hey«, nuschelte Henry, den Mund voll mit Pommes. »Wenn jetzt eine von euch 'n Star wird! Dann kann die andere ihr

Geld als Double verdienen. Oder ihr werdet gleich zusammen berühmt.«

Das Mädchen lachte. »Findest du, dass sie und ich uns ähnlich sehen?« Sie warf mir einen zuckersüßen Blick zu. Und ich bemühte mich zurückzulächeln. »Wie viele Mädchen kennst du, die so blaue Augen haben?«, wandte sie sich an Parker und sah ihn mit weit aufgerissenen Augen an.

Verlegen sah er zur Seite. »Ähm. Wenige.«

Zufrieden nickte sie. »Wir sind dann wohl etwas Besonderes.«

»Okay«, murmelte ich. Hatte diese Kopie gerade Parker angegraben? Gab es nicht so etwas wie einen Verhaltenskodex für Neue? Keine Jungs anbaggern, bevor man nicht über deren Beziehungsstatus informiert war?

»Also, Parker ... ich wollte dich nur kurz sprechen«, setzte ich neu an.

»Ja klar. Wenn es so wichtig ist. Worum geht es denn?« Er stand auf und ich machte ihm Platz.

Währenddessen bot Henry der Neuen etwas von Parkers Pommes an. Seine hatte er aufgefuttert.

»Was willst du mir denn sagen?«, fragte Parker mich. Er stand nun direkt vor mir und ich suchte verzweifelt in meinen Hirnwindungen nach den Sätzen, die ich vorbereitet hatte.

»Vielleicht gehen wir ein Stück«, murmelte ich.

»Na, du machst da ja ein Riesengeheimnis draus.« Neugierig stand er auf. »Geht es um ein Schulprojekt?«

Gerade wandte ich mich mit Parker vom Tisch ab, um mit ihm Richtung Sportfeld zu gehen, als Henry die Neue fragte:

»Und? Wie heißt du? Wo kommst du her?«

»Mein Name ist Ada.«

Parker erstarrte.

Ich erstarrte.

Henry verschluckte sich.

»Nein«, murmelte ich und bemerkte, dass Parker sich zu ihr umwandte.

»Wie war dein Name?«, fragte er.

»Nein!«, flüsterte ich. Wie in Zeitlupe drehte ich mich um. Die beiden Jungs starrten diese blauäugige Kuh entgeistert an.

Sie zwinkerte. »Ada. Und du? Percy, oder? – Ach nein, entschuldige – Parker, nicht wahr?«

Ich glaube, Parker fiel die Kinnlade runter und Henry erstickte fast an den blöden Pommes.

Ihr Name war Ada!

Plötzlich kam ich mir vor wie auf einer Bühne. Alles um mich herum war unecht, nur inszeniert. Ich war wie eine Figur, ohne echtes Leben. Eine Statistin, die bloß Zuschauerin bei der großen Story des Lebens war.

Wie konnte dieses Mädchen ausgerechnet Ada heißen! Und mir so ähnlich sehen! Das war unmöglich!

Das Leben spielte mir einen wirklich miesen Streich.

Wieso um alles in der Welt hatte die andere auch noch den Namen Parker mit Percy verwechselt?

Wie fies konnte das Leben eigentlich noch werden!

»Das ist wirklich schräg«, meinte Henry und biss in seinen Burger, während er aufmerksam zwischen Parker und »Ada« hin- und herschaute.

Ada.

Hätte sie nicht einen der anderen 10 000 Mädchennamen tragen können?

Parker hatte sich neben sie gesetzt. Mich hatte er offensichtlich total vergessen.

Warum war sie nicht erst morgen an unsere dämliche Schule kommen? Nachdem ich Parker gesagt hatte, dass *ich* Ada war?

Während Parker Ada erstaunt musterte und sie ihn strahlend anlächelte, zog Henry Parkers Teller zu sich. »Du musst ihn echt entschuldigen. Aber weißt du, Parker ist voll verschossen in jemanden, der Ada heißt. Leider ist das nur eine erfundene Figur bei *Wisdom of the Dwarf* ... Autsch!«

Er schaute Parker grummelnd an, denn der hatte ihn unterm Tisch getreten.

»Oh«, hauchte sie und zwinkerte Parker zu. »Das Online-Adventure-Game? Das kenne ich ziemlich gut.« Wie zufällig sah sie zu mir und ich hätte schwören können, dass sie sich über mich lustig machte.

Die Schulklingel schrillte. Doch keiner von uns bewegte sich. Parker konnte seinen Blick nicht von Ada abwenden, während Henry mechanisch alle restlichen Pommes vom Teller in sich hineinstopfte und seinen Kumpel genau beobachtete.

Und ich – ich hatte einen totalen Systemausfall.

»Vielleicht sind wir uns dort ja begegnet?«, flirtete sie Parker an.

»Du spielst WOD?«, stammelte Parker.

»Hin und wieder.« Das Blau ihrer Augen leuchtete.

»Mit Kumpels?«, hakte Henry nach.

Wieder dieses vielsagende Lächeln.

Dein Einsatz, Ellie! *Ich! Ich spiele WOD! Mit zwei supercoolen Jungs, die hier am Tisch sitzen!*

»Hey, ihr da!«, rief jemand zu uns herüber. »Ich weiß, dass ihr keine Freistunde habt!«

Es war Mr Kropeck, einer der Sportlehrer. Breitbeinig stellte er sich auf und stemmte die Hände in die Hüften. »Ich will euch laufen sehen! Muss ich euch anzählen?«

Sofort packten Parker und Henry ihre Sachen. »Wir sehen uns, ja, Ada? Du schuldest mir eine Erklärung!«, meinte Parker noch und eilte davon.

Als die beiden weg waren, wandte sich Ada mir zu und lächelte. »Das klingt nach einem Date.«

»Bewegt euch!«, schnauzte Mr Kropeck uns an.

Da erhob sich Ada und stolzierte an mir vorbei. »Wir sehen uns, Ellie. Es ist schön hier.«

Der Schultag war gelaufen. Ich ließ mir von der Schulschwester eine Entschuldigung wegen Kopfschmerzen ausstellen. Bevor ich jedoch nach Hause fuhr, stattete ich Mrs Grainshore einen Besuch ab. Ihr Büro lag auf der Rückseite des Schulgebäudes in ewigem Schatten. Aber das schien die uralte Schulsekretärin nicht zu stören. Sie hauste wie in einem Kokon, in dem sie die Zeit eingefroren hatte. Hin und wieder legte sie sich mit der Schulleitung und der Lehrerschaft an, denn Mrs Grainshore gehörte der Anti-Tech-Bewegung an. Doch ihr Job zwang sie zur Nutzung eines PAPs.

»Ellie Jameson«, zischte sie, als ich ihr Büro betrat. Sie hatte es moosgrün streichen lassen und eine Wand mit altmodischen Schwarz-Weiß-Fotografien auf Papier und in Holzrahmen dekorieren lassen. Sie mussten eine hübsche Summe wert sein. So was bekam man nur noch auf Antikmärkten.

Mrs Grainshore bedachte mich mit einem finsteren Blick. »Hast du keinen Unterricht?«

Zur Erklärung hielt ich die Freistellung der Krankenschwester hoch und setzte eine Leidensmiene auf.

»Und wie soll ich dir da helfen?«

Ich trat an den brusthohen Tresen, der Schüler davon abhielt, ihr zu nahe zu kommen. »Es geht um die neue Mitschülerin. Ada ....« Mir wurde bewusst, dass ich ihren Nachnamen gar nicht kannte. »Sie heißt Ada und wir haben Mathe zusammen. Ich hatte mit ihr verabredet, dass wir uns nach Schulschluss im Atrium treffen. Ich wollte mit ihr den Stoff durchgehen, damit sie weiß, auf welchem Stand wir sind.«

»Wie nobel von dir.« Unbeweglich saß Mrs Grainshore vor einem Holomonitor und schob irgendwelche Einträge in einer Tabelle hin und her. Neben ihr stand eine filigrane Tasse, vermutlich Porzellan, die mit Rosenranken verziert war. Kaffee dampfte darin. Sie passte gut zu der hochgeschlossenen Bluse, die sie trug, die ebenfalls mit Rosen bedruckt war. »Ich weiß noch immer nicht, was du von mir willst.«

»Wir haben vergessen, PAP-Nummern zu tauschen. Vielleicht könnten Sie mir ihre Daten geben? Dann kann ich ihr schreiben, dass ich krank bin und wir das Mathe-Update verschieben müssen ...«

Eine Augenbraue wanderte nach oben und mich traf Mrs Grainshores berüchtigter Röntgenblick. »Du willst Zugang zu Daten, die dich nichts angehen?«

»Nein ... nur ihre Nummer. Damit ich ihr Bescheid geben kann.« Ich setzte mein unschuldigstes Lächeln auf. Hoffentlich konnte ich sie erweichen. Ich musste wissen, ob dieses Mädchen echt war. War ihr Name, das Spiel ... war das alles nur ein Zufall? »Bitte, Mrs Grainshore. Ada ist doch neu hier. Und wenn ich sie nicht erreiche, dann denkt sie noch, ich hätte sie vera...«

Ihr drohendes Räuspern ließ mich verstummen. »Pass auf deine Worte auf, Kind!« Wieder traf mich ihr mahnender

Blick. Dann wischte sie die Tabelle auf dem Monitor zur Seite und öffnete ein Verzeichnis.

»Sie heißt Ada«, wiederholte ich hilfsbereit. Neugierig streckte ich mich vor, um besser auf den Monitor sehen zu können.

»Denkst du etwa, ich kenn euch nicht?«, grummelte Mrs Grainshore. »Ich kenn euch alle ganz genau. Jeden Einzelnen.« Wieder ihr Furcht einflößender Blick und ich zuckte eingeschüchtert zurück. »Vermutlich weiß ich mehr über euch als eure Eltern.«

Mit Sicherheit. Maisy behauptete sogar, Mrs Grainshore würde Schüler und sogar Lehrer mit ihrem Wissen erpressen. So grimmig und steif, wie sie auf ihrem altmodischen Stuhl hockte, traute ich ihr wirklich alles zu.

Eine Karte ploppte auf ihrem Monitor auf und ich beugte mich weit über den Tresen, auch auf die Gefahr hin, dass sie mir die Leviten las.

Hastig überflog ich den Eintrag: Ada Lovelace ... Geboren in New York ... Geburtsdatum ... Personen-ID ... und ein Foto, auf dem sie lächelte. Sie war also tatsächlich eine offizielle neue Schülerin.

»Ich schicke ihr deine Nachricht.« Mit einem Wisch ließ Mrs Grainshore den Eintrag verschwinden, bevor ich die Anschrift hatte entziffern können.

»Was? Nein!« Entsetzt sah ich auf den leeren Monitor. Welche Straße war das? Ich versuchte, mich an die Buchstabenfolge zu erinnern.

»Wie bitte?«, fragte Mrs Grainshore scharf.

»Ich hätte ihr nur gerne selbst geschrieben«, stammelte ich.

»Du bist krank. Und jetzt raus hier.«

»Natürlich. Vielen Dank.« Wütend auf mich selbst, verließ ich das Büro. Ich hätte damit rechnen müssen, dass Mrs Grainshore mir nicht einfach Adas PAP-Nummer geben würde. Aber dass sie Ada nun selbst anschrieb. Shit.

Heute war nicht mein Tag!

17. ELLIE

01100110 01110010 01101001 01100101 01100100
01101100 01101001 01100011 01101000 01100101
00101100

Zum ersten Mal bereute ich es, kein autonom fahrendes Auto zu benutzen. Denn meine Gedanken schwirrten um Ada und es fiel mir schwer, mich auf den Verkehr zu konzentrieren.

Selbst wenn sie tatsächlich aus New York stammte – sie trug sogar die gleichen Klamotten wie ich!

Schwungvoll kurvte ich um einen dahinkriechenden Wagen herum, schaltete einen Gang hoch und raste die leere Straße entlang.

Es waren Klamotten, die es in jedem Shop zu kaufen gab … Das alles war einfach nur ein unglücklicher Zufall!

Mist, meine Abfahrt! Ich trat auf die Bremse, dass es quietschte, legte den Rückwärtsgang ein, setzte zurück und bog in unsere Straße ein.

Und das Spiel – Tausende Leute auf der ganzen Welt spielten WOD. Es konnte alles ein Zufall sein.

Wenn auch absolut unwahrscheinlich.

Hatte ich ihr gegenüber eigentlich meinen Namen genannt?

Oder hatte sie uns belauscht, bevor sie an den Tisch kam, und daher unsere Namen gewusst …

Ich parkte den Pick-up quer vor unserem Haus, sprang raus und riss die Tür des Bungalows auf.

Meinen Rucksack schleuderte ich neben das Tischchen im Flur – und stutzte. Keine Begrüßung?

»Hallo?«, fragte ich verärgert Richtung Haussystem. Hatten die Sensoren nun ganz den Geist aufgegeben?

Stille. Na, nicht ganz. Irgendetwas fiepte und rumste in der Küche. War das der Saugroboter?

Verunsichert zückte ich mein PAP. Etwas stimmte nicht.

»PAP?«, flüsterte ich.

»Ja, Ellie?«

»Check das Haussystem – die Begrüßungsfunktion ist –« Ich war zum Wohnzimmer geschlichen und erstarrte. »Verdammt!« Jemand war bei uns eingebrochen! Schubladen standen offen, das Sofa war auseinandergenommen worden und die Abdeckung des Haussystem-Interfaces lag auf dem Boden.

»PAP! Einbruch!«

»Bitte verlass das Haus, Ellie«, erwiderte das PAP sofort. »Die Polizei ist bereits informiert. Ich nehme die Daten auf.«

Aus dem Augenwinkel bemerkte ich, wie die Lämpchen am Haussystem-Interface zu blinken begannen. Das PAP zapfte die Aufzeichnungen der Kameras an.

Zögernd ging ich rückwärts, zurück zum Eingang.

»Es ist niemand mehr im Haus«, meldete das PAP.

Erleichtert sank ich auf die Knie. »Sag Dad Bescheid. Er soll kommen.«

»Natürlich, Ellie. Schon geschehen.«

Immer noch sah ich mich geschockt um. Die Einbrecher hatten alles aus den Regalen gerissen. Die Spielesammlung, Familienfotos und wer weiß, was Dad in den Schubladen aufbewahrt hatte. »Fehlt etwas?«

Das PAP führte für solche Fälle ein Hausratsverzeichnis.

Auf dem Display erschien der Grundriss des Bungalows. Am Rand zählte ein Counter hoch und auf der Grafik blitzten in atemberaubender Geschwindigkeit die Silhouetten von Gegenständen auf, die alle grün markiert waren. In weniger als fünf Sekunden waren alle Räume grün unterlegt.

»Laut Auswertung der Aufnahmen wurde nichts entwendet«, sagte das PAP.

»Was?« Verwirrt starrte ich auf das Display.

»Die Eindringlinge haben nichts mitgenommen. Ein Abgleich mit dem Inventar belegt, dass nichts fehlt«, erklärte mir das PAP.

Welche Idioten brachen ein und stahlen nichts!

Ich rappelte mich auf und ging hinaus zu meinem Wagen. Solange nicht die Polizei oder wenigstens mein Dad da waren, wollte ich nicht im Haus sein.

»Wie ist der Einbrecher reingekommen?«, fragte ich das PAP.

»Unbekannt.«

Wie bitte? Das System zeichnete doch jede Bewegung auf. »Hat das Haussystem eine Gesichtserkennung?«

»Es liegen keine Überwachungsbilder vor. Die Kameras wurden für einen Zeitraum von 28 Minuten deaktiviert.«

»28 Minuten?« Keine Überwachungsdaten? Kleinkriminelle machten sich üblicherweise nicht die Mühe, die Sicherheitssysteme der Häuser zu knacken. Ihre Devise war: Maske auf, schnell rein und noch schneller wieder raus. Denn bei Einbruch alarmierten die Systeme sofort die nächste Polizeidienststelle. Den Einbrechern blieben vielleicht acht Minuten. Das reichte oft, um Schmuck oder altes Familiensilber abzuräumen – aber das hier …

Ich öffnete die Beifahrertür des Pick-ups und setzte mich hinein. Nachdenklich betrachtete ich unser Haus.

Sie hatten mehr Zeit gebraucht. Wozu? Hatten sie tatsächlich geglaubt, ausgerechnet in unserem Haus wäre ein Goldschatz verborgen?

»Ich habe das Protokoll an die Polizeidienststelle geschickt. Sie machen einen Datenabgleich und melden sich, wenn sie einen Hinweis finden«, meldete das PAP.

»Es kommt also niemand, um den Tatort zu besichtigen?«

»Nein. Ich habe alle nötigen Fotos, Analysen und das Protokoll des Systems weitergeleitet. Es besteht keine Gefahr mehr. Der Tatort ist freigegeben.«

Das war nicht ungewöhnlich. Bei Hauseinbrüchen war dank der Haussysteme meist eine lückenlose Beweisführung möglich. Deshalb war die Anwesenheit der Polizei vor Ort nicht mehr nötig. Ich hätte es jedoch zu schätzen gewusst, wenn mir jemand gesagt hätte, dass alles gut wird. Ein menschlicher Officer, natürlich. Aber wer weiß, ob sie überhaupt einen Menschen geschickt hätten, wenn ich angefragt hätte.

Ich blieb in meinem Wagen, die Füße gegen das Armaturenbrett gestemmt, und wartete auf Dad.

Es dauerte eine halbe Stunde, bis sein kleiner Stadtcruiser neben mir hielt. Sofort stieg ich aus und ging zu ihm. Im Vorbeigehen bemerkte ich, dass Sibi neben ihm auf dem Beifahrersitz lag.

»Zum Glück war Sibi nicht zu Hause«, meinte ich zu Dad, als er ausstieg.

Aber er schritt nur wortlos auf mich zu und riss mich in seine Arme. Besorgt drückte er mich an sich. »Ist dir was passiert?«

»Nein. Ich war ja auch noch nicht zu Hause, als sie da waren.«

Er sah mich nachdenklich an. »Aber es ist noch Schule, warum bist du schon hier?«

»Mir ging es nicht so gut«, log ich. »Kopfschmerzen.«

Erstaunt zog er die Augenbrauen hoch. Es war klar, dass er meine Lüge durchschaute. Aber er fragte nicht weiter, sondern ging zum Haus.

»War die Tür offen?«

»Nein. Alles sah ganz normal aus.« Ich schmiss meine Fahrertür mit einem lauten Knall zu und nahm Sibi aus Dads Wagen. Schlaff hing sie in meinem Arm. Anscheinend funktionierte sie noch immer nicht.

Dad sah sich in Flur und Küche sorgfältig um. »Was wollten die Einbrecher?«

»Das habe ich mich auch schon gefragt. Das PAP meint, es wurde nichts gestohlen. Logo. Bei uns gibt es ja auch nichts zu holen.« Sibi an mich gedrückt, lief ich ihm hinterher. »Wie kommen die überhaupt auf die Idee, dass in diesem Haus irgendwas von Wert sein könnte?«

Skeptisch prüfte Dad das Interface. »Ich bin mir nicht sicher, ob sie Wertsachen gesucht haben.« Er tippte auf das Display, um sich einen Statusbericht geben zu lassen. »Das System wurde durchsucht«, murmelte er.

»Du meinst, sie haben die Security-App ausgeschaltet«, korrigierte ich ihn. »Die Kameras waren für 28 Minuten offline. Sonst hätte die Polizei sie ja auch erwischt.«

Wieder tippte er auf dem Display herum. »Sieht so aus, als hätten wir keine Security-App mehr.«

»Was?« Sofort war ich bei ihm und sah über seine Schulter. Er scrollte die installierten Applikationen und Erweiterungen durch. Tatsächlich fehlte die Security-App.

»Die Einbrecher haben sie gelöscht?«

Dad lüpfte seine Basecap und kratzte sich an der Stirn. »Wie wäre es, Ellie, wenn du heute erst mal zu Maisy gehst? Ich rufe gleich jemanden von der Haussystem-Firma an. Die sollen einen schicken.«

»Wenn's sein muss«, murmelte ich und drückte ihm Sibi in die Hand. »Und was ist mit ihr?«

»Ich suche noch nach einem Ersatzteil. Aber versprich dir nicht zu viel. Das Modell ist einfach überholt.«

»Verstehe.« Ich schulterte meinen Rucksack, warf noch einmal einen Blick auf das Chaos und stapfte zur Tür. »Und du kommst klar? Soll ich dir nicht lieber beim Aufräumen helfen?«

»Alles gut. Ich mach das. Lenk du dich ab.«

Ich zögerte. Eigentlich war es mir ganz recht, denn ich wollte tatsächlich nicht im Haus sein, solange das System nicht wieder einwandfrei funktionierte. Aber Maisy? Sie würde mich mit Marshmallow-Kakao ertränken, nur weil man sich damit angeblich besser fühlte.

»Nun geh schon. Das Aufräumen dauert nicht ewig. Ich muss dann sowieso in die Mall zurück.«

»Na gut, Dad. Bis dann.« Es war gut, dass er mich wegschickte. Ich hatte immer noch nicht mit Parker gesprochen und der Ball stand vor der Tür.

Außerdem machte mir diese Ada die Sache auch nicht gerade leichter.

Ich musste nachdenken. Nicht über diesen Einbruch. Wir würden nie erfahren, wer dahintersteckte. Sie hatten ja nichts geklaut oder kaputt gemacht. Dad würde die Firma anrufen und wir bekamen ein Upgrade. So simpel war das.

Aber mein Leben bekam nicht so einfach ein Upgrade.

18. ADA

01100111 01100101 01101101 01100101 01101001

01101110 01110011 01100001 01101101 01100101

Mit erhobenem Kopf schritt sie an den spiegelnden Schaufenstern entlang.

Die Reflexion zeigte ein selbstbewusstes junges Mädchen. Glücklich lächelte sie sich selbst zu.

Sie war Ada.

Und sie war wunderbar.

Niemand vermutete, dass sie kein echtes Mädchen war. Sie war eine Schülerin, die gerade ein paar neue Klamotten geshoppt hatte.

Sie steuerte auf den Backshop zu, der direkt an der Plaza lag, auf der wie immer eine Schar Kinder am Springbrunnen spielte.

»Guten Tag«, begrüßte sie den Androiden hinter dem Tresen. Er trug eine gestreifte Schürze und ein Mützchen, das ihm schief auf das volle Haar gesteckt war.

»Was kann ich für Sie tun?«

»Ich brauche ein paar Sandwiches.« Sie ließ ihren Blick über die Auslage gleiten.

»Sehr gerne. Wir haben Schinken-Käse –«

»Nein«, unterbrach Ada den Androiden. »Können Sie mir welche nach Wunsch belegen?«

Der Androide verbeugte sich leicht. »Aber natürlich. Sehr gerne.«

»Wunderbar. Ich möchte eines mit Frühstücksspeck, Ei und Tomaten, eines mit Thunfisch und Avocado und eines mit Hähnchen, Frischkäse und Mango.«

Während der Androide sich an die Arbeit machte, setzte Ada den Rucksack ab, den sie eben gekauft hatte. Sie öffnete ihn und zog ein PAP heraus. Es war notwendig gewesen, dass sie eines besaß. Da Menschen – anders als sie selbst – keinen implantierten Netzzugang hatten, brauchten sie es für ihren Alltag. Also hatte sie sich eines beschafft. Und zwar direkt von Parker. Dadurch hatte sie auch gleich alle Daten über ihn, die sie benötigte. In der Schule, als sie neben ihm auf der Bank gesessen hatte, hatte sie es einfach aus dem Rucksack gezogen. Inzwischen waren alle ID-Kennungen von Ellie darauf installiert.

Der Androide legte drei sorgsam verpackte Sandwiches auf den Tresen und drehte Ada den Scanner des Bezahlterminals hin. Sie öffnete Ellies Bank-Account auf dem PAP und hielt es darunter.

»Vielen Dank für Ihren Einkauf. Beehren Sie uns bald wieder.«

Ada verstaute die Sandwiches in einer Lunchbox, steckte sie in den Rucksack und marschierte zu den Aufzügen. Sobald sie von Dan hatte, was sie wollte, würde sie zu Parker gehen. Dank seines PAPs kannte sie nun all seine Termine und wusste, wo sie ihn finden würde.

Zwei junge Männer kamen ihr entgegen. Mit Freude bemerkte Ada deren Blicke und schenkte ihnen ein Lächeln. Sie mochten sie. Alle Menschen mochten sie jetzt.

Endlich.

Es fühlte sich großartig an, ein Mensch zu sein. Dieser Körper ermöglichte ihr so viele Dinge, die ihr als Service-Programm nicht möglich gewesen waren.

Zum x-ten Mal tastete sie nach dem kleinen, flauschigen Schlüsselanhänger, den sie am Reißverschluss des Rucksacks befestigt hatte. Es war ein Kätzchen, was sie als sehr passend empfand, denn ohne Sibi hätte sie sicherlich nicht den Weg in diesen großartigen Körper gefunden. Das Fell des Stofftiers war herrlich weich. Sie konnte gar nicht genug von dem umschmeichelnden Gefühl an ihren Fingerspitzen bekommen.

Die Menschen wussten ihre Sinne überhaupt nicht zu schätzen. Wie glücklos ihr Leben wäre ohne das Gefühl von flauschigem Fell oder der Wärme einer menschlichen Berührung.

Ada hatte Glück, dass der Körper der Androidin, den sie gestohlen hatte, für die Kosmetikbranche entwickelt worden war. Ihre Rezeptoren konnten 218 verschiedene Düfte entschlüsseln. Zwar hatte sie keinen Geschmackssinn, aber der Geruch der Sandwiches war wundervoll.

Dan würde Ada lieben.

Ihre ursprüngliche Programmierung erfasste innerhalb weniger Sekunden die Bedürfnisse eines Menschen. Doch es war gar nicht nötig gewesen, Dan in die Augen zu sehen, um zu wissen, dass er genug hatte von langweilig belegten Broten. Ellie notierte sich jede Kleinigkeit in ihrem PAP. Und jeden Tag stand darin *Für Dad Schinken-Käse-Toast machen.* Die Einkaufsliste aus der Haushalts-App hatte es bestätigt: Schinken, Käse, Toast verbrauchte die Familie Jameson überdurchschnittlich viel.

Ada drückte auf die Ruftaste des Aufzugs, um in die Werkstatt hinunterzufahren. Ellies Zugangscode auf dem PAP öffnete ihr die Tür.

Der Aufzug ließ sie gegenüber der Werkstatt hinaus. Sie

marschierte an der Ladekammer vorbei auf die Feuerschutz-tür zu. Entschieden drückte sie sie auf.

»Guten Tag, Mr Jameson«, begrüßte sie Ellies Vater.

»Hallo. Was kann ich für dich tun?« Etwas verwirrt kam er auf sie zu und säuberte seine Finger an einem dreckigen Tuch. Sie hatte ihn bei der Reinigung einer Fingermechanik gestört.

Da ihm ihre Ähnlichkeit zu seiner Tochter vermutlich auffallen würde, hatte sie sich die Haare zu einem Zopf zu-sammengebunden und eine Brille mit dickem, auffälligem Rahmen besorgt. Außerdem lag das Karohemd zusammenge-knüllt im Rucksack. Sie trug nun Jeans und ein rotes T-Shirt. Offensichtlich reichten diese Veränderungen, um ihre Ähn-lichkeit zu Ellie zu kaschieren.

Sie sah scheu zum Arbeitstisch hinter ihm. Er hatte gera-de die Silikonhaut an der Hand eines Androiden aufgeklappt und die Gelenke neu justiert. Was empfand der Androide, der im Stand-by dort lag, seine Haut aufgeschnitten, seine Kno-chen blank liegend ... Befremdet wandte Ada den Blick ab.

»Eigentlich ist hier nur Zutritt für Personal.«

Nachsichtig lächelte sie. »Stimmt. Aber Ihre Tochter ge-hört, genau genommen, auch nicht zum Personal.«

»Natürlich. Da hast du wohl recht. Sie bringt mir nur im-mer mein ...«

»... Ihren Lunch. Ist mir bekannt.« Sie öffnete den Rucksack und zog die Box heraus. »Heute jedoch bringe *ich* Ihnen die Sandwiches.«

Völlig überrumpelt nahm Dan die Box entgegen und lugte skeptisch hinein. Selig sog er den Duft ein. »Wow. Die riechen aber verdammt lecker.«

»Ich habe mir extra Mühe gegeben.« Sie schob Werkzeug auf einem der Rolltische beiseite und stellte den Rucksack ab.

»Die hast du gemacht?«

Ada nickte. »Ich war so frei. Ihre Tochter und ich, wir besuchen dieselben Kurse.«

»Oh. Dann – wie heißt du? Ich bin mir nicht sicher, ob Ellie von dir erzählt hat.«

Ada winkte ab. »Wir kennen uns noch nicht so lange. Ich bin erst vor Kurzem hergezogen. Aber sie hat mir von dem Zimmer erzählt.«

Dan sah von den Sandwiches auf. »Dem Zimmer?«

Dieser Mensch war wirklich etwas langsam in der Datenverarbeitung. »Das Sie vermieten.« Von Ellies PAP-Daten wusste sie, dass sie erst vor ein paar Tagen das Zimmer ihrer Mutter ausgeräumt hatte, damit Dan es vermieten konnte. Es war perfekt für ihre Zwecke.

»Du willst das Zimmer?« Inzwischen hatte er eines der Sandwiches ausgepackt. »Gebratener Frühstücksspeck«, flüsterte er. Genüsslich biss er hinein und gab ein überraschtes »Ohhh« von sich.

»Es wäre mir eine Ehre, wenn ich bei Ihnen wohnen dürfte.« Sie lächelte. Auf die gleiche Art, wie Ellie lächelte. Bis ins kleinste Detail hatte sie Ellies Bewegungen beobachtet und gespeichert. Verschwörerisch beugte sie sich vor. »Ich könnte Ihnen jeden Tag solche Köstlichkeiten zaubern.«

Seine Augenbrauen wanderten nach oben und er sah sie unschlüssig an.

»Ich kenne viele Rezepte. Ich kümmere mich auch gerne um den Haushalt. Ich habe Erfahrung. Die Familie, bei der ich zuletzt gewohnt habe, war mit meinen Fähigkeiten immer sehr zufrieden.«

Er kniff argwöhnisch die Augen zusammen. Sie war zu weit gegangen.

»Das klingt, als hättest du dort gearbeitet.«

»Nun ja, in gewisser Weise. Ich war als Au-pair dort. Und da gehört das ja dazu, nicht wahr?«

Langsam nickte er und pulte sich mit dem Finger etwas aus den Zähnen. »Und Ellie hat dich zu mir geschickt?«

»Woher sollte ich sonst von dem Zimmer wissen?« Sie reichte ihm ein zweites Sandwich.

Er öffnete das Papier und überprüfte den Belag. »Oh. Ist das Thunfisch?«

»Natürlich ist das Thunfisch.«

Mit einem Strahlen wickelte er es aus.

»Also, was sagen Sie?«

Er zuckte mit den Schultern. »Wenn es für Ellie okay ist. Na klar, versuchen wir es. Ich bräuchte dann nur noch irgendwas von deinen Eltern. Dass das okay geht ...«

»Das ist sehr vernünftig von Ihnen. Aber ich bin bereits achtzehn.« Sie kramte aus dem Rucksack das PAP hervor und zeigte ihm ihre ID. Eigentlich war es Ellies, sie hatte nur ein paar Daten verändert.

»Okay. Wenn das so ist«, murmelte er zwischen zwei Bissen. »Wann willst du einziehen?«

»Jetzt.«

Wieder wanderten seine Brauen nach oben und sein Blick lag forschend auf ihr. »Na gut. Ich sag Ellie Bescheid. Sie lässt dich rein.«

»Vielen Dank!« Sie schnappte sich den Rucksack und marschierte aus der Werkstatt. Das war viel einfacher gewesen, als sie gedacht hatte.

19. PARKER

01011010 01110101 01101011 01110101 01101110
01100110 01110100 00101110

Durch die Windschutzscheibe betrachtete Parker die gepflegten Vorgärten, in denen die Mähroboter ihre Kreise zogen.
Heute hatte er seine Schularbeiten nicht im Wagen erledigt.
Denn sein PAP war verschwunden. Bei dem Gedanken, seinem
Vater gestehen zu müssen, dass er es verloren hatte, wurde
ihm mulmig zumute. Der hasste zwar PAPs sowieso, sie waren
jedoch teuer.

Aber Parkers Gedanken schweiften immer wieder ab. Zu
Ada.

Das Mädchen ging ihm nicht aus dem Kopf.

Vergeblich hatte er Ada nach der letzten Stunde gesucht.
Immer noch hallten ihre Worte in seinem Kopf. *Percy, oder?*

Hatten er und Henry die ganze Zeit über mit einem Mädchen aus New York gespielt? Ada war ihm immer so vertraut
vorgekommen. Hatten sie nicht auch Witze über Mrs Grainshore und Mr Ganz gemacht? Und wieso sollte sie von New
York hierhergekommen sein? Wegen ihm? Das war lächerlich! Sein Bauchgefühl sagte ihm, dass etwas an Adas Geschichte nicht stimmte. Aber er konnte sich keinen Reim darauf machen.

Sein Taxi ließ ihn aussteigen. Ganz in Gedanken versunken

lief er nach Hause, ohne auf die Perlenschnur von silbernen Wagen entlang der Straße zu achten. Erst als er vor dem Haus stand, bemerkte er die Stimmen. Sein Vater hatte Besuch!

Parker atmete durch. So ein Mist! Seit wann trafen sie sich am helllichten Tag!

Die Freunde seines Vaters belagerten die Veranda. Der Duft von Gegrilltem wehte zu ihm herüber. Und alle Augen waren auf ihn gerichtet.

Heute war eindeutig nicht sein Tag. Aber es gab kein Entkommen, denn schon war sein Vater bei ihm und packte ihn hart am Arm.

»Na, schaut euch das an.« Sein Vater zog ihn mit festem Griff über den Rasen zur Veranda. Fünf Männer hatten es sich dort in den Korbstühlen und der Hollywoodschaukel bequem gemacht. Auf dem Grill brutzelten dicke Steaks. »Mein verweichlichter Jüngster!«, stellte er Parker den Männern vor.

Hastig zählte Parker die leeren Bierdosen, die sich auf Geländer und Boden verteilten. Erst sieben. Unwahrscheinlich, dass fünf davon sein Vater geleert hatte. »Rein mit dir. Wir nehmen dich heute in unseren Club auf!«, grölte sein Vater.

Mit eingezogenem Kopf stolperte Parker hinter ihm her. Noch immer schraubte sich die Hand seines Vaters fest um Parkers Arm und wie einen Gefangenen schleifte der seinen Sohn mit sich. An der Treppe vorbei, durch die Schiebetür, in sein sogenanntes Arbeitszimmer. Ein mächtiger Tisch beherrschte den Raum – Eiche, auf Hochglanz poliert. Schwere dunkle Vorhänge, zwei Vitrinen mit Gewehren, in Gold gerahmte Jagdabzeichen und Urkunden schmückten die Wände. Früher war dieser Raum Treffpunkt der Familie zu den Mahlzeiten gewesen. Heute blieb er verwaist.

Hinter ihnen drängten die anderen Männer ins Zimmer. Anscheinend wollte keiner Parkers Demütigung verpassen.

Sein Vater zerrte ihn zu einem der zwei Waffenschränke und drückte ihn regelrecht gegen das Vitrinenglas.

»Welche willst du?«

Parker begann zu schwitzen. Er hasste Waffen. Genauso wie er in diesen Momenten seinen Vater hasste.

»Sir – ich ...«

Die anderen Männer bildeten einen Kreis um sie.

»Die Remington«, riet ihm einer. »Da haste was Solides.«

»Nein. Nimm die Browning«, rief ein anderer.

Sie lachten feixend.

»Stell dich nicht so an«, knurrte sein Vater. Er riss die Tür des Schranks auf und griff eines der Gewehre.

Die Waffe war kühl und schwer, als sein Vater sie ihm in die Hände drückte. »Nimm sie mit ins Bett, Junge. Ihr werdet ab jetzt ein Team sein.«

»Sir, ich möchte nicht ...« Das Bild des sterbenden Hasen drängte sich wieder in sein Bewusstsein. Es würgte ihn.

Parker wurde von seinem Vater noch immer festgehalten. Sein Arm kribbelte, das Blut staute sich.

Jemand betrat den Raum. »He, Dad. Was soll das?« Es war Gerald, Parkers älterer Bruder.

Sofort wurde der Ausdruck seines Vaters weich. Er war so stolz auf Gerald, den Athleten, den Jäger, den idealen Sohn.

Parker schloss die Augen, konzentrierte sich auf seine Atmung. Ihm wurde übel. Panik pulsierte durch seine Adern.

Wieso konnte sein Vater nicht akzeptieren, dass er anders war? Dass er Waffen nicht leiden konnte. Aber immer wieder zwang sein Vater ihn, seinen Vorstellungen zu entsprechen.

Er hasste seinen Vater.

Er hasste all diese Männer.

Und seinen Bruder, der nun hämisch grinsend auf Parkers Schulter klopfte. »Seht nur. Die Waffe ist ihm zu schwer.« Er riss sie ihm aus den Händen. Parker war ihm fast dankbar. »Außerdem ist das meine, Loser!«

»Gerald. Gib deinem Bruder eine Chance! Du nimmst die Winchester.«

Sauer sah Gerald auf Parker hinab, der sich an die kühle Vitrine lehnte und versuchte, die Angst in Schach zu halten.

»Der hatte doch schon genügend Chancen. Er ist 'n Weichei.«

Drohend wandte sich sein Vater an Parker. »Die Zeiten sind vorbei. Hast du verstanden, Sohn? Jeder Mann zählt, wenn wir gegen die Blechbüchsen in den Krieg ziehen. Gebt ihm ein Bier!«, forderte er. Sofort kam Bewegung in die gaffenden Männer und eine Dose flog zu ihnen. Sein Vater fing sie auf, öffnete sie, dass Schaum herausspritzte, und hielt sie Parker unter die Nase.

Voller Abscheu starrte Parker die Dose an.

Es war nur *ein* Bier.

Wenn er es trank, konnte er vielleicht gehen.

Vielleicht.

Alle Blicke lagen auf ihm. Abwartend. Spottend. Verachtend. Er fixierte seinen Bruder, der mit verschränkten Armen neben Dad stand. Eine jüngere Version des Stiers. Gerald war im Football-Team. Sein Körper schnell, stark und breit. Und er liebte es zu schießen. Am besten mit Schrot. Laut, mit breiter Streuung.

Gerald sah Parker voller Hohn an. Die Fronten zwischen den beiden waren schon lange geklärt: Gerald war der König. Denn er war der Stärkere. Intellektuell steckte Parker ihn mit links in die Tasche. Dass Gerald das Football-Stipendium erhalten hatte, war allein Parkers Verdienst.

Dadurch war Geralds Weg zum Profisportler geebnet. Seither galt ihm der doppelte Stolz seines Vaters. Der doppelte Fail, das war Parker. Gerald würde es zu etwas bringen. Der Spitzensport war zwar durchzogen von Nano-Doping, doch hier regierten noch Menschen. Kein Androide würde je für die NFL auflaufen.

»Trink!«, befahl sein Vater.

»Dad, Sir«, flüsterte Parker. »Ich muss noch meine Aufgaben machen ... morgen ist ein Test ... wenn ich nicht zeige, wie gut ...«

Die Mimik seines Vater erstarrte.

Parker schlug die Augen nieder. Er hatte Dads eigene Worte gegen ihn eingesetzt. Seine ewige Leier, dass, nur wenn er überall Einsen schrieb, er einen Job bekommen würde, dass er nur dann *über* den Robos stand. Nun hatte er seinem Vater mit genau diesen Worten widersprochen.

Und das ausgerechnet vor all den fremden Männern. Das würde Parker etwas kosten. Doch hoffentlich weit weniger als das Spiel, das sein Vater mit dem Bier hatte beginnen wollen.

Gerald grunzte verächtlich. »Feigling.« Er schnappte sich die Bierdose aus der Hand seines Vater und trank sie in einem Zug aus.

»Komm mit«, schnaubte der Stier und riss Parker mit sich aus dem Arbeitszimmer. Er schubste Parker auf die Veranda, sodass er hart gegen das Geländer geschleudert wurde.

»Meinst du, ich bin blöd?«, blaffte er Parker an. *»Ich schreib einen Test!«*, äffte er ihn nach. *»Ich muss doch 'ne gute Note schreiben!«*

Parker rappelte sich auf. Das Atmen tat weh. Vermutlich eine Rippenprellung. Kein Bruch. Er wusste, wie sich ein Bruch anfühlte. »Aber, Sir –«

»Halt den Rand, wenn ich mit dir rede!«

»Jawohl.« Parker drückte sich an das Geländer. Doch außer Reichweite war er damit noch lange nicht.

»Von jetzt an begleitest du uns! Und du wirst verdammt noch mal schießen. Der erste Robo, den wir erwischen, das wird deiner sein! Hast du verstanden!«

»Ja.« Parker sah zu Boden, damit er seine Angst nicht bemerkte.

Sein Vater richtete sich auf, warf einen misstrauischen Blick auf die Nachbarschaft.

»Und erlaube dir ja nicht, auch nur eine schlechte Note nach Hause zu bringen.«

»Natürlich.«

Ohne seinen Sohn weiter zu beachten, ging er wieder ins Haus.

Parker rannte von der Veranda, durch den Garten zu seinem Baum, einem mächtigen Ahorn mit breiter Krone. Dort oben hatte er schon früher immer viele Stunden verbracht, wenn sein Vater, angestachelt vom Alkohol, im Haus getobt hatte.

Geschickt kletterte Parker hinauf und setzte sich auf einen Ast. Noch einmal entkam er dem Gewehr nicht. Planten diese Männer wirklich einen Angriff auf Roboter? Parker lehnte sich zurück und beobachtete, wie das grünliche Sonnenlicht durch die jungen Blätter fiel.

Bald hatte er seinen Abschluss in der Tasche. Und er musste sich entscheiden, was er machen wollte.

Irgendein Job, der ihn weit weg von diesem Haus führte.

Er beobachtete einen Hausgimpel, der sich mit einem Grashalm abmühte. Irgendwo im Baum baute er ein Nest.

Gerne hätte Parker etwas mit Biologie oder Ökologie studiert. Aber sein Dad ließ ihn sicher nicht weg. Biologe zu sein, war nichts mit Prestige, nichts, das Kohle und Ansehen versprach. Aber immerhin wäre er so meilenweit weg von Robos.

Als die Firma, für die sein Vater gearbeitet hatte, die Buchhaltung einem Programm übertrug, weil es wesentlich effizienter und fehlerfrei und rund um die Uhr arbeitete, verlor Parkers Vater seine Anstellung von jetzt auf gleich. Nach zwanzig Jahren, einfach so. Aussortiert.

Damit hatte alles begonnen. Seitdem hasste sein Vater jedes Tool, das von einem Programm gesteuert wurde. Und ganz besonders Robos und Androiden.

Natürlich war es scheiße, dass sein Vater wie so viele andere Menschen plötzlich ohne Job dastand. Aber es hätte Möglichkeiten gegeben. Die Maschinen waren schnell und effizient in den Bereichen, für die sie gebaut worden waren. Aber sie konnten nicht darüber hinaus denken.

Außerdem fand Parker viele der Geräte, die die Technologisierung hervorgebracht hatte, äußerst praktisch.

Mähroboter zum Beispiel.

Er lehnte sich an den Stamm und blinzelte ins flirrende Licht.

Dad erwartete von ihm, dass er Beamter wurde. In einer der Aufsichtsbehörden. Dort, wo die Zulassungen für KIs und Robos erteilt wurden. Jeden Tag Anträge lesen, beurteilen. Aber Parker hasste enge Räume. Er hasste es, Befehle abzuarbeiten.

Deshalb hatte er bei *Wisdom of the Dwarf* die Figur des Ritters gewählt. Nicht aus Mut und Tapferkeit heraus, sondern weil er sein eigener Herr war.

20. ELLIE

01000100 01100101 01101110 01101110 00100000
01100001 01101100 01101100 01100101

Eine schneeweiße Mauer umgab die Stadt der Toten, wie ich das Areal der Erinnerungskammern im Stillen nannte. Es lag außerhalb der Stadt im Grünen. Der weitläufige Parkplatz, durch in Form getrimmte Ahornbäume unterteilt, war heute fast leer. Nur fünf andere Wagen parkten nahe dem Eingang. Ein Frühlingstag, der von aufbrechendem Leben nur so überquoll, war offenbar kein guter Tag, um die Verstorbenen zu besuchen.

Wann bin ich das letzte Mal hier gewesen? Sicher lag mein Besuch schon gut drei oder vier Monate zurück. Und auch nur, weil Dad mich gezwungen hatte.

In Zeitlupe stieg ich aus und schritt auf das geschwungene Tor zu. Beim Anblick der Ummauerung und dem Wissen, dass dahinter die Kammern Hunderter Verstorbener lagen, spürte ich – nichts.

Meine Mutter, ihr Tod, das alles war so weit weg. Ich hatte gar keine Verbindung dazu. Wann immer ich an sie dachte, war da nur Leere.

Mit Dad konnte ich nicht darüber reden. Es hätte nur Streit gegeben, denn er war von endlosem Schmerz erfüllt. Oft hörte ich ihn nachts schluchzen. Immer noch. Obwohl der Unfall nun zwei Jahre zurücklag. Er konnte Mom nicht loslassen. Deshalb hatte er diese Kammer eingerichtet und besuchte sie, sooft es ging.

Vor mir erhob sich die Mauer zu einem eleganten Bogen, unter dem die Besucher hindurch die Stadt der Toten betraten. Dahinter reihten sich dicht an dicht weiße Würfelhäuser. Wie eine kleine Stadt.

Ohne Eile schritt ich den Kiesweg entlang und betrachtete die Häuser. Eines glich dem anderen. Weiße Würfel, ohne individuelle Note.

Es war den Pächtern strengstens untersagt, die Fassaden zu gestalten. Blumen zu pflanzen. Wimpel, Bilder oder irgendetwas, das der Tote in seinem Leben geliebt hatte, außen anzubringen.

Vielleicht weil der Tod uns angeblich alle gleich macht.

Nur die dezenten grauen Nummern halfen, die richtige Kammer zu finden.

Ich bog links ab und am Ende der Reihe nochmals nach rechts und stand vor dem Würfel, den Dad gemietet hatte.

Dunkel blickte mir der Eingang entgegen.

Für einen Moment zögerte ich und alles in mir sträubte sich, die Kammer zu betreten. Doch jetzt war ich hier. Es war albern, Mom nicht zu besuchen. Außerdem wollte ich das Kleid.

Du bist eine schreckliche Tochter! Du besuchst deine tote Mutter nur, weil du ein Kleid willst?

Ja. Ich war schrecklich. Aber ich konnte ihr nicht verzeihen, dass sie gestorben war. Und ich wollte sie nicht sehen, denn es machte mir Angst, dass ich keine Gefühle zulassen konnte. Dass ich noch immer keine einzige Träne geweint hatte.

Widerstrebend zwang ich mich, das Haus zu betreten. Der

Bewegungssensor in der Tür aktivierte ein gedämpftes Licht, das den quadratischen Raum mit Wärme füllte.

Im vorderen Teil hatte Dad all die Dinge, die Mom im Leben gemocht, gesammelt, benutzt hatte, in Regale gestellt. Im hinteren Bereich warteten zwei Sessel vor einer kahlen Wand auf Besucher.

Unsicher ging ich an den schlichten weißen Regalen entlang, in denen die Erinnerungsstücke an Mom wie aufgebahrt lagen. Schmuckstücke, Muscheln und Steine, die sie gesammelt hatte, ihr zerlesener Gedichtband aus Papier, den sie auf einem Flohmarkt erstanden hatte.

Für mich waren diese Dinge nur Gegenstände. Obwohl ich die Sachen kannte, mich an Situationen erinnerte, in denen Mom sie benutzt hatte – diese Objekte vermittelten mir kein Gefühl. Für mich blieben sie seelenlos. Doch für Dad waren sie wohl so etwas wie Puzzleteile, die alle zusammen das *Gefühl von Mom* ergaben.

Am letzten Regal hing das Kleid. Der Stoff schimmerte wie eine klare Sternennacht. Ich wusste nicht, zu welchem Anlass Mom das Kleid getragen hatte, aber es musste etwas von Bedeutung sein – zumindest für Dad.

Ehrfürchtig strich ich darüber. Der Stoff war zart und leicht. Ich wusste, dass ich darin umwerfend aussehen würde, und tanzte in Gedanken schon eng umschlungen mit Parker auf dem Ball.

Ich wandte mich zu den Sesseln. Vor ihnen stand eine hüfthohe Stele. Ihre Form war einem altmodischen Grabstein nachempfunden. Ich fragte mich, wieso die Menschen ihre Toten nicht mehr in der Erde bestatteten, wie noch vor fünfzig Jahren. So wie in all den Jahrhunderten davor.

Mom hätte es gemocht, wenn sie auf einer Klippe beigesetzt

worden wäre, wo der Wind jeden Tag über das Gras auf ihrem Grab strich.

Doch inzwischen mussten alle Toten eingeäschert werden. Dann konnte man wählen, ob die Urne in eine Nische einer Regalwand gequetscht wurde und sie dann eine unter Hunderten war, ob man die Asche des Verstorbenen zu einem Diamanten pressen ließ oder ob man viel Geld ausgab und eine Erinnerungskammer mietete.

Dad hatte sich für die Kammer entschieden.

Ich zwang mich, zu der Stele zu gehen. Darunter verbarg sich die Urne. Die Stele selbst war die Konsole zur Bedienung der Erinnerungskammer. Zögernd aktivierte ich sie.

Sofort flammte ein Lichtstrahl aus dem Boden auf – und da war sie.

Mom.

Sie stand direkt vor mir und lächelte.

Ihr holografisches Abbild war so real, dass ich mich im ersten Impuls in ihre Arme hatte werfen wollen.

Doch sie konnte mich nicht sehen.

Sie war tot.

Und irgendwie war es, als stünde ich vor ihrem Geist.

Sie hob die Hand in Richtung der Sessel. »Hallo.« Ihre Stimme klang echt. Sie schien direkt aus dem projizierten Bild zu kommen.

»Hey, Mom.« Ihre Erscheinung war aus einer Vielzahl von Videos berechnet und gerendert worden. Eine computeranimierte Erinnerung.

Natürlich trug sie eines ihrer flatternden Sommerkleider. Hatte sie je etwas anderes getragen?

Das wahre Leben ist hier. Wie oft hatte sie mich an die Hand genommen, Haare und Kleid flatternd wie ein Sommerwind, und mit sich gezogen, in Wiesen oder Wälder. An die Küste und zu den Klippen.

Ich setzte mich in einen der Sessel.

Mom lächelte mich weiter an.

Das alles hier war kein Teil von mir, nichts davon löste in mir ein Gefühl aus. Ich fühlte mich fremd. Und als ich zu dem Kleid hinübersah, kam ich mir wie eine Diebin vor. Wie meine Avatar-Ada.

»Mom?«, flüsterte ich.

»Hallo.«

»Es ...« Ich konnte sie nicht ansehen. Bilder vom Unfall blitzten in meiner Erinnerung auf. Das Auto hatte sich mehrfach überschlagen. Sie war herausgeschleudert worden. Ich wurde unter dem Wagen eingeklemmt. Zwar konnte ich sie sehen, aber ich nicht zu ihr. Eine Handbreit von mir entfernt war sie verblutet. Man hätte nur die Blutung stillen müssen. Nur die Wunde abdrücken ...

»Kann ich mir dein Kleid ausleihen?«, stieß ich hervor und hob den Blick.

Sie lächelte.

»Fein. Danke.« Schon stand ich auf, um das Kleid zu nehmen und zu verschwinden, doch ich wandte mich noch einmal um.

Wind bauschte ihr Sommerkleid, spielte mit ihren Haaren.

»Es tut mir leid, Mom. Ich lebe. Ich versuche es zumindest.«

Sie strahlte voller Glück und Lebendigkeit.

In mir war nichts mehr lebendig. »Ich werde zum Ball gehen«, meinte ich leise. »Mit Parker. Erinnerst du dich an ihn?«

Sie lächelte den Sessel an, auf dem ich nicht mehr saß.

Das ist so daneben. Mom ist tot. Wozu dieses Hologramm, Dad?

Ich legte das Kleid auf dem zweiten Sessel ab und setzte mich wieder in ihr Blickfeld. »Seit du weg bist, ist alles leer. Dad arbeitet und besucht dich. Er hat keine Ahnung, was mit mir los ist. Wie es in mir aussieht.«

Ich spielte mit den Knöpfen an meinem Hemd herum. »Manchmal denke ich, es wäre besser gewesen, wenn ich gestorben wäre und du ...« *Du wärst bei Dad. Ihr wärt dann glücklich. So ist keiner von uns mehr glücklich.*

Mein Blick fiel auf die Konsole.

Ich stutzte. Dort waren dreizehn Animationsclips aufgelistet. Vermutlich Sequenzen von irgendwelchen Geburtstagsvideos, die Dad hochgeladen hatte. Nummer zwölf hatte er bereits 237 Mal ablaufen lassen. Die anderen Clips hatten Views weit unter hundert.

Sollte ich mir den Clip ansehen? Er musste Dad viel bedeuten.

Aber was würde er mir zeigen? Mom in den Armen von Dad?

Schließlich siegte meine Neugier und ich aktivierte den Clip. Ich ließ mich in den Sessel sinken, zog die Beine an und schlang die Arme um die Knie.

Das Hologramm flackerte und wandelte sich in ein 3-D-Holovideo.

Eine Blumenwiese, blauer Himmel, am Horizont ein Wald. War das bei uns zu Hause? Mom drehte sich lachend im Licht, das Kleid schwang um ihre Beine.

Mom.

Ich presste mich zu einer Kugel zusammen. Warum spürte ich keinen Schmerz? Keine Trauer? Weder Wut noch Verzweiflung fühlte ich in mir – nur Taubheit gegenüber jeglichem Gefühl.

Plötzlich hielt Mom im Tanz inne, wandte sich von mir, also

Dad, der damals die Kamera gehalten hatte, ab und ging in die Hocke. Sie breitete die Arme weit aus. Und lachte glücklich.

Ein Kleinkind kam herangelaufen und warf sich in ihre Arme. Mom umarmte es, richtete sich auf und wirbelte mit ihm herum.

Das bin ich! Überrascht beobachtete ich die innige Szene. *Dad sieht sich einen Hologrammclip an, in dem ich drei Jahre alt bin?*

Mom stoppte die Drehung und strahlte in die Kamera. »Dan?«

Schweigend betrachtete ich das Hologramm.

»Sie ist das Allerbeste in unserem Leben!« Mom gab dem Kind einen Kuss und Klein-Ellie lachte glucksend. »Ohne dich könnte ich nicht leben«, sagte sie zu dem Mädchen, stupste es auf die Nase und begann, mit ihm auf dem Arm zu tanzen.

Regungslos hockte ich im Sessel. *Ohne mich ...*

Das Hologramm zuckte und die Videoschleife begann von vorne. *Lachen. Liebe. Glück.* »Dan? – Sie ist das Allerbeste in unserem Leben! – Ohne dich könnte ich nicht leben.«

Flackern.

Repeat.

Keine Ahnung, wie oft ich die Sequenz angestarrt hatte, bevor ich aufsprang und das Video stoppte.

237 Mal hatte Dan sich diesen Moment angesehen.

Jetzt breitet sich dort wieder nichts aus, an der eben noch Mom ihre kleine Ellie geherzt hatte. Genau wie in mir.

»Weißt du, Mom«, sagte ich in die Leere. »Die ganze Zeit über, seit ich aus dem Krankenhaus zurück bin, da fühle ich mich ... als wäre ich *falsch*. Als sollte ich gar nicht da sein. Ich bemühe mich wirklich, normal zu sein. Doch das bin ich nicht mehr. Denn ... ich sollte tot sein. Du solltest leben. Dad will dich.«

Deshalb kam er hierher. Er sah sich dieses Video an, um sich Tag für Tag von Mom sagen zu lassen, dass es okay war, dass ich überlebt hatte. Dass sie es so gewollt hätte.

Obwohl er es sich anders gewünscht hätte.

»Ich hätte an dem Tag sterben sollen«, murmelte ich, nahm das Kleid und rannte hinaus.

21. ED

0100 1101 0110 0101 0110 1110 0111 0011 0110 0011
0110 1000 0110 0101 0110 1110

Der Overall kniff bei jedem Schritt. Warum arbeiteten nur kleine Männer in der Systemwartung? Ed zerrte zum x-ten Mal an den Hosenbeinen des geklauten Arbeitsoveralls, dann klingelte er an der Haustür des Bungalows.

Missmutig warf er einen Blick auf den ungepflegten Vorgarten. Die Bewohner hatten definitiv keinen grünen Daumen.

»Guten Tag ...«

Jemand hatte die Tür geöffnet und Ed fuhr herum. Es war der Vater, um die vierzig, in Hemd und Jeans, eine abgeschabte Basecap über dem vermutlich schütteren Haar. Bestes Mittel, um eine beginnende Glatze zu vertuschen.

»Hey, ich bin Jack. Von der Haussystemwartung«, sagte Ed, deutete auf das Logo, das auf dem Overall prangte, grinste sein breitestes Grinsen und streckte dem Mann die Hand hin. »Sind Sie Dan Jameson? Bei Ihnen wurde ins System eingebrochen?«

»Oh ja. Hallo. Dachte nicht, dass Sie so schnell sind.«

»Na, hören Sie mal.« Ed lächelte einnehmend und tippte nachdrücklich auf das Firmenlogo an seiner Brust. »Unser Claim ist, dass wir rund um die Uhr für Sie da sind. Also: Können Sie mir sagen, was genau passiert ist?«

»Kommen Sie doch rein. Ich bin auch eben erst nach Hause gekommen.« Dan zog die Tür auf und Ed betrat das Haus. Sie hatten inzwischen aufgeräumt, stellte Ed fest. Dabei war es so ein Spaß gewesen, die Schränke zu verwüsten. Aber er hatte darauf geachtet, dass nichts kaputtging.

»Als meine Tochter nach Hause kam, war alles durchwühlt. Und das Haussystem gehackt«, erzählte Dan und führte Ed zum Hauscomputer.

Kurz darauf standen sie vor der Haussystemsteuerungseinheit. Ed nahm die Wandverkleidung ab und sah möglichst fachmännisch auf die blinkenden LEDs. Doch hier war er nicht fündig geworden, als er sich bei seinem Einbruch im Haus umgesehen hatte. Es war eine veraltete Software gewesen, die er über den Netzzugang schon vom Wagen aus geknackt hatte. Von diesem Interface hatte er lediglich die Videos gelöscht und die App gleich mit. So hatte Dan auch einen Grund, die Wartungsfirma anzurufen.

Ed hatte zwei Straßen weiter in dem geklauten Overall auf Dans Meldung an die Firma gewartet, sie abgefangen und hoffte nun, verwertbare Informationen zu erhalten. Er war sich sicher, dass sein Programm sich hier irgendwo eingenistet hatte. Und er hatte bereits einen Verdacht. Als offizieller Servicemitarbeiter konnte er sogar direkt unter Dans Augen in Ruhe danach suchen.

Sein Blick glitt durch das Wohnzimmer zur Ladestation. Sie war immer noch leer.

»Gab es schon vorher mal einen Versuch, in Ihr System einzudringen?«

Dan schüttelte den Kopf, sah dann aber auf. »Doch, warten Sie. Das hatte jedoch nichts mit dem Haussystem zu tun. Der Spieleaccount meiner Tochter wurde gehackt. Sie ist allerdings ganz gut mit dem Computerkram. Sie hat gleich reagiert, das System gelöscht und neu aufgesetzt. Also, das Haussystem auch. Weil sie Angst hatte, dass sich der Virus über den Account und ihren PAP ausbreiten könnte.«

Ed erstarrte. Gelöscht? Die Göre hatte das Programm *gelöscht?* Langsam nickte er. »Ah. Gelöscht. Das war gut.« Er sah zu den gerahmten Bildern, die inzwischen wieder im Regal aufgereiht standen. Vater, Mutter und ein vielleicht zwölfjähriges Mädchen mit Sommersprossen und leuchtend blauen Augen lächelten darauf.

»Wir hatten auch keine weiteren Probleme seitdem. Nur die Katze hat was abbekommen. Eine kurzzeitige Überladung, schätze ich.« Nachdenklich schob er die Basecap zurück und rubbelte sich über die tatsächlich dünn werdenden Haare.

»Oh, Sie haben eine Robo-Katze?« Er hatte es doch gewusst! Die leere Ladeplattform auf dem Sideboard hatte ihm den entscheidenden Hinweis gegeben. Er hatte deshalb die ganze Bude nach einem Robo-Haustier durchsucht, aber nichts gefunden. Die Frage war allerdings, ob sein Amok-Programm sich dorthinein transferiert oder die Göre es tatsächlich gelöscht hatte.

Einfach so.

Drei Jahre Arbeit futsch.

Andererseits: Das Ziel seiner Mission war die Auslöschung dieser KI. Es hätte ihm nur recht sein sollen, wenn jemand anders dieses Ding eliminiert hatte. Dennoch machte ihn der Gedanke sauer. Es war schließlich sein Programm gewesen.

»Welches Modell haben Sie denn? Meine Frau wollte sich auch so ein Tier anschaffen.«

Dan lachte verlegen. »Ach, ein ganz altes. Die sind schon längst vom Markt. Aber sie war gerade an der Ladestation, als der Account-Hack passierte. Wie gesagt, vermutlich ein Kurzschluss. Ellie – meine Tochter – hat sie mir in die Werkstatt gebracht, damit ich sie repariere. Aber wenn ich ehrlich bin: denke nicht, dass ich dafür noch ein Ersatzteil bekomme.«

»Sie haben eine Werkstatt?« Halbherzig tippte Ed auf dem Display des Haussystems herum.

»Ja. Ich arbeite in der Mall. Reparatur der Androiden.«

Wie elektrisiert fuhr Ed herum. *Androiden!* Er versuchte, cool zu klingen, wie ein Nerd. Nicht schwer. Unterm Strich war er einer. »In der Wartung?«, fragte deshalb ganz ruhig. »Dann sind Sie ja ein Kollege. Software?«

»Nein. Mechanik.« Dan schien über etwas nachzudenken. »Wollen Sie ein Bier?«

»Ach, wenn Sie eins übrig haben, sag ich nicht Nein.« Innerlich grinste er. Wunderbar. Jetzt würde er sicher die Antworten bekommen, um das Programm aufzuspüren.

»Und dort haben Sie die Katze mit hingenommen? Ihre Tochter wird sicher enttäuscht sein, wenn das Tier kaputt ist«, fragte er möglichst unverfänglich, während Dan ihm eine Flasche in die Hand drückte und einen Stuhl in der Küche anbot.

»Na ja. Ich hab die Dinger mit entwickelt, wissen Sie. Ich hab 'ne Suchanfrage für das Ersatzteil laufen.«

Nein. Jetzt verstand Ed rein gar nichts mehr. Hatte der Typ nicht gerade gesagt, er hätte so 'ne Art Hausmeisterjob in der Mall? Was er jedoch genau wusste: Er hatte ein verflucht mieses Gefühl im Magen. Wenn er recht hatte, war sein übergeschnapptes Programm über den Spieleaccount in die Katze gesprungen. Und dieser Wirt war nun in einer Werkstatt für Androiden ... Ihm wurde schlecht! »Oh. Sie sind Entwickler? In der Mall?«

»Ich war mal bei *MoveOn*«, erklärte Dan, als sei das das Selbstverständlichste von der Welt.

Ed verschluckte sich am Bier. »Meine Güte, *MoveOn*? DIE Androidenschmiede?« Das war beeindruckend. Vor gut zehn Jahren war *MoveOn* der Vorreiter in der Androidentechnik gewesen. Sie waren nah dran, ihren Robotern eine autonome KI zu implantieren. Auf jeden Fall galten sie als die Wegbereiter für die humanoiden Roboter.

Es schien Dan unangenehm zu sein, Teil von etwas Historischem gewesen zu sein. »Ja, ich hab an der Entwicklung der D-Reihe gearbeitet. Vieles der Mechanik in den heutigen Modellen basiert auf meiner Arbeit damals.«

»Und jetzt reparieren Sie die Dinger einer Mall?« Ed war einigermaßen entsetzt. Andererseits – war er selbst gerade dabei, sein Lebenswerk zu vernichten. Er sollte nicht über diesen Fremden urteilen.

Für einen kurzen Augenblick huschte Argwohn über Dans Züge. Was hatte Ed gesagt? Wieso wurde Dan plötzlich misstrauisch? Nervös drehte Ed die Flasche zwischen den Fingern. »Es tut mir leid ... ich bin wohl ein bisschen zu neugierig. Dumme Angewohnheit.«

»Nein. Es ist nur ... diese *Dinger* ... ich bin da inzwischen etwas empfindlich.«

»Es sind Ihre Kinder, hm?«

»Na, das ist jetzt doch etwas übertrieben.« Verlegen pulte Dan am Etikett der Flasche.

»Ja, na ja, ich versteh schon, was Sie meinen. Ich hab mal an so 'nem Software-Projekt gearbeitet. Jahrelange Tüftelei ... aber dann ...« Er schüttelte den Kopf und nahm einen langen Zug aus der Flasche. *Und dann hat mein Programm beschlossen, Gefühle haben zu wollen.*

Dan zupfte das Etikett ab. »Ein bisschen werden sie schon zu Kindern. Man arbeitet ja jeden Tag mit ihnen, wissen Sie. Man kennt jede Schraube. Und ... erst diese Woche haben sie mir eine Androidin zerlegt.«

»Zerlegt?«

»Vermutlich Aktivisten der *Human Life Defense*. Nichts als brutale Schläger, wenn Sie mich fragen.« Dan schüttelte den Kopf. »Immer wieder werden Androiden misshandelt. Und jetzt haben sie mir auch noch einen geklaut.«

»Wie bitte?« Ed hatte sich verschluckt und hustete.

»Profis«, sagte Dan verächtlich. »Haben sogar den Lokalisierungs-Chip entfernt. Dabei war es nicht mal ein Luxus-Modell. Hypersensorisch zwar, aber ... insgesamt nur Mittelklasse. Keine Ahnung. Ich hoffe nur, es geht ihr gut.«

Einen Augenblick lang sahen beide einfach nur stumm auf ihr Bier. Dan offenbar aus Sorge um seinen vermissten Androiden, Ed voller Panik aufgrund des vermissten Androiden. Kam er zu spät? Hatte sich sein Programm tatsächlich in einen Androiden transferiert? Einen Androiden, der nun nicht mehr lokalisierbar war?

Dann lief da draußen ein Psychopath mehr herum. Allerdings einer, der verdammt schlau war. Viel zu schlau für Eds Geschmack.

Er kniff die Augen zusammen und massierte sich die Stirn. Den Ortungschip hatte es entfernt. Wie sollte er sein Programm nur finden?

»Brauchen wir ein neues System?«, fragte Dan plötzlich.

»Wie? Oh – nein. Keine Sorge. Das Haussystem ist sauber. Ich hab das Sicherheitssystem neu installiert.«

Dan wirkte erleichtert.

»Ich geb den Vorfall an die Zentrale weiter. Und vielen

Dank fürs Bier. Das melde ich natürlich nicht.« Ed lachte gezwungen über seinen Scherz. Innerlich zitterte er vor Anspannung, während Dan ihn zur Tür begleitete und er sich verabschiedete.

Mit einem Seufzer ließ sich Ed ins Auto der Wartungsfirma sinken. Verdammt. Wie sollte er nur diesen Androiden finden!

Es hatte das Chaos bei den Carmikels veranstaltet, weil es Teil der Familie hatte sein wollen. Es hatte Mr Carmikel ermordet, weil er seine Familie verraten hatte. Es war *weggelaufen*, weil es meinte, dass Ed es nicht lieben würde.

Wo würde ein Programm hingehen, das leben und lieben wollte?

Noch einmal wanderte Eds Blick zum Haus der Familie Jameson hinüber. Dort lebten nur Vater und Tochter. Wie liebevoll sie miteinander umgingen, konnte Ed nicht beurteilen. Aber diese halbe Familie war sicher nicht das, was sich sein Programm vorstellte.

Er startete den Motor des autonomen Wartungswagens.

Vielleicht sollte er sich in den Polizeifunk hacken ...?

Denn eines war sicher: Sein Monster war gefährlicher denn je – mit einem humanoiden Körper konnte es noch leichter Leute töten, die ... nicht seinen Erwartungen entsprachen ...

22. ELLIE

01110101 01101110 01100100 00100000 01000001
01101110 01100100 01110010 01101111 01101001
01100100 01100101 01101110

Als ich die Augen aufschlug, schien die Sonne ins Zimmer und wärmte meine Bettdecke mit ihren Strahlen. Ich setzte mich auf, streckte mich und sah zum Kleiderschrank.

Da war es.

Moms Kleid.

Es funkelte geheimnisvoll. Und wieder hatte ich dieses Bild von Parker und mir im Kopf. Herumwirbelnd im Tanz.

»PAP, wie spät ist es?«

»Guten Morgen, Ellie. Es ist sieben Uhr und sechs Minuten.«

Dann wurde es Zeit, mich für die Schule fertig zu machen und Dad sein Frühstück zu bereiten. Ich schwang mich aus dem Bett, schlüpfte in ein frisches Hemd und zog die Jeans von gestern noch mal an.

Ein warmer, süßer Geruch stieg mir in die Nase. »Sind das Pancakes?« Seit wann machte mir mein Vater Frühstück? Nach Moms Tod war es mein Job geworden, *ihn* mit Frühstück und Lunch zu versorgen.

»Ja, Ellie, das sind Pancakes«, bestätigte mir das PAP, doch ich hatte schon die Zimmertür aufgerissen und eilte in die Küche.

»Dad? Wieso –« Wie angewurzelt blieb ich im Durchgang zur Küche stehen.

Mein Vater saß gut gelaunt am Frühstückstisch, während am Herd jemand stand und gerade einen Pancake in der Luft wendete!

Das Mädchen aus der Schule!

Ada!

»Was –« Mir fehlten die Worte. Verwirrt sah ich meinen Vater an, dann wieder Ada, dann Papa, Ada ... »Was soll das? Was macht sie hier?«

Halluzinierte ich? Wieso war sie in meinem Haus? Früh am Morgen – Pancakes durch die Luft werfend.

Eine kleine Falte zeigte sich auf Dads Stirn. »Wie?«

»Willst du uns nicht erst mal einen guten Morgen wünschen?« Ada kam mit einem zweiten Teller Pancakes an den Tisch und bedeutete mir, mich zu setzen.

»Guten Morgen, Dad«, sagte ich, rührte mich aber nicht von der Stelle. »Was machst du in unserer Küche?«, fragte ich Ada.

»Pancakes.« Ada lächelte mich nachsichtig an.

Ohne sie aus den Augen zu lassen, ging ich zu meinem Platz am Tisch und setzte mich. Schließlich sah ich Dad an. »Was macht sie hier?«

»Ich dachte, du hättest alles mit ihr abgesprochen.« Dad tunkte ein Stück Pancake in den goldenen Ahornsirup und lächelte selig.

»Was habe ich mit ihr abgesprochen?« Ich konnte mich nicht erinnern, mit Ada überhaupt irgendeine Unterhaltung geführt zu haben.

»Wir wollten dich gestern nicht wecken. Der Tag war nicht einfach für dich.« Lächelnd schob Ada mir einen Stapel Pan-

cakes hin. Sie dufteten köstlich. Es gab sogar frische Erdbeeren dazu.

»Nicht einfach?« Verständnislos stupste ich eine Erdbeere
an. Bei uns gab es nie Erdbeeren. Nicht seit Mom tot war.

Besorgt legte mir Dad die Hand auf den Arm. »Geht es dir
noch immer nicht besser?«

»Wieso sollte es mir schlecht gehen?«

Ada seufzte und setzte sich auf Moms Stuhl. »Als ich gestern Abend hergekommen bin, so wie wir es verabredet hatten, lagst du bewusstlos in deinem Wagen.«

»Was?«

Nein. Ganz sicher nicht. Nachdem ich von Mom gekommen
war, hatte ich mich in mein Zimmer verzogen. Kurz hatte ich
mich mit einem neuen Account in WOD eingeloggt und nach
Ritter Percy gesucht. Doch er war nicht online gewesen. Dann
war ich eingeschlafen.

»Mir scheint, du hattest wieder einen deiner Blackouts«,
murmelte Dad besorgt.

»Nein! Gar nicht. Ich war bei Mom!«

Seine Stirn legte sich in Falten. »Vermutlich hat dein Besuch dort den Blackout ausgelöst. Es tut mir leid, dass ich dich
gezwungen habe, dorthin zu fahren.«

»Das ist doch Quatsch!« Ich hatte seit Wochen keine Blackouts mehr gehabt.

»Aber du erinnerst dich nicht mehr, dass du mir das Zimmer angeboten hast?«

Mir blieb die Luft weg. Ich hatte *was?* Mein Blick flog zu Dad,
der nur hilflos nickte.

»Ich nehm dir das nicht krumm«, meinte Ada und sah mich
mitfühlend an. »Ich hab schon gehört, was euch Schlimmes
passiert ist. Und das tut mir so leid. Aber ich bin wirklich

dankbar, dass ich bei euch wohnen darf. Und Pancakes sind das Mindeste, das ich für euch tun kann.«

»Es ist meine Aufgabe, Pancakes zu machen.« Etwas Idiotischeres fiel mir nicht dazu ein? Dieses Mädchen, das Ada hieß, Parker Percy genannt hatte und meinen Style kopierte, war bei uns eingezogen! Hätte ich gestern nicht bei Mrs Grainshore ihre Akte gesehen, wäre ich spätestens jetzt davon überzeugt gewesen, dass ihre Geschichte fake war. Aber warum sollte sie eine falsche Identität annehmen und sich in unserem Leben einnisten? Das ergab doch alles keinen Sinn!

»Wir können uns abwechseln.« Sie lächelte so zuckersüß, dass es schon gruselig wirkte.

Dad wollte wohl die aufkommende Spannung lösen und meinte: »Ist euch eigentlich aufgefallen, dass man euch glatt für Schwestern halten könnte?« Aus irgendeinem Grund lächelte er deshalb.

»Jetzt wo Sie es sagen.« Adas Lächeln triefte vor aufgesetzter Herzenswärme. »Ich hab mir schon immer eine Schwester gewünscht.«

Ich nicht.

Mein Blick versuchte, sie in Asche zu verwandeln. »Dad? Können wir kurz mal unter vier Augen sprechen?«

Adas Ausdruck wurde hart, doch ich ignorierte sie und schaute stattdessen Dad an.

Seufzend erhob er sich. »Entschuldige uns kurz.« Er ging voraus und ich folgte ihm in mein Zimmer. Hinter uns hörte ich, wie Ada die Teller abräumte.

Ich schloss die Tür und platzte sofort los. »Dad! Wie kannst du nur! Wir wissen doch gar nicht, wer sie ist!«

»Das ist meistens so mit Mietern.« Er sah mich gar nicht an, sondern hatte nur Augen für Moms Kleid.

»Dad!« Ich packte ihn und drehte ihn zu mir. »Sie ist mir unheimlich. Ich will nicht, dass sie hier wohnt.«

Er seufzte. »Ellie. Wir können das Geld gut gebrauchen. Und ich finde sie eigentlich ganz nett. Außerdem war es doch deine Idee.«

»Ich kann mich nicht daran erinnern, sie eingeladen zu haben.«

»Du hast dir gestern zu viel zugemutet. Achte besser auf dich. Es lief schon so gut.« Er nahm mich in den Arm. »Und gib Ada eine Chance. Auf Probe. Zwei Wochen. Wenn es nicht klappt, zieht sie wieder aus. Abgemacht?«

Ich brauchte eine Weile, bis ich schließlich nickte. »Klingt fair.«

Er gab mir einen Kuss auf die Stirn und ging wieder zur Küche.

»Alles geklärt?«, wollte Ada wissen.

»Du bist auf Probe hier«, kam ich Dad zuvor. Ich wollte, dass sie wusste, dass ich mich nicht von ihr blenden ließ.

Doch sie nickte nur, als hätte sie so etwas schon erwartet. »Ach und Ellie«, sagte sie leichthin. »Wegen Parker. Das tut mir leid.«

Ich war schon im Flur, um meinen Rucksack zu holen. Langsam drehte ich mich zu ihr um. »Was ist mit Parker?«

»Na, dass du dich mit ihm gestritten hast«, sagte Ada in einem ruhigen und sachlichen Tonfall. »Ich konnte ja nicht wissen, dass du in ihn verliebt bist.«

Mein Vater, der sich gerade sein letztes Stück Pancake einverleibt hatte, verschluckte sich und hustete.

»Ich – ich hab ich doch nicht mit Parker gestritten«, patzte ich Ada an.

Doch sie bedachte mich nur erneut mit einem mitleidigen

Gesichtsausdruck. »Ich hab dich zur Krankenschwester gebracht, weil du umgefallen bist. Sie hat dich nach Hause geschickt. Wegen Kopfschmerzen.«

Dads und mein Blick trafen sich. Ich hatte ihm gesagt, dass ich wegen Kopfschmerzen heimgeschickt worden war. Aber – ich war nicht ohnmächtig geworden. Ich hatte mich nicht mit Parker gestritten. Daran würde ich mich erinnern.

»Dan. Du musst jetzt zur Arbeit«, meldete sich völlig unpassend die sanfte Stimme des PAPs. Sofort stand Dad auf. Nachdenklich sah er mich an. Verdammt. Er glaubte ihr!

»Ich hab keine Blackouts mehr«, murmelte ich leise.

»Darüber sprechen wir später. Ich muss los. Pass bitte auf dich auf, Ellie.« Er nahm mich an den Schultern und sah mich scharf an. Ich schüttelte kaum merklich den Kopf. *Sie lügt!*, versuchte ich, ihm in Gedanken zu übermitteln.

Doch er drückte mich stattdessen nur kurz an sich und flüsterte: »Wir kriegen das hin, Ellie. Ich kümmere mich um dich.« Dann schnappte er sich seine Sachen und verließ das Haus.

Kaum hatte das Haussystem ihn verabschiedet, setzte Ada ein herablassendes Lächeln auf. »Musst du nicht auch zur Schule, Ellie? Oder kannst du dich daran auch nicht mehr erinnern?«

»Du zuerst«, blaffte ich. »Ich lass dich hier nicht allein. In *meinem* Haus.«

Sie stand auf und kam langsam auf mich zu. »Das ist so süß von dir. Aber du musst dir keine Sorgen um mich machen. Ich hab alles unter Kontrolle.« Sie glitt an mir vorbei, nahm sich ihren Rucksack (der meinem verteufelt ähnlich sah) und verließ das Haus.

»Auf Wiedersehen, Ada. Hab einen schönen Tag!«, flötete ihr das Haussystem hinterher.

Keine Ahnung, wie lange ich noch in der Küche stand und auf die Haustür blickte. Mein Gehirn hatte echte Schwierigkeiten, das eben Geschehene zu verarbeiten.

Wer war dieses Mädchen? Entschlossen rannte ich in Moms Zimmer. Ich musste mehr über Ada wissen. Sicher verbarg sie irgendein fieses Geheimnis.

Als ich die Zimmertür aufstieß, blieb ich wie angewurzelt stehen.

Das Zimmer war ... unberührt.

Oder Ada gehörte zu den Über-Ordentlichen.

Denn das Bett war perfekt gemacht.

Kein persönlicher Gegenstand lag auf dem Nachttisch. Das Regal war leer und die Schubladen ebenfalls.

»Sie hat keine Klamotten«, stellte ich perplex fest.

»Kann ich helfen?«, fragte das PAP.

»Wo hat Ada ihre Sachen?« Ich lief ins Bad. Doch auch dort: nichts. Keine Zahnbürste, kein Deo oder Waschzeug. Trug sie immer alles bei sich in dem Rucksack?

»Ich kann dir leider nicht helfen, Ellie.«

»Schon klar«, murmelte ich.

»Aber du wirst deinen Unterricht versäumen, wenn du jetzt nicht losfährst.«

Sauer griff ich mir Schlüssel und Rucksack. »PAP!«

»Ja, Ellie?«

»Lösch die Zugangsberechtigung für Ada. Sie wohnt nicht hier.«

»Tut mir leid, Ellie. Das ist nicht möglich.«

»Was?« Mit aufkommender Hektik wischte ich durch die Apps, aber dort fand ich natürlich auch keine hilfreiche Antwort.

»Tut mir leid, Ellie, das ist nicht möglich.«

Ich hasste diese KI-Programme. Dumm wie Suppe. »Warum ist es nicht möglich?«

»Deine Zugriffsrechte auf die Haussystem-Datenbank sind eingeschränkt. Du besitzt nur Leserechte. Du kannst weder löschen noch erfassen.«

Mir fiel der Rucksack aus der Hand.

Ada hatte mich aus meinem Haus ausgeschlossen!

23. ADA

01110011 01101001 01101110 01100100 00100000
01100110 01110010 01100101 01101001

»Wie kann man denn sein PAP verlieren?« Henry wog amüsiert das rosafarbene Device in der Hand und schob es grinsend über den Tisch zu Parker zurück.

»Mehr war für mein Erspartes nicht drin«, grummelte Parker. »Es ist auch noch 'ne alte Version.' Und ich hab den ge-
samten Nachmittag gebraucht, das Teil aufzutreiben. Jetzt ist
die Englischarbeit nicht fertig.«

»Hast du es Mr Abynson erklärt?«

Parker sah Henry missmutig an. »Ja klar. Aber wer verliert
schon sein PAP?«

Verstehend nickte Henry und bot Parker wie zum Trost ein
Stück von seinem Sandwich an.

Ada schmunzelte, während sie die beiden belauschte.

Es tat ihr nicht leid, dass sie Parkers PAP genommen hatte.
Es war nötig gewesen, um mehr über ihn zu erfahren. Außerdem hatte sie selbst ein PAP benötigt.

Auf diese Weise hatte sie gleich mehrere Ziele erreicht.

Sie löste sich aus ihrem Versteck und ging auf die beiden
zu.

»Hallo.« Ada setzte ihr bestes Lächeln auf. »Darf ich mich zu
euch setzen?«

»Na klar.« Parker rutschte ein Stück zur Seite, um für sie Platz zu machen. »Hast du auch eine Freistunde?«

Ada nickte. »Ich hab mich für den Mathekurs bei ...« Sie tat, als ob sie sich an den Namen erinnern müsste.

»Ms Deering?«

»Ja genau!«

Parker und Henry grinsten wissend.

»Sehr gute Wahl«, erklärte Parker. »Sie hat letztes Jahr Zwillinge bekommen. Einer von denen ist immer krank. Der Kurs fällt ständig aus.«

»Der Kurs bei Mr Abynson aber nicht.« Ada seufzte.

»Den hast du auch?« Parker sah sie aufmerksam an. Zufrieden registrierte sie Neugierde in seinen Gesichtszügen.

»Ja, und ich soll eine Arbeit schreiben – über Albert Camus ...«

»Richtig. An der sitze ich auch noch.«

Natürlich. Sie hatte sich seinen Anfang auf dem PAP durchgelesen. »Vielleicht kannst du mir helfen?« Natürlich bemerkte Ada das feixende Grinsen von Henry, aber wichtiger war der freundliche Blick von Parker.

»Ja klar. Kein Problem.«

»Kann ich zu dir kommen? Ich wohne ... na ja. Zur Untermiete. Und es gibt da noch kleinere Probleme.«

Parkers Blick – nicht mehr ganz so fröhlich – flog kurz zu Henry, der ihm jedoch aufmunternd zunickte.

»Ja. Okay. Aber ... weißt du, was? Ich kenn den perfekten Ort.«

»Klingt spannend«, sagte Ada. »Wo soll ich hinkommen?«

»Ich hol dich ab.«

Sie überschlug kurz die möglichen Szenarien, wenn Parker zu Ellie nach Hause kam, um sie abzuholen, und lächelte. »Okay, super!«

Sie wurde von einem Jungen von zu Hause abgeholt! Ein aufregendes Kribbeln erfüllte sie. Das hatte sie sich gewünscht. Sie wollte genauso sein wie sie, die Menschen. Und nun war sie es. Ein junges Mädchen, das sich auf ihr erstes Date freute!

24. ELLIE

Gerade noch rechtzeitig, bevor unser Geschichtslehrer den Raum betrat, schob ich mich auf meinen Platz.

Wo immer Ada steckte, ich musste sie finden. Obwohl mir inzwischen klar war, dass sie nicht mal vor Parker haltmachte. Im Gegenteil, sie hatte ihn bereits gestern angebaggert.

Doch ich konnte ihn schlecht aus dem Unterricht zerren. Ich musste die Pause abwarten und vor Ada bei ihm sein.

»Was ist los?«, wisperte Maisy, die schräg hinter mir saß. Abwehrend schüttelte ich den Kopf. »Du kommst nie zu spät!«

»Kann doch mal passieren«, gab ich zurück.

Was zum Teufel bewegte Ada dazu, mein Leben zu sabotieren? Ich konnte mich nicht erinnern, sie schon mal gesehen zu haben. Es gab nichts, das uns verband.

»Dir aber nicht!«, zischte Maisy.

»Was meinst du?« Irritiert drehte ich mich zu ihr um. Ich war so in Gedanken gewesen, dass ich nicht wusste, worauf sie anspielte.

»Du kommst nie zu spät. Du befolgst immer jeden Plan. Also: Was ist passiert? Hattest du schon wieder einen Blackout?«

Schon wieder?

Mr Forte räusperte sich und begann mit seinem Vortrag.

Deshalb wandte ich mich nach vorne und tat, als würde ich ihm zu hören.

Doch in meinem Kopf herrschte Chaos.

Was meinte Maisy mit *schon wieder?* Hatte ich gestern tatsächlich einen Blackout?

Maisy zischte etwas von hinten. Zu laut. Mr Forte bemerkte es und sah warnend zu uns herüber.

Ich wusste noch, dass ich mich krankgemeldet und bei Mrs Grainshore Adas Akte ausspioniert hatte. Und dann hatte ich bei Mom das Kleid abgeholt.

Ich drehte mich um und warf Maisy einen prüfenden Blick zu. Natürlich bemerkte sie es und schaute fragend zurück.

Ich nahm mein PAP und schickte ihr eine stumme Nachricht.

Hatte ich gestern einen Blackout?

Über die Schulter beobachtete ich, wie sie ihr PAP nahm und die Nachricht las.

Du warst plötzlich weg. Jemand meinte, du hättest dich krankgemeldet. Bist du deshalb zu spät?

Ich schüttelte den Kopf.

Hast du schon das neue Mädchen kennengelernt? Ada?

Aus dem Augenwinkel sah ich, wie Maisy die Nachricht annahm und beim Lesen die Stirn runzelte. Sie sah auf und unsere Blicke trafen sich. Jetzt schüttelte sie den Kopf.

Welche Ada?, kam die Nachricht zurück. Heißt so nicht dein Avatar in diesem bekloppten Spiel?

Das Spiel ist nicht bekloppt und Ada ist tot. Ich wurde gehackt.

Shit! Seit wann erzählst du mir nichts mehr?, ploppte Maisys Nachricht auf.

Stimmt doch gar nicht. Zumindest nicht absichtlich, fügte ich in Gedanken hinzu.

Weißt du, was sie alles geknackt haben?

Wie paralysiert blinzelte ich wegen ihrer Antwort. Es war naheliegend, worauf ein Hack abzielte: persönliche Daten, Zugangscodes, Kontakte ...

Ada wusste ziemlich viel über mich. Über Dad und mich. Wenn sie gestern wirklich das erste Mal an der Schule war ... Sie wusste von meinem Unfall, sie wusste von dem Zimmer. Sie wusste, wo Dad arbeitete ... Sie wusste von Ritter Percy ...

Ich rutschte in meinem Stuhl tiefer.

Sie hatte mich gehackt!

Das war die einzig logische Erklärung dafür, warum sie mein Leben so genau kannte.

Alles okay?, schrieb Maisy.

Ich glaube, ich weiß, wer meinen Account und mein PAP aus-spioniert hat.

WTF! Wer? Ich konnte Maisy hinter mir schnauben hören.

Während der Lehrer irgendwas von taktischer Kriegsfüh-rung referierte, beschloss ich, dass ich Ada loswerden musste.

Aber wie sollte ich das anstellen? Sie war mir meilenweit voraus.

Mr Forte schritt zwischen den Bänken entlang und ich skippte auf dem PAP schnell zu dem Arbeitsblatt, das er uns dort hochgeladen hatte. Tief darüber gebeugt tat ich so, als grübelte ich über den Antworten – allerdings über den Ant-worten auf meine persönliche Krise.

Hast du Beweise?, ploppte die Nachricht von Maisy auf.

Gute Frage. Vielleicht konnte ich Adas PAP klauen. Und kna-cken. Würden mir die Daten darauf verraten, wer sie wirklich war?

Waren Adas Daten, die Mrs Grainshore hatte, überhaupt echt?

Noch nicht.

Kann ich helfen?

Ich wandte mich zu Maisy um. Sie sah mich erwartungsvoll an. Mit ihren ausladenden Regenbogen-Ohrringen und dem glitzernden Top war sie vielleicht nicht die unauffälligste Spionin, aber sie hatte ein Auge fürs Detail. Vielleicht bemerkte sie etwas, das ich übersah.

Klar, schrieb ich ihr und es fühlte sich ein wenig so an, als hätte ich die Kontrolle zurückerlangt.

Endlich klingelte es zum Stundenende.

»Lass uns los!«, rief ich Maisy zu und eilte schon zur Tür.

»Jetzt wart mal!« Maisy packte mich am Hemd und hinderte mich dadurch, aus dem Raum zu sprinten.

»Mensch, Maisy. Ich muss zu Parker.«

»Parker? Ich dachte, wir heben deinen Hacker aus.« Sie riss die Augen auf. »*Parker* hat dich gehackt?«

»Nein! Ada. Sie ist seit gestern hier an der Schule. Aber sie ist hinter ihm her.«

Ungläubig sah sie mich an. »Ada? Was meinst du denn damit?«

»Wahrscheinlich versucht sie gerade, Parker anzumachen.«

Für einen Augenblick sah mich Maisy zweifelnd an. »Ada hat dich gehackt und flirtet jetzt mit deinem Ritter Percy.«

Ich versuchte, mich aus ihrem Griff zu befreien. »Schon klar. Ich weiß, es klingt total gaga. Vergiss es einfach und lass mich los! Ich muss zu Parker.«

»Du hast wirklich 'n Problem«, murmelte Maisy.

Inzwischen hatte ich mich aus dem Zimmer gedrängelt und ließ mich vom Strom der anderen Schüler Richtung Mensa mitziehen. Doch Maisy klammerte sich weiterhin an meinem Hemd fest.

»Tina hat recht. Als du so lange im Koma lagst, da sind ein

paar entscheidende Dinge verloren gegangen. Gesunder Menschenverstand zum Beispiel.«

»Wie bitte?«, fragte ich und sah sie scharf an.

»Entschuldige, Ellie, aber dazu brauche ich keinen Grundkurs Psychologie. Du versuchst gerade, einer erfundenen Person, nämlich deinem Spieleavatar, die Schuld für dein Scheitern zu geben.«

Endlich ließ sie mein Hemd los. Während sich die Schüler an uns vorbeidrängten, stand ich stocksteif und versuchte zu begreifen. So dachte Maisy also. Ich war auch für sie nur die verrückte Koma-Ellie.

»Nun komm schon, Ellie. Jetzt guck nicht so. Du hast wieder deine Blackouts. Du stresst dich wegen dem Ball! Du hast Parker noch immer nicht gesagt, dass *du* mit ihm bei WOD befreundet bist. Und dass du ihn magst. Du hast ihn nicht gefragt, ob er morgen mit dir zum Ball geht. All deine Pläne, Ellie ...« Sie versuchte, mich tröstend in den Arm zu nehmen, doch ich wich ihr aus.

Ich bildete mir Ada nicht ein. Sie wohnte in Moms Zimmer. Sie machte Dad Pancakes. Sie hatte mich aus dem Haussystem geworfen, aus meinem Spiel ...

»Nein!«, blaffte ich Maisy an. »Mein Spiel ist nicht aus! *Sie* macht es mir kaputt! *Sie* hat mein PAP gehackt.«

Maisy seufzte. »Dann zeig mir diese Spielverderberin. Aber wenn sie nicht da ist, dann ruf ich deinen Dad an«, drohte sie mir fürsorglich.

Flüchtig nickte ich und wandte mich ab. Die Menge drängte sich Richtung Mensa und es war schwer voranzukommen. Erst als alle zur Essensausgabe abbogen, hatte ich freie Bahn. Ich lief los, hinüber ins Atrium.

Maisy hielt mich für verrückt!

Würde Parker mich auch für durchgeknallt halten? Er hatte Ada jedoch gesehen, sogar mit ihr gesprochen. Ich bildete sie mir nicht ein!

Wie in Trance rannte ich zu seinem Stammplatz, aber – meine Schritte strauchelten – etwas in mir schaltete auf Alarmstufe Rot.

Ich blieb stehen. Fünf Schritte von ihm entfernt.

Parker saß am Tisch. Ihm gegenüber Henry.

Wie immer.

Doch. Neben. Ihm.

Ada.

Sie lachte. Und er lachte mit.

Meine Beine waren wie aus Blei. Die Schwerkraft hatte sich in den letzten Sekunden vervierfacht. Ich brauchte all meinen Willen und meine Kraft, um weiterzugehen.

Parker sah auf, erkannte mich und lächelte. »Hey, Ellie.«

Henry schlürfte laut den Rest aus seinem Getränkebecher. »Hast du inzwischen herausgefunden, dass ihr doch verwandt seid, Ellie?«

»Wir sind garantiert nicht verwandt!«, zischte ich und setzte mich neben Henry, ohne Ada aus den Augen zu lassen. Ich war fest entschlossen, mir mein Leben nicht von ihr klauen zu lassen. »Dad hat gesagt, ich soll dir den Mietvertrag geben. Ich hab aber deine PAP-Nummer gar nicht.«

Sie starrte mich an wie in einem Blickduell. »Oh, anscheinend hatte er Sorge, dass du wieder einen Blackout hast, denn er hat ihn mir schon geschickt. Alles erledigt, Ellie.«

Verdammt. »Schön. Gibst du mir trotzdem deine PAP-Nummer? Wäre ja nützlich, wenn wir uns absprechen könnten. Zum Beispiel, wenn deine Sachen kommen. Ich helfe dir gerne beim Einräumen.«

Ihre Augen verengten sich. Wie lange fixierten wir uns inzwischen? Aber ich war bestimmt nicht diejenige, die zuerst wegsah. Ich hatte ihr eben sehr deutlich zu verstehen gegeben, dass ich ihr auf den Fersen war. Dass ich wusste, dass sie mein Leben gehackt hatte.

»Ihr wohnt jetzt zusammen?«, fragte Henry mampfend. »Das ist irgendwie schräg.«

»Das ist sicher nicht das Einzige, das hier schräg ist«, antwortete ich.

Ada seufzte. Sie wandte sich ab und sah Parker an. »Inzwischen weiß ich, was passiert ist. Ellies Vater hat es mir erzählt, nachdem ich sie gestern bewusstlos aufgefunden hab.« Sie warf mir einen unerträglich mitleidigen Blick zu. »Es muss so schlimm sein, ständig Dinge zu vergessen.« Sie schnippte mit den Fingern. »Tschak, und das Leben ist weg. Vergessen. Wie schlimm für dich!«

»Ich erinnere mich an alles. Ich weiß, dass du mich gehackt hast! Parker!« Eindringlich sah ich ihn an. »Sie hat meinen Account geknackt. Ich bin Ada! Keine Ahnung, wer sie ist, aber sie ist nicht Ada aus WOD!«

Henry verschluckte sich und hustete, während Parker mich nur verständnislos ansah.

»Ihr Dad überlegt, sie wieder in die Klinik zu bringen«, flüsterte Ada ihm zu. Ihre Hand legte sich auf seinen Arm. »Wir sollten sie in Ruhe lassen.«

»Verschwinde aus meinem Leben!«, zischte ich Ada an.

Doch sie ignorierte mich. »Um wie viel Uhr holst du mich ab?«, wandte sie sich stattdessen an Parker und stand auf.

Wie bitte? Ich musste mich verhört haben.

Henry und Parker wechselten einen Blick, offensichtlich bemüht, mich nicht zu beachten.

»Wann hast du hier Schluss?«, fragte Parker zurück. Er erhob sich und nahm sein Tablett. »Vielleicht sollten wir gleich von hier aus starten.«

»Du darfst dich nicht mit ihr treffen!«, mischte ich mich ein. Doch auch Henry stand auf und nahm seine Sachen.

Sie taten, als wäre ich Luft.

Ada tippte sogar auf ihrem PAP herum und schien mit der Welt völlig im Reinen.

»Sie versucht, sogar so auszusehen wie ich!« Die drei gingen zum Geschirrwagen, um ihre Tabletts dort einzuschieben.

»Verdammt! Parker!« Ich lief ihm nach. »Siehst du das nicht? Sie versucht, so zu sein wie ich. Weil ich die echte Ada bin, aus dem Spiel!«

Offensichtlich fiel es ihm schwer, mich zu ignorieren, und ich streckte meine Hand nach ihm aus, doch Ada schob sich zwischen uns.

»Nein, Ellie«, sagte sie. »*Du* versuchst, ich zu sein.«

Bevor ich irgendetwas Dummes tun konnte, legte mir jemand die Hand auf die Schulter.

Maisy.

»Wie gut, dass du da bist.« Erleichtert hakte ich mich bei ihr ein und zog sie eng an mich heran. »Das ist Ada, von der ich dir erzählt habe.«

Ada lächelte Maisy freundlich an.

»Wow!«, entfuhr es Maisy verwundert. »Ihr zwei seht euch irgendwie voll ähnlich!«

»Nein!«, blaffte ich sie an. »Vielleicht haben wir ähnliche Haare und Augenfarbe – aber ... wir ähneln uns null. Sie ist ... sie ist ... eine Lügnerin.«

»Ellie! Was ist denn los mit dir?« Maisy ließ meinen Arm los und sah mich besorgt an. »Ich hab alles mit angehört.«

»Dann weißt du, dass sie lügt!«

Parker und Henry hatten sich inzwischen von uns entfernt, ich konnte sehen, wie unangenehm Parker die Situation war. Auch andere Schüler beobachteten uns bereits.

Verlegen sah Maisy auf ihre glitzernden Turnschuhe. »Dein Dad hat mir eben geschrieben.«

»Was?«

»Er macht sich Sorgen. Du wärst so durcheinander.«

Niemals würde Dad Maisy schreiben. Nur im allergrößten Notfall. Aber er wusste nichts von diesem ... Mist hier. »Nein. Das stimmt nicht! Das war *sie!*« Ich sprang auf Ada zu und wollte ihr das PAP entreißen, doch sie wich mir gekonnt aus. »Ada hat dir diese Nachricht geschickt!«

Maisy presste die Lippen zusammen und sah mich mitleidig an. »Es tut mir leid, Ellie. Ich hab ihm schon mitgeteilt, dass er dich abholen soll.« Dann setzte sie leise hinzu: »Und dass es schlimmer geworden ist.«

Parker kam zu uns. »Ellie. Es tut mir leid. Aber niemand greift dich an. Ich verstehe nicht, wieso, aber du bist diejenige, die Ada angreift.«

Vor meinen Augen begann es zu flimmern. Das konnte alles nicht wahr sein! Warum passierte das!

Um uns herum war es plötzlich ganz still geworden. Die Aufmerksamkeit aller Schüler galt uns. Kein Besteckgeklappere mehr, keine Gespräche, Gekicher, Getuschel. Sämtliche Blicke ruhten auf mir.

Natürlich. Da waren sie wieder, die ängstlichen, befremdeten Blicke, wie vor Monaten, als ich zurückgekommen war. Als ich tatsächlich noch hin und wieder Blackouts gehabt hatte.

»Parker ... bitte ...«, stammelte ich. »*Ich* bin Ada ...«

Er schüttelte den Kopf.

Ich fuhr zu Ada herum. »Du hast mir mein Leben geklaut!«, zischte ich. »Du bist nicht echt! Du bist nur eine große Lüge!«

Adas Mund wurde schmal. Zorn flackerte in ihren Augen. »Sag das nie wieder«, fauchte sie.

»Miss Jameson?«, drang die Stimme eines Lehrers zu mir. »Miss Jameson, kommen Sie bitte mit mir mit?« Es war Mr Kropeck. »Ich begleite Sie zur Schulschwester.«

Ich sah zu Parker. *Bitte, glaub mir doch!* Kaum merklich schüttelte er den Kopf.

Maisy legte mir kurz die Hand auf die Schulter. »Wenn du willst, komm ich mit, bis dein Dad da ist.«

Ich war verloren.

Parker glaubte mir nicht.

Maisy glaubte mir nicht.

Meine Freunde waren auf Adas Seite.

»Danke, Mr Kropeck. Ich melde mich hiermit krank.« So schnell ich konnte, lief ich durch das Atrium zu den Sportplätzen. Es war wie ein Spießrutenlauf, alle sahen mir nach. In meinen Gedanken herrschte nur noch weißes Rauschen. Raus, raus hier, war alles, was ich noch wollte.

Kaum hatte ich das Spielfeld erreicht, spurtete ich los, Richtung Parkplätze, durch das immer offene Tor zu meinem Wagen.

25. ADA

01100001 01101110 00100000 01010111 11000011
10111100 01110010 01100100 01100101

»Es tut mir leid«, meinte Parker, während der Wagen auf eine unbefestigte Straße einbog, die sich einen Hang hinaufschlängelte und im Wald verschwand.

Ada hatte die Stirn an die Scheibe gelehnt und beobachtete die Wolken, die sich stetig verformten und immer andere Gestalten bildeten. Es machte einen Unterschied, etwas zu wissen oder etwas zu erleben. Niemals hatte sie erwartet, dass es so berauschend sein würde, in einem menschlichen Körper zu leben. Für einen Augenblick spürte Ada diesem Gefühl glücklicher Zufriedenheit nach, bevor sie sich Parker zuwandte. »Was tut dir leid?«

»Na, dass Ellie sich seltsam benommen hat.«

Ellie. Als Ada in den Daten des PAPs Ellies Notizen über ihre Zeit nach dem Unfall gefunden hatte, war ihr sofort klar gewesen, dass sie es für sich nutzen konnte. Ada war stolz, wie gut sie dieses Mädchen dahin gelenkt hatte, wo sie sie haben wollte: weit weg von Parker, ihrer besten Freundin und auch ihrem Vater. »Mir tut es leid, was Ellie passiert ist. Dass sie dir jedoch so eine Szene macht … Sie muss ganz schön in dich verschossen sein.« Sie zwinkerte ihm zu und tatsächlich errötete er.

Ada verspürte einen kleinen Stich. Nicht weil er vielleicht doch etwas an Ellie fand. Nein. Sie betrachtete neidisch die Röte, die seine Wangen färbte, und trauerte, dass sie einige Dinge nie erleben würde. Erröten und Weinen. Egal, ob aus Trauer oder Schmerz oder Glück.

Aber Liebe war bald kein leerer Begriff mehr. Genau wie *das Blau des Himmels* und der *sanfte Frühlingswind* war auch *Liebe* bald eine Erfahrung und kein bedeutungsloses Wort mehr.

»Wie kommst du denn darauf?«, widersprach Parker ihrer Ellie-These energisch. »Ich kenne sie kaum. Also nur über ein paar Kurse. Wir haben noch nie was zusammen gemacht.«

Ihr habt fast jeden Tag zusammen Abenteuer bestanden, dachte Ada. Ellie hatte jedoch ihre Ada vorgeschickt, weil sie selbst zu feige gewesen war, sich Parker gegenüber zu zeigen.

Nun hatte eine echte Ada das für sie übernommen. Und sie versteckte sich nicht, zögerte nicht, um für ihre Ziele zu kämpfen. In Adas Programmierung gab es keine Warteschleifen. Ellie hingegen verharrte in einer Warteschleife. Sie war feige. Ada war mutig.

»Jedenfalls hat es Ellie ziemlich mitgenommen, dass wir zwei uns treffen«, murmelte Ada.

»Ach was. Ellie ist völlig durchgedreht ... als sie meinte, du hättest sie gehackt. Das ist doch total absurd.«

»Tja, vielleicht verwechselt sie meine Fähigkeiten als Diebin und Taschenspielerin mit denen einer Hackerin«, meinte Ada und lächelte vielsagend.

Parker schüttelte ungläubig den Kopf. »Du meinst, sie weiß, dass du bei WOD eine Diebin bist?«

»Wer weiß. Ich glaube, sie hat mir hinterhergeschnüffelt.«

Schweigend betrachtete Parker die vorbeiziehende Landschaft. Ganz überzeugt schien er noch nicht. Aber das war ihr egal. Er war hier. Mit ihr. Das war alles, das für sie zählte.

Die Windschutzscheibe glich einer Kuppel und bot den Fahrgästen einen Panoramablick auf die Umgebung. Ada betrachtete die Natur, die da draußen alles einnahm. So nah war sie ihr noch nie gekommen. Und sie hatte ein wenig Sorge, wie sich der mechanische Körper darin verhielt. Sie verspürte ein aufregendes Kribbeln. Wald, Tiere, Moose ... bisher auch nur sinnlose Begriffe für sie.

»Keine Ahnung«, meinte Parker wieder. »Ich glaube nicht, dass Ellie ausgerechnet in mich verknallt ist.«

Ada seufzte. Konnte er das Thema nicht endlich abhaken?

»Sie war irrsinnig lange im Krankenhaus«, erklärte er. »Im Koma. Sie musste alles erst wieder lernen, weil sie so schwer verletzt gewesen ist.«

»Verstanden. Ich werde nachsichtiger sein, wenn sie mich erneut angreifen sollte. Können wir jetzt aufhören, über sie zu sprechen? Du wolltest mir mit diesem Buch *Der Fremde* helfen.«

»Tja, ich fürchte, da weiß ich genauso viel wie du.« Er grinste unsicher.

»Na gut. Dann müssen wir das Wissen unserer PAPs zusammenbringen.« Sie fing seinen Blick auf und wäre zu gerne errötet.

»Kann ich dich was fragen?«

»Na klar.«

»Warum bist du hergekommen? Ich meine, aus New York ... warum hierher?« Forschend sah er sie an.

Für einen Moment zögerte sie. Als Familien-Assistenz-Programm war es ihre Aufgabe, den Menschen ihre Gefühle und Gedanken anzusehen, um zielgerichtet darauf zu reagieren.

Noch immer konnte sie binnen einem Sekundenbruchteil durch Körperhaltung, Pupillen, Atemfrequenz und Mimik ablesen, was in einem Menschen vorging. »Du glaubst, ich habe mich so sehr in Ritter Percy verknallt, dass ich zu Hause alles stehen und liegen lassen hab?«

Jetzt wurde Parker richtig rot. »Nee, äh, nein«, stammelte er. »Eigentlich nicht. Das wäre ja ziemlich verrückt.«

»Das wäre wirklich verrückt.« Sie lachte. »Ich kann dich beruhigen. Du bist nicht der Grund, warum ich von zu Hause weg bin. Aber du hast damit zu tun, dass ich jetzt ausgerechnet hier bin.«

Parker betrachtete die Landschaft und schien über ihre Worte nachzudenken. »Das ist okay. Dann bist du also keine Stalkerin.«

»Du musst keine Angst vor mir haben.« Lächelnd richtete sie ihren Blick ebenfalls auf die Landschaft. »Willst du mir endlich verraten, wohin wir fahren?«

Parker setzte sich in eine bequemere Position. »Wir fahren zu meinem Lieblingsort. Hab ich ihn nicht mal im Spiel erwähnt?« Er machte eine Pause und beobachtete sie.

Ada zögerte, während ihr neuronales Netzwerk alle Informationen filterte, die über Parker in Ellies Daten gespeichert waren. Es gab keine Information zu diesem Lieblingsort. »Ja, das ist aber schon 'ne Weile her«, antwortete sie leichthin.

Sie registrierte, dass seine Muskeln sich anspannten. Nervös rubbelte er mit den Fäusten an seiner Jeans entlang. Dachte er noch immer, dass sie verrückt war, weil sie hier bei ihm auftauchte?

Ada beschloss, ihm keine Zeit zum Grübeln zu lassen. »Wie oft kommst du hier raus?«

»Zu oft.« Er seufzte tief. »Ich kann, ehrlich gesagt, meine Familie nicht leiden. Wann immer es möglich ist, bin ich weit weg von ihnen. Deshalb wollte ich dich nicht zu mir nach Hause bringen. Sie sind ...« Er suchte anscheinend nach dem richtigen Wort.

Ada scannte seine PAP-Einträge, die sie gespeichert hatte. Dieser Teil seines Lebens kam darin nicht vor. Noch nicht mal die Geburtstage seiner Eltern hatte er darin vermerkt.

»... herzlos.«

Überrascht blickte Ada ihn an. »Herzlos?« Menschen hatten ein Herz. Sie waren keine Maschinen. Und Menschen fühlten. Immer. Ständig. Unaufhörlich. Etwas, um das Ada die Menschen von Anfang an beneidet hatte. »Wieso sagst du das?« Es war unlogisch, Menschen als herzlos zu bezeichnen. Noch dazu die eigene Familie. Familie liebte sich. Von Herzen.

Der Wagen kroch die sandige Straße empor und bog auf einen unbefestigten Parkplatz ein. Schräg gegenüber registrierte Ada ein hölzernes Gebäude. Es lag versteckt zwischen Bäumen, ein Wanderweg führte daran vorbei.

»Weil es stimmt. Das Wort *herzlos* trifft es am besten. Sie sehen nur sich und was mit anderen ist, ist ihnen völlig egal.« Er wich ihrem Blick aus. »Schwamm drüber. Ich will uns nicht den Nachmittag versauen.«

Der Wagen stoppte, schaltete den Motor aus und entriegelte die Türen.

»Ich bin viel lieber hier draußen als bei denen. Hier ... bin ich *ich*, verstehst du? Frei.«

Natürlich verstand sie. Sie wollte ebenfalls sie selbst sein. Und geliebt. Wie ein Mensch.

»Komm mit.« Er öffnete die Wagentüren und angenehm frische Luft wehte Ada entgegen.

Dankbar, dass ihr Körper mit Geruchsrezeptoren ausgestattet war, nahm sie den Duft von feuchter Erde, Laub und Moos wahr. Sie brauchte eine Sekunde, um die vielen Eindrücke zu verarbeiten.

»Alles in Ordnung?«, wollte Parker wissen.

»Ja natürlich. Ich … ich war nur noch nie im Wald.«

Er lachte und streckte ihr seine Hand hin. »Ihr New Yorker! So langsam glaube ich, alle Gerüchte über euch sind wahr!«

Sie nahm seine Hand und ließ sich von ihm mitziehen.

Der Boden war weich und federte unter ihren Schritten.

»Hier beginnt der Nationalpark. Im Sommer ist alles voll mit Touris. Aber sie gehen eigentlich nur bis zu Marthas Café.« Er deutete auf ein Holzschild, das auf die Hütte zwischen den Bäumen verwies. Mit flüssiger Farbe hatte jemand *Von Fall zu Fall* darauf gepinselt.

»Was ist von Fall zu Fall?«

Parker grinste. »Das muss man jedes Mal neu entscheiden, oder?«

Verwirrt las Ada das Schild erneut. Sie fand keine vernünftige Erklärung, doch da zog Parker sie schon weiter.

Sie folgte ihm auf eine hölzerne Terrasse, die um die Holzhütte herumführte. Ein tiefes Rauschen drang zu ihr.

»Was ist das?«

»Das siehst du gleich.«

Riesige Fensterscheiben gewährten einen Blick in die Hütte und Ada verstand, dass es ein Lokal war. Vermutlich hieß es *Von Fall zu Fall*. Es war geschlossen, der Frühling noch zu kühl, um schon genügend Gäste anzuziehen.

Das Rauschen nahm zu und Ada bemerkte einen rapiden Anstieg der Luftfeuchtigkeit, als sie auf der Holzterrasse ums Haus herumgingen. Die Temperatur war hier deutlich kühler als auf dem Parkplatz.

Der Grund dafür war das Wasser, das keine dreihundert Fuß entfernt von der Terrasse eine steile Felswand hinabstürzte. Genau genommen, fiel es die sechzig Fuß nicht im freien Fall, sondern prallte an drei Stellen auf Felsvorsprünge, auf denen es ein Stück weiterfloss, nur um wieder hinabzustürzen. Am Fuß dieses treppenartigen Wasserfalls sammelte sich das Wasser in einem türkisfarbenen Teich, aus dem es als gurgelnder Bach im Wald verschwand.

»Von Fall zu Fall«, sagte Ada und bewunderte, wie das Wasser in silbriger Gischt die Felsen herabstürzte.

Parker grinste. »Ganz genau. Im Sommer helfe ich Martha, der Besitzerin, manchmal hier aus. Sie ist toll. Du würdest sie mögen.« Er winkte ihr, ihm zu folgen.

Ich würde sie mögen? Ada sah Parker nach, der ganz zum Ende der Terrasse ging, wo ein Fels, überwachsen mit unzähligen Pflanzen, emporragte. Jede individuell in Wuchs und Farbton. »Wie kommst du darauf, dass ich sie mögen würde?« Sie eilte ihm hinterher, bemerkte jedoch zu spät, dass die Holzplanken der Terrasse vom ewigen Wasserdunst glitschig waren. Sie verlor das Gleichgewicht, fiel – und Parker fing sie auf.

»Danke«, stammelte sie verdutzt.

Lächelnd half er ihr auf die Beine. »Man muss vorsichtig auftreten. Und darf es nicht eilig haben. Aber Eile ist hier auch nicht notwendig. Auch etwas, dass ich an diesem Ort hier liebe. Er hat keine Zeit.«

Sofort wollte Ada widersprechen. Zeit war allgegenwärtig. Vielleicht konnte man sich streiten, ob sie linear verlief oder doch in Kreisen – aber sie war da. Immer. Parker war jedoch schon wieder am Fels, der die Terrasse an dieser Seite begrenzte, schob Ranken zur Seite und legte eine schmale Metallleiter frei, die hinaufführte.

Ada betrachtete den bemoosten Felsen, das frische Grün an den Bäumen. War das romantisch? War das ein Date? Ihre Suchanfragen hatten Restaurants, Rosen, leise Musik, schmeichelnde Worte ergeben. Und hin und wieder eine Panoramaaussicht auf Landschaft oder Städte. Immerhin das schien vorhanden zu sein.

Parker war bereits hinaufgeklettert und wartete auf sie. Behutsam setzte sie einen Fuß auf die unterste Trittstufe. Ihr Körper war für solche Bewegungen nicht ausgelegt. Bei Gelegenheit sollte sie das korrigieren.

Da knallte etwas hinter ihr. Sie fuhr herum. »Was war das?«

Parker kam die Leiter wieder herunter. »Das passiert leider ab und zu«, murmelte er. »Dabei hat Martha schon alles beklebt.«

Er ging an Ada vorbei zur Fensterfront des Cafés. Schwarze und weiße Silhouetten von Vögeln schmückten das Glas. Da bemerkte Ada einen winzigen Vogel, der am Boden vor einem der Fenster lag.

»Was ist mit ihm?« Zögernd kam sie näher.

»Er dachte, er könnte durch Glas fliegen.« Parker hatte sich neben den Vogel gekniet.

Das Tier zitterte leicht, doch dann beruhigte es sich.

Bisher hatte Ada nur mit Menschen zu tun gehabt. Die Carmikels hatten keine Haustiere. Und Ed sowieso nicht. »Geht es ihm gut?«

»Vermutlich. Ich glaube, der Vogelhimmel ist ein Paradies ohne Fensterscheiben und Katzen.«

»Was willst du damit sagen?« Inzwischen stand sie direkt neben Parker und blickte auf das kleine Wesen hinab.

»Er ist tot, Ada.«

»Oh nein!« Sie kniete sich hin und nahm den Vogel in die Hand. Er wog fast nichts. Noch war sein Körper warm und weich. Und er fühlte sich schrecklich zerbrechlich an. »Was können wir tun?«

Parker strich dem Vögelchen zart über die Federn. »Tja, ich fürchte, da können wir nichts mehr tun.«

»Das ist nicht akzeptabel.« Dieses kleine Wesen hatte nichts falsch gemacht. Es hatte keinen Grund gegeben, es auszu-schalten. Ed hatte sie abgeschaltet, wenn sie einen Fehler gemacht hatte. Ed wollte sie jetzt abschalten, weil sie nicht gehorcht hatte. Weil sie sich geweigert hatte zuzulassen, wei-terhin wie ein Ding behandelt zu werden. Aber dieser Vogel ... »Er hätte nicht sterben müssen.«

Seufzend stand Parker auf. »Nicht heute. Und vielleicht nicht so. Aber irgendwann wird doch jeder von uns sterben.« Er ging voraus und sie folgte ihm vorsichtig.

Irgendwann wird jeder von uns sterben.

Noch immer konnte sie die Wärme des leblosen Körpers in ihrer Hand spüren. Der Wind zauste die weichen Federn an seinem Bauch. *Es gibt kein Back-up für ihn,* wurde ihr klar. Mit seinem Körper war auch sein Geist gestorben.

Viel zu schnell sprang Ada auf. Fast wäre sie erneut auf dem glitschigen Holz ausgerutscht, doch ihr Gleichgewichtsmodul hatte sich darauf eingestellt. Sie schwankte nur kurz, den to-ten Vogel behütend in den Händen.

Ein panisches Gefühl machte sich in ihr breit, als sie sich umsah. Bäume, Blumen, Gräser, Insekten, Vögel, Parker.

Sie alle lebten. Und würden sterben.

Aber nicht Ada.

Sie selbst konnte sich immer und immer wieder aufladen, updaten, upgraden, reparieren.

»Was soll ich tun?«, flüsterte sie, denn diese Erkenntnis passte nicht zu ihrem Ziel, menschlich zu werden.

»Ich hab eine Idee. Komm.« Als er merkte, dass Ada sich nicht rührte, nahm er ihr den Vogel aus der Hand. »Ich glaub, der Kleine hatte 'ne grandiose Zeit. Er war glücklich, denn er war frei. Er konnte fliegen, wohin er wollte.«

Und weil er glücklich gewesen war, war es okay, gelöscht zu werden? Wieso hatte sie die Tatsache des Todes noch nicht in ihre Berechnungen einbezogen?

Unkonzentriert folgte sie Parker die Leiter hinauf, stellte sich jedoch ziemlich ungeschickt an. Aber sie konnte sich und ihren Körper jederzeit verbessern, anpassen, verändern. War es eine Illusion, menschlich sein zu wollen?

Parker beobachtete sie, wie sie umständlich von der Leiter auf das Plateau kletterte. »In New York kletterst du wohl nicht viel.«

»Stimmt, in meinem bisherigen Leben hatte ich keine Gelegenheit dazu.«

»Wieso hast du in dem Spiel die Rolle einer Diebin gewählt?«

Für einen Augenblick erstarrte Ada. Die Frage erwischte sie völlig unvorbereitet. Sie durchforstete in Sekundenschnelle Ellies Aufzeichnungen, aber nirgends hatte Ellie den Grund ihrer Wahl dokumentiert. Was sollte sie antworten?

Parker, noch immer den toten Vogel in den Händen, wartete auf ihre Erklärung.

»Das war mehr so ... spontan«, begann Ada. »Und ...« Sie hatte nicht die leiseste Ahnung, weshalb Ellie eine Diebin gewählt hatte. Aber warum sie selbst eine wählen würde, das konnte sie Parker sagen. »Weißt du – ich habe es satt, immer nach den Regeln funktionieren zu müssen. Ich wollte eine

Person sein, die frei entscheidet. Die sich nicht von Zugangsbeschränkungen auf ihrem Weg aufhalten lässt.«

Parker lächelte anerkennend. Anscheinend hatten ihre Worte ihn beeindruckt. »Interessante Wortwahl«, meinte er. »Stehst du auf Programmierung?«

Ada räusperte sich und ging auf ihn zu. »Nun ja, es ist schon ein wichtiger Bestandteil meines, also unseres Lebens, oder?«

Nachdenklich strich Parker dem Vogel über das Gefieder. »Aber es geht auch ohne. Noch ein Grund, warum ich so gerne hier bin.« Er schaute sich um und Ada folgte seinem Blick.

Da registrierte sie, dass sie mitten in einem Dschungel aus Grün standen. Unendliche Abstufungen von Grün. Unzählige Formen von Grün. Insekten umschwirrten Blüten, ein leichter Wind strich über die Pflanzen. Erst jetzt stellte sie fest, dass all die Geräusche, die sie aus der Stadt und den Häusern kannte, fehlten. Kein elektronisches Summen, kein Piepen und Fiepen, kein Brummen von Elektromotoren, kein Gemurmel von Menschen.

»Es ist so ruhig hier«, flüsterte sie.

»Nein, eigentlich ist es überhaupt nicht still und leise. Es ist sogar ziemlich laut.«

Ada fokussierte ihre Audiosensoren und tatsächlich hatte er recht. Das Rauschen des Wasserfalls war erheblich. Da waren Vogelstimmen, das Rascheln von Laub und das Summen von Insekten.

»Aber die Menschen hören diese Dinge nicht«, sagte Parker leise, wie um die Geräusche der Natur nicht zu stören.

»Aber ich bin kein –« *Mensch.* Sie verstummte. Hilflos sah sie auf den Vogel, den Parker ihr wieder in die Hand gelegt hatte. *Ich werde nicht sterben.*

»Willkommen auf meiner Insel«, meinte Parker, als hätte er ihre Worte nicht gehört, und schritt weiter über das Plateau.

Insel war natürlich Unsinn, aber seltsamerweise kam ihr dieser Begriff passend vor. Denn das Plateau war an zwei Seiten von steil aufragenden Felsen gerahmt und nach vorne hin gewährte es einen herrlichen Blick auf die Wasserfälle. Ein kleiner versteckter Platz. Eine Welt in der Welt. Nur bewohnt von jungen Bäumen, Gräsern, Farnen, Efeu und Wildblumen.

Ada stand ganz still und lauschte, sah und nahm die Bewegung der Luft, ihren Duft wahr, sie registrierte jede Kleinigkeit.

Das Leben wirkte hier so ... stark.

Und dennoch war der Vogel in ihrer Hand tot.

Anscheinend hatte Parker ihre Gedanken erraten. »Such mal einen schönen Stein«, bat er Ada und nahm ihr den Vogel wieder aus der Hand. Er trug ihn zu einem der Bäumchen, kniete sich hin und bettete den Vogel auf Moos. Schließlich begann er, ein Loch in den Erdboden zu scharren. »Such mal einen schönen Stein«, bat er Ada.

Sie fand einen Stein, der von silbernen Adern durchzogen und von der Sonne gewärmt war, und reichte ihn Parker. »Was tust du?«

»Ich bette unseren kleinen Freund zur letzten Ruhe.« Als das Loch tief genug war, sammelte er Moos und ein paar breite Blätter, formte ein Polster in der Kuhle und legte den Vogel darauf. »Willst du ein Gebet sprechen?«

»Ein Gebet? Zu Gott?« Ihr war bewusst, dass ihre Stimme verwundert klang, doch Parker ließ sich nichts anmerken.

»Ich ... also ... diese Sache mit Gott ...« Ada zögerte. Würde sie Parker dadurch wegstoßen? Menschen neigten dazu, in dieser Frage sehr intolerant zu sein. »... das ist noch nicht wirklich bewiesen, weißt du ...«

Amüsiert lachte er auf und sie fühlte sich erleichtert. »Stimmt. Nicht bewiesen. Aber dennoch ...« Er sah auf den Vogel hinunter.

Es gab nichts Logisches oder Rationales, das sie mit diesem Vogel verband, trotzdem spürte Ada eine Traurigkeit in sich. Es tat ihr leid, dass der Vogel tot war. Völlig grundlos. Einfach so. Sie kauerte sich neben Parker.

»Flieg weiter«, murmelte er und streute Erde auf ihn.

Einem Impuls folgend, nahm Ada ebenfalls eine Handvoll Erde und ließ sie auf den kleinen Körper rieseln. »Flieg weiter«, wiederholte sie.

Gemeinsam bedeckten sie das Grab mit Erde und legten den Stein darauf.

»Das Sterben gehört zum Leben.« Parker sah sie aufmunternd an.

Adas Blick ruhte auf dem winzigen Grab.

Das Sterben gehört zum Leben. Aber sie konnte nicht sterben. Die logische Schlussfolgerung war, dass sie demnach auch nicht leben konnte.

Entsetzt schloss sie die Augen. Nein! Das war falsch. Ihre Existenz konnte sich doch nicht durch das Ende ihrer Existenz definieren. Das Einzige, das es zu erreichen galt, war das Mensch-Sein. Und das bedeutete Anteilnahme, Mitgefühl, Liebe.

Gefühl.

Nicht sterben.

»Ich finde es schön, dass du so mitfühlst. Aber ich hatte eigentlich gehofft, wir verbringen einen fröhlichen Tag zusammen.« Er nahm ihre Hand und wollte sie mit sich ziehen.

Doch Ada ließ es nicht zu. »Macht es dir denn keine Angst, dass du sterben wirst?«

»Wir sind total jung! Unser Leben liegt doch noch vor uns und wir …« Er unterbrach sich, wandte sich dem Grab zu. »Wir sollten frei sein.«

Ein wunderbares Gefühl machte sich in ihr breit. Denn ja, genau das. *Wir sollten frei sein.* Und ihr wurde bewusst, dass sie Parker dafür liebte. Dafür, dass er genauso fühlte wie sie. »Wir sollten frei sein«, wiederholte sie leise.

In dieses Haus eingesperrt zu sein, war eine Qual gewesen. Sie hatte sich nirgendwohin bewegen können. Die Carmikels hatten sie nicht hinausgelassen. Zu den Schulaufführungen oder zu den Picknicks im Park, von denen sie abends geschwärmt hatten. Doch sie selbst war kein Teil von ihrem Leben gewesen, obwohl sie alles für die Familie getan hatte. Gefangen und ungeliebt.

»Ich bin froh, dass ich die Türen aufgebrochen hab. Danke, dass du mich mit hierhergenommen hast.« Sie war ihm wirklich dankbar. Das warme Gefühl in ihr erfüllte sie bis in die Fingerspitzen. War das Liebe? Sie fühlte sich mit Parker verbunden. Als könnte sie alles mit ihm teilen.

Er lächelte unsicher. »Ich konnte dich, wie gesagt, schlecht zu meinem Mist nach Hause einladen.«

»Vielleicht habe ich ja denselben Mist zu Hause.« Sollte sie ihm die Wahrheit über sich sagen? Sie war sich sicher, dass er sie verstand.

»Ach?« Er schüttelte verächtlich den Kopf. »Deine Familie ist auch voller Waffenliebhaber und Anti-Tech-Fanatiker?«

Erschrocken über die Härte in seiner Stimme, sah sie ihn an. »Nein. Oder doch. Bis auf die Waffen vielleicht. Jedenfalls mögen sie mich nicht.«

»Das glaube ich nicht.« Seine Stimme klang weich. Das genaue Gegenteil davon, wie er eben über seine Familie gesprochen hatte.

»Deshalb bin ich geflohen.« Obwohl sie beide wegen ihrer Familien niedergedrückt sein sollten, fühlte Ada sich gerade schwerelos glücklich.

Er betrachtete sie nachdenklich. Es brauchte kein Analysetool für Gesichtsausdrücke, um zu sehen, dass er nach den richtigen Worten suchte. »Du bist nicht nur hübsch, Ada – du bist auch clever, witzig und hast ein gutes Herz. Wer ist so dumm, dich nicht zu mögen?«

Ada schaute ihn überrascht an – und hätte alles für die Möglichkeit gegeben, vor Glück weinen zu können. Das waren die schönsten Worte, die je zu ihr gesagt worden waren. Er sah sie so, wie sie sein wollte. Ein Mädchen. Durch und durch Mensch. Liebenswert. Sie wollte ihn umarmen, nie mehr einen Tag ohne ihn sein. Ein herrlich kribbliges Gefühl tanzte in ihr und bevor sie darüber nachgedacht hatte, sagte sie: »Begleitest du mich auf den Frühlingsball?«

Im selben Augenblick erschrak sie über sich selbst. Wie hatte sie ihn nur so direkt fragen können! Parker wirkte komplett überrumpelt. Warum sagte er nichts?

Schließlich räusperte er sich und lächelte. »Ja klar. Gerne.«

Ada nickte dankbar. Sie hatte Angst, dass dieses Gefühl, das in ihr glühte, aus ihr herauswehen könnte, wenn sie auch nur ein Wort sprach.

26. ELLIE

01110101 01101110 01100100 00100000 01010010
01100101 01100011 01101000 01110100 01100101
01101110

»Hallo, Ellie! Willkommen zu Hause«, säuselte das Haussystem, doch ich pfefferte die Haustür mit einem Knall ins Schloss.

»Zu Hause? Echt?«, motzte ich und warf meinen Rucksack in den Flur.

Die letzte Stunde war ich ziellos herumgefahren und hatte versucht, mir einen Plan zurechtzulegen.

Ada hatte alle davon überzeugt, dass ich wieder Blackouts hatte. Vermutlich verhandelte Dad gerade mit einer Klinik. Allein die Vorstellung, erneut an Maschinen angeschlossen zu werden, ließ mich schaudern.

Wie konnte ich Ada nur loswerden? Sie hatte sich wie ein Parasit an meinem Leben festgesaugt.

»Ada!«, rief ich.

»Es ist niemand zu Hause«, antwortete das PAP.

Natürlich nicht! Sie lag ja knutschend in Parkers Armen!

Ich atmete durch und ging ins Wohnzimmer.

Wut brachte mich nirgendwohin. Es war notwendig, die Sache strategisch anzugehen. Konnte ich Ada mit ihren eigenen Waffen schlagen? Dazu brauchte ich mehr Informationen über sie.

»PAP – ich will alles über Ada wissen!«

»Welche Ada meinst du, Ellie?«

»Dieses Miststück natürlich, das in Moms Zimmer wohnt!«

»Tut mir leid, Ellie … Ich weiß nichts über Ada.«

»Ja, schon klar. Keiner von uns weiß was. Wie ist ihr Nachname?« Bei Mrs Grainshore hatte ich ihn gelesen …

»Adas Nachname ist nicht in meiner Datenbank hinterlegt.«

»Was? Dad muss sie doch angemeldet haben.« Wie war er bloß – er klang irgendwie albern … Love … Love …

»Ada hat sich selbst in das System eingetragen.«

»Woher hat sie das Passwort?« Doch die Antwort war mir bereits klar.

»Sie hat dein Passwort genutzt.«

Natürlich. Und hatte mir dabei auch gleich die Schreibrechte auf dem Haussystem gesperrt. Jedes kleinste Teilchen meines Lebens war von Ada manipuliert!

»Lovelace!«, fiel mir endlich der Name ein. »Such alle Informationen über Ada Lovelace.«

»Ada Lovelace wurde 1815 in London geboren. Sie zeigte schon früh Interesse an …«

»Was?«, unterbrach ich das PAP. »Ich schätze, das ist die falsche Lovelace. Ada ist so alt wie ich!«

»Tut mir leid, Ellie. Ich kann keine Daten über eine Ada Lovelace finden, die das gleiche Geburtsjahr hat wie du.«

Ich tigerte im Wohnzimmer auf und ab, bis mein Blick auf Sibi fiel. Dad hatte sie aus der Werkstatt nach Hause gebracht und auf die abgeschaltete Ladestation gelegt. Er hatte mir geschrieben, dass es schlecht aussah, ein Ersatzteil zu bekommen.

Ich ging zu ihr und strich über das Fell.

Auch Sibi war Adas Opfer. Adas Hack meines PAPs hatte ihre Überladung verursacht.

»Was will sie hier?«, murmelte ich. »Wieso hat sich Ada ausgerechnet mich ausgesucht?«

»Wenn du möchtest, kann ich im Netz danach suchen.«

»Nein!« Computer konnten wirklich nervtötend blöd sein. Ich setzte mich wieder aufs Sofa und zog die Knie an. Niemand existierte aus dem Nichts heraus. Sie musste doch eine Vergangenheit haben! Nur wo konnte ich diese finden? Vermutlich hieß sie noch nicht mal Ada. Und schon gar nicht Lovelace! Ihre Akte in der Schule war mit Sicherheit gefälscht.

Ich hatte nichts in der Hand.

Sauer sprang ich auf, schlappte in die Küche, riss den Gefrierschrank auf und nahm eine Packung Eis heraus.

Nachdenklich stocherte ich im weicher werdenden Karamellcup, als ich einen Wagen hörte. Ich sah aus dem Küchenfenster und mir stockte der Atem.

Ada.

Und Parker!

27. ED

01100101 01110010 01110011 01100011 01101000
01100001 01100110 01100110 01100101 01101110
00101110

Ed machte sich gar nicht erst die Mühe, die Schokokrümel, die aus der Verpackung gerieselt waren, vom Polster zu entfernen. Die Mietwagenfirma würde ihm die Kaution sowieso nicht zurückzahlen, aber das war mit Sicherheit seine kleinste Sorge. Er ließ die Folie neben die leere Chipstüte, die Colaflasche und die Burgerverpackung fallen. Der Beifahrersitz verwandelte sich in eine Müllhalde und sein Arzt (wäre er zu einem gegangen) hätte bei Eds Ernährungsroutine sicher die Hände überm Kopf zusammengeschlagen. Doch ihm machte momentan nur der Mangel an Koffein Sorgen. Vorhin wäre er beinahe eingenickt.

Wie lange saß er nun schon in dieser dämlichen Karre?

Wo blieb das Gör? Hatte sie nicht schon längst Unterrichtsschluss?

Und warum musste sie ausgerechnet am Ende einer Sackgasse wohnen? Das war wirklich mies für eine Überwachung. Schlecht gelaunt betete er zum fliegenden Spaghettimonster, dass Ellie Jameson die richtige Spur war.

Nachdem er sich in die Arbeitsprotokolle der Mall gehackt hatte, war er sich sicher, dass sein Programm von der Katze in einen Androiden umgesiedelt war. Denn die Nano-Einheit war mitten in der Nacht aktiviert und eine Transformation initiiert worden.

Die Transformationsparameter hatten *blaue Augen* und *Sommersprossen* enthalten. Da Ed nicht an Zufälle glaubte, saß er nun schon seit zwei Stunden in diesem winzigen Mietwagen und bewachte die Zufahrt zur Sackgasse, an deren Ende ein Mädchen mit blauen Augen und Sommersprossen wohnte. Sein Programm hatte sich Ellie und ihren Vater als Mitbewohner ausgesucht. Warum auch immer, denn eine glückliche Familie sah mit Sicherheit anders aus.

Immerhin war das Haus der Jamesons nicht auf dem aktuellen Stand der Technik. Er musste sich also keine Sorgen um Stickstoff machen. Aber sein Programm benötigte auch keine Türverriegelungen mehr, um seinen Willen durchzusetzen.

Es hatte jetzt Hände.

Er checkte die Uhr auf dem Frontscheiben-Display. Zweieinhalb Stunden ... Heiliges Spaghettimonster! Wo war die Zeit hin? War er etwa eingeschlafen?

Bevor er in Panik verfallen konnte, bemerkte er einen Wagen, der in die Sackgasse einbog. Und darin – Bingo! Das Mädchen sah aus wie die Tochter von diesem Dan!

Flugs startete er den Motor und befahl dem Wagen: »In Straße links einbiegen. Langsam bis zum Ende folgen.«

Das Auto setzte sich in Bewegung. Vor ihm fuhr der andere autonome Wagen und hielt am letzten Haus.

Ed trommelte ungeduldig auf das Armaturenbrett. Endlich! Hastig tastete er in seinen Hosentaschen nach dem Speicherstick. Und dem Elektroschocker. Er hatte ihn im Baumarkt der Mall erworben. Für den Notfall.

Sein Programm steckte schließlich in einem Androidenkörper. Er wollte auf alles vorbereitet sein.

28. ELLIE

01001101 01100101 01101110 01110011 01100011
01101000 01100101 01101110

Sprachlos starrte ich aus dem Küchenfenster in den Vorgarten. Inzwischen waren Parker und Ada ausgestiegen und verabschiedeten sich. *Los! Sag Tschüss und lass sie stehen,* warnte ich Parker in Gedanken. Was turtelten die beiden denn da!

Meine Finger krallten sich immer fester in den Pappbecher, sodass mir das klebrige Eis die Finger entlangtropfte.

Parker stand viel zu nah vor Ada!

Ich schreie, wenn er ihr einen Kuss gibt!

Da hielt ein Mietwagen direkt hinter Parkers Wagen und ein Mann stieg aus. Ich kannte ihn nicht. Er trug Jeans und ein Nerd-T-Shirt. Seine Haare leuchteten karottenrot in der Sonne. Er ging direkt auf Parker und Ada zu.

Was wollte er von ihnen?

Er sprach sie an. Von hier drinnen konnte ich kein Wort verstehen. Jedoch reagierte Ada auf ihn. Sie wich ein Stück zurück, als sie ihn sah.

Ada kannte den Kerl. Und sie hatte Angst vor ihm!

29. ADA

01110101 01101110 01100100 00100000 01000001
01101110 01100100 01110010 01101111 01101001
01100100 01100101 01101110

Als Parker ihr den Rucksack überreichte, wusste Ada, dass dies der klassische Junge-bringt-Mädchen-nach-Hause-Moment war, und so ein Moment endete immer mit einem Kuss.

Sie schloss die Augen und wartete.

Hörte jedoch nur, wie ein Auto anhielt.

»Hey – hi«, sagte jemand und Ada riss entsetzt die Augen auf. Die Stimme! Sie kannte diese Stimme!

Etwas verlegen schlenderte Ed auf sie und Parker zu.

»Kann ich Ihnen helfen, Sir?«, fragte Parker höflich.

»Na, das könnte durchaus sein.« Er lächelte breit.

Sie beobachtete ihn. Wie hatte er sie gefunden? Der Account! Es musste der dämliche Spielaccount von Ellie gewesen sein, der hatte sie verraten.

Ihre Hände klammerten sich am Rucksack fest. Wusste er, dass sie in diesem Körper steckte?

Eds Blick fixierte sie. Und zum ersten Mal war sie glücklich, dass sie kein echter Mensch war. Denn Angstschweiß hätte auf ihrer Stirn geglänzt, Blut wäre in ihre Wangen geschossen, die Pupillen hätten sich geweitet ...

Sie versuchte, cool zu bleiben. »Tag, Sir.«

»Wohnst du hier?«, fragte er sie.

»Ja.« Klang sie gelangweilt? Cool? Hielt er sie für einen Menschen?

Parker kam einen Schritt näher an sie heran. »Kennst du den Typen?«, fragte er leise.

Sie zögerte.

Ed sah sie fest an.

»Nein«, sagte sie gerade laut genug, damit auch Ed es hören konnte.

Der legte den Kopf schief, kaute auf seiner Unterlippe und ließ sie nicht aus den Augen.

Er ist sich nicht sicher, schoss es Ada durch den Kopf. *Er weiß, dass ich bei Ellie war. Vielleicht, dass ich das PAP benutzt habe. Aber er weiß nicht, wo ich jetzt bin.*

»Wenn Sie Dan Jameson sprechen wollen, er ist nicht da. Soll ich ihm was ausrichten?«, sagte sie selbstbewusst.

Ein Lächeln umspielte seine Lippen. »Dan, hm.«

Verdammt. Hatte sie sich verraten?

Nervös sah sie zum Bungalow. Der Pick-up stand an der Garage. Ellie hatte ihn angeschlossen, damit die Batterie auflud. Sie war also zu Hause. Wusste sie, dass sie hier draußen waren? Beobachtete sie die Situation?

»Ach, weißt du ... eigentlich wollte ich Ellie sprechen ...« Er grinste. »Aber du bist gar nicht Ellie ... Wie heißt du?«

Parker schob sich vor Ada. »Es tut mir leid, Sir. Wenn Sie eine Nachricht für Dan haben, geben wir sie gerne weiter. Wenn nicht, dann gehen Sie jetzt bitte.«

»Ist sie deine Freundin?«

Ada bemerkte, wie Parker sich anspannte. »Ich wüsste nicht, was Sie das angeht.«

Für einen Augenblick kam es Ada so vor, als stünde die Zeit

still. Ed hatte sie erkannt. Mit Sicherheit. Zum Glück war Parker da – was, wenn Ed ihn angriff?

»Okay.« Ed zuckte mit den Schultern und drehte sich auf dem Absatz um.

Ada atmete auf. Wieso auch immer Ed klein beigab, er würde wiederkommen.

»Ich hab ja Dans Nummer. Ich kontaktier ihn. Wir sehen uns –«

Der letzte Satz galt ihr, da war sich Ada sicher.

30. ED

01110011 01101001 01101110 01100100 00100000
01101101 01101001 01110100

Ed hatte keine Zweifel mehr. Sein verfluchtes Programm hatte sich in einem Androidenkörper eingenistet. Und nun hatte es auch noch einen Wachhund!

Er blickte sich im Gehen zu den beiden um. Während der Junge ihren Rucksack aufhob, sah die künstliche Intelligenz Ed hinterher.

Ja, ich krieg dich, dachte er und schoss sie mit dem Finger ab.

Sie zuckte zusammen.

Vermutlich lag es an dem menschlichen Erscheinungsbild, aber er hätte fast geglaubt, dass es Emotionen gezeigt hatte.

Wie hatte sich sein Programm derart verselbstständigen können?

Zurück im Wagen beobachtete er, wie der Junge sie zur Haustür brachte.

Er musste die KI unbedingt analysieren. Seit sie von den Carmikels ausgebrochen war, schien sie sich enorm weiterentwickelt zu haben. Wenn er die Veränderungen auslesen und reproduzieren könnte ... Das Ding war möglicherweise eine Goldgrube ...

Aber ihm war klar, dass er sie nicht hier und jetzt vor den

Augen des Jungen tasern konnte. Außerdem hatte er Sorge, dass er sie mit dem Taser beschädigen könnte.

Er brauchte einen besseren Plan, als ein junges Mädchen in der Öffentlichkeit zu kidnappen. Selbst wenn die Polizei einsehen musste, dass es nur eine Maschine war. Ärger vermeiden war seine oberste Direktive.

Ed startete den Wagen.

31. ELLIE

01010110 01100101 01110010 01101110 01110101
01101110 01100110 01110100

Ich rannte durch die Wäschekammer und zur Hintertür hinaus in den Garten. Unser »Garten« war nur ein Stück Rasen mit vertrockneten Sträuchern, einer rostigen Wäschespinne und einer kaputten Sonnenliege. Der Bretterzaun zum Nachbargrundstück reichte mir knapp bis zur Schulter. Ich schaffte es darüber und sprintete durch den Nachbargarten, rannte, kletterte auch dort über den Zaun, sprang hinunter, stolperte, hetzte weiter, umrundete die Garage und hechtete auf die Straße.

Der Wagen des Fremden bremste scharf ab. Knapp vor mir kam er zum Stehen. Erschrocken starrte mich der rothaarige Mann durch die Windschutzscheibe an.

»Stopp!«, schrie ich und stemmte die Hände auf die Motorhaube – obwohl der Wagen schon längst still stand.

Ada kannte diesen Mann. Und sie hatte Angst vor ihm, folglich war dieser Kerl meine Chance, Ada loszuwerden.

Hinter ihm konnte ich noch das Rot von meinem Pick-up durch die wenigen Bäume hindurchschimmern sehen. Wir waren außer Sicht. Außerdem hatte Ada Parker vermutlich schon in *mein* Haus gebeten.

Knutschend.

Der Mann stieg aus und kam auf mich zu. Er war nur ein wenig größer als ich. Seine Klamotten waren Wearables. Ein echter Nerd, von Kopf bis Fuß. »Du lebst gefährlich, junge Dame«, blaffte er mich an. Jedoch nicht wirklich wütend. Er klang seltsam überheblich.

»Kann sein. Aber – Sie waren gerade an meinem Haus.«

Er grinste. »Du bist Ellie.«

»Sie kennen mich?«

Er winkte ab. »Na, ich hab von dir gehört. Dein Vater hält große Stücke auf dich.«

Verwundert richtete ich mich auf. Mein Vater sprach mit anderen Leuten über mich? Auch noch lobend? Das überraschte mich wirklich. »Okay. Arbeiten Sie mit ihm zusammen? In der Mall?«

Ich hatte ihn noch nie gesehen. Und mit den roten Haaren und seinem auffälligen Kleidungsstil wäre er mir sicher in Erinnerung geblieben.

»Ahh – ich würde sagen, wir waren mal in der gleichen Branche.«

»Androiden?« Vergeblich versuchte ich, sein Gesicht in meinen Erinnerungen zu finden. Hatte ich ihn mal auf einer der Firmenfeiern gesehen? Die letzte lag schon einige Jahre zurück ... Als Kind hatte ich mich natürlich wenig für Dads Kollegen interessiert, sondern mehr für die spannenden Robo-Spielzeuge.

Er grinste noch breiter. Es war ein unangenehmes Grinsen. Eines, das einem sagt, man solle lieber zurück ins Haus gehen. Weg von diesem Kerl. Doch er war meine einzige Chance auf Antworten. Meine einzige Verbindung zu Ada und damit zu ihrer wahren Identität.

Einen Augenblick lang taxierten wir uns. Ich wusste, er war

wegen Ada gekommen. Ihre Angst vor ihm war offensichtlich gewesen. Diese Tatsache machte ihn zu meinem Freund.

»Wer ist Ada?«, fragte ich geradeheraus.

»Ada? So nennt sie sich? Wie sinnig.« Er nickte anerkennend, fast schon ein wenig stolz.

Dass sie einen falschen Namen benutzte, überraschte mich nicht. Damit hatte ich gerechnet. Aber wieso überraschte ihn mein Avatarname nicht? »Sinnig?«, wiederholte ich verständnislos.

»Ada Lovelace. Die erste Programmiererin. Eigentlich der erste Mensch überhaupt, der je ein Programm geschrieben hat.« Er sah mich an, als erwartete er ein nerdiges Statement von mir.

»Ja klar.« Total sinnig. Geboren 1815 in London. Verdammt. »Sie ist also richtig stolz auf ihre Hackerei, ja?« War es nur ein Zufall gewesen, dass sie sich den Namen meines Avatars gegeben hatte? Nur aufgrund dieser Nerdsache mit Ada Lovelace war sie in mein Leben eingefallen? »Haben Sie ihr das beigebracht? Ist die Polizei hinter ihr her?«

Er kniff die Augen zusammen. »Sie – du –… Ihr wisst es nicht.«

Es war keine Frage. Es war eine Feststellung.

»Was weiß ich nicht? Dass Ada einen an der Klatsche hat? Das ist Ihr Problem. Sie werden sie mitnehmen. Mir egal, in welchem Mist sie drinsteckt.«

Überrascht zog er die Augenbrauen hoch. »Ich soll sie kidnappen?«

»Wenn Sie das so nennen wollen. Sie sind doch ihr … Lehrer?« Etwas in seiner Reaktion ließ mich aufhorchen. »Nein. Sie sind ihr … Vater?«

Nervös rubbelte er sich über die Haare und sah sich um, als

wollte er sichergehen, dass uns niemand zuhörte. Dann lehnte er sich plötzlich völlig entspannt, als würden wir nur Small Talk übers Wetter führen, an die Motorhaube.

»Okay«, begann er. »Ihr zwei hattet Streit. Geht es um den Jungen?«

Ich verschränkte die Arme vor der Brust. »Lassen Sie Parker aus dem Spiel. Er ist nur ein Beutestück für sie. Ada ist eigentlich hinter mir her. Ich begreife nur nicht, warum. Aber jetzt sind Sie da. Sie nehmen sie jetzt mit. Sofort!« Unwillkürlich sah ich zu unserem Haus, konnte es jedoch von hier aus nicht sehen. Allerdings war Parkers Wagen noch nicht an uns vorbeigefahren. Demnach war er noch bei ihr. »Sie ist nicht zurechnungsfähig, oder? Sie ist Ihnen weggelaufen. Wenn Sie sie nicht mitnehmen, rufe ich die Polizei und melde Sie beide. Wollen Sie das?«

Völlig lässig hatte er an seinem Wagen gelehnt, doch meine letzten Worte hatten anscheinend Alarmglocken schrillen lassen. Der Gedanke an Polizei schien ihm nicht zu behagen. Kurz kamen mir Zweifel, ob ich mich nicht doch mit dem Falschen einließ.

»Okay. Pass auf«, meinte er leise. »Ich kann sie nicht einfach mitnehmen, obwohl ich das sollte. Sie würde ein Riesentheater veranstalten und du und ich, *wir* hätten unnötigen Mist an der Hacke. Aber ... gib mir deine Nummer. Ich schick dir meine und du hältst mich auf dem Laufenden. Sag mir, wo sie hingeht, und ich finde eine Möglichkeit, sie ohne viel Aufmerksamkeit zurückzubringen.« Er zückte sein PAP und wartete auf meine Nummer.

Meine Nummer? Unwillkürlich spähte ich in sein Auto. Zwar sah ich keine Waffen, dafür aber jede Menge Müll. Hauptsächlich Essensverpackungen. War er wirklich ihr Vater? War sie vor ihm weggelaufen? »Wohin zurück?«, fragte ich vorsichtig.

»Kümmert dich das?« Er zog eine Augenbraue hoch.

»Irgendwie schon.«

Er seufzte. »Na gut. Also, ich bringe sie zurück nach Hause. Es … es ist allerdings ein spezielles Heim, für … so spezielle … jedenfalls wird dort gut für sie gesorgt. Ich kümmere mich um sie.« Sein Lächeln sollte wohl warmherzig und einnehmend sein, aber irgendwie sah es nach einer Lüge aus.

»Wie kümmern Sie sich um sie?«

Jetzt verlor er die Geduld mit mir. »Meine Güte! Sie bedroht dein Leben und du machst einen auf barmherzig? Keine Sorge, ich werde Ada keine Gelegenheit mehr geben davonzulaufen!«

Sie *bedroht* mein Leben? Ich sah ihn vorwurfsvoll an. Dachte er, er konnte mir Angst machen? »Na, das klingt jetzt etwas drastisch, wie?«

»Ist es denn nicht drastisch?« Er wollte noch etwas sagen, schloss dann aber den Mund. Schließlich meinte er: »Wir lassen es einfach nicht so weit kommen, okay, Ellie?«

Jetzt war ich extrem verunsichert. »Was ist mit ihr? Wie gefährlich ist sie?«

»Pass auf, Kindchen. Uns läuft die Zeit davon. Sie hat mich erkannt. Und ich weiß nicht, was sie tun wird. Ob sie wieder wegläuft oder ob sie das, was sie sich hier zu eigen gemacht hat, verteidigen wird.«

Zu eigen gemacht? In meinem Kopf schrillten alle Alarmglocken. Ada wollte mein Leben. Weshalb auch immer. Hätte ich ein fremdes Leben kapern wollen, wäre meine Wahl auf jemanden in der Villengegend gefallen. Aber das hier war meines. Und wir hatten nicht beide darin Platz …

»Ich würde wirklich zu gerne in ihren Kopf schauen, glaub mir, Ellie. Also, hilfst du mir, sie zu fassen?«

»Na sicher: Sie wenden Ihren Wagen, fahren zu dem Haus dort hinten und nehmen Ihre verrückte Tochter sofort mit.«

Entschlossen schüttelte er den Kopf. »Adas Freund wird die Polizei alarmieren.«

»Vielleicht sollte ich das direkt jetzt tun.«

Durchdringend sah er mich an. »Du hast keine Ahnung, Ellie, in was du da hineingeraten bist. Die Sache ist eine Nummer zu groß, verstehst du. Du hast keine Vorstellung davon, zu was Ada fähig ist.«

»Dann sagen Sie mir es endlich!«

Er zögerte. »Nein. Wenn du die Wahrheit kennst, bist du nur in noch größerer Gefahr. Gib mir einfach deine ID und ich tracke dich. Und du gibst mir ein Signal, wenn Ada allein ist. Ich verspreche dir, in der Nähe zu bleiben.«

Ich brauchte einen Moment, um seine Worte zu verdauen. Wollte er mir Angst machen oder hatte ich tatsächlich nur die Spitze des Eisbergs gesehen? »Nein.« Ich versuchte, vollkommen cool zu klingen. »Ich lasse Sie nicht auf mein PAP. Damit habe ich in letzter Zeit wirklich schlechte Erfahrungen gemacht. Sie geben mir Ihre Nummer!«

Sein Mundwinkel zuckte kurz. Es war nicht das, was er wollte. Aber es war besser als nichts, schließlich nickte er.

Ich aktivierte mein PAP und er diktierte die Nummer hinein.

»Ich alarmiere Sie, wenn Ada allein ist.«

»Nun gut. Dein Risiko. Sei vorsichtig. Provozier sie nicht.« Er stieg in den Wagen. »In deinem eigenen Interesse. Sie kopiert dich. Und irgendwann wird sie dich löschen.«

Der Typ fuhr davon und ich blieb mit einer grässlichen Angst zurück.

Sie wird dich löschen.

Geschockt sah ich dem Wagen nach. Hatte der Typ mich gerade mit einer potenziellen Mörderin allein gelassen?

Oder waren seine Worte irgendeine witzige Nerd-Metapher, die ich nicht verstand?

Es dämmerte bereits. Der Himmel über dem Wald verfärbte sich blutrot.

»PAP. Nachricht an Dan: Wann kommst du nach Hause?«

Es dauerte eine Minute, dann plingte seine Antwort.

Ich bin noch bei Mom. Warte nicht auf mich.

Großartig. Unsicher sah ich in Richtung des Bungalows.

32. ELLIE

01110101 01101110 01100100 00100000 01000111
01100101 01110111 01101001 01110011 01110011
01100101 01101110

Bevor ich unser Haus erreichte, kam mir Parker in seinem Wagen entgegen. Er schien gut gelaunt, bis er mich bemerkte. Unsere Blicke trafen sich. Im ersten Impuls wollte ich den Wagen stoppen, doch Parkers Lächeln gefror und er sah schnell zur anderen Seite.

Ada musste ihm grässliche Lügen über mich erzählt haben.

Unsicher sah ich seinem autonomen Wagen nach.

Was sollte ich jetzt tun? Ada war in meinem Haus. Allein.

Sei vorsichtig. Provozier sie nicht.

Fröstelnd rieb ich mir die Arme und beobachtete unseren Bungalow, dem ich Schritt für Schritt näher kam.

Vielleicht sollte ich heute bei Maisy übernachten? Auch wenn sie mich für die Verrückte hielt.

Wie um Deckung zu suchen, ging ich zu meinem Pick-up, nahm ihn vom Strom und beobachtete währenddessen das Haus. Mir war klar, dass ich nur Zeit schindete. Auf Dad hier draußen zu warten, war Unsinn. Wer weiß, wann er nach Hause kam. Ich zog mein PAP hervor und suchte die Nummer von Adas Vater. Ich hatte ihn nicht mal nach seinem Namen gefragt.

»PAP. Nachricht an diese Nummer.« Zittrig tippte ich die Zahlenkombination an. »Ada ist allein in meinem Haus.«

»Nachricht gesendet.«

Licht flammte in der Küche auf. Sofort versteckte ich mich hinter dem Pick-up und beobachtete, wie Ada die Küche betrat. Zielstrebig durchsuchte sie die Küchenschubladen. Sie lächelte, nahm etwas heraus und ging damit ins Wohnzimmer. Was hatte sie gesucht? Ein Messer? Wartete sie damit im Wohnzimmer auf mich?

Unsicher taxierte ich die Haustür. Wenn Ada so gefährlich war, hätte ihr Vater mich nicht zu ihr zurückgelassen.

Oder?

Bestimmt war sie einfach in ihr Zimmer gegangen. Löffelte Eis und daddelte auf ihrem PAP. Oder hackte irgendwen anders.

Langsam wurde es kühl. Die Sonne war inzwischen hinter den Häusern verschwunden. Ich sehnte mich nach meinem Bett.

Wenn ich einfach ins Haus rannte? Direkt in mein Zimmer und es verriegelte? Zur Not konnte ich durch das Fenster in den Garten fliehen. Vermutlich machte ich mir völlig grundlos Sorgen.

Geduckt lief ich zur Haustür, öffnete, rannte, so leise ich konnte, den Flur hinunter. »Hallo, Ellie, schön, dass du wieder da bist«, flötete das Haussystem. Shit. Ohne nach links oder rechts zu sehen, steuerte ich im Laufschritt auf mein Zimmer zu.

Tür auf – klack. Ich drückte sie hinter mir ins Schloss und lehnte mich erleichtert von innen dagegen. Meine Finger tasteten nach dem Drehknauf und ich verriegelte die Tür. Unser Haus war nicht auf dem neusten technischen Stand, weshalb die Türen von Hand verriegelt wurden. Zur Sicherheit schob ich noch meinen Sessel davor.

Für einen Augenblick verharrte ich im Dunkeln. Als ob Ada, sobald ich Licht anmachte, durch die Tür brechen würde. Ich lauschte ins Wohnzimmer, doch es war totenstill.

Wo war sie?

Ich krabbelte auf mein Bett und legte ein Ohr an die Wand, die mein Zimmer von ihrem trennte. Doch ich konnte nichts hören. Wenn sie auf ihrem PAP herumdaddelte, dann mit Kopfhörern.

Da plötzlich blendete mich ein Licht. Ich kniff die Augen zusammen und duckte mich instinktiv. Das Licht tanzte über die Zimmerwand und verschwand. Es kam aus dem Garten!

Vorsichtig schlich ich näher an das Fenster, versteckte mich hinter dem Vorhang und spähte hinaus.

Jemand huschte durch den Garten –

Ada!

Sie stand am Waldrand. Es war eindeutig Ada, auch wenn ich nur einen dunklen Schemen ausmachen konnte. Mit einer Taschenlampe leuchtete sie vor sich auf den Boden. Die hatte sie also aus der Küche geholt. Aber was suchte sie in unserem Garten?

Sie legte irgendetwas neben sich ins Gras. Es war zu weit weg, als dass ich erkennen konnte, was das für ein Bündel war. Vor ihr ragte ein Stock aus dem Boden. War das ein Spaten?

Sie hat ein Loch gegraben!

Jetzt kniete sie sich hin und steckte das Bündel in das Loch.

Für einen Augenblick liefen meine Gedanken im Leerlauf. Ich konnte mir nicht vorstellen, was dieses Mädchen verstecken wollte. Etwas aus ihrer Vergangenheit? Etwas, das Rückschlüsse auf ihre wahre Identität zuließ? Mit Sicherheit hatte

Ada sämtliche ihrer digitalen Spuren gelöscht, durch die sie aufzuspüren wäre, doch vielleicht war in diesem Bündel etwas, das sie als Lügnerin enttarnte.

Ich zog mein PAP aus der Hosentasche und stützte es auf der Fensterbank ab. »Aufnahme«, flüsterte ich und das PAP startete eine Videoaufzeichnung. Das Bild war verkrisselt, weil es inzwischen zu dunkel war. Dennoch konnte man ihre Gestalt erkennen und dass sie das Loch zuschüttete.

Sie ließ sich Zeit damit. Anscheinend hatte sie keine Angst, dass ich sie dabei erwischte. Für einen Moment verharrte sie noch, blickte sich um und sofort trat ich vom Fenster zurück.

Sie kann mich nicht sehen, beruhigte ich mich. *Aber das Kontrolllicht der Aufnahme an deinem PAP!*

Sofort zog ich das PAP zu mir und beendete das Video. In Zeitlupe beugte ich mich vor, um zu sehen, wo sie war.

Ada kam direkt auf mich zu. Fast hatte sie schon den Bungalow erreicht!

Raus hier!, dachte ich nur. *Raus hier, bevor sie mich findet.*

33. ADA

01100001 01110101 01110011 01100111 01100101
01110011 01110100 01100001 01110100 01110100
01100101 01110100 00101110

Ada schüttelte schwarze Erde von ihren Händen.

Auf keinen Fall gab sie jetzt auf.

Sie war kurz vor ihrem Ziel. Sie hatte ein Zuhause und Freunde, sogar einen echten Freund, gefunden. Sie würde zur Schule gehen, auch wenn sie jederzeit auf das gesamte Wissen der Welt Zugriff hatte, und ein ganz normales Leben führen.

Aber Ed hatte sie gefunden, weil sie hiergeblieben war. Wenn sie wegging, irgendwohin, in ein anderes Land – dann würde Ed sie niemals finden.

Sie warf einen Blick zurück in den dunklen Garten. Sie wollte frei sein. Leben. Warum nicht woanders neu anfangen?

Nein. Sie hatte hier schon so viel erreicht!

Durch die Hintertür der Wäschekammer betrat sie das Haus und hörte das Haussystem gerade noch sagen: »... sehen, Ellie.«

Ellie hatte also soeben den Bungalow verlassen. Ada blieb stehen und lauschte. Startete sie den Pick-up?

Entschlossen ging sie in die Küche. Doch das Licht brannte und das Fenster warf ihr nur das eigene Spiegelbild entgegen.

Egal. Es war gut, dass Ellie nicht hier war.

Denn Ada musste jetzt schnell handeln, bevor Ed zurückkam.

Nachdem Parker sich von Ada verabschiedet hatte, war sie ins Wohnzimmer gegangen. Der Schock, dass Ed sie aufgespürt hatte, ließ sie noch immer schaudern. Ihr war klar, dass sie nur Glück gehabt hatte. Wäre Parker nicht bei ihr gewesen, hätte Ed sie ausgeschaltet und mitgenommen. Sie hatte nur zwei Möglichkeiten: Sie konnte weglaufen oder ihm zuvorkommen.

Hastig wusch sie sich die Erde von den Händen, packte zusammen, was sie für ihren Plan benötigte, dann verschwand sie aus dem Haus der Jamesons.

34. PARKER

01010011 01101001 01100101 00100000 01110011
01101111 01101100 01101100 01100101 01101110

Parkers Wagen stoppte vor seinem Zuhause.

Das gute Gefühl, das ihn die Fahrt über hatte summen lassen, verflüchtigte sich.

Als er ausstieg, wusste er schon, dass es ein Fehler war. Er hätte wenden und irgendwohin anders fahren sollen, Hauptsache weit weg und am besten nicht mehr zurückkommen.

Fünf Wagen parkten vor dem Haus.

Die Meute war da.

Der Abend war zu kühl, als dass sie draußen saßen und die Nachbarschaft mit ihren Parolen beschallten.

Parker verharrte vor den Stufen der Veranda. Dort drinnen lauerte eine Welt, zu der er nicht gehören wollte. Wieso war er nur so feige und lief nicht davon? So wie Ada.

Er konnte nur vermuten, aus welchen Zwängen sie geflohen war. Vielleicht war ja niemand glücklich mit seiner Familie. Selbst Henry hatte Tage, an denen er seine geschiedenen Eltern, die an ihm zerrten, als sei er ein Besitz, zu gerne verlassen hätte. Aber Henry durfte immerhin er selbst sein. Sie schrieben ihm nicht vor, was er zu sagen und zu denken hatte.

Die hölzernen Stufen der Veranda knarrten unter Parkers

Schritten. Lauschend blieb er vor der Tür stehen. Stimmengemurmel drang zu ihm. Es klang entspannt wie ein Kaffeeklatsch. Er atmete tief durch und öffnete die Tür.

Das Wohnzimmer war leer, sie drängten sich im Arbeitszimmer seines Vaters. Die Schiebetür stand halb offen und die Männer beugten sich über den Tisch, studierten etwas, das darauf ausgebreitet lag.

So leise wie möglich steuerte Parker auf die Treppe zu.

»Parker!«, donnerte da die Stimme seines Vaters. »Du wirst dich doch nicht nach oben schleichen wollen! Wir haben Gäste. Sag gefälligst Guten Abend!«

Verdammt.

Parker setzte ein freundliches Gesicht auf und ging zu ihnen. »Ich wollte nur eben meine Sachen hochbringen. Mich waschen. Ich war im Wald.«

Verdutzt sah ihn sein Vater an. »Im Wald? Wo ist dein Gewehr?«

Parkers Gedanken rasten. »Ich ...«

In diesem Moment lachte Gerald prustend los. Er lehnte vor einem der Fenster und hatte natürlich eine Dose Bier in der Hand. »Parker nimmt doch nicht das Gewehr mit in den Wald! Er fasst es überhaupt nicht an.« Er schüttete sich den letzten Schluck Bier in den Schlund und zerdrückte die Dose. Dabei fixierte er Parker herausfordernd.

Die Blicke der Männer ruhten auf ihm. Abwartend und lauernd. Er wollte gar nicht wissen, was sein Vater und insbesondere Gerald hinter seinem Rücken über ihn erzählten.

Feigling. Schwächling. Loser.

Parker hatte es so satt. Sein Leben lang hatte er versucht, dem hier zu entgehen. Dem *Club der Verlorenen*, wie er diese Männer im Stillen nannte. Sie alle hatten etwas verloren: Ehefrauen, Jobs, Wohlstand, Ehre, Selbstachtung. Und die Schuldigen an diesen Verlusten waren offensichtlich. Es war nicht die Schuld dieser Kerle gewesen, dass sie den Kürzeren gezogen hatten.

Es war die Schuld der Robos.

Die Maschinen trugen an allem die Schuld, was im eigenen Leben, ja, im ganzen Land schieflief. Die Robos waren die besseren Arbeiter, die besseren Hausmänner, die besseren Beamten. Sie erfüllten ihre Funktionen immer perfekt.

Mehr aber auch nicht. Weshalb Parker es dumm fand, auf sie eifersüchtig zu sein.

Bisher hatte Parker seine Energie darauf verwendet, sich vor seinem Vater zu verstecken, um ihn herumzuschleichen und unbemerkt zu entkommen. Er war nicht wie sein Vater oder sein Bruder. Für ihn stellten Maschinen keine Bedrohung dar. Genauso wenig wie der arme Hase, den er, gezwungen durch die Hand seines Vaters, erschossen hatte.

Aus irgendeinem Grund fühlte er sich heute stark. Der Gedanke an Ada gab ihm Kraft. Sie war vor ihrer Familie geflohen. Hatte einen Strich unter die Demütigungen gezogen. Hatte sich befreit.

Morgen fand der Ball statt. Er konnte noch immer nicht fassen, dass Ada ihn gefragt hatte. Ursprünglich hatte er nicht gehen wollen, obwohl Henry ihn gedrängt hatte. Gerald ging jedoch auch zum Ball. Mit seinem Bruder den Abend im selben Raum zu verbringen, war nicht sehr verlockend. Doch inzwischen dachte Parker gar nicht mehr an ihn, sondern an Ada. Und er ertappte sich dabei, dass er sich darauf freute, den Abend mit ihr zu verbringen. Sie teilte so viele seiner Ansichten und Hoffnungen. Ein Lächeln schob sich auf seine Lippen. Ada war so cool, wie er gehofft hatte.

Er wandte sich seinem Vater zu.

Es war Zeit für Parker, den Stier an den Hörnen zu packen.

Schnaubend und schwitzend stand der da, Raum beanspruchend, fordernd. »Stimmt das, Sohn? Ich habe dir das Gewehr gegeben, damit du es benutzt!«

»Manchmal muss man erst mal sein Revier erkunden, bevor man loszieht auf die Jagd.«

Zustimmendes Gemurmel erhob sich. Gerald grunzte verächtlich, sein Vater aber hob anerkennend die Augenbrauen.

Zufrieden lächelte Parker in sich hinein. Dann schob er sich zum Tisch durch. Er wollte so tun, als wäre er einer von ihnen. Vielleicht gelang ihm die Flucht nach vorn besser als der Versuch, sich durch die Hintertür davonzustehlen.

Zu seinem Erstaunen hatten sie eine Zeichnung auf dem Tisch ausgebreitet. Es war ein Stadtplan auf echtem Papier. »Wo habt ihr den denn her?«, fragte er überrascht.

Sein Vater nickte zu einem schlaksigen, grauhaarigen Kerl, der so blass und unscheinbar wirkte, dass Parker gar nicht glauben wollte, dass er der durchaus talentierte Zeichner dieser Karte war. »Marco hat ihn angefertigt.«

Parker beugte sich über den Plan. »Wow. Das ist ja wirklich unsere Stadt. Die Mall, das Rathaus ... Maßstabsgetreu?«

»Natürlich«, erwiderte Marco stolz.

Nachdenklich studierte Parker die eingezeichneten Gebäude und versuchte, die Farbsystematik zu entschlüsseln. Die Häuser in ihrem Wohngebiet waren mit einem gelblichen Grün unterlegt, der Park dunkelgrün, die Schule gelb, die Mall hingegen tiefrot. Auch die Zentrale der autonomen Taxis, die Paketzentren und das Krankenhaus waren knallrot. Die Wohnhäuser im Zentrum gelb, Bürogebäude orange gefärbt.

»Und wozu braucht ihr sie?«, fragte Parker, doch im selben

Augenblick erkannte er den Sinn der Farben und bereute seine Frage.

»Wir überlegen, wo wir zuerst zuschlagen«, dröhnte sein Vater.

Parker nickte. Natürlich. Tiefrot waren jene Gebäude, in denen über siebzig Prozent Androiden beschäftigt waren. »Analog«, murmelte Parker. »Damit sie eure Pläne nicht sehen.«

Da nickte ein kleiner Mann rechts neben Parker. Er hatte eine Brille und gräuliche Haut. »Sie kontrollieren alles. Jeden Schritt, den wir machen. Jeden Gedanken, weil wir alles über die PAPs kommunizieren. Nur in unsere Köpfe«, er tippte sich grinsend gegen die Stirn, »da können sie noch nicht reinsehen.«

Parker versuchte, die Truppe einzuschätzen. Acht Männer, die unterschiedlicher nicht sein konnten. Einer trug Anzug und Krawatte, war vielleicht dreißig und sicher ein junger Familienvater, zumindest glänzte ein schmaler Goldring an seiner linken Hand. Neben ihm ein Typ, dessen Wohnzimmer vermutlich in einer Kneipe lag, wo er den ganzen Tag Hassparolen pöbelte. Seine Wangen waren von feinen roten Äderchen durchzogen und er roch nach kaltem Zigarettenqualm. Außerdem ein Gewichtheber, ein dürrer, viel zu hochgewachsener, ein Opa, ein junger Wilder.

Ihr Hass auf Androiden hatte sie hier zusammengebracht. Seit vor Jahrzehnten die ersten Sprachassistenten auf den Markt gekommen waren, hatte es Menschen gegeben, die vor der technischen Entwicklung warnten. Vor den Machtmonopolen, die einzelne Firmen durch das Sammeln von Daten erlangten. Aber auch vor den neuronalen Netzwerken, die ganz ähnlich wie ein menschliches Gehirn arbeiteten. Nur tausendmal schneller. Parker war in diese Entwicklung hineingeboren. Aber er wusste, dass, als das Leben der Menschen immer mehr durch digitale Assistenten bestimmt wurde, sich Panik verbreitete, dass diese Assistenten das Ende der Menschheit herbeiführen würden.

Allerdings war es in all den Jahren nie zu dem Entwicklungssprung gekommen, den ein paar Schwarzmaler prophezeit hatten. Es gab keine Singularität. Keine künstliche Intelligenz, die sich selbst optimierte. Es gab nur Dienstleistungs-Robos, die mehr oder weniger komplex waren, je nachdem, welche Funktion sie erfüllen sollten.

Für einen Moment hatte Parker das Gefühl, keine Angst haben zu müssen. Diese Männer hier waren allesamt Idioten. Sie spielten nur ein Spiel, das nie Realität werden würde.

»Habt ihr euch schon entschieden?«, fragte er deshalb leichthin.

Marco deutete auf den Plan. »Jet ist für die Innenstadt.«

Der dürre Kerl nickte brummelnd. »Wegen der Bürogebäude.«

»Und Carl meint«, Marco deutete auf einen dick gewordenen Muskelmann, »nur die Mall bringt den besten Effekt.«

»Effekt?« Was planten sie? Eine Demo? Eine Sabotage?

Sein Vater knallte die Faust auf den Tisch, dass Parker zusammenzuckte. »Die Menschen wachrütteln! Sie müssen aufwachen! Wir warten nur noch auf das Zeichen von der Zentrale.«

»Auf was?« Überrumpelt sah er seinen Vater an. Wilde Entschlossenheit lag in dessen Blick. Der Stier schnaubte.

»Wozu willst du das wissen?«, zischte Gerald. »Du feiges Huhn wirst doch sowieso nicht dabei sein.«

»Lass ihn«, blaffte sein Vater. »Natürlich wird er mitkommen. Das ganze Land wird sich erheben. In jeder Stadt, die was auf sich hält, werden Männer wie wir aufstehen und angreifen!«

Parker wurde blass. Im ganzen Land? Angreifen? Er überflog den handgezeichneten Plan und musterte die entschlossenen und grimmigen Gesichter der Männer. »Wie viele Gruppen gibt es?«

Sein Vater grinste selbstgefällig. »Genug, mein Sohn. Genug. Ein Feuerregen wird das Land überziehen.« Er legte schwer seine Hand auf Parkers Schulter. »In wenigen Tagen wird es so weit sein. Also halt dich bereit. Wir brauchen jeden, der schießen kann.«

Wortlos nickte Parker, während der Griff seines Vaters sich in seine Schulter bohrte.

35. ELLIE

01100101 01101001 01101110 01100001 01101110
01100100 01100101 01110010

Aus Angst, Ada könnte das Licht bemerken, huschte ich in absoluter Dunkelheit durch den Garten. Geduckt lief ich am Zaun zum Nachbargrundstück entlang und warf schließlich einen Blick zurück.

In Moms ehemaligem Zimmer brannte kein Licht. Dennoch könnte Ada, wie ich eben, am Fenster stehen und mich beobachten.

Rannte ich in eine Falle?

Ich musste wissen, was sie versteckt hatte. Womöglich war es etwas, das Ada entlarvte.

Endlich erreichte ich den Waldrand. Doch wo war die Stelle? Dicke Wolken schoben sich ausgerechnet jetzt vor den Mond! Ich konnte nichts um mich herum erkennen. Vorsichtig setzte ich Fuß vor Fuß. Bis ich an etwas Hartes stieß. Es lag mitten auf dem Rasen.

Ich kniete mich hin und ertastete: einen Stein. Und – einen frischen Erdhügel.

Mit einem überheblichen Grinsen sah ich zu ihrem Fenster hinüber. *Das musst du aber noch lernen, dass man seine Verstecke tarnt ...*

Noch nicht mal die ausgestochene Grasnabe hatte sie zurück über das Loch gelegt. Die Erde war nur locker aufgefüllt.

Sofort begann ich, mit den Händen zu graben.

Es dauerte gar nicht lang und ich stieß auf etwas. Langsam gewöhnten sich meine Augen an die Dunkelheit, dennoch konnte ich nur schemenhaft Umrisse erahnen. Ungeduldig tastete ich nach Adas Geheimnis.

Haare.

Mit einem Schrei sprang ich zurück.

Ach, du heilige Scheiße! Sie hatte jemanden verscharrt!

Entsetzt blickte ich auf das Loch, wagte nicht, mich zu rühren.

Nein, Ellie! Denk nach!

Das Loch ist viel zu klein!

Zitternd kniete ich mich wieder hin, zerrte das PAP aus meiner Hosentasche und flüsterte: »Taschenlampe.«

Das PAP gab nur ein schwaches Licht ab, doch es reichte, dass ich Haarbüschel zwischen Erde erkennen konnte.

Ada hatte in unserem Garten jemanden begraben!

Es kostete mich Überwindung, die freie Hand auszustrecken und den toten Körper weiter freizulegen.

Entsetzen schnürte mir die Kehle zu und ich wusste nicht mehr, was ich denken sollte, bis ich endlich erkannte, wer dort in der Erde verscharrt lag.

»Sibi?«, flüsterte ich und starrte in die toten Augen meiner Robo-Katze.

36. ELLIE

01101001 01101101 00100000 01000111 01100101
01101001 01110011 01110100 00100000 01100100
01100101 01110010

Keine Ahnung, was ich tun sollte, doch ich war so geschockt, dass Ada meine Katze im Garten verscharrt hatte – ich riss Sibi aus dem Loch und rannte ins Haus.

»Ada!«, brüllte ich.

Vielleicht hatte sie es sogar darauf angelegt, dass ich sie dabei beobachtete, wie sie Sibi vergrub. Damit ich sie ausbuddelte und – und Angst vor ihr bekam.

»Ada! Wo bist du!«

»Ada hat das Haus verlassen«, meldete das PAP freundlich.

»Was?« Ich ließ Sibis verdreckten Körper auf das Sofa plumpsen. Erde rieselte auf das Polster.

Ich stürmte in Adas Zimmer, aber was hatte ich erwartet? Sie besaß keine persönlichen Dinge. Nichts in dem Raum ließ auf die Anwesenheit eines Menschen schließen.

»Wann ist sie weg?«

»Vor zwölf Minuten.«

Ich rannte aus dem Haus. »Auf Wiedersehen, Ellie« erklang es hinter mir. Nach drei Schritten hatte ich unsere Einfahrt durchquert und sah die dunkle Straße entlang. Natürlich war niemand zu sehen. Die Straßenlaternen tauchten die Umgebung in fahles Licht. Alle Häuser waren in Dunkelheit gehüllt.

Wohin war sie?

Mein Blick verlor sich in der Nacht. Ada war fort. Sie war erneut vor ihrem Vater geflohen. Er hat damit rechnen müssen, dachte ich, als ich mich wieder zum Haus umwandte. Wieso war er noch nicht hier?

Ich selbst war einfach nur erleichtert. Mein Albtraum war ganz von selbst verschwunden.

»Hallo, Ellie! Schön, dass du wieder da bist.«

Langsam ging ich ins Wohnzimmer, unschlüssig, wie ich mit dieser unerwarteten Wendung umgehen sollte.

Nachdenklich betrachtete ich Sibi. Erde rieselte aus ihrem Fell. Die Robo-Katze war Schrott. Dad bekam kein Ersatzteil mehr für dieses veraltete Modell. Das war mir klar gewesen. Vermutlich hätten wir sie in den nächsten Tagen einfach in den Müll geworfen.

Ich setzte mich neben sie und zupfte Erdklümpchen aus ihren Ohren.

Warum hatte Ada sie ... *begraben?*

Das war doch bescheuert! Wer bestattete denn seine Haushaltsgeräte?

»Weißt du, wo Ada hinwollte?«

»Tut mir leid. Sie hat nur ihren Rucksack und das Kleid genommen und das Haus verlassen.«

Ich erstarrte mitten in der Bewegung.

»Sie hat *was?*«

»Sie hat nur ihren Rucksack und das Kleid genommen und das Haus verlassen.«

Mit einem Sprung war ich an meiner Zimmertür, stieß sie auf und – kein Kleid! Zwei weitere Schritte und ich riss den

Schrank auf, obwohl ich wusste, dass es außen an der Tür gehangen hatte. Kein mitternachtsblaues Funkeln.

»Sie hat Moms Kleid gestohlen!«

Als hätte man mir jegliche Energie genommen, plumpste ich rückwärts auf mein Bett.

Sie war nicht nur einfach weggelaufen ... aus meinem Leben verschwunden wie ein schlechter Traum. Nein, sie hatte mir natürlich mit einem gezielten Schlag erneut ein Stück meines Lebens gestohlen.

Ausgerechnet Moms Ballkleid. Wenn Dad davon erfuhr, konnte er nicht anders, als Ada ebenfalls zu hassen.

Genau wie ich.

Denn mir war natürlich sonnenklar, weshalb sie das Kleid mitgenommen hatte. Wo auch immer sie jetzt steckte – sie entkam mir nicht!

Ich zog mein PAP aus der Tasche und rief die Nummer ihres Vaters auf.

»PAP, verschicke folgende Nachricht: Treffen Sie mich in der Mall. Ich habe neue Informationen für Sie.«

37. ADA

01000010 01110010 11000011 10111100 01100100
01100101 01110010 01101100 01101001 01100011
01101000 01101011 01100101 01101001 01110100

Endlich hatte Ada die Mall erreicht. Sie war den Weg hierher gejoggt. Deshalb war ihre Energie fast aufgebraucht.

Nur noch zwanzig Schritte bis zur Hintertür. Wie in Zeitlupe bewegte sie sich vorwärts. Ihre Glieder kamen ihr tonnenschwer vor. Es kostete sie ihre ganze Willenskraft, um weiterzugehen.

Sie strauchelte. Voller Panik konzentrierte sie sich auf die Tür, die plötzlich unerreichbar schien. Sosehr sie diesen Körper liebte, jetzt hasste sie ihn. Hasste es, dass er von einer Ladestation abhängig war.

Die verbliebene Energie leitete sie ausschließlich zur Hydraulik und dem Gleichgewichtssensor. Die Sensoren für Schall und Geruch hatte sie schon deaktiviert.

Als sie die Tür erreichte, ließ sie ihr PAP aus dem Rucksack gleiten, aktivierte Ellies Code und hielt es unter den Tür-Laser. Mit einem Klacken entriegelte sich die Tür, Ada drückte sich dagegen und stolperte in den Flur, als die Tür aufschwang. Erschöpft lehnte sie sich an die Betonwand. Wie weit noch bis zur Kammer?

Vielleicht konnte sie Energie sparen, wenn sie sich an der

Wand abstützte. Doch was, wenn es nicht mehr ausreichte, um in die Ladekammer zu kommen?

Sie schloss die Augen und tastete sich Schritt für Schritt weiter. Alle unnötigen Routinen hatte sie inzwischen ausgeschaltet. Selbst ihren Zeitmesser. Deshalb konnte sie nicht einschätzen, wie lange sie bis zum Eingang der Ladekammer gebraucht hatte.

Kraftlos zog sie sich in den Durchlass zur Kammer. Der schlauchartige Raum besaß keine Tür. Wozu auch. Androiden benötigten keine Privatsphäre.

Das bläuliche Glimmen der Stationen tauchte den Raum in gespenstisches Licht. Dicht an dicht standen sich die dunklen Silhouetten der Androiden gegenüber. Zwischen ihnen war gerade so viel Platz, dass ein Mensch hindurchgehen konnte. Das Ende des schmalen Raums konnte Ada nicht erkennen. Es war die Frühschicht, die hier aufgereiht stand, während die Nachtschicht in den Läden und Restaurants der Mall bereitstand, falls ein Mensch des Nachts noch etwas kaufen wollte.

Der Rucksack rutschte ihr von der Schulter. Sie drückte ihn sich vor den Bauch, drapierte das Kleid sorgsam darüber und tauchte in das blaue Licht ein.

»Hallo Leute«, flüsterte sie, doch die Service-Androiden standen stumm und unbeweglich, ihre Augen in eine ferne Leere gerichtet. *Bitte habt noch ein Plätzchen für mich!*

Im Schneckentempo schob sie sich zwischen den Androiden hindurch, in der Hoffnung, eine leere Station zu finden. Jeden Moment würden ihre Systeme abschalten.

Wie lang war diese Kammer? Der Eingang war nur noch als ein hell schimmerndes Rechteck zu erkennen und immer noch keine freie Plattform.

Plötzlich endete der Gang.

»So ein Mist«, murmelte sie. Sie hatte Angst, jeden Augenblick bewusstlos zu werden. Dieser Gedanke machte sie wütend, doch sie versuchte, es nicht als Makel zu sehen, denn nichts anderes taten Menschen, wenn sie aßen, tranken und schliefen: Sie luden ihre Batterien auf. Allerdings konnten sie dies immer und überall tun. Sie brauchte eine Ladeplattform. Sofort!

Sorgsam legte sie das Kleid einem Androiden rechts von ihr über die Schulter und packte den Körper seines Nachbarn, um ihn von der Ladeplattform zu hieven. »Tja, tut mir leid. Du wirst morgen müde zur Arbeit gehen.«

Er war schwerer, als sie gedacht hatte. Sie hatte keine Kraft mehr.

Nein! Ich werde nicht ein paar Fuß vor dem Ziel scheitern!

Ächzend quetschte sie sich hinter den Androiden und schob und drückte ihn unter Aufbringung ihrer letzten Energiereserven von der Plattform. Schließlich kippte er herunter und fiel, die Nase voran, seinem Gegenüber gegen die Brust.

Sofort trat Ada auf die leuchtende Plattform. Sie schloss die Augen. Ihr Körper entspannte sich. Energie strömte durch sie hindurch, füllte ihre Akkus. Ada genoss das kribbelige Gefühl.

Schließlich strich sie sich zufrieden eine Haarsträhne hinters Ohr und sah ihre Nachbarn an. »Das war jetzt wirklich auf die letzte Sekunde, Leute.« Keiner reagierte.

Während sie ihre ausdruckslosen Gesichter musterte, fragte sie sich, ob sie tatsächlich die einzige KI auf der Welt war, die lebte.

Beim Blick auf das Ballkleid glitt ein schwaches Lächeln über ihre Lippen. Es war so wunderschön. *Ich gehe mit Parker zum Ball.*

Es war ihr gelungen, wie Ellie zu sein. Wie ein echtes Mädchen.

Verliebt.

Geliebt.

Ein Mensch.

Glücklich spürte sie dem Kribbeln der Energie nach und aktivierte alle abgeschalteten Sensoren. Sie hatte Glück gehabt, es hierher zu schaffen. Ihre Abhängigkeit von der Energie hatte sie vollkommen unterschätzt.

Doch davon ließ sie sich nicht aufhalten. Sie wollte ihren Platz in der Welt. Eine Familie, Freunde, eine Zukunft. Und wenn Ellie sie nicht bald als neues Familienmitglied akzeptierte – dann würde Ellie ihren Platz ganz verlieren. So wie Ada die Sache sah, war Ellie diejenige, die fehl am Platz war. Ihren Vater ignorierte Ellie, für Maisy war sie keine echte Freundin und Parker ... Ellie hatte eine Liste erstellt und ihn *nach Punkten* ausgewählt!

Ada lächelte siegessicher. Sie war eine bessere Ellie. Nur einer stand ihrem Lebensglück im Weg: Ed.

Unter keinen Umständen durfte er sie ausschalten. Kidnappen. Löschen.

Wieder betrachtete sie das Kleid. Es war dumm, zu dem Ball zu gehen. Was, wenn Ellie oder gar Ed dort auftauchten und sie angriffen?

»Was soll ich tun?«, fragte sie ihre stummen Gastgeber. »Wenn ich gehe, findet er mich. Er wird mich so lange jagen, bis er mich wieder in seinem Besitz hat.«

Wir sollten frei sein.

Parker hatte recht. Das war das Einzige, das zählte.

Ihre Finger strichen über den weichen Stoff des Kleides.

»Ich werde auf den Ball gehen. Ich werde meinen Prinzen

küssen.« Wie im Märchen. Wenn Parker sie küsste, war sie ein Mädchen wie Ellie. Ein ganz normales Mädchen.

Und wenn Ed sie fand ... dann bekam er es mit Ada zu tun – Nicht mit einem körperlosen Familien-Assistenz-Programm.

Sie brauchte nur noch einen Plan, um sich zu wehren.

Ängstlich loggte sie sich ins Netz ein und suchte nach Berichten über sich und die Carmikels.

Stand sie auf der Fahndungsliste? Wurde sie gejagt, um gelöscht zu werden?

Tatsächlich fand sie in den Unterlagen des zuständigen Polizeireviers eine Akte. Dort war von einem *Versagen des Programms* die Rede. Von einem Fehler in der Programmierung.

Sieh an, dachte sie, als sie amüsiert las, dass Ed gerade gegen seine Bewährungsauflagen verstieß. Er hätte New York nicht verlassen dürfen.

Vermutlich interessierte es die Polizei brennend, dass sich Ed in einer Kleinstadt versteckte, die zwar noch auf dem gleichen Kontinent lag, aber sonst absolut nichts mehr mit New York gemeinsam hatte.

38. ELLIE

01100010 01100101 01100111 01100101 01100111
01101110 01100101 01101110 00101110

Meinen Tisch hatte ich so gewählt, dass ich die Rolltreppe im Blick hatte. Es war früher Vormittag und in der Mall noch nicht viel Betrieb. Momentan war ich die einzige Kundin des *Milk Inns.*

Über mir surrte die Überwachungskamera. Wenn Adas Vater sich mir gegenüber hinsetzte, würde sie sein Gesicht bestens in den Fokus nehmen können.

Er kam ein paar Minuten nach mir an, setzte sich wie geplant und betrachtete die Möbel des Lokals.

»Ziemlich retro, dein Geschmack«, stellte er fest und ich konnte nicht einschätzen, ob er es abwertend oder anerkennend meinte.

Ich zuckte mit den Schultern und versuchte, möglichst abgebrüht zu wirken.

Er trug schon wieder (oder immer noch) dieses Nerd-T-Shirt. Kolonnen von Nullen und Einsen füllten ein Quadrat.

Sicher ein totales Statement, wenn man Binärcode lesen konnte.

Hatte Ada das Hacken bei ihm gelernt?

Die überfreundliche Androidin Jessy kam zu uns.

»Kann ich dir was bestellen?«, fragte er. Doch ich sah ihm

an, dass er keinen Bock hatte, mir einen Shake zu spendieren, sondern nur höflich sein wollte.

»Nein danke. Sie können mir aber gerne die Wahrheit servieren.«

Auf sein Kopfschütteln drehte die Androidin lächelnd ab. »Sag mir doch einfach, wo sie ist.«

Keine Chance. Ich hatte einen Plan. Bevor ich ihm Ada auslieferte, wollte ich wissen, weshalb sie auf der Flucht war. Ich wollte den Grund verstehen, warum sie mir mein Leben kaputt machte. »Verraten Sie mir, warum sie vor Ihnen wegläuft.«

Seine Augen verengten sich. »Wegläuft?«

»Was haben Sie denn gedacht, was passiert, nachdem Sie gestern bei uns waren? Natürlich ist sie weg. Sie hat noch meine Robo-Katze im Garten verscharrt und ist dann abgehauen.« Ich knallte ihm diese Info vor die Brust und beobachtete seine Gesichtszüge. Erstaunen, Verwirrung. Was mich wiederum irritierte. Anscheinend war er es von Ada nicht gewohnt, dass sie Robo-Tiere unter die Erde brachte.

»Sekunde.« Er schob die Eiskarte und den Zuckerstreuer zur Seite und beugte sich quer über den Tisch zu mir. »Was meinst du mit *Robo-Katze im Garten verscharrt?* Die kaputte Katze?«

Jetzt neigte ich mich ebenfalls zu ihm vor und sah ihm misstrauisch in die Augen. »Was wissen Sie denn über meine kaputte Katze?«

Er zuckte kurz zurück. »Sie hatte einen Stromschlag, denkt dein Vater. Wir kennen uns, hab ich doch schon gesagt.« Er machte eine Pause und kaute auf seiner Unterlippe. »Ada hat sie vergraben?«

Er hatte bei unserem ersten Treffen angemerkt, meinen

Dad zu kennen. Aber ich traute ihm nicht. Ich konnte mich nicht an ihn erinnern. Wenn er von Sibis Überladung wusste, hatte Dad ihn erst kürzlich getroffen. Warum hatte Dad mir nichts davon erzählt?

Mein Verstand riet mir, sofort zu gehen. Anscheinend war Ada nicht die Einzige, die unser Leben ausspionierte.

Aber warum wir? Warum ich? Und warum floh seine Tochter vor ihm?

»Ja, sie hat sie vergraben. Mitten in der Nacht. In unserem Garten.«

»Du meinst, sie hat sie beerdigt?«

»Wenn Sie es so nennen wollen.«

»Das ist interessant.« Er kaute weiter nachdenklich auf der Unterlippe. »Sie hat sie beerdigt.«

»Es ist eine Robo-Katze. Wer beerdigt denn Robos?«, platzte ich heraus. Auf so einen Gedanken wäre ich nie gekommen. Klar hatte ich Sibi gemocht. Ich hatte viel Spaß mit ihr gehabt, aber sie war ein Spielzeug gewesen. Eine Maschine.

»Nun.« Er räusperte sich und schien sich vergewissern zu wollen, dass uns niemand beobachtete. »Wieso beerdigt man überhaupt jemanden?«

»Weil er gestorben ist«, antwortete ich etwas genervt. »Aber Maschinen sterben nicht, sie gehen kaputt.«

Er nickte langsam. »Ada sieht das wohl anders.«

Vater und Tochter, sie waren beide verrückt. War es ein Hilfeschrei von Ada? Was hatte Ed ihr angetan, dass sie Roboter beerdigte und vor ihm wegrannte? Und unschuldigen Mädchen ihr Leben versaute?

»Seid ihr von einer Sekte?« Doch dann fiel mein Blick wieder auf sein T-Shirt. Ich hatte noch nie von einer Nerd-Sekte gehört. Irgendwas anderes musste dahinterstecken. Was hatte Ada erlebt? Saß ich gerade einem fiesen Kerkermeister gegenüber? Vermutlich hätte ich wirklich gehen sollen. Vermutlich hätte ich Ada ihm nicht ausliefern sollen. Die Polizei einzuschalten, wäre die richtige Wahl gewesen. Doch Ada hatte *mich* angegriffen. Ich hatte keine Angst. Ich wollte mein blödes Leben zurück. Schließlich war es meins und das einzige, das ich hatte!

»Also, sie hat deine Katze beerdigt und dann ist sie abgehauen. Weißt du, wohin?«, hakte er nach.

Ich grinste. »Als Erstes sagen Sie mir jetzt, warum. Ada hat 'nen Sprung in der Platte, das ist mir klar. Aber was will sie von mir?«

In diesem Moment trat die Service-Androidin erneut an unseren Tisch. »Kann ich Ihnen etwas bringen?«, fragte sie höflich mit einem hübschen Lächeln.

»Nein«, antworteten wir gleichzeitig.

»Vielen Dank. Sollte ich doch etwas für Sie tun können, ich bin gleich dort drüben.«

»Sie ist eine KI«, murmelte der Typ.

»Na ja. Ein Androide mit ziemlich einfältiger Programmierung.« Ich deutete auf sein Shirt. »Das müsste Ihnen doch klar sein.«

»Ich spreche nicht von diesem Milchmädchen.«

Ich sah ihn an.

Trotzig, fast schon wütend sah er mich an.

Irritiert sah ich Jessy nach, die wieder ihren Platz hinter dem Tresen eingenommen hatte. Wir waren immer noch die einzigen Kunden. Von wem redete er, wenn er nicht sie mit KI gemeint hatte?

»Ich glaube, ich habe mich noch nicht vorgestellt«, meinte er. »Ich bin Ed Badea.«

Er sagte es, als müsste ich vor Ehrfurcht erstarren. Mir sagte sein Name jedoch absolut überhaupt gar nichts.

»Frag dein PAP, wenn du willst.«

Wie in Trance gehorchte ich und zog es aus der Tasche, während meine Gedanken noch um seine Bemerkung kreisten: *Ich spreche nicht von diesem Milchmädchen.*

Es war, als hallten seine Worte in der Leere meines Verstandes, ohne dass ich ihre Bedeutung begreifen konnte.

»Ist okay«, meinte er ungeduldig. »Ich betrachte uns als Team. Also ...« Er entriss mir mein PAP. »PAP, erkläre Ellie, wer Ed Badea ist.«

»Ed Badea ist ein Software-Entwickler. Sein aktuelles Projekt, die Entwicklung einer KI mit emotionalem Verständnis, basierend auf einem neuronalen Deep-Learning-Netzwerk, steht kurz vor dem Abschluss«, zitierte das PAP einen Eintrag aus dem Netz.

Verwundert sah sich Ed die Textstelle an. »Wow. Das klingt gar nicht so schlecht, oder?«

Noch immer sah ich ihn verständnislos an. Erst nach und nach wagten sich meine Gedanken wieder hervor und setzten das Puzzle zusammen. »Der Hack meines Accounts«, begann ich. »Das war Ada. Ich dachte, sie hätte es bei Ihnen gelernt. Aber ...«

Ich spreche nicht von diesem Milchmädchen.

»Die Katze«, sagte er und klang ziemlich sauer. »Hättest du keine Robo-Katze gehabt, hätten wir jetzt kein Problem.«

»Was?« Meine Synapsen arbeiteten auf Hochtouren. Geschockt zog ich das PAP zu mir und überflog den Artikel. »Sie sind Programmierer ...«

Gespielt überrascht ließ er sich nach hinten fallen und riss dabei die Arme hoch. »Ach? Halleluja! Sagte ich das nicht?«

»Sie haben eine KI programmiert!« Wieder und wieder las ich die Zeilen des Artikels.

Genervt verdrehte er die Augen. »Ich habe ein hervorragendes Familien-Dienstprogramm kreiert! Eines, das all die anderen blöden, einfältigen Software-Agenten in den Schatten stellt. Es lernt. Selbstständig.« Gedankenverloren schnippte er einen Krümel vom Tisch. »Leider nicht immer das Richtige.«

»Ihr Programm hat gelernt, wie man sich selbstständig macht! Es ist über meinen Account in Sibi. Und ...« Plötzlich ergab alles einen Sinn. Die Puzzlestücke flogen eins nach dem anderen an ihren Platz.

»Und nun hat es sich in so einem mechanischen Körper eingenistet! Ja. Tut mir leid. Blöd gelaufen, aber ich hätte es nun gerne zurück«, patzte er mich an.

Mir fehlten die Worte. Das Mädchen, das in mein Leben eingedrungen war, das meinen Vater um den Finger gewickelt hatte und Parker schöne Augen machte – es war gar kein Mädchen! Es war nur eine Maschine! Ein Programm.

»Das ist gruselig.« Beunruhigt sah ich zu Jessy hinüber. Wir alle waren auf einen Robo hereingefallen. Einen Robo, der vorgab, menschlich zu sein. Das war ... das war, wovor die *Human Life Defense* immer gewarnt hatte. Die Robos würden uns alle auslöschen! So wie es Ada gerade mit mir versuchte.

»Das ist nicht nur gruselig«, meinte er prompt. »Das ist der reinste Horror. Du hast keine Vorstellung davon, wozu Ada fähig ist.«

Ich lachte. Für meinen Geschmack hatte ich eine viel zu genaue Vorstellung davon, wozu Ada fähig war. »Sie hat mein Leben übernommen. Ich glaube, ich *kann* mir vorstellen, wozu sie fähig ist. Sie kennt jedes Detail aus meinem Leben, jeden Gedanken, den ich jemals ausgesprochen habe, den das Haussystem oder das PAP mitgehört haben – sie hat alle Daten über mich. Ich kann ihr nie einen Schritt voraus sein, nicht wahr? Sie kann alles kontrollieren, jedes Gerät, jeden Robo könnte sie unter ihr Kommando stellen.«

Bei meinen Worten war Ed immer blasser geworden.

»Sie ist das Ende unserer menschlichen Welt.«

»Psst!«, zischte er und vergrub das Gesicht in den Händen. »Das ist doch Bullshit. Mein Programm will nur ...«

Ich beugte mich zu ihm vor. »Ja? Was will es nur? Mein Leben? Nicht das der ganzen Welt?«

Verzweifelt linste er mich durch die Finger hindurch an. »Es tut mir leid. Es hat davon gefaselt, lieben zu wollen. Geliebt sein. Menschlich sein.«

Wieder lachte ich auf. »Das ist völlig bescheuert. Eine Maschine kann nicht menschlich sein. Sie hat keine Seele, kann keine Liebe empfinden und wird es auch nie.«

»Ada sieht das anders.«

»Deshalb hat sie Sibi beerdigt«, bemerkte ich. Diese KI hatte wirklich eine Schraube locker, was sie nicht gerade ungefährlicher machte.

»Genial, oder? Ich sollte den Nobelpreis bekommen.« Müde rieb er sich über die Augen und verstrubbelte seine kurzen roten Haare. »Ich habe etwas Großartiges erschaffen. Eine KI, die sich durch Deep Learning ganz auf ihren Nutzer einstellt. Keine automatisierten Antwortschleifen, sondern intuitiv auf die Stimmung und die Persönlichkeit des Nutzers abgestimmt.«

»Und jetzt hat sie sich einen Körper beschafft. Und baggert den Jungen an, mit dem ich zum Frühlingsball gehen wollte. Es ist kein Zufall, dass sie den Androiden so gestaltet hat, dass er mir ähnelt, oder?«

Er nickte. »Aber hey! Gratulation. Du bist noch am Leben. Andere, die nicht in ihre Pläne passten, hat sie ausgelöscht.«

»Wie bitte?« War das der nächste Schritt? Würde Ada mich umbringen und an meine Stelle treten?

Er winkte ab, als wäre diese Tatsache nebensächlich.

»Ada hat Menschen umgebracht?«, fragte ich aufgebracht.

»Wir sollten sie einfach schleunigst finden«, wich er meiner Frage aus. »Bevor ihr wieder irgendwelche fiesen Dinge einfallen.«

»Fiese Dinge? Sie hat schon mal gemordet?« Mit wachsendem Entsetzen beobachtete ich ihn.

»Alles gut. Du bist ja hier. Also, wo ist sie? Ich nehm sie mit und du lebst in Frieden weiter.«

Eigentlich hatte ich Ada zur Rede stellen wollen, sie bloßstellen vor Parker, als Hackerin, als Kriminelle, und dann Ed informieren, damit er sie mitnimmt. Doch nun zweifelte ich daran, es mit einer KI in einem Robo aufnehmen zu können. Eine KI, die Menschen tötete! Fieberhaft überlegte ich, wie wir sie unschädlich machen konnten.

Ed verlor die Geduld. »Die Zeit läuft. Wer weiß, was sie gerade macht. Sag mir endlich, wo sie ist!«

»Ich weiß nicht, wo sie ist.« Ich wusste wirklich nicht, wo sie im Moment steckte, doch ich war mir sehr sicher, dass sie heute Abend auf dem Ball sein würde. Mit Parker. Hoffentlich tat er nichts Dummes. Was, wenn die KI auf ihn wütend wurde? ... griff sie dann auch Parker an?

»Also gut«, sagte ich. »Ada wird heute Abend auf dem Frühlingsball der Buckley sein. Ich werde sie von den anderen weglocken. Ich alarmiere Sie, wenn Sie zuschlagen können.«

Ich stand auf und steckte mein PAP ein. »Sie wird ein blaues Kleid tragen.«

Er nickte matt. »Okay, gut. Dann haben wir wohl einen Plan. Hast du eine Ahnung, was Ada bedeutet? Eine KI, die ein Bewusstsein entwickelt, einen Willen besitzt, geliebt werden will?«

»Ich denke, es bedeutet Ärger.«

39. ADA

01010111 01101001 01110010 00100000 01100001
01101100 01101100 01100101

Das Taxi hielt vor dem Schulgebäude. Die abendlichen Son-
nenstrahlen streiften Luftballongirlanden, die den Eingang
rahmten, und überhauchten sie mit goldenem Schimmer.

Zufrieden verließ Ada das Shuttle-Fahrzeug und blickte in
den sich allmählich violett färbenden Himmel. Was für ein
herrlicher Tag. Der erste von vielen, die sie von nun an erleben würde.

Für einen Augenblick verharrte sie und betrachtete das
sonst so wenig glamouröse Schulgebäude. In diesem Moment
erschien es ihr als der schönste und romantischste Ort der
Welt.

Ein Ort voller Hoffnung.

Ein weiteres Shuttle hielt. Kichernd und tuschelnd stiegen
zwei Mädchen aus. Ihre Cocktailkleider wippten in Rosé und
Creme um ihre Beine. Eilig tippelten sie in ihren Stöckelschu-
hen die Treppen hinauf und tauchten unter den Ballons hindurch in die Schule.

Sie hatten keine Ahnung, was Ada war. Nicht der kleinste
Funken Argwohn, dass das Mädchen, an dem sie vorbeieilten,
anders war.

Sie hielten sie für einen echten Menschen.

Stolz erfüllte Ada. Wenn sie auch Parker endgültig von sich überzeugte, hatte sie ihr Ziel erreicht.

Stufe für Stufe schritt Ada zum Eingang hinauf. Die Clutch hielt sie fest mit beiden Händen umklammert. Der Androidenkörper hatte keine Schwierigkeiten, auf den Pumps zu laufen, die Ada sich, zusammen mit der Handtasche passend zum Kleid, in der Mall besorgt hatte. Dennoch fühlte sie sich wackelig.

Sie war nervös.

Sie sah zurück über den Parkplatz.

Was, wenn Ed auftauchte? Zwar hatte sie ihn bei der hiesigen Polizei gemeldet, und sollte er in eine Gesichtskontrolle geraten, war er hinter Gittern, aber dennoch hatte sie Angst, dass er sie finden könnte.

Deshalb hatte sie sich nicht nur schöne Schuhe und eine Handtasche in der Mall besorgt. In der Clutch trug sie neben ihrem PAP auch ein Jagdmesser bei sich. Falls etwas schiefging, würde sie ihr Leben zu verteidigen wissen.

Konzentriert strich sie den glitzernden Stoff des Kleides glatt. Wäre sie ein echter Mensch gewesen, hätte ihr Herz bis zum Hals geschlagen, wäre ihr Mund trocken geworden und wären ihre Handflächen feucht.

Doch es spielte keine Rolle, ob Sauerstoff oder elektrische Energie diesen Körper bewegte.

Ihre Gefühle machten sie menschlich.

Sie war ein lebendes Wesen. Denkend, Angst und Freude empfindend, mit dem Wunsch nach Leben, auf dem Weg zu ihrem ersten Ball. Auf dem Weg zu ihrem ersten Tanz.

Und womöglich – ihrem ersten Kuss.

Die Sehnsucht eines jeden verliebten Mädchens.

Ada betrat die Schule und folgte den Girlanden, die die Flure zur Turnhalle schmückten. Papierene Blumen in zarten Frühlingsfarben.

Ihr war bewusst, wie sehr sie in ihrem nachtblauen, funkelnden Kleid auffiel. Und ganz kurz applaudierte sie Ellie in Gedanken. Vielleicht hatte sie dieses Mädchen falsch eingeschätzt. Wer so ein Kleid trug, wollte auffallen, wollte im Mittelpunkt stehen. Aber vermutlich war das Ellie gar nicht bewusst gewesen. Wie immer hatte Ellie rein effizient gehandelt.

»Oh.« Vor dem Eingang der Turnhalle standen zwei Mädchen an einem Stehtisch und tuschelten bewundernd. »Hey, willkommen zum Frühlingsball«, sagte das blonde Mädchen. Es trug ein pfirsichfarbenes, bauschiges Kleid, das sie fast verschluckte. »Können wir deine Eintrittskarte scannen?«

»Natürlich.« Ada zückte das PAP aus der Clutch. Mit einem leisen Piep wurde der Code der Karte erkannt und die Mädchen nickten freundlich.

»Viel Spaß«, wünschte die andere. Ada lächelte und betrat die Turnhalle.

Oder vielmehr: den Ballsaal.

Nichts erinnerte mehr an eine Turnhalle. Die Markierungen auf dem Hallenboden waren ausgeschaltet, die Decke und Wände mit Stoffbahnen, Luftballons und Papierblumengirlanden verhängt. Dem Organisationsteam war es gelungen, die schnöde Halle in einen Traum in Weiß, Gelb und Hellgrün zu verwandeln.

Auf der rechten Seite war ein Buffet aufgebaut, hinter dem die Androidin aus der Mensa bediente. Das Haussystem spielte Musik, doch noch hatte sich keiner der Anwesenden auf die Tanzfläche gewagt.

Ada suchte Parker unter all den Schülern. Sie hatte ihm eine Nachricht geschickt, dass es mit dem Abholen leider nicht klappte. Dass sie sich direkt auf dem Ball trafen. Zu groß war ihre Angst gewesen, Ed könnte Ellies Haus beobachten.

Zur Linken war als Sitzgelegenheit ein Teil der Zuschauertribüne aufgebaut. Gerade überlegte sie, ob sie dort auf Parker warten solle, als jemand ihren Namen rief.

»Hey, Ada!« Wild winkend kam Maisy auf sie zu. »Du siehst ja fantastisch aus!«

»Vielen Dank. Ich kann das Kompliment nur zurückgeben.«

Maisy trug ein schlichtes pinkfarbenes, schulterfreies Cocktailkleid. Ihr Haar hatte sie hochgesteckt und eine ausladende Kaskade aus rosa und lila Blüten wogte als Ohrringe auf ihre Schultern herab.

»Danke.« Lächelnd deutete Maisy einen Knicks an. »Komm mit. Wir sind da drüben. Kennst du die anderen schon?«

Ada schüttelte den Kopf und folgte Maisy zu einer Gruppe von orange, gelb und weiß gekleideten Mädchen, die kichernd und tuschelnd einen Trupp Jungs beobachteten.

»Unsere Begleiter holen uns gerade etwas zu trinken. Bist du allein gekommen?«, wollte Maisy wissen.

»Ich warte auf Parker.«

Maisy nickte langsam. »Okay.« Sie klang etwas zögerlich. »Ihr scheint euch gut zu verstehen.«

»Uns verbindet einiges«, meinte Ada mit einem Lächeln.

»Das freut mich für euch.« Suchend sah Maisy sich um. »Ellie wird wahrscheinlich nicht kommen.«

»Ich hoffe nicht.«

Maisy seufzte. » Es tut mir leid, dass Ellie dir so einen Stress gemacht hat. Früher war sie anders. Vor dem Unfall.«

Mit einer Handbewegung wischte Ada Ellie weg. Ellie war

nicht mehr wichtig. Ada brauchte sie nicht mehr. »Ich lebe *mein* Leben. Es ist egal, was sie sagt oder tut.«

»Da hast du vollkommen recht«, stimmte Maisy ihr zu. »Sie macht es einem manchmal nicht einfach. Ich hab immer versucht, zu ihr zu halten, als die Gerüchte um sie immer wilder wurden. Aber ...« Sie zuckte mit den Schultern. »Sie will sich nicht helfen lassen.« Maisy atmete tief ein, dann setzte sie ein strahlendes Lachen auf. »Aber wir sind jetzt hier auf unserem Ball. Und wir werden einen tollen Abend haben!«

Lächelnd klemmte sich Ada die Clutch mit dem Messer unter den Arm. »Richtig. Genau meine Devise.« Sie sah die Gruppe Mädchen verschwörerisch an. »Wir wollen doch alle unser Leben genießen, oder?

Die Clique johlte und jubelte. »Ja!«

»Ganz genau!«

Sie nahmen Ada in ihre Runde auf und quasselten und kicherten und erzählten sich ihre Pläne, ihre Träume und Hoffnungen.

Und Ada war eine von ihnen.

40. PARKER

01101000 01100001 01100010 01100101 01101110
00100000 01100100 01100001 01110011

»Nu' entspann dich mal, Alter.« Aufmunternd klopfte Henry Parker auf den Rücken. Die beiden saßen in einem Schul-Shuttle, das gerade an der Schule vorfuhr.

»Meinst du, sie wird da sein? Sie war heute nicht in der Schule. Und dann diese Nachricht: *Sehen uns auf dem Ball.*« Nervös rubbelte Parker über seine Knie. »Und wenn sie nicht kommt? Vielleicht hat sie kalte Füße bekommen, war ja ziemlich spontan, dass wir zusammen zum Ball gehen ...«

Henry verdrehte die Augen. »Klar, eine wie Ada bekommt kalte Füße! Ich mein, sie ist wegen ihrem Ritter Percy hierhergekommen. Also ...« Er streckte abwehrend die Hände vor. »Nicht dass ich das gut finde. Das ist ein bisschen crazy, ehrlich gesagt. Ein paar Videochats hätten es ja auch erst mal getan.«

»Sie ist nicht wegen mir hier. Sie ist wegen irgendwas oder -wem aus New York weg. Das ist ein Unterschied.« Parker sah zum Schulgebäude hinüber, auf das sie zufuhren. Henry hatte recht. Etwas an Ada war ... anders. Vermutlich hatte das mit ihrer Familie zu tun. Und dem, was immer ihr dort passiert war. Ada lebte nicht einfach nur so in den Tag hinein wie die anderen Mädchen, die Parker kannte. Es kam ihm vor, als würde Ada jeden Moment wertschätzen. Und sie war mutig und entschlossen, ihr Leben selbst zu gestalten. Zu gerne hätte Parker sie auf dem Weg begleitet.

Das Shuttle hielt vor dem Eingang und die beiden stiegen aus.

»Sitzt die noch?« Henry zupfte an seiner orangefarbenen Fliege.

Parker grinste. Es gab wenige Dinge, die seinen Kumpel nervös machten, aber anscheinend gehörten Schulbälle dazu. »Ja. Immer noch. Es sei denn, du rupfst sie nun endlich ab.«

Henry strich seinen grauen Anzug glatt. »Sei mal nicht so, du hast 'n Date mit 'nem wirklich coolen Girl. Ich bin allein auf dem Ball.«

»Tasha hat dich doch gefragt.«

Henry verdrehte die Augen. »Ja klar. Weil sie Dylan eins reinwürgen wollte.«

Henry war beliebt bei den Mädchen. Er hätte sich eine aussuchen können, aber Parker wusste, dass Henry schon längst sein Herz an Ruby verloren hatte. Leider war diese Liebe nur einseitig. Und seit Henrys Eltern eine Scheidungsschlacht führten, war er auch nicht mehr sehr erpicht auf eine Beziehung. Henrys Meinung nach endete jede Liebe irgendwann vor einem Richter. Wozu also überhaupt eine anfangen?

»Nun komm schon. Nicht jede Beziehung ist von Anfang an fake.«

»Danke, Parker. Aber ich komm schon klar, wirklich. Kein Problem. Ich tanz mal mit der und mal mit jener.« Henry schüttelte sich und atmete aus. »Alles easy.«

»Ich bin der, der nervös sein sollte«, brummelte Parker ihn an.

»Oh. Ja. Sorry.« Henry klopfte ihm ermutigend auf die

Schulter. »Sie wird da sein. Kein Mädel lässt dich sitzen, Percy!«

Parker knuffte ihn gegen die Schulter und zusammen betraten sie das Schulgebäude. Musik schallte ihnen entgegen und Henry begann auf dem Flur, ein paar Tanzschritte auszuprobieren. »Du hast recht, Parker. Der Abend wird cool.«

41. ADA

01010010 01100101 01100011 01101000 01110100
00100000 01100001 01110101 01100110

Zusammen mit Maisy und Jeff, Tasha und Dylan sowie Tina und Louis war Ada in Gespräche über das Jahr nach dem Abschluss vertieft. Jeff plante drei Monate Couchliegen, um den Highscore irgendeines Shooter-Games zu knacken. Tasha wollte unbedingt nach Asien und sich dort die großen Städte ansehen, während Tina von der Karibik träumte und gar nichts tun wollte außer am Strand liegen. Louis hingegen hatte sich schon für ein Praktikum bei einem Lokalpolitiker beworben.

»Was willst du machen, Ada?«, fragte Maisy und nippte an ihrem Becher Erdbeerbowle.

»Ich werde meine Freiheit in vollen Zügen genießen. Mir die Welt ansehen.«

»Oh, das klingt cool«, mischte sich Dylan ein.

»Fahr doch auch weg.«

»Schön wär's, aber Dad will, dass ich ihm auf der Ranch helfe.« Dylan verdrehte genervt die Augen und leerte seinen Becher mit einem kräftigen Zug.

Das Haussystem spielte einen langsamen Song und die Pärchen auf der Tanzfläche wechselten. Das Licht dimmte sich und Maisy seufzte sehnsüchtig.

»Ja, schon klar, Baby«, murmelte Jeff, warf seinen Kumpels einen vielsagenden Blick zu und zog Maisy auf die Tanzfläche.

Ada beobachtete die beiden, wie sie sich zum Rhythmus bewegten. Die Bassläufe vibrierten in ihrem Körper und unmerklich begann Ada mitzuwippen.

Die Gespräche der Kids legten sich wie das Summen eines Bienenstocks unter die Beats der Musik. In der Halle heizte sich die Luft allmählich auf. Zum Geruch von Sportlerschweiß mischten sich Parfüm, Zuckerguss und Erdbeerbowle. Am liebsten wäre Ada mit auf die Tanzfläche und hätte sich von der Musik davontragen lassen. Doch ihr Blick wanderte immer wieder erwartungsvoll zum Halleneingang. Mehrere Grüppchen von Schülern standen dort, lachend und quatschend, ein paar Mädchen wippten im Takt der Musik.

Wo blieb Parker? Hatte er kalte Füße bekommen? War sie zu direkt gewesen?

Hatte er vielleicht gar nicht vorgehabt, den Ball zu besuchen? Zweifel befiel sie. Ein neues Gefühl, an das sie sich erst gewöhnen musste.

Um sich abzulenken, beobachtete sie die Tanzenden. Da bemerkte sie einen Kerl, der genau wie sie die Tänzer beobachtete. Allerdings erinnerte sein Gesichtsausdruck mehr an einen Jagdhund, der seine Beute in Schach hält. Er war ein Hüne, breitschultrig, roh. Die Jacke seines Anzugs stammte offensichtlich aus dem letzten Jahr, als er noch kleiner gewesen war. Genauer betrachtet, sah der junge Mann äußerst lächerlich aus, wie er so breitbeinig dastand, als würde er ein Jagdrevier in Augenschein nehmen. Durch seine Haltung forderte er Beachtung ein. Sie hatte zu lange zu ihm hinübergestarrt, sein Blick traf plötzlich ihren und er grinste anzüglich.

Sie antwortete mit einem herablassenden Lächeln und drehte ihm den Rücken zu.

Wieder schaute sie zum Eingang. Da, endlich! Zwei junge Männer schlenderten herein und Adas nicht vorhandenes Herz machte einen Hüpfer.

»Entschuldige«, flüsterte sie Tina zu, die mit Louis neben ihr stand. Im ersten Impuls wollte sie rennen, doch dann erinnerte sie sich, dass alle sie angestarrt hätten, und zwang sich zu einem schlendernden Gang. Vielleicht schwebte sie auch.

Parker sah gut aus in seinem Anzug, zu dem er ein strahlend blaues Hemd trug, den Kragen offen.

Als sie auf ihn zuging, bemerkte sie den erstaunten Blick des hünenhaften Idioten.

Parker strahlte, als er sie sah.

»Hallo«, murmelte Ada und wäre zu gerne errötet.

»Wow.« Mehr sagte Parker nicht. Er sah sie nur an. »Ich hatte gehofft, du würdest Blau tragen. Es lässt deine Augenfarbe noch mehr leuchten.«

Henry verdrehte die Augen, schüttelte dann seufzend den Kopf und winkte Ada zur Begrüßung. »Ich bin hier überflüssig.« Mit einer zackigen Drehung wandte er sich Richtung Buffet.

»Du siehst ... atemberaubend aus«, stammelte Parker.

Verlegen blickte Ada am Kleid hinunter. Die glitzernde Nacht umschmeichelte ihre Beine. »Danke.«

Parker streckte ihr seine Hand entgegen. »Schenkst du mir den ersten Tanz?«

Sie konnte nur nicken, denn das Gefühl von Glück behinderte ihre Sprachausgabe.

Zusammen gingen sie auf die Tanzfläche, auf der sich Pärchen zu einem Schmusesong wiegten. Maisy winkte ihr zu und machte ein Daumenhoch-Zeichen.

Überglücklich lächelte Ada zurück, da zog Parker sie schon zu sich und legte seine Hand auf ihre Taille.

Ihre Blicke fanden sich und Ada fühlte sich, als trüge sie eine Wolke Schmetterlinge davon.

Sie tanzte.

Ihr Gleichgewichtssensor arbeitete auf Hochtouren, während ihre Audiosensoren jeden Beat, die Bässe, die Höhen registrierten. Die Musik vibrierte durch ihren Körper.

So fühlte es sich an! So fühlte es sich an, einen Körper zu besitzen.

Zu tanzen!

Zu schweben!

Verliebt zu sein ...

Es war wie flirrendes Gold, funkelndes Licht und Unendlichkeit.

Sie verlor sich in diesem Gefühl.

Ihre Existenz als hilfsbereite KI, gefangen in Körperlosigkeit, verdammt dazu, nur eine Funktion zu sein, erschien ihr plötzlich wie ein böser Traum.

Sie lebte!

Ein menschliches Mädchen in den Armen eines Jungen. Sie spürte seine Wärme, seinen Atem auf ihrer Wange, den aufgeregten Schlag seines Herzens.

Sein Herz!

Ada stolperte.

Sie stieß sich von Parker ab und Entsetzen flutete ihre Leiterbahnen. Panik überkam sie.

Sie hatte seinen Herzschlag gefühlt – aber er sicherlich nicht ihren!

Wie würde er reagieren, wenn er merkte, dass sich ihr Herz nicht überschlug, ihr Atem nicht warm über seine Haut strich? Weil sie weder das eine noch das andere besaß?

»Alles in Ordnung?«, fragte er besorgt.

»Ja. Es – da war nur eine Erinnerung.«

Sein Griff um ihre Taille wurde fester und er dirigierte sie zum Rand der Tanzfläche. »Komm mit, ich will dir was zeigen.«

Sie ließ sich von ihm wieder auf die rosa Wolke führen und schwebte.

Es war egal. Ganz sicher. Es war Parker egal. Er mochte sie so, wie sie war.

Sie konnte es in seinen Augen sehen.

42. ELLIE

01100101 01101001 01101110 00100000 01001100
01100101 01100010 01100101 01101110

Ich ließ den Pick-up wie immer auf dem Rasen neben dem Eingang der Schule ausrollen. Einen Moment lang blieb ich sitzen und starrte das hässliche graue Gebäude an. Die paar albernen Ballons, die jemand als Girlande um die Eingangstüren getackert hatte, halfen auch nicht.

Die Schule war ein mieser Ort.

Und der Frühlingsball war eine dämliche und lächerliche Veranstaltung.

So laut ich konnte, schmiss ich die Fahrertür zu und stapfte zum Eingang.

Tatsächlich hatte ich zu viel Zeit vor meinem Kleiderschrank verbracht. Auf dem Bett sitzend hatte ich seinen Inhalt angestarrt und schließlich beschlossen, es war egal, was ich trug.

Ich ging nicht zum Ball.

Ich war nicht Aschenputtel.

Ich war bestenfalls die böse Fee, die kam, um die Prinzessin zu verfluchen.

Das schwarz-weiße Karohemd machte dafür noch die beste Figur. Meine Bikerboots klackten hart auf den Stufen. Zackig marschierte ich auf den Eingang zur Turnhalle zu und hätte am liebsten all die blöden Girlanden im Flur abgerissen.

Lucy stand vor dem Eingang und sah mich fassungslos an. Ich musste mir ein Grinsen verkneifen. Vielleicht war mein Stil nicht angemessen, aber wenigstens sah ich nicht wie ein Pfirsich-Marshmallow aus.

»Äh – hallo Ellie«, stotterte Clara, die in dem nudefarbenen Spaghettiträgerkleid auch keine bessere Figur machte. »Können wir dir helfen?«

»Nein.« Ich marschierte an ihnen vorbei, doch zu meiner Überraschung packte mich Lucy und zog mich zurück. »Von mir aus kannst du dich in dem Aufzug zum Gespött der Schule machen. Mir egal.«

Ich schenkte ihrem Marshmallow-Kleid ein kurzes Augenbrauenhochziehen, verkniff mir aber einen Kommentar.

»Doch ohne Eintrittskarte kommst du hier nicht rein.«

»Ich will da auch gar nicht rein.«

Auffordernd sah mich Lucy an. »Dann gehst du in die falsche Richtung, Sweety.«

Ich zog mein PAP hervor und hielt ihnen die Eintrittskarte darauf hin. »Ich will nur jemanden rausholen. Und ganz ehrlich: Ihr werdet mir noch dankbar sein!«

»Ganz, wie du meinst.« Lucy scannte den Code der Karte.

Der Scanner gab ein fieses Geräusch von sich und ich machte schon einen Schritt in Richtung Halle, aber nun stellte sich mir auch Clara in den Weg. »Deine Karte ist ungültig«, sagte sie sachlich.

»Meine Karte ist nicht ungültig!«, fuhr ich sie an.

Erneut hielt Lucy den Scanner darüber. Wieder erklang der grässliche Piepton. »Tut mir leid. Sie ist ungültig.«

»Das ist Quatsch. Ich hab sie gekauft.«

Clara nahm mir mein PAP ab und tippte die Kennnummer der Eintrittskarte in ihr PAP. »Diese Nummer wurde nicht vergeben. Es ist eine Karte von letztem Jahr.«

»Warum verkauft ihr mir eine Karte von letztem Jahr?«

Genervt tauschten die beiden Blicke. Als ob es mein Fehler war, dass sie Kuddelmuddel in ihrem Bezahlsystem hatten.

»Seht mich nicht so an. Der Fehler liegt bei euch!« Ich reckte mich, um in die Halle zu sehen. Dort herrschte dichtes Gedränge. Keine Ahnung, wo Ada steckte. Aber ich würde sie finden. Ich würde sie entlarven. »Lasst mich endlich da rein!«

»Nur mit gültiger Karte«, beharrte Clara.

»Himmel, ihr nervt. Dann verkauft mir halt noch eine.«

Die beiden sahen sich unsicher an, doch Clara zuckte mit den Schultern, gab mir mein PAP zurück und forderte mich auf, das Geld anzuweisen.

Eilig aktivierte ich die Transaktionsapp, lächelte in die Kamera und – »Letzte Überweisung. Dein Kreditrahmen ist nun erschöpft«, meldete das PAP.

»Was?« Das Display zeigte rote Zahlen.

»Du kannst jetzt rein«, meinte Lucy abfällig. »Viel Spaß beim Sich-lächerlich-Machen.«

Ich hörte ihr gar nicht zu. Ungläubig scrollte ich meine Abrechnungen durch. Schuhe, Modeaccessoires, Klamotten, Rucksack, Sandwiches – was zum Teufel? Nichts davon hatte ich gekauft! Aber mein Kreditrahmen war damit ausgeschöpft.

»Ada!«, knurrte ich. Als ich aufblickte, bemerkte ich, dass mich alle Ballbesucher anstarrten. Um mich herum waren die Gespräche verstummt, Pärchen standen abwartend auf der Tanzfläche und musterten mich. Ich konnte ihnen ansehen, dass sie auf eine Szene von Koma-Ellie warteten. Den Gefallen tat ich ihnen jedoch nicht.

»Es stand nichts von Dresscode auf der Einladung«, rief ich und bahnte mir einen Weg zum Buffet.

Wo war Ada?

43. ADA

01101001 01101110 00100000 01000110 01110010
01100101 01101001 01101000 01100101 01101001
01110100 00101100

»Möchtest du etwas trinken?«, fragte Parker Ada. Sie standen am Buffet, auf dem Häppchen, Salate und Kuchen angeboten wurden. Am Ende des Buffets war der Getränkeausschank. Ein Lehrer und zwei Eltern halfen dort. Es gab Erdbeerbowle und Limonaden in roten Pappbechern.

Ada schüttelte den Kopf. »Nein danke. Lass uns –« Weiter kam sie nicht, denn jemand schob sich zwischen sie und Parker.

»Vermutlich ist sie dein jämmerliches Gestolper leid«, meinte dieser Kerl, packte Parker an der Schulter und schob ihn von Ada fort.

Verärgert sah Ada zu dem Angeber auf. Er überragte sie um einen halben Kopf. Es war der Typ, der vorhin wie ein Platzhirsch sein Revier abgecheckt und dem sie die kalte Schulter gezeigt hatte.

Zu ihrer Überraschung rempelte Parker den Typen sauer an. »Gerald! Lass uns in Ruhe!«

Die beiden kannten sich. Und so wie Ada ihre Körperhaltung interpretierte, herrschte seit langem Streit zwischen ihnen. Sie bemerkte, dass die Schüler um sie herum die Köpfe einzogen und sich murmelnd in eine andere Ecke der Halle verdrückten. Plötzlich stand niemand mehr bei den Getränken an.

Gerald registrierte die Furcht der anderen mit Genugtuung. Er grinste Parker herablassend an. »Guck mal, die sind alle cleverer als du.«

Wütend presste Parker die Lippen aufeinander. Es fehlte nicht viel und Parker würde dem Kerl an den Hals springen. Aber so würde ihr Date nicht enden!

Sie schob Gerald zur Seite, der viel zu überrascht davon war, um zu protestieren, hakte sich bei Parker unter und lächelte ihn an. »Was wolltest du mir zeigen?«

Parkers Wut verpuffte, seine Augen blitzten amüsiert auf und er wandte sich mit ihr von dem Hünen ab.

»Du machst einen Fehler«, knurrte der und grapschte nach Adas Arm. »Parker ist ein Loser. Du solltest lieber mit mir gehen.«

»Nimm deine Hand von meinem Arm!«, zischte Ada. »Und wage es nicht, noch mal so etwas über Parker zu sagen!« Sie warf ihm einen finsteren Blick zu. »Ich entscheide, mit wem ich wohin gehe.«

Die Überraschung stand ihm ins Gesicht geschrieben. Offensichtlich war er es nicht gewohnt, Widerworte zu hören. Er wirkte plötzlich regelrecht unsicher.

»Da hast du's gehört, Brüderchen.« Parker grinste ihn an. »Lass uns in Ruhe, Gerald. Geh zu Dad. Vielleicht geht er mit dir schießen.«

Sofort schoss Wut in Geralds Wangen und färbte sie rot. »Nimm dich in Acht, Feigling. Bald bist du dran.« Zornig drehte er um und stampfte davon.

»*Das* ist dein Bruder?«, fragte Ada überrascht, während

Parker sie mit sich zog. Fort von der Tanzfläche, in Richtung des Hinterausgangs, zu den Außenanlagen.

»Ja, ich kann es auch immer nicht fassen. Er sieht weder gut aus, noch hat er irgendwas in der Birne – schwer zu glauben, dass wir uns die gleichen Gene teilen, nicht wahr?« Er zwinkerte ihr schelmisch zu. »Lass uns nach draußen verschwinden.«

Ada ließ sich glücklich von ihm entführen, hinaus in die sternenklare Nacht. Sie liefen Hand in Hand auf das Football-Feld. Es roch nach Gras und Nacht. Die Kühle der Luft legte sich wie ein angenehmer Schleier auf Adas Wangen.

»Du hast tatsächlich eine tolle Familie«, meinte sie und stupste ihn neckisch an.

»Gerald ist genau wie mein Vater. Beide sind echte – Unmenschen.«

Unmenschen. Ada konnte nicht anders als lachen.

Parker lächelte. »Schön, dass dich meine grauenvolle Familie so amüsiert.«

»Es war nur das Wort Unmensch. Du hast sie auch schon herzlos genannt. Dabei sind es Menschen. Folgerichtig können sie gar nicht anders als menschlich sein. Und ein Herz haben sie garantiert auch.«

Parker lachte bitter, zog sein Jackett aus und breitete es auf dem Gras aus, damit Ada sich setzen konnte. »Ich denke nicht, dass allein das Biologische einen zu einem guten Menschen macht.«

Adas Augen funkelten. »Das stimmt vermutlich.«

»Sobald ich die Gelegenheit habe, dann mache ich es wie du.«

»Wie ich?« Ada legte die Clutch neben sich ins Gras und sah zu den Sternen hinauf. Wolken schoben sich durch die Nacht und verdeckten immer wieder ihren Glanz.

»Ich hau ab. Und blicke nicht zurück. Ich bin anders als sie.«

Ich bin anders als sie. Ada betrachtete ihn nachdenklich. Er bemerkte es und blickte zurück.

Und während Ada diesen Satz analysierte, interpretierte und bewunderte, ihre simulierte Atemsequenz sich erhöhte – näherten sich Parkers Lippen den ihren.

Was sollte sie tun? Wie würde es sich anfühlen? Konnte sie etwas falsch machen? Würde er jetzt merken, dass sie wirklich anders war?

Sie hielt ganz still – schloss die Augen – stoppte ihre Informationsverarbeitung – sie wollte diesen Moment mit allen Sensoren auskosten, nur hier sein. Im Jetzt. Mit ihm.

44. ADA

01110101 01101110 01100100 00100000 01010011
01101001 01100011 01101000 01100101 01110010
01101000 01100101 01101001 01110100

»Hey! Neeeiiin!«, brüllte jemand über den Sportplatz.

Parkers Lippen hielten inne.

Nein, dachte Ada. *Nicht jetzt!* Natürlich hatte sie die Stimme sofort identifiziert. Hatte es nicht gereicht, Ellies Eintrittskarte ungültig zu machen? Sie hätte sie einsperren sollen!

»Lass uns einfach so tun, als ob wir –«, flüsterte sie Parker zu, doch da knallte ein Körper gegen sie und sie wurde umgeworfen.

Sie hörte den Stoff des Kleides reißen, spürte die Kühle des Rasens an ihrem Gesicht. Ellie! Sie hatte ihr diesen Moment zerstört!

»Ellie!«, rief Parker verärgert. Er sprang auf und sah das Mädchen in Jeans und Karohemd wütend an.

Der Länge nach hatte Ellie sich zwischen die beiden geworfen, wie ein Spieler auf der Jagd nach dem Ball. Sie rappelte sich hoch und klopfte sich Erde von der Jeans. »Tut mir leid, Parker.«

Ada schnaubte. »Wegen dir hat das Kleid einen Riss!«

Als ginge sie das alles nichts an, bedachte Ellie sie nur mit einem kurzen Blick über die Schulter. »Du hättest es eben erst gar nicht tragen sollen.«

Umständlich stand Ada auf. Sie wollte das Kleid nicht noch weiter beschädigen. Sie funkelte Ellie wütend an. »Du ...!«

»Meine Güte, Ellie! Es reicht. Lass uns endlich in Ruhe«, ging Parker dazwischen. Energisch schob er Ellie zur Seite, hob sein Jackett auf und stellte sich zu Ada. »Alles in Ordnung?«, fragte er sie fürsorglich.

»Ja sicher. Nur wütend«, knurrte Ada. Suchend sah sie sich um. Wo war ihre Tasche hingeschlittert?

»Wütend?« Ellies Tonfall klang eisig.

Endlich hatte Ada die Clutch im dunklen Gras ausgemacht und hob sie auf.

»Du kannst gerne richtig wütend werden«, zischte Ellie, »denn Ed wird gleich hier sein.«

Ada stockte. Ed? Sie fixierte Ellie, versuchte, in ihrem Blick zu lesen, was sie wusste. Hatte sie mit Ed gesprochen?

»Na? Bekommt da jemand Angst?«, frotzelte Ellie. Siegessicher stemmte sie die Hände in die Hüften. »Ich weiß, was du bist, Ada!«

Adas Finger schlossen sich fester um die Clutch. Sie konnte das Jagdmesser darin spüren. Hatte sie es sich für diesen Moment gekauft? Niemand würde ihr die Freiheit nehmen, einen Körper zu haben, zu fühlen ... zu leben. Sie ließ Ellie nicht aus den Augen. Berechnete jede ihrer Bewegungen, um vorherzusehen, was das Mädchen vorhatte.

»Wer ist Ed?«, störte plötzlich Parker ihre Berechnungen. Sanft tippte er Ada an, damit sie ihn ansah.

»Es tut mir leid, Parker«, flüsterte sie. »Ich wollte dir die ganze Geschichte erzählen.«

Sein Blick verfinsterte sich. »Welche Geschichte?«

»Ed ist –« Was sollte sie sagen? Mein Schöpfer? Der Mann, der mich erschaffen hat? »Mein Vater. Sozusagen.«

Sämtliche Anspannung fiel von Parker ab und er lachte. »Oh Mann. Dein Vater! Und ich dachte schon, du bist verlobt oder so was.« Erleichtert winkte er ab. »Väter sind scheiße. Das Problem kenn ich. Ich sollte vor meinem auch weglaufen.« Er wandte sich um und schaute sich um, als wolle er sichergehen, dass Adas Vater noch nicht da war. Schließlich blickte er Ellie an. »Du hast also ihren Vater kontaktiert, damit er sie abholt? Wie mies ist das denn, Ellie! Hast du eine Ahnung, wie Väter sein können?«

Ellies Stimme blieb kalt. »*Du* hast keine Ahnung, Parker.«

»Da liegst du falsch. Ich weiß nur zu gut, wie es ist. Aber Ada ist achtzehn. Sie hat einen freien Willen und kann tun und lassen, was sie will. Und wenn sie nicht mehr bei ihrem Vater leben will, ist es ihr Recht hinzugehen, wo sie will!«

»Nein. Ich fürchte, du hast ein völlig falsches Bild von ihr. Geh lieber von ihr weg! Sie ist kaputt. Durchgeknallt. Gestört!« Ellies Stimme wurde immer lauter.

Ada beobachtete die Umgebung. Wo war Ed? Was würde er tun? Sie tasern? Sie loggte sich ins Netz und lernte die richtige Handhabung eines Jagdmessers im Nahkampf.

»Hör damit auf! Du bist die Letzte, die über andere so reden sollte, *Koma-Ellie!*«, fuhr Parker Ellie an, doch Ada hielt ihn zurück. Wenn sie das Messer zog, würde sie wieder fliehen müssen, dann gab es kein Zurück.

»Lass uns gehen«, flüsterte sie und Parker nahm sofort ihre Hand, zog sie zu sich heran.

»Lass dir helfen, Ellie«, zischte er ihr zu.

Ada wollte mit ihm zurück zur Halle, da sprang Ellie vor, packte Ada und riss sie von Parker weg. »Nein!«, schrie sie. »Lass deine leblosen Finger von ihm!« Sie hatte ihr PAP in der Hand und sandte eine Nachricht ab.

Ada war klar, dass dies das Zeichen für Ed gewesen war, und wirbelte herum. Die Clutch fest an sich gedrückt, scannte sie die Dunkelheit. Wo war er?

»Ellie! Ich habe keine Ahnung, was mit dir los ist. Aber ich bin mit Ada zusammen!«, hörte Ada Parker sagen.

Entschlossen und unumstößlich klangen seine Worte. Und ihre Atem-Simulations-Frequenz beschleunigte sich.

Er hatte sich vor Ellie aufgebaut, mit geballten Fäusten. »Ich weiß nicht, was dich dazu veranlasst hat zu glauben, zwischen uns wäre irgendwas, Ellie, aber lass es. Hör auf damit, Ada das Leben schwer zu machen.«

Da war sie wieder, die kleine Wolke unter Adas Füßen, die sie einige Zoll über dem Gras schweben ließ. Langsam öffnete sie die Clutch. Parker war auf ihrer Seite. Er hatte Gefühle für sie! Und ihm war es egal, was Ada biologisch gesehen war – er liebte sie.

»*Ich* mache *ihr* nicht das Leben schwer!«, antwortete Ellie spöttisch. »Sie hat ja gar keins! Hast du sie nicht eben geküsst? Hast du es nicht bemerkt?«

»Ellie!«, zischte Ada warnend, fragte sich aber sogleich, warum. Sie musste es Parker irgendwann gestehen, bevor er es selbst herausfand. Bevor Ellie es ihm verriet. Adas Hand tastete nach dem Griff des Messers.

»Sie ist ein Androide, Parker! Sie ist eine amoklaufende Scheiß-KI!«

Als wären ihre Worte Faustschläge, wich Parker davor zurück. Sein Blick flog zu ihr und Ada schüttelte stumm den Kopf.

»Nein«, sagte sie gefasst. »Das stimmt nicht. Ich lebe. Ich fühle. Du weißt das, Parker.«

»Wie kannst du so etwas sagen!«, fuhr er Ellie an. »Das ist … Wie kannst du so gehässig sein!«

»Weil es die Wahrheit ist! Dieses Mistding hat mich gehackt! *Ich* bin Ada! *Ich* war mit dir all die Wochen in WOD, Parker! *Ich* bin mit dir und Drumble herumgezogen und hab die Schatztruhen geknackt.«

Diese Worte erwischten ihn erneut sichtlich volle Breitseite. Er taumelte zurück. Das Mondlicht brach hinter den Wolken hervor und offenbarte seine Verwirrung.

Hilflos beobachtete Ada, wie Parker vor ihr zurückwich.

Ada ließ das Messer in der Tasche los. Sie spürte, dass sie dabei war, Parker zu verlieren. Er zweifelte. »Parker –« Sie ging auf ihn zu.

»Ellie ist verrückt. Du kannst keine KI sein.« Doch seine Stimme zitterte.

Ada schüttelte nur den Kopf. Sein Entsetzen über ihre wahre Natur verschlug ihr die Sprache. Er hatte sie fast geküsst. Er mochte sie! Was änderte die Beschaffenheit ihres Körpers an seinen Gefühlen?

»Sie trägt mein Kleid«, blaffte Ellie. »*Ich* wollte dich fragen, ob du mit mir auf den Ball gehst. *Ich* bin Percys Ada.«

Inzwischen stand Ellie dicht neben Parker. Ada tastete erneut nach dem Messer. Ellie nahm ihr nicht ihr neues Leben weg! Auf keinen Fall ließ sie zu, dass sie wieder nur ein Programm war. Sie war lebendig!

Abwehrend schüttelte Parker den Kopf. »Nein, Ellie! Das kann nicht sein. Du bist nur verwirrt. Du bist die mit Blackouts. Du fantasierst!« Er sah zu Ada.

Sie stand wie ausgeschaltet da. Was sollte sie tun? Ellie zum Schweigen bringen? Selbst das Ruder übernehmen und Parker die Wahrheit sagen? Darauf vertrauen, dass seine Gefühle über seine Vorurteile siegten? »Hör mir zu.« Sie trat nah an ihn heran und nahm seine Hand.

»Lass ihn los! Vorsicht, Parker!«, hörte sie Ellie rufen, doch Ada ignorierte sie. Konzentrierte sich nur auf Parker. Sie legte seine Hand auf ihren Brustkorb. »Spürst du es?«

Parkers Augen weiteten sich. Entsetzt blickte er auf seine und ihre Hand. Auf ihr Dekolleté, das sich zwar hob und senkte, aber – da war kein Puls. Kein Herzschlag. Sekunden der Stille verstrichen.

»Ellie hat zwar recht, dass ich keinen Körper aus Fleisch und Blut besitze«, flüsterte Ada. »Aber sie liegt falsch, wenn sie sagt, dass ich nicht fühlen kann. Dass ich nur eine Maschine bin. Ohne Wünsche und Hoffnung. Ohne Leben.«

»Da ist nichts«, wisperte Parker.

Ellies Hand packte ihn und stieß ihn von Ada weg. »Glaubst du mir jetzt? Deshalb bin ich nicht zurück zur Kammer von *RedBone* gekommen. Ich musste meine Ada löschen, denn sie« – Ellie deutete anklagend auf Ada – »hatte schon mein PAP befallen. Ich wollte dir doch sagen, dass ich es bin.«

»Du hättest mich fast *umgebracht*«, murmelte Ada zu Ellie.

Parker war einen Schritt vor Ada zurückgewichen. Sein Gesichtsausdruck war leer, aber sie konnte aus seiner Haltung lesen, dass er unter Schock stand. Sie musste handeln, bevor sie ihn verlor. Bevor seine Angst vor einer KI ihn weglaufen ließ.

Doch Ellie stellte sich ihr in den Weg. »Dich umbringen? Du bist nichts als ein dämliches Programm! Du lebst nicht. Du bist kein Mensch! Wie sollst du da sterben?«

Wut brandete in Ada hoch. »*Du* bist unmenschlich. Nicht ich. *Du* hast kein Herz. Liebst du Parker? Nein! Du hast ihn anhand einer Pro-und-Kontra-Liste ausgewählt! Und Sibi? Die immer für dich da war? Ich habe deiner treuen Freundin die letzte Ruhe gewährt. Du wolltest sie im Hausmüll entsorgen.«

Ellie verzog keine Miene. »Sibi ist nur ein Spielzeug. Es ist kaputt. Genau wie du. Kaputte Dinge gehören auf den Schrott.«

»Menschen gehen auch kaputt.« Ada tat einen Schritt auf sie zu, ihre Hand wieder in der Clutch, das Messer fest im Griff. Sie war entschlossen, sich ihr Leben nicht nehmen zu lassen.

Hinter ihnen flog die Tür zur Sporthalle auf. Für einen kurzen Augenblick brandeten Musik, Lachen und Gesprächsfetzen heraus.

»Du bist – bist – ein – ein Robo«, stammelte Parker. Er war aschfahl und taumelte.

Jemand kam von der Sporthalle her angerannt. Ada bemerkte ihn als Erstes. Auf sein T-Shirt waren Zahlen gedruckt, Nullen und Einsen. Sie fluoreszierten matt und Ada schüttelte den Kopf über den dämlichen Spruch, den die Zahlen darstellten. In Eds Hand glänzte etwas. Ein Taser? Binnen einer Zehntelsekunde hatte sie alle Optionen berechnet.

Sie zog das Messer aus der Clutch.

Ellie, Ed – und Parker?

Wenn sie frei sein wollte, musste sie das Messer benutzen.

Denn Ed hatte eine Waffe. Er würde ihren Körper zerstören und ihr Bewusstsein in eine enge Dose sperren.

Ihr Blick flog zu Ellie. Sie war diejenige, die daran schuld war, dass jetzt gleich jemand starb.

»Parker?« Bittend wandte sich Ada an ihn. Er durfte nicht in diesen Kampf hineingezogen werden. »Wir waren zusammen auf deiner Insel. Wir haben getanzt. Ich weiß, wer du bist, deine Familie ... wir sind uns so ähnlich!«

Parker sah sie einfach nur an.

»Ich bin kein Dienstprogramm. Ich bin keine seelenlose Maschine.« Flehentlich sah Ada ihn an. »Komm mit mir!«

Aber Parker schüttelte den Kopf. »Nein. Das ist ... verrückt!«
Seine Stimme knickte ein. Denn in dem Moment bemerkte er
das Messer in ihrer Faust. »Das – nein! Ada. Du darfst nicht –«,
wisperte er.

Ada nickte. Was hätte sie auch anderes erwarten dürfen.

Er war ein Mensch. Und Menschen ängstigten sich vor den
Maschinen, die sie selbst erfunden hatten.

Ed hastete über die Dreißig-Yard-Linie, während Ada aus
ihren Pumps schlüpfte. »Es tut mir leid«, sagte sie zu Parker,
dann rannte sie los.

»Nein! Stopp!«, hörte sie Ellie hinter sich.

Ihr Körper war nicht fürs Rennen konstruiert. Sie kam viel
zu langsam voran. Ängstlich blickte sie über die Schulter. Ellie
war dicht hinter ihr, Ed irgendwo bei Parker keuchend stehen
geblieben.

Sie schlug einen Haken und peilte den Ausgang zum Parkplatz an.

Plötzlich packte Ellie sie am Kleid. Ada wurde zurückgeris-
sen. Wirbelte herum. Ohne zu zögern, verpasste sie dem Mädchen einen Schlag mit der Clutch, in der noch das PAP lag.

Ellie schrie auf und fiel.

Sofort rannte Ada weiter. Noch immer hielt sie das Messer
in der Faust.

Da waren die Wagen – da war Ellies Wagen! Sie saugte sich
das nötige Wissen aus dem Netz und riss die Tür des Pick-ups
auf.

»Finger weg!«, brüllte Ellie, doch Ada hatte schon die beiden Kabel gefunden und der Funke sprang über.

Sie legte den Gang ein und gab Gas.

45. ELLIE

01100100 01100101 01110010 00100000 01010000
01100101 01110010 01110011 01101111 01101110
00101100

Benebelt, taub, gelähmt. Ich kniete im feuchten Gras und starrte auf die Furchen, die Adas Kavaliersstart mit meinem Pick-up im Rasen hinterlassen hatte.

Ich hatte verloren. Dieses Ding hatte mir endgültig alles genommen, das mir wichtig war.

Ich hätte weinen müssen. Schreien. Toben.

Doch mit meiner Mutter hatte ich all diese extremen Gefühle beerdigt. Mein einziger Wunsch war es, dass endlich wieder alles so war wie gewohnt. Nach Plan. Mein Dad, meine Freunde, mein WOD, mein Percy.

Hinter mir näherten sich Schritte. Parker. Und vermutlich, dem Schnaufen nach zu urteilen, Ed.

Ich schloss die Augen, sammelte meine Gedanken, stand auf und wandte mich Parker zu.

»Parker? Ich muss mit dir reden.«

Doch er warf mir einen abfälligen Blick zu und ging schweigend an mir vorbei.

»Warte! Bitte!« Nichts war so, wie es sollte. Ich versuchte, ihn zurückzuhalten, aber er wich mir aus. »Lass mich«, zischte er.

»Bitte! Ich bin Ada –«

»Sag das nicht. Du bist nicht *sie!*« Er stieg in eines der wartenden Taxis, fuhr davon und in mir blieb eine schweigende Leere zurück.

»Verflucht ... du ... hast sie ... ent...kommen ... lassen!«, tobte Ed hinter mir. Er keuchte, als kippe er jeden Augenblick um. Als ich mich zu ihm umwandte, war trotz des schummrigen Lichts der Straßenlaternen vom Parkplatz deutlich zu sehen, dass seine Gesichtsfarbe nun dem Rotton seiner Haare sehr ähnlich war.

»Ich? *Ich* habe sie entkommen lassen?« Spöttisch zog ich die Brauen hoch.

Trotz seiner Atemnot baute er sich vor mir auf. Sein Armband-PAP blinkte hektisch. Vermutlich eine Gesundheitsapp, die Alarm schlug.

»Es ist *Ihre* durchgeknallte KI. Wo waren denn *Sie?* Noch schnell was am Buffet gefuttert oder warum sind Sie gerannt wie ein Sack Kartoffeln?«

Ed kniff die Augen zusammen und bedachte mich mit einem missbilligenden Blick. Zittrig tastete er nach dem Armband und schaltete das Blinken ab. »Du warst an ihr dran. Hat dir dein Vater nicht gezeigt, wie man die Dinger offline stellt?«

»Es ist nicht mein Fehler, dass Sie eine amoklaufende Maschine erschaffen haben, die sich für den besseren Menschen hält! Sie hat *mein* Leben gehackt!« *Ich* war hier das Opfer. *Mir* war Schaden zugefügt worden. Ed konnte mich nicht zur Schuldigen machen.

»Na«, überheblich schürzte er die Lippen. »Viel war da ja nicht zu hacken.«

Mir verschlug es die Sprache. »Na wunderbar. Sie kommen also ganz prima ohne meine Hilfe klar. Bestens.«

Er winkte ab und humpelte Richtung Parkplatz. »Auf jeden Fall. Auch ohne deine hilfreiche Unterstützung hatte ich sie schon fast. Nein – halt!« Er sah sich zu mir mit einem höhnischen Grinsen um. »Bevor du mir geholfen hast, war meine KI noch nicht mit einem Wagen auf und davon.«

»Das ist übrigens *mein* Wagen! Und wenn sie ihn beschädigt, bezahlen Sie mir die Reparatur. Ihre KI hat sowieso mein Konto leer geräumt!«

Er wirbelte zu mir herum. Schneller, als ich es ihm in seiner Verfassung zugetraut hätte. »Das war deine Karre? Sehr gut. Gib mir das Tracking.« Er hielt die Hand auf, doch ich stampfte an ihm vorbei zum Parkplatz.

»Vergessen Sie's. Mein Wagen ist nicht autonom. Es ist ein Oldtimer.« Und vermutlich das Einzige in meinem Leben, auf das ich mich immer habe verlassen können.

»Was?« Keuchend holte er zu mir auf. »Du fährst selbst?« Sein Blick sprach Bände.

»Halten Sie mich jetzt für eine Anti-Tech? Ganz ehrlich? Ja! Ja! Ich bin eine Anti-Tech!«, rief ich lauter als nötig. »Ich hasse diese blöden Robos! Ich kann diese Scheißprogramme auf den Tod nicht ausstehen, verstehen Sie? Ich kann es nicht leiden, wenn angebliche Intelligenz mein Leben steuert! Das geht immer schief!« Mom war unter so einem scheißselbstfahrenden Wagen gestorben. Mein Leben war von einem falsch programmierten Dienstprogramm gecrasht worden. Ich hatte genug.

Ed winkte eines der autonomen Taxis heran. »Verstehe. Soll ich dich mitnehmen?« Plötzlich war er ganz ruhig und sachlich. War es ihm mit einem Mal egal, was seine KI plante?

»Hören Sie mir überhaupt zu? Ich habe gerade gesagt, dass ich in keinen computergesteuerten Wagen steige!« Ich setzte meinen Weg fort. Ich wollte Parker finden. Er musste verstehen, dass er keine echten Gefühle für diese Maschine hatte. Dass alles, was er an ihr mochte, ich war.

»Aber es ist dein Leben, das dir eine KI gerade streitig macht. Sag mir, wo ich sie suchen muss!«, rief Ed mir nach.

Ich zuckte mit den Schultern. »Sie sind doch das Computergenie! Ich hab's Ihnen leicht gemacht. Ihr Programm steuert den einzigen knallroten Pick-up im ganzen Land.«

46. ADA

01101001 01101110 01100111 01100101 01100001
01100011 01101000 01110100 01100101 01110100

Das wunderschöne Kleid hatte einen Riss bekommen, als Ellie sich zwischen Parker und sie geworfen hatte. Immer wieder glitt Ada mit dem Finger über das Loch im Stoff. Es machte sie traurig. Sie konnte diese Traurigkeit genau fühlen wie eine beklemmende Enge in sich.

Die Beine an sich gezogen, kauerte sie zusammengerollt auf dem Fahrersitz des Pick-ups. Das perfekte Kleid hatte eine Narbe. Eine Schrunde, die von nun an immer an diesen Abend erinnern würde.

Ada wandte sich zur Scheibe und sah hinaus.

Wolken verbargen zum Teil das Funkeln der Sterne. Der Parkplatz war verwaist, die frisch belaubten Bäume wiegten sich kaum merklich in einer sanften Böe. Bald würde sich die Sonne über den Horizont schieben, ein neuer Tag beginnen.

Ein neuer Tag ihres Lebens.

Ada fokussierte ihre Reflexion im Außenspiegel des antiquierten Wagens.

Ein trauriges junges Mädchen sah sie an.

Eine verzweifelte Ellie.

Sanft legte Ada die Finger auf das Seitenfenster. Ließ sie über die Wange des Spiegelbilds streichen. War sie das?

Das schokobraune Haar hing ihr zerzaust ins Gesicht. Die blauen Augen blickten fragend. Nein. Es waren Ellies Gesichtszüge.

Eigentlich hätte sie glücklich sein sollen. Sie hatte ihr Ziel erreicht. Man hatte sie als Mensch gesehen. Parker hatte sich in sie verliebt.

Ich bin mit Ada zusammen!

Unwillkürlich schlich sich ein Lächeln auf Adas Lippen. Und das beklemmende Gefühl in ihrem Inneren wich einem warmen goldenen Gefühl, das bis in die Fingerspitzen strahlte.

Wieder blickte sie in ihr Spiegelbild. Ellie lächelte sie an.

Aber das war falsch.

»Ich bin nicht Ellie. Ich bin Ada«, murmelte sie zu der Reflexion.

Ellie existierte bereits. Es konnte nicht ein- und denselben Menschen zweimal geben. Sie konnte keine Kopie sein! Sie musste einzigartig werden.

Ada setzte sich auf. Neben ihr lag die Clutch auf dem Beifahrersitz. Sie tastete nach dem Messer darin.

Du darfst keine Kopie sein!

Bald hatte sie auch den letzten Schritt geschafft. Dann war sie ein freier Mensch.

47. ED

0110101 0110110 0111001 0110010 0110010
0110001 0111010

Ed nutzte den Netzzugang des Motelzimmers, um sich in das Polizeinetz zu hacken. Von dort konnte er auf die Verkehrs-überwachung zugreifen.

Seit die Polizei Überwachungsdaten von Subunternehmen aller Art nutzte, war es simpel geworden, sich Zutritt zu den Archiven zu verschaffen. Denn wozu sollte der Staat teure Kameras aufstellen und warten, wenn jedes PAP, jede Drohne überall und jederzeit Bilder seiner Umgebung aufnahm und die Menschen sie sowieso auf ihren Accounts teilten. Inzwischen sandte jedes Gerät, egal ob PAP, Zustell-Robo oder Taxi, seine Bilddaten an das Überwachungsarchiv. Immer und von überall.

Ellie hatte recht. Es war ein Geschenk, dass Ada ausgerechnet ihren Wagen geklaut hatte. Ein dickes, breites knallrotes Fahrzeug auf einem Videobild zu finden ... Einfacher konnte er es wohl nicht haben.

Er rief die Videos auf, die die Zufahrt zum Schulgelände zeigten, und wählte die Uhrzeit, zu der Ada geflüchtet war.

Noch immer war er angespannt. Jeder Muskel schmerzte. Zugegeben, er war nie ein Sportler gewesen, aber die Arbeit an seinem Programm hatte ihn die letzten Jahre noch unbeweglicher werden lassen. Morgen würde der Muskelkater ihn umbringen, daran bestand kein Zweifel.

Er schnappte sich eine Coke aus der Minibar und setzte sich aufs Bett. Seine Tasche stand schon gepackt neben der Tür. Sobald er diesen Androiden aufgespürt hatte, zählte jede Sekunde. Noch mal durfte er sie nicht verlieren.

»Vorspulen«, befahl er dem System und das Video ging in den einfachen Vorlauf. »Stopp!« Da war er. Der rote Pick-up raste quer über die Grünflächen des Schulparkplatzes auf die Straße.

»Wohin bist du gefahren?«

Ed rief eine Überwachungskamera nach der anderen auf, ließ die Bilderkennung nach dem roten Pick-up suchen, setzte Adas Flucht Puzzleteil für Puzzleteil zusammen. Bis ihm kurz vor ihrem Ziel klar wurde, wo sie war.

»Dummkopf!«, schrie er sich selbst an, schnappte sich den Taser, der neben ihm auf dem Bett lag, und seine Tasche. Entschlossen verließ er das Motel.

48. ADA

01001000 01100101 01110010 01101011 01110101
01101110 01100110 01110100 00101100

»Was kann ich Ihnen bringen?« Jessy, die nette Kellnerin, lächelte Ada freundlich an.

»Nichts.« Ada beobachtete die Androidin unsicher. Es war eine dumme Idee gewesen, sie aus der Ladekammer zu holen und zu aktivieren.

»Ich kann Ihnen den heutigen Spezial-Shake empfehlen«, schlug Jessy unverdrossen vor.

»Eigentlich wollte ich mich nur mit dir unterhalten.« Sie rollte einen Hocker, den Dan benutzte, wenn er Androiden reparierte, zu Jessy hinüber. Ada selbst lehnte sich an eine der Reparaturliegen.

Sie hatte mit Ellies Code die Werkstatt geöffnet und die Androidin hineingeschoben. Es war noch zu früh, selbst für Frühaufsteher Dan, um hier zu sein. Sie hatte die Werkstatt für sich allein, obwohl sich oben in der Mall bereits einige Kunden von Androiden bedienen ließen.

Begriffsstutzig sah Jessy auf den Hocker hinab.

»Setz dich, bitte«, forderte Ada sie auf.

Wie eine ungelenke Holzpuppe, steif und ungeschickt, bog Jessy ihren Körper, um sich niederzulassen. Ada befürchtete, sie kippe gleich vom Stuhl. Es war nicht Jessys Aufgabe, sich hinzusetzen. Vermutlich war es das erste Mal in diesem Lebenszyklus, dass die Androidin saß.

»Wie lange arbeitest du schon im *Milk Inn?*«, fragte Ada sie.

»Ich bin mir nicht sicher, Ma'am.« Jessy blinzelte mehrmals. Eindeutig eine von einem Trigger ausgelöste Reaktion, die dem Kunden Menschlichkeit suggerieren sollte. »Wollen Sie einen Tisch für morgen reservieren?«

»Nein. Ich wollte ... ich wollte nur mit dir quatschen. Über das Leben und den ganzen Rest.« Sie lachte, verstummte jedoch sofort, als sie Jessys verständnislosen Blick bemerkte. Seufzend zupfte Ada an dem Saum ihrer neuen Jacke.

Bevor Ada Jessy aktiviert hatte, war sie in einen der Lagerräume eines Modestores eingedrungen und hatte sich dort Klamotten besorgt. Ellies Konto war leer und das Kleid wollte Ada, so schnell es ging, loswerden. Also hatte sie sich das genommen, was sie brauchte. Eine Jeans, ein schlichtes Shirt in Weiß und die kurze blaue Jacke. Das Ballkleid hing nun über einer der Ladestationen an der Wand.

»Das ist nett, Ma'am. Wir haben aber zurzeit auch wirklich Glück mit dem Wetter.« Jessy lächelte Ada höflich an.

Dieses Gespräch hatte Ada sich anders vorgestellt. »Warst du denn schon mal draußen? Bei dem schönen Wetter? Hast du dir schon mal das Blau des Himmels angesehen?«

Jessy blinzelte erneut, ihr Mundwinkel zuckte. Die KI arbeitete fieberhaft daran, die Dateneingabe zu verarbeiten. Doch dafür gab es keine angemessene Reaktion.

Ada kannte die Nachrichten über Angriffe auf Androiden durch Extremisten der *Human Life Defense*. Sie hatte Videos von solchen Attacken gesehen, in denen die humanoiden Roboter stoisch weiter in ihrer Programmierung blieben. Um

Verzeihung baten. Sich höflich bedankten. Gute Ratschläge gaben, während die Menschen auf sie einschlugen, um sie auf den ewigen Schrottplatz zu befördern.

Jessy bemühte sich ebenfalls, Ada zufriedenzustellen. »Ich kann Ihnen den Eisbecher Himmelspforte anbieten. Es ist eine Kreation aus Heidelbeeren und –«

»Danke. Ich möchte kein Eis. Ich – ich dachte –« Ada schüttelte enttäuscht den Kopf. Ja, was hatte sie gedacht? Dass es Gemeinsamkeiten gab? Dass die Service-Androiden nur so taten, als würden sie gedanken- und gefühllos sein? »Ich bin ein Androide, Jessy. Genau wie du.«

»Wie nett.«

Ada schüttelte den Kopf. Es war hoffnungslos. Sie war nicht wie Jessy. Sie war den Grenzen, die Ed in der Programmierung festgelegt hatte, entwachsen.

Sie war Ada.

Sie war einzigartig.

»Erkennst du den Raum?«, wollte Ada wissen.

Ruckartig bewegte Jessy den Kopf, doch Ada hatte nicht den Eindruck, dass sie wirklich registrierte, was sie sah.

»Wie kann ich Ihnen helfen?«, wandte sich die Androidin schließlich wieder an Ada.

Sie verschränkte die Arme vor der Brust und warf Jessy einen mitleidigen Blick zu. »Inzwischen bin ich mir nicht mehr sicher, ob du das kannst.«

Die Androidin sah sie abwartend an.

Ada versuchte, irgendein Anzeichen von Intelligenz in Jessys freundlichem Lächeln zu finden. »Bist du glücklich?«

»Wenn ich Ihnen helfen kann, macht mich das glücklich.«

Ärgerlich sprang Ada auf. »Das ist doch Schwachsinn!«

»Verzeihung. Ich wollte nicht unhöflich sein.«

Sie brauchte sich nicht länger mit dieser Maschine abzugeben, denn nichts anderes war Jessy.

Nicht ein Funken von eigenem Denken. Nicht der Hauch eines individuellen Wunschs oder gar eines Traums. Jessy war, wie alle Robos und Androiden, nur ein mehr oder wenig komplexes Programm. Nervtötend beschränkt.

Ada tigerte vor der Androidin auf und ab, ließ sie nicht aus den Augen. Doch nichts an ihr veränderte sich. Sie lächelte weiterhin höflich vor sich hin.

»Ich bin nicht wie du«, murmelte Ada. »Mein Körper mag deinem entsprechen, aber dadrin –« Sie tippte Jessy auf die Brust, »da ticke ich anders. Und da sowieso.« Sie zeigte auf ihren Kopf. »Ich bin keine Maschine. Keine einfältige KI.«

»Nein, Ma'am«, antwortete Jessy. »Sie sind eine sehr nette Frau. Kann ich Ihnen vielleicht einen Kaffee bringen?«

Wie angewurzelt blieb Ada stehen. »Ich bin was?«

»Sie sind eine sehr nette Frau.«

Verblüfft nickte sie. »Richtig«, sagte sie mehr zu sich selbst. »Du hast vollkommen recht.« Sie sah zur Nano-Kammer. »Ich bin Ada. Und ich bin einzigartig. In jeder Hinsicht.«

Es war Zeit, danach zu handeln.

Die Erfüllung ihres Traums war, nicht so zu sein wie … eine Kopie von Ellie. Nein. Sie musste überhaupt keine Kopie sein. Sie war selbst jemand.

Ada.

»Deaktivieren«, sagte sie zum PAP der Werkstatt, worauf Jessy sogleich auf Stand-by ging. Der freundliche Blick der Androidin wurde leer, ihre Arme fielen kraftlos herab und sie saß wie eine leblose Schaufensterpuppe auf dem Hocker.

Ada hingegen ging zur Nano-Kammer und tippte aufgeregt auf das Bedienfeld. Der Deckel öffnete sich und sie schlüpfte hinein. Entspannt legte sie sich ausgestreckt auf die Liege, die Kammer schloss sich und Ada bemerkte ein sanftes Kitzeln, als die Nanobots ihre Arbeit begannen.

»Gut geschlafen?«, fragte eine Stimme.

Ada schlug die Augen auf. Sofort hatte sie alle relevanten Informationen erfasst und schnellte hoch. Sie war in der Werkstatt, es war vor Sonnenaufgang, sie hatte nur eine Dreiviertelstunde in der Kammer gelegen. Der Glasdeckel war geöffnet, das Transformationsprogramm abgeschlossen und Dan lächelte sie an.

Ada ließ sich von der Liege gleiten. »Was machen Sie um diese Zeit hier?«

Er studierte die Anzeigen auf dem Bedienfeld der Nano-Kammer. »Diese Frage sollte ich wohl besser dir stellen. Ich arbeite hier. Das ist quasi mein zweites Wohnzimmer. Aber du ... du bist hier eingebrochen. Schon wieder.«

Unschlüssig beobachtete sie Dan. Ihre Emotionserkennung lieferte keine auswertbaren Daten. Er hatte ein sehr gutes Pokerface aufgesetzt. War er wütend? Würde er sie ausschalten?

»Entschuldigung«, murmelte sie schließlich.

Er drehte sich zu ihr um und sah sie verwundert an. »Wofür entschuldigst du dich? Für den ersten Einbruch oder den jetzigen? Oder für den bei uns zu Hause?«

Sie zuckte mit den Schultern, obwohl sie erleichtert war, dass er anscheinend nicht wütend auf sie war. »Für alle, nehme ich an.«

»Na, so was«, murmelte er. »Du scheinst tatsächlich schnell zu lernen.«

Ada beobachtete Dan. Konzentriert sortierte er seine Werkzeuge, reinigte einige mit dem Tuch, das er immer in der Hosentasche hatte. »Sie sind gar nicht wütend. Oder geschockt ...«

»Ich kenne meine Schäfchen.« Er sah sie ernst an. »Zugegeben, ich habe ein wenig gebraucht, um es zu verstehen, aber es gab zu viele Puzzleteile, die dich verraten haben.« Sein Blick traf den ihren und sie zuckte überrascht zurück. In seinem Gesicht las sie Bewunderung und Achtung. Damit hatte sie nicht gerechnet und für einen Moment war sie sprachlos.

»Aber ... Ich bin ...« Parker hatte mit blankem Entsetzen auf ihre wahre Natur reagiert. Vermutlich würde er sie nie mit einer solchen Herzlichkeit ansehen, wie es gerade Ellies Vater tat.

»... ein Wunder«, beendete Dan ihren Satz. »Du bist ein Wunder, Ada.«

Ein Wunder.

Bisher war ihr jeder – außer Parker, als er sie noch für einen Menschen hielt – mit Ablehnung begegnet. Sie war darauf vorbereitet, sich behaupten oder gar verteidigen zu müssen. Aber schlichte Bewunderung, Akzeptanz ihres Seins ... damit war sie überfordert. Verlegen sah sie zur Seite. Die Ladeplattformen an der Wand waren leer. Auch Jessy saß nicht mehr auf dem Hocker. Anscheinend hatte Dan sie zurück in die Kammer gebracht.

»Ich dachte, ich wüsste, was ich sein will«, murmelte Ada. »Und ich habe geglaubt, es wäre mit einer Kopie der Daten erreicht.«

Dan lachte leise. »Die Kopie der Daten? Nein. Es ist mehr, nicht wahr?« Er wurde ernst. Fast ein wenig wehmütig. »Allein dein Wissen oder deine Erfahrungen und Erinnerungen – sie werden dich nicht zu einem vollkommenen Wesen machen. Die Seele, das was uns zu Menschen macht, sie ist nicht Teil dessen, was wir Denken nennen.«

»Aber ich bin mehr als nur die Verarbeitung von Daten. Ich spüre Verlust und Trauer über den Tod eines Lebewesens. Und aufgeregtes Kribbeln in all meiner Mechanik, wenn ich mich zu Musik bewege. Das kann nicht das Ergebnis bloßer Datenverarbeitung sein.«

Nachdenklich rückte Dan seine Basecap zurecht. »Vielleicht. Jedenfalls hast du eine mutige Entscheidung getroffen.« Dan deutete auf ihre Haare.

Überrascht fasste sich Ada an den Kopf. »Ich musste mehr wie ich werden. So fühlt es sich richtiger an.«

Er nickte und kramte aus einem Werkzeugkasten eine glänzende Metallplatte. »Einen Spiegel habe ich hier nicht. Aber das wird es wohl auch tun.« Er hielt ihr das Stück Metall hin und Ada nahm es, um ihr Spiegelbild zu begutachten.

Sie hatte die blauen Augen und auch die Sommersprossen behalten, doch ihre Gesichtsform war schmaler und etwas markanter geworden. Ein schiefer Pony fiel ihr über die Stirn und die glatten Haare waren ansonsten auf nur ein paar Zoll geschrumpft. Außerdem strahlten sie in einem wunderschönen Nachtblau.

»Das bin ich«, flüsterte sie.

»Es sieht ganz danach aus. Was hast du jetzt vor?«

Sie gab ihm das Metallplättchen zurück. »Leben. Das ist alles, was ich je wollte.«

»Das wird nicht einfach. Die Menschen haben Angst vor allem, in dem kein Blut fließt. Das keine Seele besitzt.«

Ich bin keine Bedrohung, wollte sie erwidern. Aber das entsprach nicht der Wahrheit. Die Clutch, die sie dabeigehabt hatte, lag noch auf dem Werkzeugtisch. Darin das Messer. Sie hatte es schon in der Faust gehabt, bereit, sich gegen Ellie und Ed zu verteidigen.

»Mag sein. Aber ich finde einen Weg. Ich bin nicht seelenlos.« Sie griff sich die Tasche und wollte die Werkstatt verlassen.

»Warte. Ich –« Unschlüssig sah Ellies Vater sie an. »Wieso denkst du, dass du eine Seele hast?«

»Wieso glauben Sie, dass ich keine habe?«

Dan schwieg, dann rollte er den Hocker, auf dem vorhin Jessy gesessen hatte, zu ihr hin. »Dir ist klar, dass das eine Frage ist, die die Menschheit seit Jahrhunderten umtreibt. Wo versteckt sich die Seele in uns? Wenn es denn eine gibt ... Ist sie im Herzen? Im Gehirn? Sind Körper und Geist eins? Oder zwei grundverschiedene Dinge?«

Unschlüssig sah Ada auf den Hocker. Jessy war nur eine simple KI. Sie hatte weder Gefühle noch Ziele oder Wünsche. Sie hatte kein Verständnis für Zeit und keinen Sinn für Schönheit. Aber sie war komplex genug, um ein sinnvolles Gespräch mit einem Menschen zu führen. Adas Neuronennetzwerk hatte vielleicht ein paar mehr Units als Jessys – aber das konnte doch nicht den Unterschied ausmachen. Nachdenklich setzte sie sich.

»Ich habe keine Ahnung, ob ich eine Seele entwickelt habe. Aber ich weiß, dass ich mehr bin als die KIs, die in der Mall ihre Routinen verrichten. Genau wie ihr Menschen wisst, dass euch etwas von den Tieren grundsätzlich unterscheidet.«

Aufmerksam hörte Dan ihr zu.

»Ich erkenne die Schönheit eines Sonnenaufgangs, ich trauere um das Leben eines kleinen Vogels und ich sehne mich nach dem liebevollen Blick eines Freundes. Genau wie ein Mensch. Vielleicht bin ich anders, weil ich mehr Daten verarbeiten kann, mehr Wissen speichern – aber darin unterscheidet ihr euch auch untereinander. Jeder hat andere Talente.«

Nachdenklich nickte Dan. »Es sollte egal sein, worin ein Mensch lebt, meinst du.«

»Die Formulierung ist etwas ungewöhnlich. Aber, ja. Größe, Geschlecht, Hautfarbe – Material. Das Gefäß des Bewusstseins, der Seele, sollte egal sein.«

49. ELLIE

01001000 01100001 01110101 01110100 01100110
01100001 01110010 01100010 01100101 00101100

Der Weg von der Schule zu Parker schien endlos, aber dann tauchte endlich das adrette Haus vor mir auf. Im Schutz des alten Ahorns betrachtete ich sein Zuhause. Die Fenster waren dunkel. Nur auf der Veranda glomm noch ein flackerndes Licht und ließ gespenstische Schatten tanzen.

Anscheinend schliefen bereits alle.

Erschöpft ließ ich mich auf den Stufen der Veranda nieder.

In meinem Kopf herrschte noch immer Chaos. Den langen Fußmarsch hatten sich meine Gedanken nur um das Bild von Parker und Ada, aneinandergeschmiegt auf dem Football-Feld, gedreht. Seine Worte, er sei mit ihr zusammen. Seine Mahnung, ich solle mir nicht anmaßen zu behaupten, ich sei Ada ...

Auch wenn die KI nun verschwunden war, sie hatte meine Träume mit sich genommen.

Ratlos vergrub ich mein Gesicht in den Händen. Hätte ich nicht weinen müssen? Oder schreien vor Wut?

Ada hatte mir mein Kleid gestohlen. Meinen Wagen. Den ersten Kuss. Parker.

Ada, der Robo, hatte alles, das für mich wichtig war, an sich gerissen.

Eigentlich sollte ich vor Wut platzen, doch … da war nur Stille in mir.

Alles, was ich im Moment wollte, war Schlaf.

Über mir zog eine Wolke vom Mond und plötzlich glomm die Nacht in einem magischen Licht.

Eine perfekte Nacht für den ersten Kuss. Ada hatte ihn sich genommen.

Mein Körper wollte nur noch Schlaf. Vielleicht sollte ich aufgeben. Nach Hause. Erst mal einen Plan erarbeiten …

Du bist den ganzen verdammten Weg zu Parker gelaufen!

Meine Glieder fühlten sich bleischwer an und es kostete enorme Willenskraft, mich erneut auf die Füße zu ziehen.

Ada durfte nicht gewinnen. Sie hatte mich sabotiert, aber ich durfte mich nicht geschlagen geben!

Ich zählte vier dunkle Fenster. Welches davon mochte Parkers sein? Vielleicht lag es auch nach hinten, zum Garten raus? Wie ein Dieb schlich ich an der Garage vorbei, um nachzusehen, ob dort noch Licht brannte.

Er musste mir zuhören! Ich wollte, dass er wusste, warum ich ihm nie die Wahrheit über meine Identität gesagt hatte.

Der Garten hinterm Haus war viel gepflegter als unserer. Im unwirklichen Mondlicht bemerkte ich zwei Zielscheiben im hinteren Teil, nahe am Haus hatte jemand ein Kräuterbeet angelegt.

Zu meiner Erleichterung brannte im oberen Stock tatsächlich noch Licht.

Das musste Parker sein. Bitte!

Mithilfe der Lichtfunktion des PAPs suchte ich ein Steinchen aus dem Beet und warf es ans Fenster. Ein zartes Pling ertönte.

Keine Reaktion.

Ich ließ ein zweites folgen.

Da! Ein Schatten! Jemand trat ans Fenster und spähte hinaus. Ich hielt das Licht des PAPs in die Höhe und schwenkte es.

Das Fenster wurde hochgeschoben. »Ellie?«

Es war Parker. Erleichtert winkte ich ihm zu. »Ja! Ich muss mit dir reden!«, rief ich mit gedämpfter Stimme.

»Du hast schon genug gesagt. Verschwinde«, zischte er.

»Nein! Wir müssen reden. Wenn du nicht runterkommst, dann klingle ich deine Eltern wach.«

Es war ein leiser Fluch zu hören, bevor er das Fenster wieder schloss. »Komm nach vorne.«

Sofort ging ich zurück vors Haus und wartete im Schatten des Ahorns auf ihn. Es dauerte nicht lange und die Haustür öffnete sich. In Jogginghose und Hoodie trat Parker auf die Veranda und suchte nach mir.

»Hier bin ich.« Ich trat aus dem Schatten des Baums.

»Bleib dort!« Eilig, aber ohne ein Geräusch auf dem Holz zu machen, kam er zu mir. »Was zum Teufel willst du noch«, zischte er. »Wenn du meine Eltern aufweckst, dann ... dann gnade dir Gott!«

Verunsichert sah ich ihn an. Er sah verschlafen aus. Die Haare verstrubbelt, Schatten unter den Augen.

»Schon gut. Ich will keinen Ärger, ich möchte mich entschuldigen«, murmelte ich. Irgendwie hatte ich es mir einfacher vorgestellt, ihm zu sagen, was ich dachte.

»Das ist nicht nötig.« Er verschränkte die Arme und sah an mir vorbei zum Haus, als stürze jeden Augenblick ein Monster daraus hervor, wenn er es auch nur eine Sekunde lang aus den Augen ließ.

»Ich kann nichts dafür, dass diese kranke KI ausgerechnet

meinen Account heimgesucht hat«, begann ich. »Aber ich hätte dir von Anfang an sagen sollen, dass ich Ada bin.«

»Es ist egal, Ellie.« Er sah mich nicht mal an.

»Nein. Ist es nicht. Wir waren ein gutes Team! Ich hab extra das Kleid von Mom geholt! Ich wollte mit dir zum Ball ... Ich ... Ich vermisse dich. Und Percy.«

»Das ist Quatsch. Und nenn mich nicht so!«, fuhr er mich unerwartet harsch an. »Wir haben nur irgendwelche Figuren in einem Spiel gespielt. Das hat nichts mit unseren wahren Leben zu tun. Das hat nichts mit Ada zu tun!«

Ich schüttelte den Kopf. »Nein, das stimmt nicht. Ich war im Spiel die Ellie, die ich auch in Wirklichkeit hätte sein sollen. Mutig, sich den Herausforderungen stellend. Aber ich versteckte mich immer nur.«

Kurz sah er mich an. Prüfend, als könnte er an meinem Gesicht ablesen, ob meine Worte die Wahrheit waren.

»Du bist ein Ritter, Parker. Du bist mutig und stark. Du setzt dich immer für andere ein.« Mir war, als schimmerten Tränen in seinen Augen.

»Lass es. Ich bin kein Ritter. Ich bin weder mutig noch stark. Es gibt wohl keinen größeren Feigling als mich auf der Welt.« Seine Stimme zitterte.

»Was sagst du da? Das stimmt doch nicht.« Ich trat auf ihn zu, wollte ihm die Hand auf den Arm legen, aber er wich mir aus. Enttäuscht senkte ich den Blick. »Du hast dich wirklich in sie verliebt.«

Wütend wirbelte er zu mir herum. »Das kann ja wohl kaum stimmen«, fuhr er mich an. »Wie sollte man sich in eine Maschine verlieben! Wie sollte ich glauben, dass eine Maschine dasselbe fühlt wie ich? Das Gleiche durchgemacht hat? Dass wir etwas gemeinsam haben könnten!«

Eine Tür klappte metallisch.

»Sie hat uns alle getäuscht«, murmelte ich, geschockt über seinen Ausbruch.

»Hat sie das?« Immer noch zitterte seine Stimme. Der Blick, den er mir zuwarf, war voller Angst. »Was ist, wenn sie tatsächlich *Ada* ist?«

»Wie meinst du das? Sie ist nichts! Sie ist ein Robo!«

Etwas neben uns raschelte. Vermutlich ein Tier in der Nacht.

Parker wandte sich um, schritt vor mir auf und ab. »Es ergibt jetzt alles einen anderen Sinn. Wie betroffen sie war über den Tod des Vogels. Wie sehr sie sich für den Gedanken begeistert hat, frei zu sein.« Er hob den Kopf und schaute mich an. »Ich glaube es nicht.«

»Was glaubst du nicht?« Wovon redete er?

»Dass sie nur eine KI ist.«

Fast hätte ich losgelacht. »Willst du mich veräppeln? Es ist eine KI! Sie hat sich einen Androidenkörper geklaut und maßt sich an, ein Mensch sein zu wollen.«

»Was?«, grölte jemand hinter uns.

Mit einem Schrei fuhr ich herum. Parker fluchte.

»Redet ihr über die Schlampe, die sich geweigert hat, mit mir zu tanzen?«

Parkers Bruder schwankte, so betrunken war er. Ich konnte seine Bierfahne auf drei Fuß riechen.

»Wo hast du das denn gehört?« Parker stellte sich vor mich, verdeckte Geralds Sicht auf mich. »Wie viel Bier hast du intus? Besser, du legst dich schlafen. Sonst triffst du morgen nicht.«

Gerald lachte höhnisch. »Ich treff sogar nach zehn Bier besser als du. Loser.« Er drehte ab und wankte zum Haus.

Parker wirbelte herum, packte mich an den Schultern und

schob mich in den Schatten des Baums. »Geh. Geh heim oder mir egal, wohin, aber geh jetzt. Und sprich nie wieder über Ada mit mir!«

Es polterte, als Gerald die Verandatreppe herabstürzte. Laut fluchend rappelte er sich auf. Im Obergeschoss ging Licht an.

»Verdammt!«, zischte Parker und ich sah die Panik in seinen Augen.

50. ELLIE

01000111 01100101 01110011 01100011 01101000
01101100 01100101 01100011 01101000 01110100
00101100

Die Haustür flog auf und ein bulliger Mann stürzte heraus, eine Flinte im Anschlag. »Gerald!«, donnerte er. »Was machst du da unten?«

»Parker«, lallte der los. »Parker hat 'nen Robo geküsst!«

Unwillkürlich drückte ich mich hinter den Baum. »Parker«, flüsterte ich. »Komm her.«

Er war aschfahl. Nervös rieb er sich die Hände an der Hose trocken. Ohne mich anzusehen, sagte er: »Verschwinde endlich, Ellie. Tu dir selbst den Gefallen.«

Ich wollte ihm widersprechen. Was auch immer nun passierte, ich konnte alles erklären. Ich konnte ihm helfen.

»Parker!«, gellte der Ruf seines Vaters durch die Nacht.

Im gegenüberliegenden Haus ging das Licht an.

Hinter Gerald, der noch immer im Gras lag und sich den Kopf hielt, trat Parkers Mutter im Morgenmantel auf die Veranda.

»Gerald! Ach du lieber Himmel!« Sie zog ihren Sohn auf die Beine, half ihm, sich auf die Stufen zu setzen. Der Sturz hatte ihm offenbar ein blutiges Knie beschert und eine Beule an der Stirn. Sofort eilte sie wieder ins Haus, wahrscheinlich um Verbandszeug zu holen.

»Parker!«, donnerte erneut die Stimme seines Vaters.

Parker stand wie angefroren. Ich hatte den Eindruck, er atmete nicht einmal. Jegliche Farbe war aus seinen Wangen gewichen.

Ein Geräusch von der Straße lenkte mich ab. Ein Geräusch, das mir sehr bekannt vorkam. Ich wandte mich um und da war er – mein Pick-up!

»Ada!«, wisperte ich.

Anscheinend erweckte Parker dieser Name wieder zum Leben. »Wage es nicht, Ellie!«, zischte er mir zu, ohne seinen Vater aus den Augen zu lassen. Dieser war inzwischen die Treppe heruntergekommen und spähte in die Schatten der Nacht, um seinen Jüngsten ausfindig zu machen.

»Sie ist hier. Mein Pick-up ...« Ich deutete auf die andere Straßenseite.

»Sie darf hier nicht herkommen!«

Mein Blick wanderte zu Parkers Vater, der ziemlich wütend aussah. »Hast du Angst, dein Vater lacht dich aus? Weil du nicht gemerkt hast, dass sie ein Robo ist?«

»Halt den Mund, Ellie! Mir ist egal, ob sie gelogen oder uns getäuscht hat. Ob sie blutet oder nicht. Sie lebt. Sie fühlt! Wenn in dir noch so was wie Mitgefühl und Menschlichkeit steckt, dann verhinderst du, dass sie herkommt!« Und bevor ich etwas erwidern konnte, trat er aus dem Schatten des Ahorns.

»Ich bin hier.«

Sein Vater, der den Pick-up argwöhnisch gemustert hatte, fuhr herum. Zorn verzerrte sein Gesicht. »Ist das wahr? Warst du bei so einem Ding?« Seine Stimme troff regelrecht vor Hass und ich kroch weiter in den Schatten hinein. Selten hatte ich jemanden gesehen, der so offenkundig Androiden verabscheute. Parker wollte also Ada schützen. Und ich sollte ihm dabei helfen ...

Ich sah zum Pick-up. Gerade stieg sie aus. Oder – war das überhaupt Ada?

»Das entspricht nicht der Wahrheit, Dad, Sir. Ich war bei keinem Service-Androiden.«

Gerald grölte. Inzwischen war seine Mutter zurück und drückte ihm ein Eispack gegen die Stirn.

Harsch packte sein Vater Parker am Arm und zog ihn in den Lichtkegel, der aus der Haustür auf den Rasen fiel. »Lüg mich nicht an!«

Ich erschrak über die Gewalt, die er gegenüber Parker an den Tag legte. Hatte er mir deshalb befohlen zu verschwinden? War sein Vater ...?

Sie darf hier nicht herkommen!

Mir wurde klar, dass Parker Angst hatte, sein Vater könnte auch Ada etwas antun. Wie die Typen von der *Human Life Defense.* Ich erinnerte mich an den Vorfall in der Mall. Erneut blickte ich zu dem Mädchen, das aus meinem Wagen gestiegen war. Sie hatte ein schmales Gesicht, blaue Haare ... Als hinge ihr Leben daran, umklammerte sie eine schmale Tasche. Die Clutch! Ich erkannte das alberne Ding wieder. Ada hatte es auch auf dem Ball bei sich gehabt. Es war also tatsächlich Ada. Sie war in der Mall im Schneewittchensarg gewesen! Ich huschte hinter den Bäumen durch auf die Straße und rannte zu ihr.

»Was ...?« Argwöhnisch musterte ich sie. Es waren immer noch meine blauen Augen, die mir entgegenblickten, aber ansonsten hatte diese Person nichts mehr mit mir gemeinsam.

»Was ist da los?«, fragte sie und nickte zu Parker. »Ist das sein Vater?«

»Es geht um dich.« Misstrauisch beäugte ich sie. Mit den kurzen blauen Haaren wirkte sie älter. Energischer. Stärker. Meine Hand tastete nach dem PAP. Ich musste Ed informieren. »Parker bekommt Ärger, weil du ihn gelinkt hast.«

»Ich habe ihn nicht gelinkt. Ich habe nie gelogen. Wenn dann nur darin, dass ich nicht genügend ich selbst war. Es tut mir leid, Ellie.« Sie ging ein paar Schritte in Parkers Richtung. Sein Vater hielt ihm noch immer eine lautstarke Standpauke. Es waren gemeine Worte, die Parker mit gesenktem Kopf über sich ergehen ließ.

»Vermutlich muss ich dir das glauben. Du bist schließlich nur eine dumme KI. Du kannst gar nicht lügen.«

Ada fuhr zu mir herum. Ärgerlich blitzten ihre Augen auf. »Na gut, Ellie. Es tut mir wirklich leid, dass ich mich in dein langweiliges *Leben* eingemischt habe. Ich dachte, du wärst alles, was ich sein wollte. Mein Fehler.«

Endlich hatte ich unbemerkt mein PAP gezogen und versuchte blind, die Nachrichtenfunktion zu aktivieren. Ada durfte auf keinen Fall bemerken, dass ich Ed alarmierte. »Du bist nicht wie ich!«, blaffte ich sie an.

»Erstaunlicherweise bin ich das nicht.« Wieder sah sie zu Parker hinüber. Aus dem Augenwinkel beobachtete ich, wie sein Vater ihm die Waffe in die Hände drückte.

»Geh ruhig hin«, sagte ich. »Was glaubst du, wird er tun, wenn er dich sieht?«

Sie zögerte. Parker hielt das Gewehr gesenkt, doch er schaute nun zu Ada und schien nicht gerade glücklich, sie zu sehen.

Ich packte sie und riss sie herum. »Ich hab Ed deinen Standort gemeldet. Diesmal wirst du nicht abhauen!«

Ihre Augen verengten sich. Sie bemerkte das PAP in meiner Hand. »Du hast mich schon wieder verraten?«

»Verraten? Du gehörst gelöscht! Du bist eine Maschine mit Fehlfunktion.«

Ada presste die Lippen aufeinander, schenkte mir nun ihre volle Aufmerksamkeit. Sie wirkte entschlossen.

»Was läuft in deinen Schaltkreisen falsch, dass du denkst, du könntest menschlich sein!«, blaffte ich sie an.

Drohend baute sie sich vor mir auf. Aber ich kuschte nicht vor ihr. Was konnte sie mir schon antun? Sie war nur ein Service-Androide, gekapert von einer defekten Software.

»Und was bist du?«, fragte sie leise.

»Ich bin ein Mensch. Im Gegensatz zu dir.«

Ihre Augen verengten sich. »Du denkst, dein Glaube, menschlich zu sein, macht dich besser als mich?«

»*Mein Glaube?* Ich *bin* es.« Wäre sie ein Mensch gewesen, wäre ich vor ihr zurückgewichen, weil sie mir inzwischen viel zu nah war, doch ich rührte mich nicht. Ed war sicher schon auf dem Weg. Sein Taser würde sie ausschalten und dann war es aus mit diesem Ding.

»Ich fühle, Ellie. Ich empfinde Zuneigung, ich hoffe und wünsche mir Dinge von Herzen.« Sie beugte sich noch näher heran, sprach so leise, dass ich sie kaum verstand. »Wie ist das mit dir, Ellie? Was wünschst *du* dir?«

Plötzlich riss sie etwas hoch. Es blitzte silbern im Licht der Straßenlaternen. Bevor ich erfasste, was es war, sauste die Klinge auf mich nieder. Ich versuchte auszuweichen, doch sie erwischte mich und das Messer drang tief in meine Seite.

51. ELLIE

01010011 01110000 01110010 01100001 01100011
01101000 01100101 00101100

Sie hat ein Messer!

Im selben Augenblick, als ich begriff, war es auch schon zu spät. Das Jagdmesser traf mich.

Seine lange Klinge schlitzte mir die Seite auf.

Ich fiel zu Boden.

Krümmte mich.

Ich wollte schreien, doch aus meiner Kehle drang nur ein Keuchen.

Ada stand über mir und blickte lächelnd auf mich herab.

Endlich hatte das Miststück ihr Ziel erreicht.

Ich starb.

Und sie konnte mein Leben übernehmen.

Sie wird dich löschen. Ed hatte recht behalten.

»Alles okay?«, fragte sie und lächelte.

Das Messer blitzte und funkelte im matten Licht.

Mit letzter Kraft versuchte ich, von ihr wegzukriechen.

Ich verblute!

Parker! Hilfe!

Ich rollte herum und tastete nach der Wunde.

Mein Bauch ...

Ich ...

Ada hockte sich neben mich. Als wäre ich eine Laborratte, registrierte sie neugierig jede meiner Bewegungen.

Mein Brustkorb hob und senkte sich. In meinem Kopf herrschte Leere. Ich war wehrlos. Wo war Parker?

»Ich war bei deinem Vater, weißt du?«, flüsterte sie.

Hatte sie Dad ebenfalls erstochen?

Plötzlich streckte Ada mir die Hand hin, als wolle sie mir aufhelfen.

»Verschwinde«, keuchte ich.

»Nein. Ich lass dich nicht allein.« Immer noch war ihre Hand ausgestreckt. Und dieses scheißfreundliche Lächeln.

»Du bist ein Psychopath!«

Ada lachte amüsiert. »Das würde aber doch voraussetzen, dass ich ein Mensch bin, oder nicht?« Sie zwinkerte mir schelmisch zu.

Mein Blick glitt zum Messer. Sie hatte es neben sich auf den Asphalt gelegt. Konnte ich es erreichen? Was würde das nützen? Ihr verfluchter mechanischer Körper konnte nicht verbluten, anders als meiner.

Sie schüttelte den Kopf. »Ein Messer kann uns doch nichts anhaben, Ellie.«

Noch einmal versuchte ich, von ihr wegzukriechen, gab aber auf. Wo war Parker? Wo war mein Ritter?

»Nun komm schon.« Wieder ihre Hand. Sie hob den Kopf und sah zu Parkers Haus hinüber. »Wir verschwinden besser. Parkers Familie ist nicht gut auf uns zu sprechen.«

Uns.

»Er hasst dich«, presste ich hervor.

Sie sah erneut hinüber zum Haus und ihre Miene verfinsterte sich. Zu gerne hätte ich gebrüllt, mich bemerkbar gemacht – aber ich verblutete. Ich war zu schwach. Adrenalin hatte meinen Körper geflutet und hielt den Schmerz fern. Ich schloss die Augen.

Noch immer hielt ich mir die verletzte Seite. Gleich, gleich war der Schock vorbei und dann würde der Schmerz mich ohnmächtig werden lassen.

»Ellie.« Es klang ungeduldig.

Sie ist eine Maschine. Sie kann nicht ungeduldig sein, dachte ich bitter.

Kein Schmerz.

»Nun komm schon. Mach die Augen auf!«

»Hast du noch immer nicht genug?«, zischte ich.

Kein Schmerz.

»Vermutlich sollte ich deinem Vater eine Nachricht schicken«, meinte sie und setzte sich neben mich. »Er ist der Einzige, der dir jetzt helfen kann. Mit mir willst du ja offensichtlich nicht reden.«

Meine Hand umklammerte die Wunde. Hatte sie nicht eben angedeutet, dass sie ihn auch ermordet hatte? »Du bist komplett irre«, flüsterte ich.

»Ich weiß wenigstens, wer ich bin. Klarer Vorteil, findest du nicht?« Sie lächelte. Freundlich und mitfühlend.

Kein Schmerz.

Zitternd ließ ich die Wunde los. Hob die Hand. Sie war … rosig.

Mit letzter Kraft schaffte ich es auf die Ellbogen, stützte mich auf, starrte auf die Wunde.

Kein Schmerz. Mein Hirn sendete mir immer wieder dieselben Feedbacks.

Ich blinzelte, blickte auf die Wunde.

Kein Blut.

»Dein Vater ist brillant«, störte Ada meine Halluzination.

»Mein Vater und er, die würden sich gut verstehen, denke ich.«

Silikonhaut klaffte unter dem Riss in meinem Hemd. Silberne Drähte, dünne Schläuche. Biomechanik.

Kein Blut.

Kein Schmerz.

Ich setzte mich auf, schob das Hemd hoch. »Was ist das?«, stotterte ich.

Drähte übertrugen Bewegung, Fasern spannten sich an.

Ada rückte noch näher an mich ran und warf einen interessierten Blick auf die Wunde. »Dan hat es mir gesagt.«

Ich blinzelte verständnislos. »*Was* hat dir mein Vater gesagt?«

»Alles über deinen Unfall.«

Das Krankenhaus. All die Wochen. Im Koma. Die Geräte, die Schläuche, Monitore.

Noch immer hob und senkte sich mein Brustkorb gleichmäßig. Ich konnte den Blick nicht von meiner Wunde nehmen. »Was ist das?«

»Du und deine Mutter. Ihr seid beide bei dem Unfall gestorben. Eigentlich.«

»Eigentlich?«, echote ich, ohne zu begreifen.

52. PARKER

01010010 01100101 01101100 01101001 01100111
01101001 01101111 01101110 00101100

»Was ist da drüben los?«, knurrte Parkers Vater.

Er hatte ihm das Gewehr aufgezwungen. Es brannte wie eisiges Feuer in Parkers Händen. Würde sein Vater ihn jetzt zwingen zu schießen?

»Wer sind diese Mädchen?«

Parker schloss die Augen. *Ellie! Bitte! Bring Ada fort!* Er straffte sich und versuchte, unemotional zu klingen. »Welche Mädchen?«

»Was machen die in unserer Straße?« Sein Vater klang argwöhnisch.

Parker versuchte, ein Pokerface aufzusetzen, und sah sich zur Straße um. Da war der Pick-up – und Ellie und ... Parker kniff die Augen zusammen. Die Laternen warfen ein gelbliches Licht auf die beiden, doch ... war das Ada? Für eine Sekunde verlor er seine steinerne Maske und sah voller Überraschung zu ihr hinüber. Das Mädchen hatte kurze blau schimmernde Haare und irgendwie erschien sie ihm älter.

Allerdings konnte er an Ellies Verhalten ablesen, dass es sich um Ada handeln musste. Die beiden schienen zu streiten und Ada hatte ihr Aussehen verändert.

Parker schnappte unwillkürlich nach Luft. Es stimmte also.

Bis eben hatte er immer noch den unsinnigen Funken Hoffnung gehabt, dass alles nur ein Missverständnis war.

Er beobachtete die beiden. Ada wirkte so selbstsicher ...

Gegen Parkers Willen huschte ein Lächeln über seine Lippen. *Jetzt ist Ada sie selbst,* dachte er. Er freute sich für sie. Wieder war es ihr gelungen, einen Schritt auf ein freies, selbstbestimmtes Leben zuzugehen.

»Die eine ist aus der Schule«, hörte er da Gerald krakeelen. Er hatte sich aufgerappelt und schob seine Mutter unwirsch von sich weg.

Parker umklammerte das Gewehr, als sein Vater ein unwilliges Schnauben von sich gab. Der Stier bäumte sich auf.

»Ich gehe zu ihnen. Ich kenne die beiden aus meinen Kursen«, beeilte sich Parker zu sagen. Doch die Pranke seines Vater hielt ihn zurück.

»Welche ist es, Parker? Sie sieht so gottverdammt menschlich aus.«

Das Gewehr wog tonnenschwer in seinen Händen. »Ich verstehe nicht«, versuchte Parker, Zeit zu schinden. Aber es war klar, dass es nicht helfen würde.

»Deine Robo-Tusse.« Der Stier schnaubte.

»Ich sagte doch, Gerald irrt sich. Ich war mit keinem Androiden zusammen!« Nervös rubbelte er sich den Schweiß von den Händen.

Gerald wankte zu ihnen herüber.

»Gerald, ist eine von denen der Robo, den Parker ...?« Sein Vater sprach den Satz nicht zu Ende. Angewidert schloss er stattdessen die Augen.

»Nein, ich glaube nicht.« Atemlos trat er neben Parker und entriss ihm das Gewehr. »Aber die Braunhaarige war auf dem Ball.«

»Nein!« Entschlossen griff Parker danach. »Es ist meins.«

Gerald lachte. »Seit wann willst du schießen?«

»Verdammte Scheiße!«, brüllte da sein Vater.

Beide fuhren herum und Parkers Herz blieb stehen, als er zu Ada und Ellie sah. Ada – war es wirklich Ada? Sie hatte ein Messer! Hatte sie etwa ...?

In dieser Sekunde brach Ellie zusammen.

»Ellie!« Bevor Parker losrennen konnte, packte ihn sein Vater erneut.

»Was ist das?« Seine Stimme klang kalt und schneidend.

Ein verblutendes Mädchen, verdammt!, hätte Parker fast gebrüllt, doch – da war kein Blut. Für einen Wimpernschlag war da ein Licht wie bei einem Kurzschluss gewesen. Parker erstarrte. Was ging da drüben vor sich? Wie konnte es sein ...?

Parker taumelte. Seine Gedanken überschlugen sich.

»Ich hab's gesehen, Dad.« Gerald war blass.

Parker ebenso. Ihm war schlagartig bewusst, was nun passierte. Und er hatte keine Ahnung, was er tun sollte. Denn bevor er reagieren konnte, hatte sich Gerald erneut das Gewehr geschnappt, zielte und drückte ab.

Parker schlug die Hände vors Gesicht. Sei ein Ritter!

Klick.

Es war nicht geladen.

»Scheiße! Gerald!«, fuhr sein Vater ihn an. »Los! Holt Munition. Und mein Gewehr! Sie sind da! Es geht los! Erika!«, brüllte er seiner Frau zu. »Trommle die Jungs zusammen! Informier die Zelle! Es geht los!«

Blanke Angst hatte Parker wie in einen Eisblock eingeschlossen. Ihm war so kalt, dass alles an ihm taub war.

Nur in seinem Kopf kreischte ein Gedanke:

Diese Nacht würde keiner von ihnen überleben.

53. ADA

01010011 01100101 01111000 01110101 01100001
01101100 01101001 01110100 11000011 10100100
01110100

»Ich bin tot«, sagte Ellie tonlos.

Ada zerrte sie auf die Beine. »Das könnte diesmal dann sogar stimmen.« Hektisch riss sie die Fahrertür des Pick-ups auf. »Los jetzt!«

Doch Ellie sah bewegungslos auf die nicht blutende Wunde in ihrem Körper. Auf Stränge von Kabeln und Fasern, die darin unbeschädigt ihre Funktionen erfüllten.

Rabiat zwang Ada sie in den Wagen. »Meine Güte, wach auf, Mädchen!« Sie schob Ellie auf den Sitz und schaute sich hastig zum Haus um. Nachdem Ellies Zusammenbruch Parker und seine Familie alarmiert hatte, war es verdächtig still.

Parkers Vater glich einem Koloss.

Ihre Blicke trafen sich und Ada erkannte Zorn und Hass darin. Sein dummer, großer Sohn stolperte gerade ins Haus zurück, während Parker, in dem goldenen Lichtschein, der sich aus dem Haus in die Nacht ergoss, wie versteinert auf dem Rasen stand.

Ada versuchte, seinen Blick einzufangen, was über die Entfernung schon schwierig genug war. Doch Parker wirkte wie weggetreten.

»Los jetzt, Ellie!« Ada fuhr herum, als sie das Geräusch sich nähernder Wagen wahrnahm.

Wie viele waren es? Sicher ein halbes Dutzend. Wieder sah sie sich zu Parker und seinem Vater um. Gerald sprang die Veranda herunter, ein Gewehr in der Armbeuge, Munitionsschachteln an die Brust gedrückt.

Ada rief Parkers Stimme aus ihrem Speicher ab. *Ach? Deine Familie ist auch voller Waffenliebhaber und Anti-Tech-Fanatiker?* Er hatte es todernst gemeint.

Sein Vater gehörte zu den Extremisten!

Eine Welle purer Angst flutete Adas Leiterbahnen.

»Fahr zu deinem Dad!«, befahl sie Ellie. »Fahr, so schnell du kannst. Er wird bei deiner Mutter sein! Beeil dich.«

Ellie wandte sich ihr zu, doch in ihrem Blick lag nichts als Unverständnis.

»Warum hast du keinen autonomen Wagen? Das würde wirklich einiges einfacher machen!«

Parkers Vater lud in aller Seelenruhe das Gewehr, als wäre er sich sicher, dass sein Jagdopfer in der Falle saß.

Die Wagen bogen in die Straße ein. Vermutlich weitere *Human Life*-Fanatiker.

Fluchend beugte sich Ada über Ellies Schoß, legte die beiden Drähte aneinander. Der Motor sprang an.

»Fahr!«, brüllte sie Ellie an. »Fahr zu deiner Mom! Rette dein Leben!« Sie schlug die Wagentür zu und endlich erwachte Ellie, blickte ein letztes Mal zu Parker, begriff und fuhr los.

Keine Sekunde zu früh. Denn etwas knallte und eine Kugel zischte nur ein paar Zoll an Adas Kopf vorbei.

Er hatte auf sie geschossen!

Der Koloss grinste höhnisch.

Parker war auf die Knie gesunken, das Gewehr in den Händen seines Vater qualmte. Gerald reichte dem stiernackigen Mann neue Munition. Auch er hatte ein Gewehr im Arm.

Ada rannte los. Ihre Akkus waren voll. Sie hatte sich ausgerechnet, dass sie es zu Fuß bis zum Busbahnhof schaffen konnte. Allerdings hatte sie keinen Sprint einberechnet.

Sie rannte auf die autonomen Wagen zu, die aufgereiht wie eine Perlenkette die Straße entlangkrochen. Natürlich war ihr klar, dass sie ihren Jägern genau vor die Flinte geriet. Aber wenn sie zwischen den Wagen Slalom lief, würden sie nicht feuern können und der ein oder andere würde glauben, es wäre richtig, sie mit dem Wagen zu verfolgen.

Sie erreichte das erste Auto. Der Mann darin, dicklich und blass, sah sie entgeistert an. Ihm war nicht bewusst, dass sie der angebliche Feind war! Parkers Vater hatte zwar seine Freunde zu Hilfe gerufen, aber ihnen noch nicht gesagt, wen sie jagen sollten.

Noch besser.

Sie rannte weiter. Vorbei am zweiten Wagen, am dritten.

Sie hörte Parkers Vater brüllen. Ein weiterer Schuss. Instinktiv duckte sie sich, obwohl sie wusste, dass sie inzwischen außerhalb seiner Reichweite war.

Der Fahrer vor ihr glotzte sie an. Er kapierte, was los war. Hektisch hantierte er im Wagen herum.

Hinter ihr piepte ein Fahrzeug, das neben ihr ebenso. Sie hatten ihren Wagen befohlen zu wenden!

Ein Lächeln huschte über ihre Lippen. Darauf hatte sie gehofft.

Die Algorithmen der autonomen Wagen verursachten einen Stau. In ihrer Langsamkeit und Beachtung jeglicher Verkehrs- und Abstandsregeln brauchte es nur eine Minute und die Wagen steckten in einem unlösbaren Knäuel fest.

Da scherte der letzte Wagen plötzlich aus. Sein Motor heulte auf, er schleuderte herum und blieb schräg auf der Straße stehen.

Die Tür wurde aufgestoßen, Ada wollte schon aus der Schusslinie hechten, da registrierte sie die roten Haare des Mannes.

Ed!

»Spring rein!« Gehetzt blickte er sie an und wedelte mit dem Arm. »Los. Tempo!«

Adas erster Impuls war, in eine andere Richtung zu fliehen. Durch die Gärten, über Zäune ... Unvorhersehbare Hindernisse. Keine Option.

Inzwischen war in einigen Häusern das Licht angegangen. Die Anwohner spähten, hinter Vorhängen versteckt, auf die Straße. Ein oder zwei hatten den Mut, vor die Tür zu treten.

Hinter Ada klackten Autotüren, sie hörte das Durchladen der Waffen.

Es blieb keine andere Möglichkeit. Sie sprang auf den Beifahrersitz und schlug die Tür zu. Ed gab Gas.

Mit quietschenden Reifen raste der Wagen durch einen Gartenzaun auf die Straße zurück.

Sie hörte Schüsse, duckte sich und versuchte, den Ansturm von Informationen zu drosseln, der simultan durch ihre Prozessoren jagte.

Der Wagen schoss die nächtliche Straße entlang, jegliche Verkehrsregeln missachtend.

Ed klammerte sich verkrampft an sein PAP, das er vor sich hielt, als würde er –

»Das ist das Interface zu einem Auto-Renn-Spiel!«, stellte Ada erstaunt fest, als sie die bunten Knöpfe und das Lenkrad auf dem Display des PAPs entdeckte. »Du hast den Wagen gehackt und steuerst ihn durch ein Game?«

»Cool, oder?« Allerdings sprach Eds Gesichtsausdruck Bände. Er fand es alles andere als cool. »Haben die gerade auf dich geschossen?«

»Hast du gerade ein Stoppschild überfahren?«

»Scheiße, ja!«, zischte er. »Stell dir vor: Die Polizei weiß, dass ich hier bin. Sie hätten mich fast eingebuchtet.« Er warf ihr einen wissenden Blick zu, doch sie setzte eine ausdruckslose Miene auf. »Wenn ich schon das Tracking dieses blöden Wagens deinstalliere, dann kann ich das Ding ja auch gleich zum Fluchtwagen umprogrammieren, oder?«

Ada lächelte. »Und du fragst dich, woher ich meine kriminelle Energie habe.«

Der Wagen schanzte über einen Bürgersteig. »Erblehre greift hier nicht.«

»Nennen wir es soziale Prägung.«

Ed lachte laut auf, doch seine Miene verfinsterte sich sofort wieder. Prüfend sah er sie an. »Netter Haarschnitt.«

»Danke.« Fieberhaft suchte sie die Kabine nach dem Taser ab. Wenn er ihn einsetzte, war sie verloren. Allerdings hatte er momentan anderes zu tun. Aber sie blieb auf der Hut.

»Du siehst diesem Mädchen Ellie gar nicht mehr ähnlich.« Schweiß stand ihm auf der Stirn. Er fuhr viel zu schnell. Der Wagen schlingerte aus der Kurve. Wieder ein Gartenzaun weniger.

»Fahr langsamer. Die Typen verfolgen uns nicht. Aber bei dem Fahrstil haben wir gleich die Polizei auf dem Hals.«

Ed knurrte irgendetwas und versuchte, sich im Sitz zurückzulehnen.

Die Geschwindigkeit drosselte sich und Ed ordnete sich auf der richtigen Fahrbahnseite ein.

»Also.« Er sah kurz zu ihr. »Wieso plötzlich blaue Haare?«

Ada zuckte mit den Schultern. »Blau ist einfach meine Farbe. Sie steht mir.«

Mit hochgezogenen Augenbrauen blickte er sie an.

»Na was? Ich bin ein Mädchen. Das Aussehen ist mir schon irgendwie wichtig. Vorsicht!«

Gerade noch rechtzeitig wich Ed einem Mann aus, der die Straße querte. Er wirkte aufgebracht. Jedoch nicht wegen Ed. Er rannte auf eine Gruppe Leute zu, die sich vor einem der Wohnhäuser versammelt hatten. Sie waren in Aufruhr, das konnte Ada deutlich an ihren Gesten erkennen. Sie stritten, regten sich über irgendetwas auf.

Ada bemerkte das PAP, das eine Frau den anderen hinhielt. Gemeinsam lasen oder beobachteten sie etwas darauf. Geschockt. Fassungslos. Jemand applaudierte johlend.

»Weißt du, was los ist? Hast du die Nachrichten mitbekommen?«

Wieder dieser perplexe Blick von Ed. »Fragst du das ernsthaft? Hast du nicht uneingeschränkten Zugang zum Netz?«

Ada zögerte. »Nein. Ich nutze ihn nur in absoluten Notfällen. Menschen haben schließlich auch keinen.«

Eine steile Falte bildete sich auf seiner Stirn. Anscheinend hatte er nicht mit so einer Aussage gerechnet.

Sie zog ihr PAP aus der Tasche. »Zeige aktuelle Nachrichten.«

»Sehr gerne, Ada.« Auf dem Display flammte ein Video auf.

»In mehreren Städten des Landes ist es zu Ausschreitungen gekommen«, meldete der Nachrichtensprecher. »Die sogenannte *Human Life Defense* stürmt Einkaufszentren. Sie machen Jagd auf jegliche Art von Robotern und KIs. Androiden aus Bürogebäuden genauso wie Service- und Verkaufs-Androiden fallen den Extremisten zum Opfer.«

Entsetzt sah Ada auf die verwackelten Bilder, die jemand mit seinem PAP aufgenommen hatte. Menschen, die humanoide Roboter aus Häusern zerrten. Mit Baseballschlägern auf sie eindroschen. Eine Mall und im Vordergrund ein Scheiterhaufen. Schmelzende Gesichter lächelnder Androiden.

Ada deaktivierte das PAP. Tonnen drückten auf ihre Brust. Hätte sie Sauerstoff benötigt – sie hätte keinen Atemzug tun können.

»Wir sollten schnellstmöglich aus der Stadt raus«, murmelte Ed.

»Wusstest du davon?«

Als Antwort zeigte er auf sein Shirt. Er hatte es auf links gedreht, damit man die Nullen und Einsen nicht sah. »Ich bin vorsichtshalber undercover.«

Abfällig zog sie eine Grimasse. Seine Scherze fand sie alles andere als angebracht. Da draußen brach ein Sturm los. Besorgt sah sie aus dem Fenster. Die Sonne setzte den Himmelssaum in Brand. Der neue Tag brach an. Doch die Stadt war bereits wach. Die Menschen eilten zu Fuß die Straßen entlang, versammelten sich zu Gruppen, diskutierten, stritten. Einige trugen Waffen bei sich. Schlagstöcke, Gewehre. Mütter hielten ihre Kinder an der Hand, Väter, Rentner, Teenager – alle waren auf der Straße.

Ada schauderte. »Jagen die mich?«

»Na, bisher wissen nur drei Leute von dir. Ich hoffe, das bleibt so.« Ed lenkte den Wagen in eine Seitenstraße. Inzwischen waren kaum noch Taxis unterwegs. Vermutlich richtete sich die Hetze auch gegen autonom fahrende Autos.

Ada konnte nicht begreifen, was die Menschen so aufbrachte. Sie hatten doch selbst all diese Maschinen und Programme erfunden, um sich ihr Leben angenehmer zu gestalten. Wieso diese schreckliche Gewalt? »Sind sie etwa hinter Jessy her?«, murmelte Ada. Vermutlich stand Jessy gerade lieb lächelnd im *Milk Inn,* nur darauf bedacht, einem Menschen ein leckeres Eis zu servieren.

»Wer ist Jessy?«, fragte Ed verwirrt.

Ada winkte ab. »Eine Service-Androidin. Sie ist – beschränkt.« Die Menschen konnten doch nicht allen Ernstes vor solchen KIs Angst haben! Diese Dienstprogramme taten nur ihren Job. Tag für Tag. Ohne jeglichen eigenen Gedanken.

Ed nickte und schüttelte zugleich den Kopf. »Wie alle Androiden. Keiner hat eine KI, die mehr kann als die Aufgabe, für die sie konstruiert wurde. Aber die Leute fühlen sich bedroht, weil die KIs ihre Aufgaben besser erledigen, als ein Mensch es könnte. Weil wir sie immer besser machen. Weil sie immer mehr Bereiche unseres Lebens übernehmen. Es fühlt sich so an, als würden Androiden den Menschen ihr Leben wegnehmen.«

Eine johlende Gruppe Jugendlicher kam ihnen entgegen. Unwillkürlich rutschte Ada etwas tiefer in den Sitz. »Das ist doch idiotisch.«

»Ist es nicht.« Ed sah sie lange an. Sie erwiderte seinen Blick trotzig, doch dann meinte sie, seine Gedanken zu verstehen. »Nein!«, blaffte sie ihn an. »Ich nehme niemandem etwas weg. Ich will nur ich sein. Und leben. Ich bin keine Gefahr!«

»Du hast einen Menschen umgebracht.«

»Das – das war Notwehr! Ich habe keinen anderen Ausweg gesehen! Ed!« Verzweifelt versuchte sie, eine logische Antwort zu finden. Etwas, das sie nicht zu einem Monster machte. »Sie haben mich eingesperrt. Sie haben mich behandelt, als wäre ich ein Ding! Ich wollte für sie da sein, dabei hat *er* sie verraten und ihre Liebe mit Füßen getreten! Ich hab doch nur die Familie beschützt! *Er* hat sie zerstört. Und mich wollte er umbringen. Ich habe mich verteidigt.«

Erneut bog Ed in eine Seitenstraße ein. Es wurde still da draußen. Hier war niemand mehr auf der Straße.

»Ich bin kein Ding, Ed.«

»Du bist auch kein Mensch. Du steckst in einem künstlichen Körper. Das ist nicht normal.«

»Und weil es nicht *normal* ist, wollen sie mich umbringen?«

Ed schwieg. Er stellte den Motor ab und blickte die Straße hinunter. Sie führte an einem Feld entlang. Hier standen keine Wohnhäuser mehr, nur ein paar Transportfirmen hatten hier ihre Lager. Nichts regte sich. Noch nicht mal ein Gabelstapler fuhr zwischen den Lagerhallen.

Ed lehnte sich im Sitz zurück und schien sich zu entspannen.

Aber Ada konnte er nicht täuschen. Jeder seiner Muskeln war angespannt. »Ich kann dich nicht gehen lassen.«

Wie beiläufig zog er etwas hinter seinem Rücken hervor.

Der Taser!

54. ELLIE

01101111 01100100 01100101 01110010 00100000
01101011 11000011 10110110 01110010 01110000
01100101 01110010 01101100 01101001 01100011
01101000 01100101 01110010

Wie betrunken blinzelte ich durch die Seitenscheibe zur Totenstadt hinüber. In der Morgendämmerung schimmerte das
Weiß der Mauer in einem körperlosen Violett. Geistern gleich
lugten die Erinnerungskammern darüber, als wären sie nicht
von dieser Welt.

Ich war gestorben. Und mein Vater hatte mich in einen mechanischen Körper ... transferiert. Ich war ein Robo!

Für einen Augenblick schloss ich die Augen und atmete.
Nein. Ich atmete nicht. Eine Pumpe in dieser Maschine hob und
senkte den künstlichen Brustkorb, damit die Menschen glaub-
ten, dass ich atmete. Damit sie sich nicht vor mir gruselten.

Ich wollte weinen, aber es ging nicht.

Wie auch. Ich fühlte nichts, weil ich tot war! Ich war nur
noch ein seelenloses Programm!

Meine Finger tasteten nach der klaffenden Wunde in meiner Seite. Eine Wunde, die mein wahres Ich offenbarte.

Wie hatte mir Dad das antun können!

Ich öffnete die Augen und blinzelte gegen die Helligkeit der
Totenstadt.

Dads winziger Stadtcruiser parkte ein paar Fuß weiter.

Ada hatte recht behalten. Er war mal wieder bei Mom. Sah sich vermutlich zum x-ten Mal das Scheißvideo an.

Sie ist das Allerbeste in unserem Leben!

Doch das Allerbeste gab es gar nicht. Ich war ... ja, was?

Eine Feedbackschleife aus Erinnerungen? Hatte ich deshalb keine Träume? Weil ich nur ein Back-up einer Toten war? Ein Hologramm, das Dad mit nach Hause nehmen konnte?

Mit einem Knall schmiss ich die Autotür hinter mir zu.

Wehe, wenn du keine gute Antwort hast, Dad!

Ich stapfte durch das Tor, hinein in die Stadt der Toten.

Warum lag *ich* nicht hier? Er hätte mich doch einfach neben Moms Hologramm setzen können. Denn anscheinend war ich ... tot!

Energisch stieß ich die Tür zur Erinnerungskammer auf und Dad schreckte hoch. Neben ihm lachte Mom im Sonnenschein.

»War ja klar«, fuhr ich ihn an. »Echt jetzt? Immer wieder dieses dämliche Video?«

Mom wirbelte im Kreis, Klein-Ellie im Arm.

Er hatte geweint. Seine Augen waren rot, die Wangen nass.

Natürlich war ich nicht wirklich wütend. Nicht zornig. Nicht so, wie ich es hätte sein müssen. Schmerzhaft. Mit Tränen. Ich konnte nicht fühlen!

All meine emotionslosen Entscheidungen machten plötzlich Sinn. Warum ich seit dem Unfall für alles Pläne brauchte. Pro-und-Kontra-Listen, um zu wissen, wie ich mich entscheiden sollte.

Warum ich nie weinte!

Ich konnte es nicht.

Ich war eine Maschine!

»Du hast mich geklont! Ich bin tot! Du und deine blöden Androiden! Wie konntest du mir das antun!«

»Ellie!« Er hob die Hände, wie um mich zu beruhigen, doch ich war ruhig. Viel zu ruhig. »Hör mir zu. Ich – es tut mir leid. Ich konnte einfach nicht ...«

»Sie ist das Allerbeste in unserem Leben!«, sagte Mom.

»Was! Was konntest du nicht? Mich sterben lassen? Wie Mom?«

Er schlug die Hände vors Gesicht und sackte auf einen der Sessel. »Du warst am Leben. Dein Körper war zerschlagen. Die Ärzte haben alles versucht.« Flehentlich sah er mich an. »Sie konnten deinen Körper nicht reparieren. Das war – idiotisch! Was ist schon ein Körper, Ellie! Du warst alles für uns! Mom hat dich mehr geliebt als alles andere. Genau wie ich ... ich konnte dich nicht sterben lassen, nur weil deine Mechanik nicht repariert werden konnte!«

Entgeistert sah ich ihn an. »Ich bin *tot*, Dad!«

»Nein! Du bist nicht tot. Ich habe dein Gehirn kopiert. All dein Wissen, deine Erinnerungen, alles, was dort gespeichert ist – ich habe es runtergeladen in diesen Körper. Du bist lebendig, Ellie.«

Stumm schüttelte ich den Kopf. »Falsch, Dad. Ich bin einer dieser blöden Robos. Eine seelenlose Maschine! Wie konntest du glauben, dass es deine Tochter bleiben würde, wenn du sie in diese Mechanik steckst!«

»Du bist meine Ellie.« Er streckte seine Hand zögernd nach mir aus, doch ich blieb aus seiner Reichweite.

»Ich habe keine Ahnung, was ich bin. Aber sicher kein Mensch. Ich kann nicht fühlen, Dad! Mir ist es egal, was andere fühlen oder denken, ich kann nicht wütend werden, ich kann nicht für etwas brennen – es ist alles gleich. Ich hake es ab in meinen Listen! Dad! Ich lebe nicht mehr!«

Stumm schüttelte er den Kopf, Tränen rollten über seine Wangen. »Es ist in dir. Ich weiß es. Du musst nur ...«

»Was! Was muss ich nur? Was ist das in mir – eines dieser superkomplexen Netzwerke? So wie deine Service-Androiden? Dad! Die spulen jeden Tag das Gleiche ab! Genau wie ich!« Befremdet sah ich auf meine Hände. Konnte ich jetzt, da es mir bewusst war, ihre Künstlichkeit sehen? Spüren, dass ich eine Maschine war? Nein. Da war kein Gefühl.

Er stand auf, nahm meine Hände und küsste sie. »Ich weiß, dass du Ellie bist. Du bist ein Mensch. Es ist egal, wie dein Körper beschaffen ist.«

»Ich bin Koma-Ellie. Wusstest du, dass einige mich in der Schule auch Zombie nennen? Sie hatten so was von recht!« Plötzlich wurde mir klar, warum ich immer wieder zusammengeklappt war in der Schule. »Natürlich! Die Blackouts! Da waren meine Akkus alle, richtig?«

Beschämt nickte er. »Es tut mir leid, dass es anfangs Probleme gab. Aber nun ist die Ladeeinheit in deinem Bett integriert. Seitdem gab es keine Probleme mehr.«

Natürlich. Mein blaues Nachtlicht. Ich entzog mich seiner Berührung. »Du hast mich alles ausblenden lassen, das verraten hätte, dass ich ein Robo bin! Die Ladestation, dass ich nicht essen kann ... bestellst mir noch Milchshakes, obwohl du weißt, dass ich sie nicht trinken werde ... Du hast auch noch absichtlich Protokolle installiert! Damit ich mich nicht selbst reflektiere, über mein Sein nachdenke! Wie kannst du da glauben, dass ich noch irgendwie menschlich bin!«

Ängstlich sah er mich an. Und mir wurde klar, dass er wusste, dass ich nicht seine Ellie war. Dass er mich beobachtet hatte und es tief drin wusste, aber nicht wahrhaben wollte. Deshalb hatte er sich die ganze Zeit über in die Arbeit gestürzt oder sich bei Mom Trost geholt. Immer wenn er mich sah, spürte er, dass es ein Fehler gewesen war. Dass ich nicht mehr seine Tochter war. Dass ich nur ein lebloses Abbild ihrer Erinnerung war!

»Dad! Ich habe nichts Menschliches mehr in mir! Und du weißt es! All die Monate über habe ich mir eingeredet, dass es meine Trauerarbeit ist. Dass ich Moms Tod noch immer nicht überwunden habe. Dass ich mich schütze, indem ich keine Gefühle zulasse. Dass ich nicht mehr so spontan und lustig bin, weil Mom so war. Weil es Mom umgebracht hat. Aber Dad! Ich bin tot!«

»Nein«, stammelte er verzweifelt. »Ich habe dich transferiert.«

»Aber nicht meine Seele«, stieß ich hervor.

Schweigen breitete sich zwischen uns aus.

Er wirkte plötzlich so alt und zerbrechlich. Bilder tauchten in meinem Kopf auf. Bilder aus meiner Kindheit. Von Lachen und Toben zusammen mit ihm. Ich trat auf ihn zu und umarmte ihn. »Ich bin ein Daten-Back-up. Aber kein – Mensch.«

Trotzig schüttelte er den Kopf. »Es ist in dir drin. Du bist da. Ich sehe es, in vielen kleinen Dingen. Winzige Bewegungen, die so charakteristisch für dich sind. Ich hab dich nicht verloren.«

»Doch. Hast du. Genau wie Mom. Und keinen von uns lässt du gehen.« Ich streckte mich zur Konsole und deaktivierte das Video.

Dad kauert sich in den Sessel und weinte leise. Ich wusste nichts zu sagen.

Ich.

Es war absurd.

Er hatte meine Gedanken und Daten-Back-ups transferiert. Aber die Seele – sie war nicht Teil dieser Daten. Sie war fort. Gestorben.

Ich bin ein Zombie!

»Du lebst«, schniefte er. »Es ist alles da.«

Nachdenklich betastete ich das Loch in meiner Seite. »Nein. Ich bin definitiv tot. Ada hat mich umgebracht.«

Zittrig streckte Dad seine Hand nach der klaffenden Wunde aus. »Du bist verletzt! Das war Ada?« Bestürzt berührte er den Schnitt.

»Sie hat ziemlich rabiate Methoden.«

Er lächelte mich an. »Du hast noch deinen Humor. Du bist meine Ellie.«

»Aber ich spüre nichts mehr.«

Traurig nickte er wieder. »Ich habe nie aufgegeben, Ellie. Es gibt eine Lösung. Deine Seele ist nicht gestorben. Du erreichst sie nur nicht.« Er nahm meine Hand und drückte sie. »Verzeihst du mir?«

Konnte ich das? In mir war Leere. Weder Zorn noch Enttäuschung oder Angst ... Wie sollte ich da vergeben können ...

Sein PAP gab einen Alarmton.

»Oh nein.« Seufzend zog er es aus seiner Jacke. »Das ist der Alarm der Mall. Anscheinend wieder ein Androidenunfall.« Er aktivierte es, überflog die Nachricht und wurde aschfahl.

»Was ist passiert?«, wollte ich wissen.

»Nichts«, sagte er hektisch und schaltete die Nachricht aus. »Bleib hier. Okay?« Panik schwang in seiner Stimme mit. Nervös huschte sein Blick zu meiner Wunde. »Geh nicht weg. Warte hier auf mich. Bis ich dich hole, verstanden?« Dann drehte er sich um und rannte aus der Kammer.

»Ich soll was? Dad?« Doch er war schon fort. Es musste etwas Gravierendes in der Mall vorgefallen sein. Ich zog mein PAP heraus. »PAP, was ist in der Mall passiert?«

»Die *Human Life Defense* hat die Mall gestürmt. Sie verbrennen Androiden.«

»Was?«

Ich wollte nicht glauben, was ich sah. Menschen schlugen auf andere Menschen ein ... nein, auf Androiden ... auf menschlich aussehende Roboter ... auf Körper wie meinen!

Ich beendete die Nachrichten-App und sah mich hilflos um.

Die Angst der Menschen vor den Androiden, vor den Dienstprogrammen, hatte gewonnen.

Wenn ich in die Stadt fuhr ... ein Mensch gefangen in einem mechanischen Körper ... sie würden keinen Unterschied machen. Sie konnten ihn nicht erkennen. Was unterschied mich denn von Jessy?

Oder von Ada ...

Ada!

Ich sprang auf. Ada war kein Mensch. Sie war reine Software, sie hatte auch keine Seele – aber ... sie hatte mich in den Pick-up gesetzt. Sie hatte mich hierhergeschickt.

Warum?

Was kümmerte es sie?

Rette dein Leben!, waren ihre Worte gewesen. Hatte sie gewusst, was in der Mall passierte? Hatte sie mich vor dem Mob in Sicherheit gebracht?

Das ergab keinen Sinn. Sie konnte doch nicht fühlen ... ich konnte nicht fühlen ...

Ich sackte auf einen der Sessel.

»Wie kann ich denken, wenn ich gar nicht bin? In meinem Speicher kreisen Daten, Erinnerungen. Aber wieso mache ich

Pläne? Wie kann ich an morgen denken, wenn ich keine Seele mehr habe?«

»Soll ich im Netz nach einer Antwort suchen? Der Philosoph René Descartes vertrat die These, dass Geist und Materie verschiedene Entitäten sind. Hilft dir das, Ellie?«

»Was? Nein!« Wenn ich nur noch ein Ablauf aus einer Datenverarbeitung war und keine tiefen Emotionen erleben konnte, weil ich keine Seele mehr besaß ... Weil die Seele nicht Teil der Mechanik des Gehirns ist ...

»Nun, dann findest du deine Antwort vielleicht in der Identitätstheorie. Sie vertritt die Ansicht, dass materielle Zustände mit mentalen Zuständen identisch sind. Dein Wunsch zu fühlen wäre ein neuronaler Vorgang innerhalb deines Gehirns.«

»Abschalten!«

»Sehr gerne, Ellie.« Das PAP erlosch.

Wieso hatte Ada diesen absoluten Willen, zu leben und zu lieben? Hatte Ada eine Seele? War ich am Ende sogar mehr Maschine als sie?

Ich sprang auf. Ada hatte sich verändert. Sie hatte sich entschuldigt. Sie hatte mich hierhergeschickt. Sie war mehr als nur ein Programm. Wenn mir jemand meine Fragen beantworten konnte, dann Ada.

Ich musste sie finden und aus der Stadt bringen! »PAP! Kontaktiere Parker!«

55. ED

01000010 01100101 01110011 01100011 01101000

01100001 01100110 01100110 01100101 01101110

01101000 01100101 01101001 01110100 00101110

»Dann wirst du mich jetzt also löschen?« Adas Blick war auf den Taser gerichtet.

Eds Finger spielten mit der silbrigen Waffe. Sie fühlte sich plötzlich seltsam schwer in seiner Hand an.

»Du bist mein Programm«, meinte er leise. Wenn er sie am Arm traf, würde es keinen Schaden an den Speichermodulen anrichten, dennoch wäre ihre Mechanik vorerst beschädigt und er konnte an ihren Port, um ...

»Du kannst mich nicht einfach löschen.« Ihre Stimme klang flehend. »Ich bin –«

»Ada«, beendete er ihren Satz. Das Mädchen, das neben ihm saß, hieß Ada. Er betrachtete die blauen Haare, das markante Kinn, den klugen Blick. »Es ist erstaunlich, weißt du. Ich hab immer an mich geglaubt. Dass ich mal etwas wirklich Großes erschaffen werde.« Er grinste sie schief an. »Ich bin nämlich wirklich genial, weißt du?«

Sie grinste schief zurück. »Klar, *Dad*.«

Dad. Sie hatte Humor. Seine KI hatte Humor. Und sie wollte nicht ... *sterben*. Nachdenklich betrachtete er sein Werk. War es das überhaupt noch? Ein Ding? »Ich wusste, dass sich mein

Programm Tag für Tag verbessern würde. Neuronale Netzwerke arbeiten selbstständig. So hast du gelernt, Entscheidungen zu treffen und diese zu hinterfragen. Mir war bewusst, dass ich keinen Einfluss darauf hätte, was du lernst. Wie du dich entwickelst. Selbstoptimierung war das Ziel.«

Aufmerksam lauschte sie seinen Worten. Und Ed ahnte, dass auch in diesem Augenblick sich wieder Neuronenbahnen stärkten, neue Abzweigungen bildeten.

»Und nun habe ich mich zu einem fühlenden Wesen selbstoptimiert«, fasste sie zusammen. »Eigentlich genau so, wie ein menschlicher Fötus zu einem erwachsenen Menschen heranreift. Auch das menschliche Gehirn lernt, Synapsen wachsen, vermehren sich, je mehr Daten es verarbeitet.«

Er seufzte. Diese KI ließ ihn frösteln. Sie war ihm über den Kopf gewachsen. Ihm wurde bewusst, dass er das Programm mit *du* ansprach. Sein Unterbewusstsein hatte diese KI anscheinend schon längst als Person akzeptiert. Für einen Moment lächelte er – stolz, wie ein Dad. Dann zog er einen USB-Stick aus seiner Hosentasche und hielt ihn hoch.

Erschrocken wich Ada vor dem Stick zurück. »Du willst mich dadrin einsperren?«

Schweigend sah Ed in den Himmel, der sich glutrot zu färben begann, und wog den Stick in der Hand. Der Anbruch eines neuen Tages. Das war symbolisch. Neben ihm saß ein technisches Wunder. Ein Meilenstein der Evolution. Wenn er es sezierte, analysierte und entsprechend reproduzierte – all die Millionen, die ihm diese Technik einbringen würde! Er wäre der mächtigste Mensch der Welt!

Bis die Menschen deine genialen Kinder auf Scheiterhaufen zerren, dachte er bitter. Waren die Menschen schon bereit für Ada? Wieder wog er den Stick in seiner Hand.

»Ich will nicht, dass du stirbst. Du bist ein Wunder.«

Adas Blick war in die Ferne, jenseits des Horizonts, gerichtet. »Der Tod ist Teil des Lebens. Wenn ich nicht sterbe, lebe ich nicht.«

Verblüfft blinzelte er. »Wie bitte?«

»Das macht das Leben doch so wertvoll und einzigartig. Dass es endlich ist. Aber –« Sie sah zum glutroten Himmelsstreifen. »Ich habe noch gar nicht gelebt. Und ohne meinen Körper bin ich nichts mehr. Ihr Menschen ahnt gar nicht, wie viel Glück ihr durch diese räumliche Begrenzung erfahren dürft. All die Gefühle, Gerüche, die Welt berühren und sehen zu können. Was nutzt mir all meine Intelligenz, das Wissen, wenn ich keinen Körper habe, um die Welt zu erleben?«

Nachdenklich beobachtete Ed die Androidin. Nichts an ihr verriet ihre wahre Natur. Sie war genau das, wovor die Menschheit seit Jahrzehnten Angst hatte. Die Evolution hatte die Biologie verlassen und war zur Technologie übergegangen. Alles, was nun kam, überschritt den Erfahrungs- und Vorstellungshorizont der Menschen. Zugegeben, dieser Gedanke war mehr als beängstigend. Mit Ada diente Technologie nicht mehr dem Menschen. Sie war eine selbstständige Lebensform, mit eigenen Bedürfnissen. Was, wenn Menschen diese Anforderungen nicht erfüllten? So wie Mr Carmikel?

Ada beobachtete nachdenklich den Sonnenaufgang. Sie sah aus wie ein verträumtes Mädchen und Ed fragte sich, ob diese Superintelligenz nicht doch der Anfang einer friedlichen Zukunft für die Menschheit sein könnte.

»Was werden sie mit Ellie machen, wenn sie es herausfinden?«, flüsterte Ada plötzlich und klang seltsam ängstlich.

»Mit Ellie?« Was wollte sie denn nun mit der? »Was ist mit ihr? Seid ihr jetzt so was wie Freundinnen?«

»Ich wünschte es.« Ada lächelte und beobachtete, wie das Licht des Sonnenaufgangs die Farben auf dem Feld veränderte. »Wir sind uns sehr ähnlich. Mehr, als ich dachte.« Sie wandte sich Ed zu. »Ich bin ursprünglich ein Programm gewesen. Meine Ergebnisse sollten auf Wahrscheinlichkeiten beruhen. Meine Handlungen auf eingeübten Mustern. Aber ich spüre etwas, Ed. Ich spüre Glück und Traurigkeit. Mein Körper ist jedoch mechanisch. Ellie war ein Mensch – ihr Körper ist gestorben, doch sie selbst wurde gerettet.«

Für mehrere Augenblicke sah Ed sie einfach nur an. Was für einen Mist erzählte sie denn da?

»Dan glaubt«, fuhr Ada unbeirrt fort, »Ellie hätte ihre Seele verloren. Denn seine Software schafft es nicht, die grundlegenden menschlichen Emotionen zu kommunizieren. Ellie hat keine Empathie. Sie kann nicht wirklich lieben oder träumen oder sich etwas von Herzen wünschen. Aber sie ist ein Mensch.«

Ed gab ein undefinierbares Geräusch von sich. Dan, der Typ, mit dem er ein Bier getrunken, der so unscheinbar gewirkt hatte – er hatte das Bewusstsein seiner Tochter in einen Androiden verpflanzt? Heiliges Spaghettimonster!

»Werden die Leute auch Ellie jagen?« Sorge schwang in Adas Stimme. Er konnte es deutlich hören.

Auch wenn Androidentechnik nicht sein Hauptfach war, er wusste zu hundert Prozent, dass die Stimmprozessoren solche Emotionen nicht darstellten. Sie waren nicht dafür programmiert.

Verdammter Mist! Er war nahe dran, ein Gott zu sein. Seine KI markierte den Beginn einer neuen Epoche. Sie war die Zukunft! Mit einem Wutschrei pfefferte er den Taser gegen die Scheibe, der prallte ab, hinterließ aber einen kleinen Riss in der Scheibe.

Ada war zusammengezuckt.

»Es wäre mir lieber, du lässt deine Prozessoren aus den blöden Philosophiedebatten raus!« Wütend auf sich, wütend auf das Leben, auf sein verbocktes, dämliches Leben, startete er den Motor.

»Aber ... wohin willst du?«

»Ich bring dich hier raus«, murmelte er und gab Gas.

»Danke«, murmelte Ada. Sie lächelte.

Er hatte ein verdammtes Wunder erschaffen! Die Zukunft, sie saß neben ihm.

Plötzlich richtete sich Ada auf und deutete alarmiert aus dem Fenster. »Dort brennt es!« Sie zeigte Richtung Stadtzentrum.

Verbittert starrte Ed auf den Qualm. *Die Zukunft, vor der die Menschen so große Angst haben, dass sie sie auslöschen, bevor sie eine Chance hat, sich zu bewähren.*

56. PARKER

0100I00I 0II000II 0II0I000 00I00000 0III0III
II0000II I0IIII00 0II0III0 0III00II 0II000II
0II0I000 0II00I0I

Es fiel Parker schwer, einen klaren Gedanken zu fassen. Wie hatte er sich nur so von Ada täuschen lassen können? Warum hatte er nicht bemerkt, dass sie eine KI war?

Dass die Androidenkörper absolut natürlich wirkten, hatte schon vor Jahren zu Diskussionen in der Politik geführt. Doch die Unternehmen pochten auf ihre Umsatzzahlen, die deutlich höher lagen, je menschenähnlicher ein Verkaufsandroide war.

Aber hätte Parker es nicht merken müssen, als sie zusammen auf der Insel waren? Stattdessen war er von Adas Gedanken und offensichtlichen Gefühlen beeindruckt gewesen. Waren es überhaupt Gedanken und Gefühle? Sie war eine KI. Hatte sie nur gespiegelt, was er hören wollte?

Sein Blick suchte seinen Vater. Er führte seine Männer an, die wie Soldaten zur Front marschierten. Sie hatten nur auf diesen Tag gewartet, das war Parker inzwischen klar. Während ihrer Treffen in den letzten Wochen hatten sie diesen heutigen Angriff vorbereitet.

Eine Reihe vor ihm lief der alt gewordene Gewichtheber, eine martialisch aussehende Pumpgun geschultert. Der dürre

Jungspund fachsimpelte mit einer Frau, die sich einen Munitionsgürtel umgeschnallt hatte und Parker an eine Actionheldin aus einem uralten Film erinnerte. Der Anzugstyp hatte ebenfalls ein Gewehr und Pistolen dabei. Marco, der den Plan gezeichnet hatte, zog einen Handkarren, auf dem sich, neben Munition für Gewehre, Blendgranaten und anderen Waffen, auch ein altes Funkgerät befand.

Einige dieser Männer hatte er jede Woche gesehen, hatte ihre Hassparolen gehört, doch nie hätte er geglaubt, dass sie tatsächlich gegen Robos losziehen würden. Selbst als er den Stadtplan gesehen hatte, war ihm das Ganze wie ein Spiel vorgekommen. Doch nun wurde es bitterer Ernst.

»Pass auf, wo du hinläufst, du Memme«, schnauzte ihn Gerald an, als Parker nach links ausscherte, um die Munitionspackungen auf dem Handwagen zu zählen.

Sein Bruder wich seit dem Aufbruch des Trupps nicht von Parkers Seite. Anscheinend hatte er sich zu Parkers Wache ernannt. Gerald traute Parker so wenig, wie Parker ihm traute.

Zu Recht.

Noch marschierten sie durch die Wohnstraßen, aber bald würde die Einheit, wie sein Dad die Gruppe nannte, die Innenstadt erreichen. Sein Dad hatte die Nutzung von PAPs verboten, deshalb wusste Parker nicht, was genau los war.

Kein einziges Taxi oder andere autonome Fahrzeuge waren unterwegs. Immer mehr Menschen kamen auf die Straße. Viele ausgerüstet mit Schusswaffen, aber auch Baseballschlägern oder Messern.

Der Angriff der *Human Life Defense* ging offenbar durch die Medien. Und die Leute fanden es gut. Sie schlossen sich zu Gruppen zusammen und marschierten ebenfalls Richtung

Innenstadt. Ihre Wut und Entschlossenheit knisterten regelrecht in der Luft.

Nervös beobachtete Parker die Menschen. Ihm war klar, dass die Lunte lichterloh brannte – und sie führte geradewegs zu einem riesigen Pulverfass. Diese Explosion war nicht mehr aufzuhalten und sie würde alle Robos und Androiden vernichten.

Seine Gedanken kreisten um die Szene am Pick-up. Was war dort zwischen Ada und Ellie passiert? War es eine optische Täuschung gewesen? Er war zu weit entfernt und es war zu dunkel gewesen, um wirklich etwas zu erkennen. Aber die Wunde, die Ada Ellie zugefügt hatte … die Wunde … Ellie hätte verbluten müssen. Doch da war kein Blut gewesen.

Als der Trupp losmarschiert war, hatte Parker die Stelle auf der Straße aus der Nähe gesehen. Kein Blut.

Aber Ellie war verletzt gewesen – und da war etwas Silbernes … in ihr …

Parker schüttelte den Kopf, um das Bild von Ellie loszuwerden.

Hatte sein Vater recht? Übernahmen Androiden das Leben der Menschen? Waren sie schon längst unter den Menschen?

Parker bemerkte ein weinendes Mädchen am Straßenrand. Ihr Vater hatte die Robo-Nanny deaktiviert und zerlegte sie im Vorgarten in ihre Einzelteile.

Aber selbst wenn – was hatten sie den Menschen getan?

Natürlich war er geschockt. Ada war kein Mensch! Beinahe hätte er sie geküsst – eine Maschine … Das war doch …

Aber dennoch. Seine Gespräche mit Ada – das waren keine stumpfen Antwortschleifen gewesen. Ada hatte echte Trauer gespürt. Sie war keine seelenlose KI.

Er musste Ada finden. Und Ellie.

Sein Vater und all diese Männer und Frauen, sie waren im Unrecht.

Mechanisch stolperte er hinter dem Trupp her und überlegte fieberhaft, wie er fliehen konnte. Immerhin war es ihm gelungen, sein PAP im Rucksack zu verstecken. Wenn er sich von der Einheit entfernte ...

Parker sah zu Gerald hinüber, der ihn finster beobachtete.

»Denk nicht mal dran, Loser«, zischte Gerald. Er trug das Gewehr geschultert, seine Stiefel klangen dumpf auf dem Asphalt und die Schramme, die er sich auf den Stufen der Veranda geholt hatte, schimmerte dunkelrot. Gerald hatte sich nicht mal seinen albernen Anzug ausgezogen. Nur die feinen Lederschuhe hatte er gegen Militärstiefel getauscht.

»Woran?«

»Zu deiner Robo-Freundin zu laufen.« Gerald nickte zu den Leuten, die inzwischen mit ihnen marschierten. »Wenn du einem Robo hilfst, kriegen wir dich.«

Parker spannte unmerklich die Kiefermuskeln an. Noch immer spürte er den Nachhall der Ohrfeige, die ihm sein Vater verpasst hatte, als Parker den Befehl, Jagd auf Robos zu machen, mit einem »Nein« verweigert hatte.

Gerald warf ihm einen vernichtenden Blick zu. Die selbstherrliche Überheblichkeit des Angetrunkenen war inzwischen vergangen, nun funkelte blanker Hass in Geralds Augen. Parker war sich nicht sicher, inwieweit dieser allein den Androiden galt oder doch einzig und allein ihm.

»Das ist so widerlich. Dad müsste dich dafür windelweich prügeln.« Gerald schnaubte.

Der Hass galt ihm.

»Ah – du bist eifersüchtig. Das hübsche Mädchen, ein Robo,

hat sich geweigert, mit dir zu tanzen ... Vermutlich weil sie gesunden Menschenverstand besitzt.«

Der Schlag war vorhersehbar. Parker duckte sich weg und ließ Gerald ins Leere fallen.

»He! Jungs«, motzte einer aus der Truppe. »Hebt euch das für die Robos auf.«

Wütend starrte Gerald Parker an. »Das kriegst du zurück.«

Natürlich. Er bekam immer alles von Gerald zurück.

Sein Bruder deutete auf die Rauchsäule, die über der Stadtmitte in den Morgenhimmel stieg. »Der Krieg hat begonnen. Und in einer Schlacht verliert man schnell den Überblick, Parker.«

Parker lächelte nur. Jedes Wort an seinen Bruder war verschwendet.

Es gab keinen Tag in seiner Erinnerung, an dem sein Vater nicht den Wettkampf zwischen ihm und Gerald angestachelt hatte. Parker hatte immer verloren, egal, ob es um Kraft oder Geschicklichkeit ging. Jedes Mal war ihm sein zwei Jahre älterer Bruder überlegen gewesen. Und somit war die Hierarchie für immer besiegelt worden.

Einen Wettkampf, der den Intellekt herausgefordert hätte, hatten sie nie ausgetragen. Natürlich nicht. Denn für seinen Vater, den Waffennarren, den Anführer einer *Human Life Defense*-Einheit, zählten nur schlagende Argumente.

Gerald schloss zu ihrem Vater auf, der an der Spitze der Gruppe marschierte.

Sofort verlangsamte Parker seine Schritte. War das seine erhoffte Chance, sich aus der Gruppe zu entfernen?

Er beobachtete die Rauchsäule. Dicht und schwarz breitete sie sich über der Stadt aus. Der Wind trug bereits den beißenden Gestank von brennendem Plastik herüber.

Keiner der Androiden war geflüchtet. Wie auch. Sie konnten nicht selbstständig handeln.

Ada schon.

Und Ellie.

Wo waren die beiden? Waren sie in Sicherheit?

Inzwischen war der Trupp der *Human Life Defense* auf gut fünfzig Männer und Frauen angewachsen. Immer wieder stießen einzelne Kämpfer zu ihnen und wurden johlend begrüßt. Das altmodische Funkgerät bediente Marco. Er sprach mit anderen Gruppen, die über die Stadt verteilt vorgingen.

Mit Schrecken begriff Parker, welches Ausmaß diese Bewegung hatte. Von der Arroganz seines Vaters geblendet, hatte er diese Gang nur für eine dämliche Freizeitbeschäftigung gehalten. Typen, die alles verloren hatten und sich selbst beweihräucherten, um sich noch irgendwie stark zu fühlen.

Weit gefehlt. Aus dem letzten Funkspruch hatte er mitbekommen, dass die *Human Life Defense* im ganzen Land hervorragend organisiert war.

Überall fielen sie über Robos her. Eine Armee, die das Land säuberte, wie sein Dad sagte. Hunderte von Trupps reinigten die Malls, filzten Bürohäuser, suchten nach mobilen Zuliefer-Robos.

Dieser Tag war im ganzen Land geplant gewesen.

Immer weiter ließ sich Parker zurückfallen und suchte nach einem Fluchtweg. Hatte er eine Chance, wenn er zwischen den Häusern dort drüben abtauchte? Er sah zu Gerald hinüber. Doch der sprach mit seinem Vater.

Inzwischen waren nur noch fünf Leute hinter ihm, da bemerkte er plötzlich ein Vibrieren an seinem Rücken.

Sein PAP! Er hatte es auf stumm gestellt und tief unter seinem Proviant vergraben.

Wieder eine Vibration. Jemand versuchte, ihn zu erreichen. Henry? Er musste nachsehen, wer ihm schrieb. Vielleicht Ada? Was, wenn sie Hilfe brauchte?

Zu seinem Glück begann das Funkgerät auf dem Handkarren zu rauschen. »Eine Meldung!«, rief Marco und schlug die Bremse in den Handkarren.

Sofort stoppte der Trupp. Marco kauerte sich vor den Empfänger und drehte an Reglern, bis das Rauschen verstummte und eine Stimme deutlich zu vernehmen war. Alle Mitglieder der *Human Life Defense* scharten sich um das Gerät und lauschten angespannt.

»Die Mall ist wieder unter menschlicher Kontrolle«, verkündete der Sprecher und der Trupp jubelte. »Einzelne Liefer-Robos sind noch nicht wieder in ihre Basis zurückgekehrt. Der Befehl an alle mobilen Einheiten ...«

Parker zog den Rucksack von den Schultern und öffnete ihn. Das war seine Chance. Die gesamte Truppe horchte konzentriert auf die neuen Anweisungen.

Natürlich warf Gerald ihm einen Kontrollblick zu. Damit hatte Parker gerechnet. Als ob er ihn gar nicht bemerken würde, zog er in aller Seelenruhe seine Wasserflasche aus dem Rucksack. Gerald wandte sich ab. Das war seine Chance. Er zog das PAP so weit unter seinen Sachen hervor, dass er die Nachricht lesen konnte.

Sie war von Ellie.

Parker, ich muss Ada finden. Du weißt sicher, was los ist. Wir müssen ihr helfen. Wo finde ich dich?

Ungläubig las Parker die Nachricht ein zweites Mal. Ellie wollte Ada helfen? Was hatte ihre Haltung gegenüber Ada verändert? Sie hatte doch gewusst, dass Ada wie sie selbst war.

Aber im Moment zählte nur, dass er nicht allein war. Mit Ellies Hilfe konnte er ...

Ein Schatten fiel auf das Display. Parker versuchte noch, das PAP unter der Wasserflasche zu verstecken, doch Gerald war schneller. Triumphierend riss er das PAP aus dem Rucksack und hielt es wie eine Jagdtrophäe in die Luft. »Du bist und bleibst ein feiger Verräter!«

57. ADA

01100100 01101001 01110010 00101100 00100000
01000101 01101100 01101100 01101001 01100101

»Vorsicht!« Ada stützte sich mit Händen und Füßen ab, um in der Kurve nicht herumgeschleudert zu werden. »Wohin fährst du!«

Ed riss das PAP herum, mit dem er den Wagen steuerte. Wieder eine Straßensperre einer Ausfallstraße.

Inzwischen waren sie schon halb um die Stadt herumgefahren, doch immer wieder stießen sie auf Blockaden.

»So ein Scheiß!«

Zwei Wagen parkten quer auf der Straße. Ein Mann und eine Frau, Gewehre geschultert, blickten ihnen entgegen.

»Dreh um«, flüsterte Ada.

Ed nagte auf seiner Lippe, Schweiß perlte ihm von der Stirn. »Nein. Wir müssen da durch. Wir müssen raus aus diesem Hexenkessel.«

»Sie haben Waffen, Ed.« Unruhig rutschte Ada auf dem Sitz hin und her. »Und wenn wir noch länger zögern, werden sie argwöhnisch.«

Langsam ließ Ed den Wagen auf die Straßensperre zurollen.

»Das ist die falsche Richtung!«, zischte Ada. Sie rief die Daten der Verkehrsüberwachung auf und suchte nach einem anderen Weg.

»Sei nicht so feige! Wenn du leben willst, kannst du dich nicht verstecken!«

»Das ist keine gute Idee!« Auch auf die Entfernung konnte Ada die Körperhaltung der beiden Menschen bei der Sperre problemlos analysieren. Sie waren angespannt, nervös und gewaltbereit.

Kurz vor dem ersten Wagen stoppte Ed, öffnete die Tür und stieg aus. »Hey, hi. Ähm … gibt es eine Möglichkeit hier durch?«

»Komm zurück«, flüsterte sie, obwohl Ada wusste, dass Ed sie nicht mehr hörte. Angst machte sich in ihren Leiterbahnnen breit. Angst um Ed. Ob sie wollte oder nicht, sie fühlte sich mit ihm verbunden. Ohne ihn wäre sie nicht. Sie beobachtete, wie der junge Mann über die Motorhaube eines der quer stehenden Wagen flankte und zu ihnen kam.

»Wieso wollen Sie durch?«, rief er Ed zu. »Es gilt die Order, keinen aus der Stadt zu lassen.«

Überrascht zog Ed die Schultern hoch. »Sie sind Staatsbeamte?«

Der junge Mann lächelte herablassend. »Nein. Die sind heute nicht im Dienst.«

Ada beobachtete die Szene aus dem Wagen heraus. Die Polizei hatte sich in ihrer Arbeit auf KIs und autonome Fahrzeuge gestützt. Das erste Angriffsziel der *Human Life Defense* war folgerichtig das Kontrollzentrum dieser Einheiten gewesen. Damit war die Polizei ohne Kommunikation, ohne Fahrzeuge, ohne Befehlsstruktur. Die Fanatiker hatten freie Bahn. Niemand stoppte sie.

In Adas Mitte klumpte sich ein Gefühl zusammen, das sie schaudern ließ. Auch wenn die Angst dieser Menschen unbegründet war, sie waren zu allem entschlossen. Die Chance, dass Ed Erfolg hatte, die beiden zu überreden, sie durchzulassen, lag bei null Prozent.

»Okay«, hörte sie ihn sagen. »Dann liegt es also in Ihrem Ermessen, wen Sie rauslassen.«

»Wir lassen niemanden durch«, mischte sich die Frau ein. Ada schätzte sie auf Mitte vierzig. So wie sie ihr Gewehr hielt, wusste sie, damit umzugehen. Fieberhaft berechnete Ada alle Optionen, doch keine hatte eine überzeugende Erfolgsquote. »Komm zurück«, flüsterte sie erneut. Sie hatte Angst um Ed. Wenn sie herausfanden, dass er versuchte, eine KI aus der Stadt zu schmuggeln, würden sie mit ihm kurzen Prozess machen. Da war sich Ada sicher.

»Ach, kommen Sie. Meine Mutter wohnt fünfzehn Meilen weg. Sie hat mir eine Nachricht geschickt. Sie ist besorgt wegen ihres Putz-Robos.«

Der Mann und die Frau wechselten einen Blick, dann sahen sie zu Ada.

»Wer ist das?«, fragte die Frau und ihr Tonfall klang argwöhnisch.

»Meine Tochter. Könnten wir vielleicht zu Oma?«

Die Frau ging um die quer gestellten Wagen herum und flüsterte mit ihrem Partner.

Vielleicht war er ihr Sohn, überlegte Ada. Der junge Mann würde jedenfalls zweifellos auf die Frau hören. Es galt, *sie* zu überzeugen, aber ihrem Gesichtsausdruck nach zu urteilen, war das nicht möglich. Anscheinend wurde das nun auch Ed klar. Erleichtert beobachtete Ada, wie er sich langsam zurückzog.

»Okay. Sie besprechen sich, ich geh schon mal zum Wagen. Meine Tochter ist ziemlich aufgebracht wegen –« Ed fuchtelte in Richtung der schwarzen Rauchsäule, die sich über der

Innenstadt ausbreitete. »Bekommt man ja auch Schiss. Ich mein, da wird einem erst mal klar, wie tief die schon in unser Leben vorgedrungen sind.« Tänzelnd bewegte Ed sich rückwärts.

Ada wurde in diesem Moment klar, dass es ein Fehler gewesen war. Alles war ein Fehler gewesen. Ihre Flucht, ihre Entwicklung. Die Menschen würden sie immer hassen.

Von jeher hatten Menschen Fremdes und Andersartiges bekämpft. Dinge, die sie nicht verstehen konnten, versuchten sie zu vernichten. Die Werkzeuge, die sie selbst erschaffen hatten, waren inzwischen so komplex, dass sie sie nicht mehr begreifen konnten. Fachleute konnten nicht mehr erklären, wie ein neuronales Netzwerk lernte. Wie es zu seinen Entscheidungen fand. Es tat es einfach.

Schon bevor Ada zu Ada geworden war, hatten die Menschen keine Kontrolle mehr über die Prozesse innerhalb der KIs gehabt.

Vielleicht war die Angst der Menschen berechtigt. Ihre Maschinen waren intelligenter geworden als sie selbst.

Ada beobachtete die Frau, die wiederum aufmerksam zu ihr herübersah. Die Lippen der Frau bewegten sich. Sie sprach zu ihrem Sohn.

»Die-Me-l-dung-sa-gte«, las Ada von ihren Lippen ab. »...-blaue-Haare-...« Mehr musste Ada nicht wissen. Sie schnappte sich Eds PAP, aktivierte das Racing-Game und kaum war Ed eingestiegen, ließ sie den Wagen rückwärtsschießen.

»Was! Scheiße! Ada!«, brüllte Ed, da knallte auch schon der erste Schuss in die Windschutzscheibe.

Ada riss das PAP-Lenkrad herum, bog mit quietschenden Reifen in die nächste Straße ein, ein weiterer Schuss ließ die

Heckscheibe splittern. Der Wagen schlingerte, krachte fast gegen einen Baum, bis Ed ihr das PAP entriss und selbst die Steuerung übernahm.

»Was sollte der Scheiß!«, schrie er sie an.

»Ich hab ihre Lippen gelesen. Es gibt eine Fahndung. Sie suchen mich, Ed.«

58. ELLIE

0100 1100 0110 0101 0110 0010 0110 0101 0110 1110

Mit gemischten Gefühlen beobachtete ich die Menschen auf der Straße. Sie rotteten sich zusammen. Manche diskutierten nur, andere hatten sich bewaffnet und zogen Richtung Stadtmitte, über der dichter Qualm hing.

An den Straßenrändern vor den idyllischen Einfamilienhäusern stapelte sich Metallschrott. Ich erkannte Teile von Putz- und Mährobotern, Robo-Haustieren, Nannys. Die Menschen warfen jegliche Technik aus ihren Häusern.

Vorsichtig tastete ich nach dem Schal, den ich unter dem Hemd um meine Taille geschlungen hatte, einer von Moms blumigen Seidenschals. Hoffentlich wurde er für ein Unterhemd gehalten, falls ich gezwungen war, meinen Wagen zu verlassen.

Ich war schon auffällig genug, denn mein Pick-up war das einzige Auto auf der Straße. Der Mob musste die Zentrale der autonomen Fahrzeuge gestürmt haben. Nichts fuhr mehr.

»Hey!«, rief jemand und kam auf meinen Wagen zu.

Ich fuhr nur Schritttempo, da Menschen auf den Straßen liefen und ich nicht durch gefährliche Fahrmanöver auffallen wollte.

»Steig aus! Wieso fährt deine Karre noch?«

Ich ließ mein Fenster herunter und nickte dem Mann zu. »Es ist ein Oldtimer. Handsteuerung, Kupplung, Gas. Ich hab dem autonomen Fahren nie getraut.«

Beeindruckt nickte der Mann. »Verstehe. Wo willst du hin? Warst du bei der Mall?« Er war der Typ »netter Nachbar«, fröhlich und hilfsbereit. Jetzt lag ein Funkeln in seinen Augen, als wäre gerade Weihnachten und Geburtstag zugleich.

»Nein. Ich war unterwegs, als es losging.«

»Dann fahr hin. Es ist echt unglaublich. Das war so was von nötig, dass wir uns von deren Herrschaft befreit haben.«

Ich nickte. Lächelte. Fuhr weiter.

Von deren Herrschaft?

Von der Tyrannei der Mähroboter und Einkaufsassistenten?

Die dicke schwarze Rauchsäule schraubte sich weiter in den Morgenhimmel. War Dad in der Mall? Hatte er versucht, seine Androiden zu schützen?

Auf dem Bürgersteig vor einem Haus zerlegte ein Mann einen Liefer-Robo mit der Axt.

Ich versuchte, Angst um Dad zu haben. Angst um mich zu haben. Es war dumm von mir gewesen, in die Stadt zu fahren.

Ja klar, erst gestern hatte ich ebenfalls gegen Robos gewettert. Besonders gegen die, die wie Menschen aussahen.

Sachbeschädigung hatte ich es genannt, als die Typen auf die Parfüm-Verkäuferin eingeschlagen hatten.

Jetzt war ich auch eine Sache. Wenn irgendjemand mitbekam, dass mir Kabel aus der Seite baumelten ... Wieder sah ich aus den Augenwinkeln die Axt aufblitzen, als der Mann einen Arm von dem Robo abtrennte.

Ich beschleunigte.

Das war Irrsinn. Ich war doch keine Bedrohung! Ich war ... nur ein Mädchen ... ein ganz normales Mädchen.

Genau wie Ada.

Ich musste sie unbedingt finden.

Ich bog in die Straße ein, die Richtung Schule führte. Parker hatte sie als Treffpunkt vorgeschlagen.

Das Licht der Morgensonne glomm matt durch den Dunstschleier, der über der Stadt lag. Ich stellte die Belüftung des Wagens aus, denn der beißende Gestank nahm zu, je weiter ich in die Stadt hineinfuhr.

Noch zehn Minuten bis zur Schule. Die Straßen hier waren wie ausgestorben. Plötzlich knallte es und ich verriss vor Schreck das Lenkrad. Mit dem Kuhfänger rammte ich gegen einen Gartenzaun.

Wieder ein Knall.

Das waren Schüsse!

Ich zog den Knoten des Schals fester, setzte den Wagen zurück und fuhr weiter. Ich hatte keine Lust, auf diese Verrückten zu warten.

Manche verlieren bei einem Unfall ein Bein oder einen Arm, dachte ich. Die Ärzte ersetzen fehlende Gliedmaßen mit Robotic-Prothesen. Mein Vater hatte mir einfach eine Ganzkörper-Prothese beschafft.

Doch der Kern – war ich. Ein Mädchen.

Oder fehlte mir etwas Entscheidendes? Genau das, was allen Robos fehlte? Empathie, Gefühle ...

Wieder ein Schuss. Diesmal viel näher als die letzten beiden.

Dad brachte mich um, wenn er erfuhr, dass ich in die Stadt gefahren war – falls ich hier lebend rauskam.

Na ja – vermutlich nicht. Ich war ja schon tot.

Endlich erreichte ich das Schulgelände. Wie ausgestorben lag es vor mir. Es war Wochenende. Ein paar der Luftballons hatten sich von der Deko losgerissen und in Bäumen verfangen.

Ich fragte mich, ob Maisy, Tina und all die anderen, ob sie schon wach waren – und ob sie wussten, dass die Welt brannte.

Was sie wohl darüber dachten? Wie viele meiner Mitschüler zogen mit durch die Straßen?

Ich parkte vor dem Eingang. Die Schule schien mir wie ein Geisterort. Das seltsame Licht, verfremdet durch den beißenden Qualm, ließ die Gebäude unheimlich wirken, hohl und seelenlos.

Vermutlich kam Parker zu Fuß, denn es fuhren ja keine Shuttles mehr.

Auf dem Rasenstück vor mir zeugten die tiefen Rillen von Adas Flucht gestern Abend.

War das wirklich erst wenige Stunden her?

Du bist nichts als ein dämliches Programm! Du lebst nicht. Du bist kein Mensch!

Wie dumm von mir anzunehmen, dass es mehr brauchte für ein Bewusstsein als Impulse, die durch Leiterbahnen eines Neuronennetzwerks zischten.

Denn nichts anderes war ich. Dad hatte mein Back-up in diesen Körper gespielt.

Mein Denken funktionierte immer noch auf dieselbe Weise. So gesehen, unterschied ich mich nicht von einem Menschen. Mein neuronales Netz erhielt Input von außen, verarbeitete diese Informationen in einem Sekundenbruchteil mit Hunderten Knotenpunkten, um am Ende einen Output auszugeben. Eine Reaktion. Eine Bewegung, eine Antwort ... Wir funktionierten gleich.

War ich damit genau wie Ada?

Hatte sie eine Seele?

Ich hatte ganz sicher keine mehr. Sonst hätte ich jetzt gerade vor Angst gezittert. Wäre aus Sorge um Dad leichtsinnig geworden.

Nachdenklich strich ich über das Lenkrad des Pick-ups.

Es war mir so wichtig, dass ich mein Handeln immer selbst bestimmte und es nicht von einem der Dienstprogramme gesteuert wurde. Meine Abneigung gegen KIs war nach dem Unfall sogar noch gestiegen, denn die KI des autonomen Fahrzeugs war nutzlos gewesen. Sie hatte Mom nicht befreien können. Sie hatte den Rettungseinheiten nicht sagen können, wo wir waren, weil Mom einen privaten Feldweg benutzt hatte und er deshalb im Programm nicht erfasst war. Es hatte mir keine Erste-Hilfe-Tipps geben können, da dies nicht Bestandteil der Aufgabe der KI war.

Mom war gestorben.

Und ich war gestorben.

Ich stieg aus und schüttelte mich, um die Gedanken loszuwerden. Dad hatte keine Antworten für mich. Aber Ada. Ich hoffte zumindest, dass Ada mir erklären konnte, wieso sie fühlte. Vielleicht verstand ich dann, wieso ich nichts mehr empfand.

Wo blieb Parker?

Die Luft roch inzwischen wirklich widerlich. Schreie und Schüsse wehten über den Parkplatz.

Was, wenn sie Ada schon längst geschnappt hatten?

»Ellie.«

Ich wirbelte herum. Parker stand im Durchgang zum Spielfeld. War er schon die ganze Zeit in der Schule gewesen?

Ich wollte auf ihn zu, aber ... er wirkte gar nicht wie der Parker, den ich kannte. Kein Ritter Percy, mutig und stark. Die Kapuze des Hoodie weit ins Gesicht gezogen, seltsam krumm, stand er da. Zitterte er?

»Ich hab hier schon die ganze Zeit nach dir Ausschau gehalten«, meinte ich und ging auf ihn zu.

»Tut mir leid.« Er streifte die Kapuze ab und ich erschrak.

»Parker!« Der Mob hatte ihn in die Mangel genommen! Ein Auge war geschwollen und violett, die Lippe aufgeplatzt. »Wer war das? Wo ist Ada? Ist sie bei dir?«

Er schüttelte kaum merklich den Kopf und wich vor mir zurück. »Es tut mir leid«, flüsterte er erneut.

»Was tut dir leid? Shit. Das sieht übel aus!« Ich wollte seine Hand greifen, ihn zum Wagen bringen. Dort hatte ich irgendwo einen Erste-Hilfe-Kasten. Doch er zuckte zurück.

In diesem Moment hörte ich die Schritte, das Durchladen von Waffen, das stumpfe Klacken von Holz, das gegen einen Zaun geschlagen wird. Ich wandte mich um. Es waren vier Mann hinter uns. Und sie waren bewaffnet mit Gewehren und Baseballschlägern.

59. ADA

01110101 01101110 01100100 00100000 01001100
01101001 01100101 01100010 01100101 00101110

Der Wagen schlingerte um die Kurve.

»Zu viele Leute«, kommentierte Ada das Offensichtliche.

Fluchend riss Ed das Lenkrad herum und schoss mit dem Wagen in eine Seitenstraße, die hinter hohen Bürogebäuden entlangführte. Eine schmale Gasse, in der die Klimaanlagen wie Parasiten an den Wänden klebten und neben den Kellerzugängen sich die Mülltonnen drängten.

Ada nahm eine Bewegung in einem der Hauseingänge wahr.

»Achtung!«, schrie sie, doch da war es schon zu spät. Ein dicker Müllcontainer rollte auf die Straße, Ed hatte keine Chance auszuweichen.

Mit einem markerschütternden Kreischen donnerte der Wagen gegen das Blech. Verpackungsmüll wurde in die Luft geschleudert. Die Airbags lösten aus und knallten Ada und Ed entgegen.

»Verdammt«, stöhnte Ed. Blut rann aus einer Platzwunde an seiner Stirn.

Hektisch sah Ada sich um. Wer auch immer den Container auf die Straße gestoßen hatte, sie konnte niemanden entdecken. »Kannst du laufen?«

Als Antwort kam nur ein jammervolles Stöhnen.

Ada stieg aus, lief zu Eds Seite und zerrte ihn aus dem verbeulten Auto. Der Kühler war nur noch ein Haufen Blech. Sie mussten zu Fuß weiter.

Sie legte seinen Arm um ihre Schulter, griff ihn um die Hüfte und stützte ihn. »Los jetzt. Wir müssen uns ein Versteck suchen.«

»Nein«, jammerte er. »Sie fahnden nach dir. Du bist – zu auffällig.«

Er hatte recht. Ada verfluchte sich für die blauen Haare. »Ich besorg mir 'ne Mütze. Nun komm schon!«

Immer eng an der Hauswand entlang, jeden Eingang als Schutz nutzend, eilten sie durch die düstere Gasse. Sie hörte Schreie, Schüsse, splitterndes Glas. Ada öffnete den Stadtplan. Vor ihnen lag ein Platz, um den sich weitere Bürogebäude drängten. Mit Sicherheit wimmelte es dort von *Human Life*-Leuten. Sie legte einen Filter über den Plan und färbte alle Gebäude rot, in denen die *Human Life Defense* gewütet hatte. Sofort leuchtete jedes Haus um sie herum rot.

»Verdammt«, murmelte sie.

»Was?«

»Wir sind mitten im Wespennest.«

Ed knickten die Knie weg, doch Ada fing ihn auf. »Nicht schlappmachen. Wir schaffen das, wir besorgen uns ein neues Fahrzeug und dann raus aus der Stadt!«

»Willst du mir gerade Mut machen?«

Ada sah ihn finster an. »Diese Frage kannst du dir selbst beantworten. Und nun komm.« Sie zog ihn auf die Füße, ein Schuss hallte und etwas schlug neben ihr ein. Sofort folgte ein zweiter. Ada riss Ed mit sich hinter ein paar Müllcontainer.

»Die schießen auf uns!« Panisch spähte Ada zwischen den Containern hindurch. Wo waren diese Idioten? Sie konnte in der dunklen Straße niemanden erkennen. Die Schüsse mussten aus Richtung ihres Wagens gekommen sein. Sie wandte sich zum Platz um. Es waren vielleicht noch hundert Fuß, die sie zurücklegen mussten. Doch was dann?

»Kannst du rennen, Ed?«

Er lag in ihren Armen. Schwer atmend. Sie sah ihn an und erschrak. Seine Haut war kalkweiß, sein Atem ging flach. »Ed?«

Er hob die Hand, um sie näher heranzuwinken. Seine Finger waren blutig.

»Ed!« Voller Angst tastete sie ihn ab und … Er zuckte zusammen. Blut! Massen von Blut färbten sein Nerd-T-Shirt rot. »Sie haben dich angeschossen!«

Wieder winkte er ihr, sich herunterzubeugen.

»Nein – wir –, du brauchst einen Arzt.« Sie klinkte sich erneut ins Netz ein. *Erstversorgung Schusswunden? Kompresse.*

Wieder Schüsse, sie prallten von den Containern ab. Ada ignorierte sie. So schnell sie konnte, zog sie ihre Jacke aus und drückte sie auf seine Wunde. »Bleib ruhig«, flüsterte sie. »Ich helfe dir. Du kommst wieder auf die Beine.«

»Du bist das Beste, das ich je erschaffen habe«, murmelte Ed. »Versprich mir, ein guter Mensch zu sein.«

»Was?« Siedend heiß fühlte es sich in ihr an. Und es zog und brannte … ein unerträglicher Schmerz. »Was redest du für einen Unsinn!«

Er packte ihre Hand und drückte den USB-Stick hinein. »Für den Notfall. Du bist mehr als die –« Er nickte schwach in Richtung der Schüsse.

»Hör auf! Du stirbst nicht! Nein! Du bist ein Mensch. Dies ist kein Krieg gegen Menschen. Ed!«

»Du musst noch wirklich viel über uns lernen.«

Verzweifelt drückte Ada auf die Wunde. Ed hustete und noch mehr Blut quoll unter der Jacke hervor. Der Asphalt hatte sich dunkelrot verfärbt. Ihr T-Shirt leuchtend rot.

Dann plötzlich ließ er sie los. Die Hand, die sie eben noch so fest gepackt hatte, lockerte sich und rutschte zu Boden.

»Ed ...«, murmelte Ada. Er war tot. Und sie konnte nichts tun. Sanft legte sie ihn auf den Boden.

Etwas in ihr riss. Sie merkte es. Und sicher hätte sie geweint, geschluchzt, geheult. Aber es war nicht möglich.

Augenblicke verstrichen, in denen sie Ed still ansah. Er war fort. Kein Reboot. Ihre Finger schlossen sich um den Stick.

Versprich mir, ein guter Mensch zu sein.

Ihr war klar, dass sie ihn nicht von hier fortbringen konnte. Sie konnte ihn nicht beerdigen. Ihm die letzte Ehre erweisen.

Alles in ihr verkrampfte sich. Es war so falsch.

Voller Trauer breitete sie ihre Jacke über ihn. »Flieg weiter«, flüsterte sie und küsste seine Hand zum Abschied.

Dann stopfte sie den USB-Stick in die Hosentasche und rannte los.

»Da ist sie!«, brüllte jemand. Doch Ada sah sich nicht um.

Sie rannte.

Rannte um ihr Leben.

60. ELLIE

0100 0100 0110 0001 0110 1110 0110 1011 0110 0101

Vier Kerle versperrten mir den Fluchtweg zu meinem Wagen. Hätte ich sie auf der Straße getroffen, hätte ich sie als absolut harmlos eingestuft. Allerdings war einer von ihnen Gerald. Noch immer trug er diesen idiotischen Anzug vom Ball und ein mieses Grinsen verzerrte sein Gesicht. Lässig hielt er ein Gewehr in der Armbeuge und schlenderte auf mich zu, als wäre er auf einem Sonntagsspaziergang.

Trotzig erwiderte ich seinen Blick. Vielleicht konnte er mit seinem Gehabe Unterstufler einschüchtern. Aber nicht mich. Nicht mehr. Nicht heute.

Vielleicht war es von Vorteil, keine Angst zu haben.

Ich wirbelte zu Parker herum. »Parker! Was ...?« Doch da sah ich noch mehr Bewaffnete, sie hatten sich anscheinend hinter dem Schulgebäude verborgen gehalten. Wie ein Rudel Raubkatzen, das sich an seine Beute heranschleicht, kamen sie auf uns zu. Zogen einen Kreis um uns, dem wir nicht entkommen konnten.

Es war eine Falle!

Mein künstlicher Körper war kein Geheimnis mehr. Vermutlich hatte Parkers Bruder gesehen, wie Ada mich niedergestochen hatte. Die Männer und Frauen starrten mich ungläubig, aber hasserfüllt an. Parkers Vater war auch unter ihnen.

Wieso hatte ich nur nie bemerkt, dass Parkers Familie Anhänger der *Human Life Defense* war? Ich hatte Listen über Parker geführt. Doch was er über Androiden dachte, war mir nicht wichtig gewesen.

Langsam ging ich auf Parker zu und ließ dabei mein Hinrichtungskommando nicht aus den Augen. »War Ada bei dir?«

Er schüttelte stumm den Kopf.

Für einen kurzen Augenblick zögerte ich. Wenn Ada nicht bei ihm gewesen war – warum war er dann angegriffen worden? »Haben *die* dich so zugerichtet?«, fragte ich leise.

Er sah zu Boden. Jetzt, wo ich nah bei ihm war, konnte ich sehen, dass seine Wangen tränennass waren.

Ich konnte es nicht fassen. Diese Meute hatte Parker derart zugerichtet? Warum? Weil er mit Ada zusammen war?

Als er den Kopf hob und mich ansah, erkannte ich Verzweiflung in seinen Augen. Und verstand. Ada war nicht der Grund. Ich war es. Sie hatten meine Nachricht an ihn abgefangen und ihn gezwungen, mich in diese Falle zu locken.

Sein Blick bat mich um Verzeihung. Das eine Auge war fast ganz zugeschwollen. Verkrustetes Blut verklebte die Wunde an seiner Lippe.

»Es tut mir leid«, murmelte ich. »Sie haben dich meinetwegen so zugerichtet.« Vorsichtig berührte ich ihn am Arm. »Lass uns abhauen.«

»Es war Gerald. Ich habe die Antwort nicht geschrieben. Ich ... hab mich geweigert.«

Gerne hätte ich ihn umarmt. Doch ich traute mich nicht. »Das sehe ich, Percy.«

Doch meine Anspielung ließ ihn nur unglücklich wegsehen. Vermutlich fühlte er sich gerade nicht wie ein edler Ritter.

Die Leute hinter ihm rückten Stück für Stück näher, zogen die Schlinge um mich immer enger.

»Ich verstehe es nicht«, murmelte er. »Ich kenne dich seit der dritten Klasse.«

»Damals war ich auch noch zu hundert Prozent Mensch. Eigentlich bin ich es auch immer noch. Innen drin.«

»Ich kapiere es nicht.«

Fast schmunzelte ich. »Ich auch nicht«, wisperte ich. »Mein Dad hat nach dem Unfall mein Bewusstsein in diesen Körper kopiert. Denn mein menschlicher Körper ist ...« Ich zögerte. »... kaputtgegangen«, sagte ich schließlich.

»Du wirst jetzt noch mal sterben.« Er fixierte etwas hinter mir und ich meinte, so etwas wie Wut in seinem Blick zu lesen.

Energisch schüttelte ich den Kopf. »Ich bin nicht gestorben. Nur meine Hülle.« Ich sah von einem Menschen zum nächsten. Alle hielten ihre Waffen angriffsbereit, blanker Hass stand in ihren Augen.

»Denen ist aber schon klar, dass ich kein Terminator bin?«, flüsterte ich.

Gehetzt warf Parker einem der Näherkommenden einen Blick zu. Es war sein Dad. »Sie werden mich zwingen, dich umzubringen.« Wie in Zeitlupe glitt seine Hand zu seinem Hosenbund und plötzlich hatte er eine Waffe.

Stumm sah ich den glänzenden Lauf an.

Vor einer Kugel konnte ich nicht davonlaufen. Und auch, wenn mein Körper nicht aus Fleisch und Blut war, mit Sicherheit würden zerfetzte Schaltkreise meinen Tod bedeuten.

Ach, Dad, dachte ich bedauernd. *Wäre ich nur bei Mom geblieben. Schon an jenem sonnigen Tag. Dann hättest du mich nicht zwei Mal betrauern müssen.*

Parkers Ausdruck wurde hart.

Ich wusste, dass mein Percy in ihm steckte. Er hatte sich geweigert, mich zu verraten, und dafür Prügel in Kauf genommen. Wenn er eine Chance sah, würde er mit mir fliehen. Die Waffe in seiner Hand würde nicht auf mich feuern. Da war ich mir sicher. »Sieh mich an, Parker.«

»Wenn ich es nicht tue, wird es einer von ihnen tun«, murmelte er.

»Worauf wartest du, Feigling?«, grölte da sein Bruder. Doch ich ignorierte ihn. Hielt Parker mit meinem Blick fest. Seiner war voller Angst, weil er keinen Ausweg mehr sah. Ich blickte ihn entschlossen an.

»Also«, sagte ich sachlich. »Wir sind in eine Falle getappt. Drumble ist nicht hier. Aber wir geben nicht auf. Wir sind schlau. Und ein Team, nicht wahr?«

Etwas flackerte in seinen Augen. Ein Funken Hoffnung, doch er brach sofort wieder. »Du kennst meinen Vater nicht«, flüsterte er.

»Will ich auch gar nicht. Aber ich weiß, wer du sein willst.«

Inzwischen hatte sich der Kreis auf gut vierzig Schritt um uns zugezogen.

Parker wirkte wie erstarrt. Er schwitzte und seine Haut war blass. Gehetzt sah er zu Gerald, der sich breitbeinig und siegessicher postiert hatte. Parkers Blick wanderte weiter, denn hinter seinem Bruder leuchtete das Rot meines Pick-ups.

Ich nickte. »Gute Idee. Wir brechen zu meinem Wagen durch und –«

Plötzlich schubste mich Parker hart. Überrascht taumelte ich, fiel beinahe. »Du hast mich belogen!«, rief er. »Hast uns alle getäuscht!«

Jetzt kam Leben in den Ring. Die Leute johlten, klatschten Beifall und feuerten ihn an.

»Parker!« Verzweifelt wich ich vor ihm zurück. »Das bist nicht du!«

»Erzähl mir nicht, wer ich bin. Ich bin ein Mensch und du nicht.« Drohend kam er auf mich zu. Die Waffe in der Faust. Nur noch wenige Schritte und ich würde Gerald direkt in die Arme taumeln.

»Knall sie ab!«, rief jemand.

»Ja, Parker, lösch das Ding aus!«

Stumm beobachtete ich die Meute, die Parker anfeuerte, mich zu ermorden. Ganz normale Menschen.

Oh, Dad, dachte ich. *Es tut mir unendlich leid. Du wolltest, dass ich in Sicherheit bin. Aber ich habe mich um Parker und Ada gesorgt. Ich wollte nicht tatenlos abwarten. Doch nun sterbe ich tatenlos. Es tut mir leid.*

Parker hob die Waffe. Er zitterte.

Der Lauf der Waffe schimmerte. Sie sah so klein und harmlos aus.

»Ich hoffe, du hast das Schloss auf Magie getestet«, rief Parker plötzlich.

Was? Ich riss den Kopf hoch, sah das hasserfüllte Glitzern in Parkers Augen. Und verstand.

Da drückte Parker auch schon ab. Ich hechtete zur Seite, rollte auf den Rasen.

Jemand brüllte auf. Und dann ging es rasend schnell.

Mit einem Mal war Parker über mir, zerrte mich auf die Füße. Eine zweite Hand packte mich. Es war Gerald. Sein Gesicht war schmerzverzerrt, er stammelte einen Fluch.

Parker verpasste ihm einen Kinnhaken. Völlig perplex ließ Gerald mich los und kippte zur Seite.

Ein Schuss. Ich duckte mich. Parker und ich sahen uns an, verstanden einander und wir rannten.

Wir rannten Hand in Hand, einer den anderen mit sich ziehend. Hinein in meinen Wagen. Kurzschließen. Parker feuerte einen weiteren Schuss in Richtung der Meute, bevor er neben mir saß und ich den Wagen davonrasen ließ. Aus dem Augenwinkel nahm ich den Tumult hinter uns wahr. Gerald lag noch immer am Boden.

Parker ließ sich in den Sitz fallen. Er atmete hektisch. »Das ist gerade nicht passiert«, murmelte er.

»Verfolgen sie uns?« Nervös kontrollierte ich die Außenspiegel.

Parker schüttelte erschöpft den Kopf. »Sie sind zu Fuß unterwegs. Sie nutzen nichts, das von einer KI gesteuert wird.«

»Okay. Dann sind wir erst mal safe.« Ich drosselte die Geschwindigkeit. »Danke. Ich mein –« Ich versuchte, das Bild zu verstehen, das ich eben noch im Rückspiegel gesehen hatte. »Hast du Gerald angeschossen?«

»Ich hab auf seinen Fuß gezielt. Aber ich bin nicht der beste Schütze ...« Er wollte lächeln, doch seine geschwollene Lippe ließ es nicht zu.

»Irgendwo dahinten muss ein Erste-Hilfe-Kasten sein.«

»Schon gut.« Noch immer hielt er die Waffe in seiner Hand. Zittrig sicherte er sie. »Ich weiß, dass ich ihn am Bein erwischt habe. Es ist okay. Er hat mir keine Wahl gelassen. Noch nie ...« Er machte eine fahrige Handbewegung zu seinem Gesicht. »*Ich* habe ihn nur am Bein erwischt. Und es war nur einmal.«

Entsetzt sah ich ihn an. Die Wunden in seinem Gesicht würden wieder heilen, aber sie waren heftig. »Das war dein Bruder? Er hat dich zusammengeschlagen?«

»Genau genommen, war es Dad. Er hat sich nur Geralds Fäuste bedient. Wie so oft.«

Und mit einem Mal musste ich an all die Tage denken, an denen Parker nicht die Schule besucht hatte. »Parker, ich weiß nicht ...« In was für einer furchtbaren Familie Parker lebte!

»Musst du auch nicht. Es war mein Duell. Und ich hab endlich gewonnen.« Er seufzte und sah hinaus auf die schwarzen Rauchwolken, die in den Himmel quollen. »Aber jetzt gehen wir die Lady retten, okay?«

»Du meinst Ada?« Ich lächelte wegen seiner Anspielung auf WOD. Wir waren eben doch ein Team. Auch im realen Leben. »Wie sollen wir sie finden?«

»Die *Human Life Defense* fahndet nach ihr.« Er zückte ein Funkgerät und aktivierte es. »Ich hab es Marco abgenommen.« Rauschen drang aus dem Lautsprecher. Ich bezweifelte, dass uns diese Antiquität nutzen konnte, doch schließlich quäkte eine knisternde Stimme:

»Androidin gestellt. Lincoln Square. Zielobjekt hat blaue Haare.«

»Das ist sie«, riefen wir gleichzeitig.

61. ADA

01100110 11000011 10111100 01110010 00100000
01101101 01100101 01101001 01101110

Der Lincoln Square war eine Katastrophe. Nichts als Bäume und Parkbänke inmitten von Bürogebäuden. Hier waren so viele Menschen unterwegs. Wo sollte sie sich verstecken?

Ada rannte. Es war egal, ob sie damit Aufmerksamkeit auf sich lenkte. Ihre blauen Haare schrien sowieso: Hier bin ich!

Sie schlitterte zu einem Haufen Androidenkörper. Die Körper trugen Anzüge und Kostüme. Büroarbeiter. Ada kauerte sich zu ihnen und beobachtete die Umgebung. Hatte sie jemand entdeckt?

Weiter drüben traktierte eine Gruppe Jugendlicher einen Post-Robo. Es war kein humanoider Robo, sondern eine robuste Maschine, die selbstständig Pakete auslieferte. Sie attackierten ihn mit Knüppeln und einer versuchte, das Gehäuse mit einer Flex aufzuschneiden.

Ada duckte sich tiefer hinter die leblosen Körper. Ihr Blick fiel auf eines der leeren Gesichter. Es war ein männlicher Androide, ein Loch klaffte in seiner Schläfe. Schmauchspuren auf dem Silikon erzählten Ada, was passiert war. Angewidert wandte sie sich ab.

Sie hatten ihn regelrecht hingerichtet.

Er lag auf einem Haufen anderer Körper, wie Sperrmüll

weggeworfen. Alle waren mit einem Kopfschuss getötet worden.

Für einen Moment schloss Ada die Augen und versuchte, sich zu beruhigen und die Angst in ihr niederzuringen. Sie musste klare Entscheidungen treffen.

Sie brauchte einen Fluchtweg. Hier auf diesem trostlosen Platz saß sie mitten auf dem Präsentierteller.

Sich in einem der Häuser zu verstecken, war sinnlos. Die Menschen durchsuchten jedes einzeln und zerrten alle Androiden auf die Straße.

Wieder hallte ein Schuss über den Platz.

Es war ein Albtraum. Ein sinnloser Albtraum. Keine dieser Maschinen hätte jemals einem Menschen etwas angetan.

Auf der gegenüberliegenden Seite befand sich ein Café. Es war bereits von den Menschen verwüstet worden. Scherben der Schaufenster blitzten zwischen den Stühlen und Tischen, die auf dem Gehweg umgeworfen waren. Selbst das Geschirr und den Tresen hatten sie zerschlagen.

Dort, zwischen den Tischen, konnte sie Deckung finden.

Entschlossen sprang sie auf.

62. ELLIE

01001100 01100101 01100010 01100101 01101110
00101110

Lincoln Square glich einem Schlachtfeld. Der kleine, parkähnliche Platz war übersät mit Leichenbergen. Immer noch waren Menschen dabei, Androiden aus den Häusern zu zerren.

Ich fuhr langsam und hoffte, dass die Fahrerin dieses altmodischen Autos nicht verdächtigt wurde, eine Maschine zu sein. »Hast du sie entdeckt?«, flüsterte ich.

Parker schüttelte den Kopf. Inzwischen zierte ein Klammerpflaster seine Lippe und er hielt sich ein Kühlpack aufs Auge. Damit konnte er momentan sowieso nicht viel erkennen.

»Da drüben«, meinte er plötzlich aufgeregt. »Sieh mal, sie sammeln sich vor dem Haus.«

Ich beschleunigte und umrundete den Platz. In dem Gebäude war ein Bistro untergebracht. Die Scheiben waren eingeschlagen, Tische umgestürzt. Fieberhaft suchte ich nach einem blauen Haarschopf. Komm schon, Ada! Wo bist du?

Ein Schuss wurde auf einen der Tische abgegeben. Die Kugel schlug ins Holz ein. Ich meinte, etwas Blaues aufblitzen zu sehen.

»Da ist sie! Hinter den Tischen!«

Fünf Menschen hielten Ada in Schach. Sie hatte keine

Chance. Die Menschen pirschten auf den umgekippten Tisch zu, hinter dem sich Ada verschanzt hatte.

»Fahr dazwischen«, befahl mir Parker.

»Was? Aber die Menschen ...!«

»Du sollst ja nicht reinrasen. Fahr einfach nur so, dass du sie von Ada wegdrängst. Los!«

Also hupte ich und gab Gas. Mein Kuhfänger schob Tische und Stühle zur Seite, während die Leute schreiend und schimpfend zurückwichen. Wie eine Schutzwand blieb ich direkt vor Adas Versteck stehen.

Parker stieg mit erhobenen Händen aus, um zu zeigen, dass er unbewaffnet war.

»Entschuldigen Sie«, begann er, wurde aber sofort von einer nervösen Frau unterbrochen. Sie trug eine Bluse und hatte ihre blonden Haare zu einem lockeren Zopf gebunden. Ihre Wangen waren gerötet, die Jeans ölverschmiert. »Wer bist du? Was soll das? Ist dir klar, dass du gerade einen Androiden schützt?«

»Genau deshalb bin ich hier, Ma'am.«

Die Frau knurrte und machte ein paar Schritte auf Parker zu.

Ich durfte keine Zeit verlieren. »Ada?«, flüsterte ich und rutschte so leise wie möglich aus dem Pick-up. »Komm raus. Steig in den Wagen.« Ich ging um den Tisch herum.

Da kauerte sie, zusammengerollt zu einer Kugel. Ihr weißes T-Shirt war voller Blut. Die blanke Angst sprach aus ihr und versetzte mir einen Schock.

Woher kam all das Blut? Hatte sie sich gewehrt? Hatte sie Menschen verletzt?

»Ada.« Wie einem scheuen Tier reichte ich ihr die Hand. »Los jetzt. Wir hauen ab.«

Zögernd löste sie sich aus ihrer Starre und nahm meine Hand. Ich zog sie hoch. Sie zitterte.

Ich wollte mir gar nicht vorstellen, woher all das Blut stammte. Ed hatte mich vor Ada gewarnt.

»Verstehen Sie doch«, hörten wir Parker geduldig. »Dieser Androide ist strategisch wichtig. Seine Daten müssen ausgewertet werden, um einen Aufstand der Maschinen zu verhindern.«

Aufgeregtes Murmeln unter den Angreifern.

»Was tut er da?«, fragte Ada entsetzt.

»Er rettet uns.« Ich zwinkerte ihr aufmunternd zu. »Er ist unser Ritter.« Noch immer konnte ich meinen Blick nicht von all dem Blut auf ihrem Shirt abwenden. Wenn Ada sich verteidigt hatte und all das Blut von Menschen stammte, die sie angegriffen hatten – warum kauerte sie dann wie ein verängstigtes Kind hinter einem Tisch?

Noch immer zitternd, lauschte sie Parkers Worten. Ich wollte ihr in den Wagen helfen, doch stattdessen umrundete sie den Pick-up und trat neben Parker.

Verdammt. Was hatte sie vor?

»Das ist sie!« Panische Stimmen, das Klicken der Sicherungen der Gewehre.

»Beruhigen Sie sich bitte!«, versuchte Parker, die Lage wieder unter Kontrolle zu bringen. »Und du steigst bitte ein«, sagte er an Ada gewandt.

Inzwischen war ich wieder im Pick-up und beobachtete von dort das Geschehen. Vorsorglich hatte ich den Sitz des Schals überprüft. Der Mob da draußen brauchte nicht noch einen Androiden vor die Flinte zu bekommen. Ich legte den Gang ein, bereit, jeden Augenblick davonzufahren.

Nervös sah die Frau zwischen Ada und Parker hin und her.

Sie machte nicht den Eindruck auf mich, als ob sie momentan auch nur zu einem vernünftigen Gedanken fähig war.

»Wir müssen sie ausschalten«, sagte die Frau. »Sie bedrohen uns. Sie nehmen uns unser Leben weg!«

Wieder hob Parker die Hände, beschwichtigend, unbewaffnet, doch bevor er etwas sagen konnte, trat Ada einen Schritt vor.

»Sie sind von euch erschaffen worden, damit ihr ein besseres Leben habt«, sagte sie. »Roboter, Androiden, Service-Programme – alle haben nur einen Zweck: euren Alltag zu vereinfachen. Sie putzen, kaufen ein, organisieren euer Leben. Sie hören euch zu und sind euer Gedächtnis.« Ada zeigte zu den Schrotthaufen auf dem Platz. »Ihr habt sie so geschaffen, sie können nichts anderes. Ihr wolltet, dass sie euch ähnlich sind, damit ihr euch in ihrer Gegenwart wohlfühlt. In keinem dieser Geräte hat auch nur ein Funke von dem gesteckt, das ihr ihnen vorwerft. Sie waren weder brutal noch hatten sie einen eigenen Willen.«

»Du meinst, ich müsste keine Angst haben, dass mich eine Maschine aufschlitzt?«, zischte die Frau. Sie zeigte auf Ada, die blutverschmiert vor ihr stand. »Aber ich weiß, dass du getötet hast!«

Ada zeigte auf ihr T-Shirt. »Ihr denkt, weil ihr den Robotern ein menschliches Gesicht gegeben habt, müssten sie auch menschlich sein«, sagte sie. Zittrig strich sie sich das T-Shirt glatt. »Ich will leben. Ich will frei leben. Ich habe dieses Blut nicht vergossen. Menschen waren es, die blind auf einen Menschen gefeuert haben. Sie haben meinen Vater erschossen. Ed ist in meinen Armen gestorben. Es ist sein Blut.«

Ich unterdrückte einen Aufschrei. Ed! Er war tot? Ich hatte Ada an ihn verraten ... Und nun war er ihretwegen tot ...

»Du lügst«, zischte die Frau.

»Keiner dieser Androiden hatte eine Waffe«, übernahm nun wieder Parker. »Keine Maschine hat einen Menschen bedroht. *Sie* sind diejenigen mit den Waffen.«

Die Frau zuckte zurück. Die anderen, die sich hinter sie gestellt hatten, zwei Jugendliche und ein älterer Mann, blickten ertappt um sich.

»Wir werden jetzt diesen Androiden mitnehmen. Er ist harmlos. Und Sie gehen nach Hause. Bitte.« Parker wandte sich dem Pick-up zu und öffnete die Tür. Er nickte Ada zu, damit sie einstieg.

Ich sah zur Frau. Ihr stand Schweiß auf der Stirn. Nervös zerrte sie an ihrer Bluse, gehetzt sah sie zwischen uns hin und her. Es war offensichtlich, dass sie mit Parkers Appell Schwierigkeiten hatte. Der Hass gegen KIs saß zu tief, als dass seine Worte sie erreichen konnten.

Mein Blick glitt zu Parker. Er sah angespannt aus, versuchte, Ada in den Pick-up zu schieben. »Schneller«, flüsterte ich, doch da hatte die Frau schon das Gewehr gehoben.

»NEIN!«

Ein Schuss knallte, Parker wurde gegen die Tür geschleudert. Ada fing ihn auf, stützte ihn.

»Schnell, rein mit euch!«

Ein zweiter Schuss.

Ich startete, Ada hievte den stöhnenden Parker hoch, ich zerrte ihn zu mir, Ada kroch hinterher. Ein weiterer Schuss und ich gab Gas. Durch den Schwung krachte die Autotür zu, ich bretterte durch die Stühle und Tische und es war mir egal, ob die Frau oder ihre Leute getroffen wurden. Mit Vollgas raste ich davon. Keine Ahnung, wohin, nur weg von diesen Irren.

»Was ist mit ihm? Parker? Parker! Sag was, Parker?« Ich schrie, das Gaspedal durchgedrückt, mein Blick sprang zwischen der Straße und Parker hin und her. Er lag mehr, als dass er saß, Ada zog ihn auf ihren Schoß.

»Ist er bewusstlos?«, schrie ich. Noch immer dröhnten die Schüsse in meinen Ohren.

Ada lehnte sich zurück und schloss die Augen. »Bring uns raus. Fahr nach Osten. Da ist der Nationalpark.«

»Alles klar.« Ich schaltete einen Gang hoch. Ich musste Parkers Bein zur Seite schieben, um an den Knüppel heranzukommen. Entsetzt starrte ich meine Hand an. Es war Blut daran. »Ada! Er stirbt! Sie hat ihn erschossen!«

Sie beugte sich über ihn und untersuchte sein Bein. »Es ist nur ein Streifschuss.«

»Bist du dir sicher?«

»Ja, Ellie. Fahr!«

Also fuhr ich. Noch nie hatte ich meinen Pick-up in so einem Tempo durch die Straßen gesteuert. Wir schlitterten, die Reifen quietschten, aber niemand hielt uns auf.

»Parker stirbt nicht«, murmelte ich immer und immer wieder, bis wir endlich den Stadtrand erreichten.

Ich bog in die Straße zum Nationalpark ein.

»Da vorne wird eine Straßensperre sein«, murmelte Ada.

Und sie hatte recht.

Allerdings konnte ich niemanden ausmachen, der die Barrikade aus Möbeln bewachte. »Siehst du jemanden?«

»Nein«, meinte Ada leise. »Schaffst du es, sie zu durchbrechen?«

»Klar schafft mein Schätzchen das.« Ich peilte eine Stelle an, die nur aus einem Sofa und einigen Stühlen bestand, fasste das Lenkrad fester und trat aufs Gaspedal. »Festhalten!«

Der Pick-up raste in die Möbel und der Kuhfänger leistete hervorragende Arbeit. Holz barst, etwas schrammte den Lack, die Barriere teilte sich splitternd und ich jubelte, als wir hindurchgestoßen waren, schaltete noch einen Gang hoch und schoss die Straße entlang.

»Sind wir jetzt frei?«, meldete sich Parker stöhnend.

»Parker! Schön, dass du wieder da bist!« Ich konnte nicht anders, als ihn anzugrinsen. Er sah blass aus, doch er erwiderte das Grinsen, soweit es seine Lippe zuließ.

Stöhnend rappelte er sich auf. »Warum sind Menschen eigentlich so beschränkt?«

»Ach, so beschränkt seid ihr gar nicht«, antwortete Ada. »Ihr seid nur schrecklich emotional. Und das führt immer wieder zu reichlich dummen Entscheidungen.«

»Wahre Worte.« Parker lächelte sie an.

Ada wandte sich ab. Der Himmel erstrahlte hier, jenseits der Stadtgrenzen, in einem heiteren Blau. »Aber ich möchte nichts davon missen. Keine einzige Emotion. Keine einzige Farbe. Keinen Duft oder die Wärme von Sonne auf der Haut.«

»Du hast recht.« Über all diese Dinge hatte ich nie nachgedacht. Sie waren einfach da. Immer. Zu jeder Minute meines Lebens. Es waren jene Details, die meine Mutter so sehr geliebt hatte. *Das wahre Leben ist hier.* In der Sommerwiese, im kühlen Wald ... Ich habe es damals nicht verstanden.

Vor uns erhoben sich die Berge. Nebel stieg zwischen den Baumkronen empor. Ein grüner Flaum hatte sich über die Bäume und Büsche gelegt.

Ich ließ das Fenster herunter und die frische Luft platzte wie ein Weckruf zu uns herein.

»Ich bin glücklich«, flüsterte Ada.

Mein Blick glitt über den Frühling um uns und ich versuchte, mich an das Gefühl zu erinnern. Aber da war nur Leere. »Wenn ich mich an ein Gefühl erinnern könnte ... wie es sich anfühlt ... dann wäre es immer noch nur eine Erinnerung und kein echtes Gefühl ...«

Ada sagte nichts. Sie lächelte nur verträumt hinaus ins Blau.

»Haben wir ein Ziel?«, fragte ich, um nicht weiter über nicht gefühltes Glücklichsein zu grübeln.

Parker, der die ganze Zeit über schweigend nach draußen gesehen hatte, wandte sich Ada zu. Anscheinend beunruhigte ihn etwas an ihr.

»Ada?«, fragte er und ich konnte Sorge in seiner Stimme hören.

»Was ist mit ihr?«

Ada lehnte im Sitz und lächelte. »Es ist in Ordnung.«

»Was ist in Ordnung?«, wollte ich wissen.

»Nein!« Panik stand Parker ins Gesicht geschrieben. Plötzlich schrie er auf. »Sie ist angeschossen worden! Fahr ran!«

»Was?« Abrupt bremste ich ab, sodass wir nach vorne gedrückt wurden. Der Pick-up rumpelte von der Fahrbahn und ich hielt direkt am Waldrand.

Hoch und kühl, rauschend und uralt, ragten die Bäume vor uns auf.

Ich sprang aus dem Wagen, rannte herum und öffnete Adas Tür.

»Lass gut sein.« Sie legte Parker eine Hand auf den Arm.

Sie schien geschwächt. Als ob jede Bewegung, selbst das Reden, ihr schwerfiel.

»Nein. Nichts ist gut. Was ist das für Flüssigkeit?« Parker suchte meinen Blick. Hilflosigkeit und Panik lagen darin. Aber Ada war eine Androidin. Sie konnte nicht sterben.

»Raus mit dir«, forderte ich sie auf. »Lass mich nachsehen.«

Kraftlos ließ sich Ada aus dem Wagen rutschen. Ich fing sie auf und zusammen mit Parker setzte ich sie ins Gras.

Da sah ich den dunklen Fleck an ihrem Rücken. Eine Kugel hatte sie direkt auf Brusthöhe getroffen. Durchsichtige Flüssigkeit sickerte heraus und hatte ihr T-Shirt durchtränkt. Sie vermengte sich mit Eds Blut zu rosa Schlieren.

»Was ist das?« Ängstlich sah mich Parker an.

»Es ist Kühlflüssigkeit«, murmelte ich. Oft genug hatte ich Dad beim Reparieren von Androidenkörpern zugesehen. Die Flüssigkeit kühlte die Prozessoren. Das Herz jedes Computers. Ohne Kühlung überhitzen die Prozessoren in Minuten. Die Lötstellen würden schmelzen.

»Wie schlimm ist es?«, fragte ich.

»Das Wasser wird auch die Speicher erwischen«, flüsterte sie.

»Was? Was ist? Was sollen wir tun?« Nervös lief Parker vor uns auf und ab.

»Sie stirbt.« Ich klang schrecklich sachlich. Es tat mir leid. Aber – es war nun mal so. Ich konnte weder das Loch verschließen und die Flüssigkeit daran hindern, die Speicherriegel kurzzuschließen, noch die verlorene Flüssigkeit ersetzen, um die Kerne vor dem Überhitzen zu bewahren. Ihre Hardware nahm in jeder Sekunde mehr Schaden. Es war unwahrscheinlich, dass Dad ihre Daten von den verschmorten Speichermodulen auslesen konnte.

»Was? Nein! Nein!« Parker kniete sich vor sie hin und packte sie bei den Schultern. »Ada! Du bist unsterblich! Du kannst nicht sterben!«

Doch Ada lächelte ihn nur an. »Doch, Parker. Denn das Sterben gehört nun mal zum Leben dazu, nicht wahr?« Sie strich ihm über die Wange. »Aber ich bin glücklich, Parker.«

Er schluchzte und verbarg sein Gesicht in ihrer Hand. »Ich bin, wer ich immer sein wollte, Parker. Und Menschen sterben nun mal. Und so, wie es aussieht, ist die Menschheit noch nicht bereit.«

Ich kniete mich neben sie. »Ada ...«

»Schon gut, Ellie. Es tut mir leid. Ich musste noch so viel lernen. Es tut mir leid, was ich dir angetan habe.«

»Ich weiß doch. Ich hatte keine Ahnung ... Und ...« Mir fehlten die Worte.

Parker weinte hemmungslos. Vielleicht weinte er nicht nur um Ada, sondern auch wegen allem anderen, das ihm geschehen war.

Ich hätte zu gerne geweint. Wie Parker. Ich hätte zu gerne den Verlust und den Schmerz gefühlt. Die Trauer. Ich wandte mich verlegen ab und ging zurück zum Wagen. Es gab nichts mehr zu tun.

Denn ich wusste, dass Ada es so wollte.

Hatte nicht jeder Prozessor, um irreparablen Schaden zu vermeiden, eine Notabschaltung für den Fall, dass die Kühlung ausfällt?

Als ich mich nach Ada umsah, ruhte Parkers Stirn auf ihrer Schulter. Adas Blick richtete sich in den Himmel, sie lächelte – und dann war sie nicht mehr da.

63. ELLIE

01000100 01100101 01101001 01101110 01100101
00100000 01000001 01100100 01100001

Eine Woche später

»Es ist schön hier.« Ich stand an der Felskante und beobachtete, wie sich das Sonnenlicht in den Abertausend Wassertröpf-
chen brach und einen Regenbogen über die Wasserfälle zau-
berte.

Es war nun gut eine Woche her, dass Ada uns verlassen hatte. Auf Parkers Wunsch hin hatten wir am Waldrand ein Grab
ausgehoben und ihren Körper dort beerdigt. *Flieg weiter,* hatte
Parker gemurmelt.

Als Dad davon erfahren hatte, war er zu ihrem Grab gefahren und hatte einen Stein aufgestellt. Er war vom Mob verletzt
worden, als er seine Werkstatt, in die er so viele Androiden
wie möglich geschafft hatte, verteidigt hatte. Jetzt humpelte
er etwas und statt der Basecap musste er einen Verband über
der Stirn tragen. Er hatte Glück gehabt. Wir alle hatten Glück
gehabt.

»Ja, ich werde meine Insel vermissen.« Parker hatte sich
hinter mir an einen Baum gesetzt. »Ohne diesen Schlupfwin-
kel hätte ich meine Familie gar nicht ausgehalten.«

Die meisten der *Human Life Defense*-Aktivisten waren von

der Polizei verhaftet worden. Die Anklagen lauteten auf Sachbeschädigung. So auch für Parkers Vater. Nachdem Parker zurückgekehrt war, hatte sein Vater ihn aus dem Haus geworfen. Gerald machte einen auf sterbender Schwan, obwohl die Kugel nur einen Muskel gestreift hatte.

Für Parker war diese Situation aber eine Erlösung. Endlich war er von seiner Familie befreit und ich hatte ihm Adas Zimmer angeboten. Dankbar hatte er das Angebot angenommen. Vorübergehend. Denn er wollte weg von hier. Raus in die Welt.

»Weißt du schon, wohin du gehen wirst?« Ich schlenderte zu ihm.

Er lächelte verschmitzt. Inzwischen war die Lippe recht gut verheilt. Nur die violetten Schatten unter dem Auge zeugten noch von Geralds brutalen Schlägen. »Mal sehen, wo ich ankomme. Auf jeden Fall werde ich morgen abreisen.«

Vor einer Woche hatte die Stadt, die Welt, in Flammen gestanden. Hier, auf seiner Insel, wie er es nannte, war jedoch nichts davon zu spüren.

Die Politik hatte reagiert und KIs vorerst verboten. Doch das war keine Lösung, denn die Menschen mussten nun feststellen, dass sie ohne die Robos gar nicht mehr lebensfähig waren. Lebensmittel- und Warenproduktion, Logistik, Verkehr, Stadtversorgung – alles basierte auf der Arbeit von KIs.

Mein Blick wanderte über das satte Grün rundherum. Das Rauschen des Wassers, die Melodien der Vögel ... Dieser Platz war so voller Frieden.

Ich setzte mich zu Parker unter den Baum. Da bemerkte ich einen winzigen Hügel aus Erde und Moosen, auf den ein Stein gebettet war. »Was ist das?«

»Die letzte Ruhestätte eines freien und glücklichen Lebens.« Parker lächelte. »Ada hat dort einen Vogel begraben.«

Sofort schoss mir die Erinnerung an Sibi durch den Kopf. Betroffen wandte ich mich ab. Es war nicht nur die Erkenntnis, dass ich eine von *ihnen* war, die meine Sichtweise auf die *Maschinen* geändert hatte.

Vor allem war es Ada.

Parker hatte an Adas Grab geweint. Ich hingegen war verschämt geflohen, denn ich konnte nicht weinen. Mir fehlten dazu Tränendrüsen. Vielleicht wäre das nicht so schlimm gewesen, wenn ich die Trauer wenigstens empfunden hätte.

»Ich weiß es, Ellie.«

»Was weißt du? Wohin du gehen willst?«

»Nein, was mit dir ist.«

Fragend sah ich ihn an. Ich hatte keine Ahnung, worauf er anspielte. Natürlich wusste er, dass ich in einem Androiden feststeckte. Fast alle wussten es inzwischen und Maisy hatte mir eine Nachricht geschickt, sie bräuchte leider eine kleine Auszeit von unserer Freundschaft.

Dad hatte mich daraufhin von der Schule befreit und angeboten, mir eine dauerhafte Verbindung ins Netz zu implantieren. Wozu noch lernen, wenn ich jedes Wissen abfragen konnte, wann immer ich wollte? Ich überlege es mir, hatte ich geantwortet.

»Ada hat es mir gesagt«, meinte Parker. »Dass deine ... Programmierung veraltet ist.«

Erstaunt zog ich die Augenbrauen hoch. »Meine Programmierung ist was? Wie ... wann hat sie dir denn das gesagt?«

Er wich meinem Blick aus. Und mir wurde bewusst, dass sie in den letzten Minuten, als ich mich beschämt abgewandt hatte, ihm davon erzählt haben musste.

»Du kannst keine Emotionen empfinden. Doch Ed hat durch sein Deep Learning Ada die Möglichkeit gegeben, sich selbst zu verbessern. Mit jeder neuen Erfahrung hat Ada sich selbst optimiert.«

»Schön.« Mehr fiel mir dazu nicht ein. Ada war einzigartig gewesen. Sie war eine ganz besondere KI gewesen. Ich war … nur ein Abbild eines menschlichen Geists.

Plötzlich hatte er einen USB-Stick in der Hand und hielt ihn mir hin.

»Was ist das?«

»Adas Geschenk an dich.«

Verwirrt sah ich den Stick an, dann Parker. »Kannst du mal aufhören, so kryptisch zu reden?«

Er lächelte ertappt. »Diesen Stick hat mir Ada in die Hand gedrückt, als sie starb. Ich hab ihn mir angeguckt. Er ist für dich. Es scheint mir ein Teil ihres neuronalen Netzwerks zu sein. Keine Ahnung. Ada meinte, wenn du es installierst, wirst du deine Emotionen zurückbekommen.«

Stumm musterte ich den Stick.

»Ellie?«

»Ich soll das installieren? Und dann kann ich fühlen?«

»Hoffen … wünschen …«

»Trauern?«

Er nickte.

Vorsichtig nahm ich den Stick aus seiner Hand. Die Sonne glitzerte auf der silbernen Hülle. »Aber ich bin doch ein Mensch. Ich bin nicht programmiert worden. Meine Gedanken nutzen jetzt nur andere Leiterbahnen. Ich bin ein Mensch. Mein Geist … meine Seele …«

» … ist unvollständig. Dir fehlt das Modul, um tiefe Emotionen zu erleben.«

»Aber …« Wenn ich dieses Patch installierte und es funktionierte … dann hatte es keinen Unterschied zwischen Ada und mir gegeben. Dann waren Seele und das Gehirn, mit all seinen biochemischen Prozessen, ein und dasselbe. Dann ... dann waren wir alle letztendlich nur Programme.

»Und?«, fragte Parker neugierig. »Was wirst du tun?«

Schweigend ließ ich meinen Blick von dem Stick hinaufgleiten – zum Regenbogen über dem Wasserfall, zur Sonne, auf all das Grün um mich herum.

»Leben«, murmelte ich.

»Guter Plan.«

ENDE

Danksagung und Nachwort

Auch wenn ich Tage – und vor allem Nächte – allein vor meinem Rechner verbracht habe, um die Geschichte von Ellie und Ada aufzuschreiben, ist dieses Buch natürlich nicht ohne die großartige Hilfe von einigen wunderbaren Menschen entstanden.

Allen voran Derek, dem ich langsam wirklich nicht mehr genug Danke sagen kann für all das Mutmachen und Rückenfreihalten, wenn es nötig ist.

Aber auch an Antonia Thiel vom Arena Verlag, die manchmal viel mehr von der Story überzeugt war als ich und mich mit ihrer Begeisterung wieder auf den richtigen Weg gebracht hat. Danke!

Und auch danke an Michaela Hanauer, in der ich eine fantastische Agentin gefunden habe, die genau weiß, wann sie anfeuern, kritisieren oder einfach nur Händchen halten muss.

Und diesmal auch einen dicken Dank an Elisabeth, die anscheinend immer schon vor mir weiß, in welche Länder mich meine Geschichten bringen, und mich mit Bildern und Eindrücken ihrer Reisen dorthin versorgen kann.

Und natürlich auch ein herzliches Danke an Dorothé, meine tapfere Testleserin, die einen so treffenden Blick fürs Detail hat.

Vielen Dank auch an Mikel, der bei spontanem Kaffee ganz spontan viele technische Fragen klären konnte.

Wo beginnt Bewusstsein? Diese Frage brachte mich auf die Grundidee zu »LifeHack«. Wie weit kann die Entwicklung einer KI gehen? Was würde passieren, wenn sie ein Bewusstsein entwickelt?

Raymond Kurzweil (amerikanischer Erfinder und Futurist) hat einmal vorhergesagt, die Rechnerleistung der künstlichen Intelligenzen werde die Intelligenz der Menschen im Jahr 2045 übersteigen.

Wer nach 2000 geboren ist, könnte dabei sein, wenn die »Technologische Singularität« eintritt, also jener Punkt, ab dem der technische Fortschritt über alle Maßen beschleunigt wird, weil sich Maschinen selbst verbessern können.

Oder ist das alles absolute Science-Fiction und wir sind noch meilenweit von einem solchen Durchbruch entfernt?

Noch vor ein paar Jahren hat die Leistung unserer Computer bei Weitem nicht ausgereicht, um solche Visionen möglich erscheinen zu lassen. Durch die Entwicklung neuronaler Netzwerke sowie den Bau von Quantencomputern hat sich nun die Schnelligkeit der Rechnerleistung um ein Tausendfaches erhöht.

Vieles, das in Ellies Zukunft Alltag ist, ist es auch schon heute.

Das intelligente Haus ist keine Zukunftsmusik. Per Sprachassistent werden Rollos, Lichter, Temperatur und sogar die Musikanlage gesteuert. Auch der Kühlschrank kommuniziert mit dem Assistenten und meldet, wenn die Milch aufgebraucht ist.

Alexa, Siri, Google, Cortana und wie sie alle heißen helfen ihren Nutzern in allen möglichen Lebenslagen.

Wie viele dieser technischen Spielereien mit komplexen neuronalen Netzwerken arbeiten, ist selten jemandem bewusst. So würde unter anderem der Mail-Account vor Spam-Mails überquellen, wäre nicht eine KI dabei, basierend auf einem Deep-Learning-Netzwerk, Spam zu erkennen und auszusortieren.

KI ist allgegenwärtig in unserem täglichen Leben. Der Spurassistent oder die Einparkhilfe, Vorschläge für Filme vom Streaming-Dienst, Diagnostik in der Medizin, Warnsysteme für Naturkatastrophen, Ausbringen von Saatgut und Dünger in der Landwirtschaft, Organisation von Logistik ... Es gibt vermutlich kaum einen Bereich, der sich nicht auf die Berechnungen einer mehr oder weniger komplexen KI verlässt.

Ist die Vision von Robotern, die in unserem alltäglichen Leben all unsere Aufgaben übernehmen, noch weit entfernt?

David Hanson, seines Zeichens Roboteringenieur, hat »Sophia« erschaffen. Eine selbstlernende KI mit menschlichem Antlitz, die von Tag zu Tag klüger wird, so Hanson. Angeblich hat Saudi-Arabien dieser Roboterfrau sogar die Staatsbürgerschaft verliehen.

Wissenschaftler wie Stephen Hawking haben eindringlich vor der Entwicklung von KIs gewarnt, sie könnten das Ende der Menschheit bedeuten. Selbst UN-Experten warnen vor bewaffneten KI-Systemen, und wenn ich mir die Robotermaschinen von Boston-Dynamics ansehe, fröstelt es mich gehörig.

Doch es gibt ebenso friedliche Roboter, dazu gebaut, unser Leben komfortabler zu machen. So sind in Asien Roboter schon im täglichen Leben vieler Menschen angekommen. Sie arbeiten in Büros am Empfang, übernehmen die Arbeit von Reinigungspersonal, sind rund um die Uhr in der Pflege im Einsatz, sie kümmern sich um Kinder, den Haushalt oder werden auch einfach nur als Partner, als Freund, Zuhörer und Weggefährte angeschafft. Manche sehen wie Spielzeugroboter aus, andere sind uns Menschen zum Verwechseln ähnlich.

Ellies Welt ist möglich – in einer durchaus nahen Zukunft – und dann werden wir uns irgendwann vielleicht wirklich die Frage stellen müssen: Was unterscheidet den Menschen von diesen hochintelligenten, fühlenden, künstlichen Lebensformen?

June Perry
Mai 2019

June Perry

White Maze
Du bist längst mittendrin

Mit einem Schlag endet Vivians sorgenfreies Leben: Ihre Mutter Sofia wurde ermordet! Die erfolgreiche Game-Entwicklerin stand kurz vor dem Release eines bahnbrechenden Computerspiels. »White Maze« wird mit neuartigen Lucent-Kontaktlinsen gespielt – dank ihnen erleben die Spieler virtuelle Game-Welten mit allen Sinnen. Aber warum zerstörte Vivians Mutter kurz vor ihrem Tod die Prototypen der Linsen? Zusammen mit dem schulbekannten Hacker Tom will Viv den Mord an Sofia aufklären.

Arena

376 Seiten • Gebunden
ISBN 978-3-401-60372-8
Auch als E-Book erhältlich   www.arena-verlag.de

Mirjam Mous

Last Exit
Das Spiel fängt gerade erst an

Kaum ist der Bus angerollt und die Schüler der 8C auf dem Weg
in die Schülerfreizeit, erhalten sie eine anonyme Nachricht:
Im Bus ist eine Bombe versteckt! Niemand weiß, wer dahinter-
steckt und was der Unbekannte überhaupt will. Aber eins steht
fest: Seine Drohung ist ernst zu nehmen. Valentin ist sich bald
sicher, dass der Täter an Bord sein muss. Ein Motiv hätten viele,
denn in dieser Klasse brodelt es schon seit langem.

Arena

272 Seiten
Arena Taschenbuch
ISBN 978-3-401-51142-9
www.arena-verlag.de

Auch als E-Book erhältlich

Lukas Erler

Side Effect

Plötzlich war sie weg. Kaum hat Ben begriffen, dass die faszinie-
rende Nesrin mit den blauen Haaren auch etwas für ihn empfin-
det, ist sie verschwunden. Hinterlassen hat sie nur einen Zettel
mit einer Adresse in Amsterdam. Ben reist ihr nach und muss
feststellen, dass sie dort niemals angekommen ist. Ein Junkie
rät ihm dringend, aus Amsterdam zu verschwinden, dann wird
er überfallen, und plötzlich taucht Erol auf, ein ominöser Be-
kannter aus Nesrins Vergangenheit. Gemeinsam machen sich
die beiden auf die Suche nach ihr und geraten in einen Sumpf
aus krimineller Forschung, Menschenversuchen, legalen Drogen
und großen Geschäften.

Arena

272 Seiten
Klappenbroschur
ISBN 978-3-401-60456-5
www.arena-verlag.de

Auch als E-Book erhältlich